BERTHA PRAHL: »Ich gewinne jeden Krieg!«

von Michael C. Sedan

BERTHA PRAHL: »Ich gewinne jeden Krieg!«

nach einer wahren Begebenheit

von Michael C. Sedan

. Auflage,

© Michael C. Sedan

Alle Rechte vorbehalten.

Verlag: BoD · Books on Demand GmbH,

Überseering 33, 22297 Hamburg,

bod@bod.de

Druck: Libri Plureos GmbH,

Friedensallee 273, 22763 Hamburg

ISBN: 978-3-8192-2694-6

Kapitel 1 Caro

Schon von weitem strahlten ihre langen blonden Haare. Ihre schlanken Beine steckten in einer schwarzen hautengen Jeans. Ihr Blick war unnachahmlich frech. In eine kurze beige Daunenjacke gehüllt, drehte sie an einem Lippenpflegeständer. Pflegestifte für Kinder, für Skifahrer, für Girls – ich glaube, für Senioren war auch einer dabei. »Welcher ist denn der Beste?«, fragte ich sie und bewegte den Ständer in die andere Richtung. Ihre himmelblauen Augen schauten mich zum ersten Mal an. Ich war wie gelähmt. Ein unschuldiger Wimpernschlag erwiderte meinen Blick. Sie lächelte kurz und ging weiter. Warum hatte ich ihr auch so eine bescheuerte Frage gestellt? Verlegen blätterte ich in dem Flyer, der oben auf dem Ständer mit »Gewinnen Sie eine Reise nach Sylt« lockte. Darin stand: »*Im Namen des* Millennium-Lippengirls sagen wir Danke für die Treue ...«

Ich legte ihn wieder an seinen Platz und stellte mich an der Kasse gleich hinter sie in die Schlange. ›Sprich sie nochmal an!‹, sagte mir mein Unterbewusstsein, aber ich fand keine passenden Worte. Die Ware auf meinem Arm verteilte ich bewusst hastig auf dem Kassenband. Sie bemerkte mich, wandte sich mir aber nicht zu.

›Wer ist dieses Mädel? Wo wohnt sie?‹ Nachdem sie bezahlt hatte, sah ich, wie sie auf dem Parkplatz in einen schwarzen Jeep Wrangler einstieg.

Dieses Mädchen ging mir nicht mehr aus dem Kopf. Sie fuhr einen Geländewagen und sah verdammt gut aus. Sonst wusste ich nichts über sie. Jedes Wochenende versuchte ich, ihr wieder über den Weg zu laufen: am Lippenpflegeständer, an der Fleischtheke oder auf einer der zahlreichen Wochenendpartys, auf denen ich sie schon hatte tanzen sehen.

Ich fuhr mit meinen Freunden auf den Parkplatz der Stadthalle. Es gab eine Beach-Party. In der zweiten Reihe stand hinten links ein schwarzer Jeep. Ich konnte es kaum erwarten, die weiblichen Gäste nach ihr abzusuchen. Aber die Frau vom Lippenpflegeständer konnte ich nirgends entdecken. Auf einen Bierdeckel schrieb ich meine Handynummer mit dem Vermerk »Möchte dich gern kennenlernen!« Ich war einer der Ersten, welche ein Handy besaßen, und so klemmte ich diese Botschaft hinter den Scheibenwischer des Jeeps mit dem Kennzeichen OSK A 110. Tagelang klingelte das Handy nicht – egal, wie oft ich auf das Display starrte.

An einem Samstagnachmittag ging ich durch die Bahnhofstraße, in zerrissener Bluejeans, mit einem weißen T-Shirt, darüber meine schwarze Motorrad-Lederjacke. Es war meine Lieblingsjacke. Ein junges Mädel sprach mich an: »Wo bekommt man so eine Jacke?«

»Im Geschäft!«, gab ich frech zurück. Das hübsche Mädel und ihre Freundin kicherten. Sie gingen weiter.

Technobässe lösten das Lachen der beiden ab und ein offenes Cabrio fuhr an mir vorbei. Und da war sie. Cool, mit Sonnenbrille, saß sie hinten auf der Rückenlehne in der Mitte. Ihr Bauchnabel-Piercing glitzerte im Sonnenlicht. Es strahlte hell. Ihr weißes, bauchfreies Top und der braungebrannte, trainierte Body schossen mit Partyklängen und gut gelaunten Mitfahrern an mir vorbei. Meine Augen verfolgten die wehenden langen, blonden Haare. Nach ein paar Sekunden war alles wieder ruhig, ihre Haare und die fünf Party-People waren an der Ampel rechts abgebogen.

»Das war's dann wohl!«, murmelte ich enttäuscht vor mich hin. ›Drei coole, gestylte Typen rasen mit zwei Super-Puppen durch die Stadt und was machte ich?‹ Meine Laune war am Boden, meine Hoffnung gestorben.

Die Bässe waren wieder zu hören. Die Ampel der Straße, in der ich mich befand, stand auf Grün. »Wenn sie umspringt, wird die Querstraße Grün bekommen. Dann fahren sie vielleicht noch einmal durch diese Straße. Lass dich nicht hängen!«, versuchte ich, mich zu motivieren.

Nach ein paar Schritten sah ich, wie das schneeweiße Cabrio wieder in meine Richtung fuhr. Ich stellte mich zwischen die parkenden Autos an den Straßenrand und tat, als wollte ich die Straße überqueren.

Kein Blick! Keine noch so kleine Reaktion wurde mir gegönnt. Nicht mal einer der drei Kerle schaute mich an. Sie lachten, alberten herum und rauschten an mir vorbei. Ich kannte die Typen. Sie waren immer in ihrer Nähe, auf Partys, im Cabrio – und wer wusste, wo sonst noch. Der

Schwarzhaarige war bestimmt ihr Freund. ›Die wird mich nie anrufen‹, gestand ich mir frustriert ein.

Zurück auf meinem schmalen Singlebett in meiner bescheidenen Zweizimmerwohnung ging mir das Bauchfrei-Girl wieder durch den Kopf. Mit dem Schwarzhaarigen und dem Langen hatte ich sie schon öfter gesehen. ›Vielleicht sind sie nur befreundet‹, versuchte ich, mir einzureden. ›Die haben noch nie geknutscht und Händchen halten habe ich die beiden auch noch nie gesehen.‹

Plötzlich fiel es mir wieder ein. Mein Körper sprang vor Freude aus dem Bett. Der Lange hatte Karneval eine andere im Arm. Und die hatte mit im Wagen gesessen. Auf dem Beifahrersitz. Und der Lange saß hinter ihr. Zwar neben der Blonden, aber hinter der, die er geküsst hatte. Mein Herz hämmerte aufgeregt in meiner Brust und meine Gefühle fuhren Achterbahn. Was machte dieses Mädel bloß mit mir?

Eigentlich war Sarah Schlüter seit Monaten meine Nummer Eins gewesen. Ein supersüßes Mädel vom Gestüt Hof Martin. Der Gutshof war drei Orte von meinem Heimatort entfernt. Ich hatte ihr zwei Mal geschrieben, sie einmal besucht und ihr einmal einen kleinen Plüschesel geschenkt. So richtig überspringen wollte der Funke allerdings nicht. Sie zögerte. Ich zögerte. Und seit der Begegnung mit dem Mädchen am Lippenstiftständer war alles anders. Sarah lag nur noch auf Platz zwei.

Das Wochenende stand wieder vor der Tür, und das bedeutete: Partyalarm! Und yes, da war sie wieder. Ich erblickte sie in der Menschenmenge. Die Stimmung auf der Party kam immer mehr in Fahrt und ›mein Girl‹ bewegte sich im kurzen, glitzernden Kleidchen leicht und grazil zur Musik. Die vielen Pailletten auf dem Stoff reflektierten die bunten Scheinwerfer. Das knallige Orange des knappen Kleidungsstücks betonte ihre sportlichen Kurven. Die langen Haare waren zu zwei Zöpfen geflochten. Sie war gut gelaunt. Der sichtbare Teil ihres trainierten Bodys – die Arme, der Rücken und die langen Beine – waren schön gebräunt und schimmerten wie Gold in dem hellen Partylicht. Sie trug graue, hohe Stiefeletten, welche ebenfalls übersät mit Pailletten waren. Ein Typ ging auf sie zu und ich schaltete sofort in den Angriffsmodus. Offensives Handeln war jetzt gefragt. Drauflos, egal wie! In dem Moment kam Regina auf mich zu. Regina war vor Jahren mit mir in der Tanzschule gewesen. Selbstbewusst kam sie Schritt für Schritt näher und kam schließlich mit einem Weizenbier in der rechten Hand vor mir zum Stehen. »Du möchtest doch an der Fachschule für Sozialpädagogik in Oberstdorf studieren, oder? In der Heimatstadt *des Vaters* von der ganz alten Schneiderin! Die ganz alte Schneiderin ist meine Uroma. Wusstest du das?«

Die besagte Schneiderin war 102 Jahre alt und hatte alle vier Söhne überlebt. Meine Familie hieß zwar auch Schneider. Wir waren aber nicht mit der alten Dame verwandt. Meine Vorfahren waren seit Jahrhunderten

Oberstaufenwälder. Doch was interessierte mich jetzt diese uralte ehrwürdige Dame? Ich interessierte mich für die blutjunge, bildhübsche Maus!

Regina wartete auf eine Antwort. Sie stand vor mir und schaute mir in die Augen. Ich schaute sie an, dann auf das Weizenbier, dann wieder zu ihr zurück. Im Anschluss machte ich etwas, was ich noch nie getan hatte: Ich ging an ihr vorbei. ›Mädchen, ich habe jetzt einfach keine Zeit für deine Ticktack-Oma.‹ Ohne ein weiteres Wort ließ ich sie stehen.

Langsam steuerte mein Körper auf meinen Schwarm zu. Was sollte ich ihr sagen? Mein Herz raste. ›Studieren? Ich werde mein Anerkennungsjahr in der Hauptstadt von Bayern machen. Der Heimatort vom Vater ihrer Uroma – was für eine blöde Anmache!‹

Nach ein paar Schritten stand ich direkt vor »meinem Girl«. Sie unterhielt sich mit jemandem. Die beiden standen ein paar Meter auseinander und es schien, als wollte der Typ weitergehen. »Was habt ihr für ein Kennzeichen?«, fragte ich plötzlich in die Runde. Die Partymaus nahm meine Worte und meinen Körper nicht wahr. ›Wie blöd ist denn diese Anmache? O Gott, wie peinlich! Da plappere ich einfach dazwischen. So wird das nie was.‹ Verlegen zogen meine Blicke umher. Regina stand noch an der gleichen Stelle mit ihrem Weizen in der Hand. ›Na, hätte ich besser auch mal eins genommen!‹

Der sportliche Typ ging endlich weiter und meine Nummer eins steuerte die Cocktailbar an. Sie kam dicht an mir vorbei. »Du hast doch das Nummernschild OSK – A 110, oder?«

»Was? Wie?«, fragte sie verdutzt.

›Lauf weg! Wie kannst du nur so einen Mist fragen?‹ Am liebsten wäre ich vor Scham im Boden versunken. Wie ferngesteuert öffnete sich mein Mund erneut: »Du hast doch OSK – A 110 als Kennzeichen, oder?«

»Nein, wir haben OSK – X 678«, antwortete sie und fing einen kurzen Moment später laut an zu lachen.

»Was hast du?«, fragte ich leicht rot anlaufend. »Ich habe einen Lachflash.« ›Was für eine süße Maus!‹ Wie sie das sagte. Jedes Wort von ihr ließ mein Herz höher schlagen. »Und warum?« Sie lachte weiter. »Weil es zufällig genau den gleichen Geländewagen im Oberstaufenwaldkreis gibt?«, fragte ich dunkelrot anlaufend. ›Hättest du nicht mit diesem dämlichen Nummernschild angefangen. Die ganze Nummerngeschichte ist eine dumme Nummer. So eine Stelze steht doch nicht auf solche blöden Nummernschilder-Nummern.‹

Regina schaute uns zu. ›Hoffentlich kommt die jetzt nicht. Warum lacht die sich denn so schrott? Oh Mann! Das läuft sowas von schief hier!‹

»Nein, deshalb nicht! Oder doch, deshalb auch! Aber wer lässt sich ans Nummernschild Oskar schreiben?« Sie lachte nochmals laut auf.

OSK-A, »Oska«, Oskar! Wir lachten zusammen über dieses witzige Wortspielchen. Sie strahlte mich an. Dann ging sie.

Ihren Namen wusste ich immer noch nicht. Tobias, der mich und meinen Flirtversuch gesehen hatte und sich zu mir gesellte, kannte sie. »Die war in meiner Klasse. Sie heißt Caroline Schmidt.«

»Weißt du auch, wo die wohnt?«

»Die Adresse und Telefonnummer stehen in der Schülerzeitung.«

»Schmidt!«, ertönte eine freundliche Frauenstimme am anderen Hörer. »Ja, hier ist Michael Schneider. Ich möchte gern die Caroline sprechen.«

»Ja, einen Moment bitte. Caroline? Caroline! Telefon!« Es dauerte eine Weile. »Ja?«, klang es am anderen Ende ganz zart, schüchtern und leise. »Hallo! Hier ist Michael. Kennst du mich noch?«

»Welcher Michael?« Wie enttäuschend das klang. Ich versuchte, als gut gelaunter Typ rüberzukommen. »Der mit dem Nummernschild, der Oskar.« Leise und nüchtern kam zurück: »Ach der.«

»Und wie geht es dir?«

»Geht so.«

»Bist du nächste Woche auf der Strandparty?«

»Weiß nicht.«

»Caroline!«, ertönte es im Hintergrund.

»Ich muss auflegen.«

»Dann mach's mal gut!«

»Okay! Tschau!«

Ein paar Tage später rief ich sie noch einmal an.

»... wie geht's dir?«

»Geht so!«

»Sollen wir uns mal treffen?«

»Ich weiß nicht ...«

Wir saßen vor dem Konferenzraum der Schule für Sozialpädagogik. Meine Ausbildung zum Erzieher ging zu Ende. Es war eine Umschulung, meine zweite Ausbildung. Eigentlich wollte ich Baudenkmalpfleger werden. Aber bereits während meiner Ausbildung zum Maler hatte ich massive Hautprobleme bekommen. Die Lösungsmittel und der Staub auf der Baustelle setzten meiner trockenen Haut immer wieder zu. Optisch wirkte meine Hautfarbe immer angenehm gebräunt. Gefühlt hatte ich drei Jahre einen Dauersonnenbrand. Bereits Ende des ersten Lehrjahres machten sich diese Symptome bemerkbar. Ich hatte die Ausbildung schon abbrechen wollen, aber mein Vater gab mir vor, dass ich sie unbedingt zu Ende machen müsse. Dafür bin ich ihm sehr dankbar.

Das Arbeitsamt bewilligte zügig eine Umschulungsmaßnahme. Nach einer umfangreichen Eignungsprüfung empfahl man mir eine Umschulung zum Bürokaufmann. Den ganzen Tag im Büro zu sitzen, sagte mir nicht zu. Ich wollte mit Menschen arbeiten. Da ich in meinem Heimatort viele Jahre die Jugendgruppe geleitet hatte, entschied ich mich für eine Umschulung zum staatlich geprüften Erzieher.

Zum Ende der Ausbildung standen die Abschlussgespräche mit dem leitenden Dozenten Herrn Jeschke an. Mit meinen beiden Kollegen Hubertus und Frank saß ich im langen Flur. Wir drei kamen alle aus dem Oberstaufenwald. Man nannte uns das Oberstaufenwälder Dreigestirn.

»Ich glaub', der Schneider ist verliebt«, schmunzelte Hubertus. »Wie kommst du denn darauf?«, fragte ich ihn. »Nur so, irgendwie hab' ich das im Gefühl. Du bist so anders.«

»Da ist jemand. Wir haben uns auf einer Party kennengelernt. Ich habe sie ein paar Mal angerufen. Aber sie antwortet immer nur »Meinste?« oder «Ich weiß nicht.««

Hubertus unterbrach mich: »Dann musst du die mal zu einem Candle-Light-Dinner einladen. Da schmilzt jede Frau dahin.« Er lachte. Wir lachten. Wenn Hubertus lachte, lachten alle.

»Herr Schneider, bitte!« Herr Jeschke lugte aus der Tür. »So! Nun ist ihre Zeit hier am Rhein bald zu Ende. Ihre Noten können sich sehen lassen. Wir kennen uns nun über zwei Jahre. Die Abschlussgespräche haben immer einen besonderen Hintergrund. Neben den Empfehlungen für die zukünftige Berufslaufbahn haben wir als begleitende Lehrkräfte eine zusätzliche Aufgabe: Wir schauen nach Talenten ...«

Was hatte der denn vor?

»Wir dürfen jedes Jahr aus einem Jahrgang zwei Stipendien vom Land vergeben. Herr Schneider, ich würde Sie gerne vorschlagen. Sie haben die Gabe, Menschen zu beobachten und deren Handeln sachlich und fachlich einzuordnen. Das können nur sehr wenige Menschen. Könnten Sie sich vorstellen, ein psychologisches oder ein pädagogisches Studium anzutreten?«

Das kam überraschend. »Ich war jetzt zehn Jahre in der Schule und fünf Jahre in der Ausbildung. Ich möchte jetzt endlich praktisch arbeiten.«

»Sie können ja nach dem Studium praktisch arbeiten.«

»Ich meine immer, zu viel Theorie ist nicht gut für die Psyche. Die Theorie sollte man besser dem lieben Gott überlassen.«

»Wie meinen Sie das?«

»Na ja, die ganzen Psychologen und Psychiater haben ja irgendwie alle einen am Helm.« Er grinste mich an.

Lag es an Caroline Schmidt, dass ich wieder in meine Heimat wollte, oder hatte ich tatsächlich die Nase voll vom Lernen?

›Das ist nun schon das zweite Mal, dass dir ein Stipendium angeboten wurde.‹

»Sie können es sich ja nochmal überlegen. Ich fand die Zeit auf jeden Fall sehr schön mit Ihnen. Ich habe es Ihnen ja schon öfter gesagt: Sie waren eine Bereicherung für meinen Unterricht. Verzeihen Sie noch einmal, dass ich immer Ihre Beobachtungen vorgelesen habe. Die waren wirklich brillant. Darf ich die in anderen Studiengängen auch mal vorlesen?«

»Kein Problem, Herr Jeschke, das können Sie gerne machen. In meinen Kopf hat sich der Leitspruch Ihrer Schule eingeprägt:

Gehen Sie erst mal davon aus, dass es sich um ein gesundes Kind handelt.«

»Das freut mich. Möge dieser Grundsatz Ihr Leben und Ihre Berufslaufbahn begleiten. Unser Wertedenken scheint in Gefahr zu geraten. Da brauchen wir gute Menschen.«

Herr Jeschke erinnerte sich: »Die Geschichte mit Frau Komp werde ich nie vergessen. Frau Komp, sind Sie bekloppt?« Der freundliche Herr, der immer ein Lächeln im Gesicht hatte, amüsierte sich. »Hubertus Rosenkranz erzählte die Gegebenheit ja öfters. Kollegin Komp sagte zu Ihnen: Herr Schneider, haben Sie sich bekappt, als Sie mal eine Kappe aufhatten. An einem anderen Tag sagte sie: Herr Schneider, haben Sie sich bebrillt, weil Sie ihre Brille trugen. Und Sie sagten hinter vorgehaltenem Ordner leise zu Herrn Rosenkranz: Frau Komp, sind Sie bekloppt? Zu köstlich! Herr Schneider, bleiben Sie, wie Sie sind.«

Er stand auf. Wir reichten uns die Hände. »Alles Gute für Ihre Zukunft!«

»Vielen Dank! Ihnen ebenfalls alles Gute!« Später erfuhr Hubertus, dass Herr Jeschke Professor, Doktor,

Doktor war. ›Mmh! Deswegen hatte er bei meiner frechen Antwort mit dem Helm gegrinst.‹

Gut gelaunt fuhr ich mit der KVB zu meiner Wohnung. ›Einmal versuche ich es noch. Wenn sie dann immer noch so träge ist, gebe ich auf. Dann wird sie wohl nichts von dir wollen.‹

»Hallo Caroline, wie geht es dir?«

»Ganz gut.«

»Darf ich dich mal besuchen kommen?«

»Geht nicht, bin in Tüddern.«

»... *und des Sohnes* vom Adenauer ...«, schrie draußen ein Mann. Ich schloss das Fenster.

»Wo ist denn Tüddern?«

»An der holländischen Grenze.«

»Ah, okay! Sehen wir uns am Wochenende?«

»Vielleicht.«

Beim Packen der ersten Kartons für den Auszug ging mir diese Caroline nicht aus dem Kopf. ›»Vielleicht« heißt nicht »ja«, aber auch nicht »nein«. In diesem »Vielleicht« ist jede Menge Hoffnung. Sie hätte schließlich auch nein sagen können. Sie hätte ja auch sagen können »Ich mag dich nicht« oder »Du bist nicht mein Typ« ... Hat sie aber nicht.‹

Das Handy klingelte. Ich rannte zum Küchentisch und schaute erwartungsvoll auf das Display: »Private Nummer«. ›Lass es schellen. Lass sie zappeln, nicht sofort drangehen.‹ Nach fünf Mal Schellen verstummte es wieder. »Mist! Wärst du doch drangegangen. Oh Mann!«

Mit voller Wucht klatschte ich das Fachbuch für Entwicklungspsychologie auf den Fußboden.

Es schellte noch einmal. »Ja?«

»Ach, da habe ich ja doch die richtige Nummer von dir. Ich wusste es nicht mehr genau, ob es deine oder die von Matthias war. Der hat ja jetzt auch so ein modernes Ding. Kommst du Freitag nach Hause?«

»Ja, Mutti!«

Wie gerne hört man die Stimme seiner Mutter. Die Stimme der eventuellen Mutter meiner eventuellen Kinder wäre mir lieber gewesen. Vor mich hin grinsend packte ich weiter Bücher in die Kartons.

Zuhause angekommen eilte ich direkt zum Telefon und hörte den Anrufbeantworter ab. »Keine neuen Nachrichten.« Woher sollte sie meine Festnetznummer haben? ›Komm! Noch einen letzten Versuch.‹ Es war 16 Uhr. »Was machst du heute Nachmittag?«

»Wir fahren noch in die Zeil, Schuhe kaufen.«

»Na dann! Vielleicht sehen wir uns ja am Wochenende. Viel Spaß beim Einkaufen.« Ich legte auf. Einkaufen! In Deutschlands beliebtester Einkaufsstraße? Um die Uhrzeit? Vergiss sie einfach. Mann, war ich geladen!

Es war die letzten Tage am Rhein. Die Umzugskartons standen gepackt im Zimmer. Nach Schulschluss ging ich zur Pforte und schaute auf die Postliste. Mein Name stand drauf. Endlich bekam ich mal wieder einen Brief. Es war eine erfreuliche Nachricht: die Zusage der Schule für Sozialpädagogik in Bayern für die Zeit während meines Anerkennungsjahres.

Gut gelaunt ging ich rüber zum Internat mit dem Brief in der Hand und Caroline Schmidt im Kopf. Um diese Frau war ich bereit zu kämpfen. Diese langweilige Frau am Hörer war nicht die flippige Maus von den Partys. ›Vielleicht telefoniert sie nicht gern‹. Sie einmal ohne Telefon, ohne Partystimmung zu treffen, war mein Plan für ein klares Nein oder Ja. Ich rief sie ein allerallerletztes Mal an. Die schwierigste Hürde musste genommen werden, vor der die meisten Singles verweilen: eine nette, direkte, persönliche Einladung zu einem Date. Ich atmete einmal tief durch, wechselte nervös zwischen Zimmer und Bad. Ich strich verlegen mit dem Zeigefinger entlang der Schreibtischkante. Meine Fingerspitze schlenderte über die Drahtspirale des Tischkalenders. »Darf ich dich zu einem Eis einladen?« Meine Augenlider fuhren runter, mein Puls schoss in die Höhe. Meine Ohren vernahmen ein leises und zartes »Meinste?« Als überzeugter Optimist stufte ich diese schwächste Art einer Zusage als ein klares »Ja, ich will!« ein.

Ein Date: Ich stand auf einem Stein. Ein majestätisch wirkender Treppenstein aus Grauwacke. ›Sieht ein bisschen wie ein Grabstein aus.‹ Ich zog an der Glocke neben der Tür. Ich stand vor ihrer Tür. Nein. Vor der Haustür ihrer Eltern, nervös und verliebt. Es war ein warmer Hochsommertag.

Ein älterer Herr schaute über die Hecke. »Ich glaube, die sind nicht da«, rief er zu mir rüber. »Aber da ist ein Föhn zu hören«, gab ich zurück. ›Was quatscht der mich denn jetzt an?‹ Mein verliebtes Herz schlug schnell. Wir waren zu unserem ersten Date verabredet. Endlich hatte es mit einer Verabredung geklappt.

Zitternd zog meine Hand ein zweites Mal den edlen Glockenstrick. ›Was sage ich denn gleich?‹ Nervös tappten meine Schuhe auf dem Stein. ›Nun mach doch mal einer auf.‹ Sekunden schienen mir wie Ewigkeiten. »Mein Treppenstein, der ist so fein, der lässt keine bösen Leute rein.« Meine Phantasie ging mit mir durch! ›Vielleicht hat die überhaupt keinen Bock auf dich‹, schoss es mir durch den Kopf. Die Angst davor, einfach stehen gelassen zu werden, stieg. Die Verlegenheit war kaum auszuhalten. Ich wollte im Erdboden versinken. Sollte dieser Treppenstein tatsächlich mein Grabstein werden?

Das Fenster über der Tür öffnete sich. Caroline schaute zu mir herunter. »Ich bin sofort unten.« Ihre langen strohblonden Haare wehten im Wind. Ich nahm ihren bezaubernden Duft wahr. ›Ist das eine süße Maus!‹

Die edle Eichentür ging auf. Wir waren beide verlegen. Keine Umarmung, keine Berührung! »Mmh, kannst du die Schuhe ausziehen? Du sollst erst mal reinkommen.«

»Na klar, mache ich.«

»Wow! Was ist das?« Mein erster Fuß schwebte über die Türschwelle und traute sich gar nicht, auf diesem edlen Boden aufzutreten. Zuerst mein Fuß, dann spiegelte sich mein ganzer Körper in dem hochpolierten, schwarzen Marmor. Wir schritten durch den zwei Geschosse hohen Eingangsbereich. Eine imposante Holztreppe schlängelte sich rechts an der Wand entlang und endete im Obergeschoss mit einer großzügigen Empore. Die massiven Geländepfeiler waren mit aufwendiger Schnitzkunst verziert, die senkrechten Stäbe passend hierzu gedrechselt. Ein prunkvoll gestalteter Geländerlauf krönte dieses Meisterwerk der Schreinerkunst. Unter der Treppe war eine Nische. Auf einem Marmorsockel stand eine Kinderwiege aus scheinbar uraltem Eichenholz. Auf einem weißen, buntbestickten Tuch saßen drei Püppchen, zwei mit langen, eine mit kurzen, stoppeligen Haaren. Auf jeder der Püppchen schien ein kleiner, in den rustikalen Landhausputz eingelassener Strahler. An der Wand hinter der Wiege hingen schwarz-weiße Bilder aus längst vergangenen Tagen. Das Größte, über der Wiege hängend, zeigte zwei junge Frauen bei der Handarbeit.

Durch eine zweiflügelige Eichentür betraten wir das Wohnzimmer. Es strahlte eine herzliche Gemütlichkeit aus. Die vier großen Rundbogenfenster an der Südseite ließen viel Licht in den Raum. Auf den schwarzen Fensterbänken standen rote Töpfe aus Ton. In diesen wuchsen verschiedene Blumen: hohe, kleine, immergrüne und blühende. Es war schön anzusehen. Der ganze Raum war geschmackvoll eingerichtet. Er lud ein zum Verweilen, zum Entspannen. Die längste Raumseite bestand nur aus Büchern. In einem massiven Regal aus gebeiztem Eichenholz standen unzählige Werke, meist

Romane, aber auch Fachliteratur verschiedenster Gattungen.

Am Ende des Bücherregales war eine kleine Leseecke eingerichtet. Eine stilvolle Leselampe aus Edelstahl stand neben einem kleinen Tischchen und einem modern gestalteten, dunkelroten Ohrensessel. In diesem saß Carolines Mutter. Eine attraktive Frau im besten Alter. Sie sah deutlich jünger aus. Die Augen waren mit einem dunkelblauen Lidschatten aufgehübscht, passend zu dem aufwendig genähten, quietschgrünen Kleid. Sie kam ein paar Schritte auf mich zu und reichte mir die Hand. »Schmidt!« Mit einem festen Händedruck begrüßten wir uns. »Guten Tag, Frau Schmidt! Ich freue mich, Sie kennenzulernen.« Sie schaute mir prüfend in die Augen, musterte meinen Körper samt Kleidung und lächelte freundlich. »Endlich bringt unsere Caroline mal einen Freund mit nach Hause. Da hab ich ja schon lange drauf gewartet. Unsere Caroline kann sich schon sehen lassen.« Sie musterte mich ein zweites Mal aus der Ferne. »Du hattest doch vor ein paar Tagen schon angerufen.« Sie schaute ihre Tochter strahlend an. »Habt ihr euch denn schon mal getroffen?«

»Mama! Du nervst.«

Frau Schmidt lachte. »Warum? Trefft euch doch. Geht mal ins Kino oder ins Schwimmbad.«

Ihre Mutter fand ich vom ersten Augenblick an sympathisch. Sie hatte etwas Liebes, etwas Fürsorgliches. Frau Schmidt ging zum Fenster und schaute in den

Garten. Das glatte, lange, brünette Haar bedeckte ihren Rücken. Ein Moment der Stille füllte den Raum. ›Für Anfang fünfzig sieht die aber noch verdammt gut aus.‹ Mir kam der saloppe Satz unseres Berufsschullehrers in den Kopf. »Jungs, wenn ihr auf die Jagd geht, schaut euch die Schwiegermütter an. So sehen in 20 Jahren eure Frauen aus.«

An einem warmen Sonntag fuhren Caroline und ich nach Lehnstadt in die Eisdiele. Zum Draußensitzen war es noch zu kalt. Wir setzten uns rein. Wir waren beide sehr ruhig. Die Eiskarten halfen, die Stille zu begründen. Obwohl ich die Karte kannte und genau wusste, wo mein Lieblingseis abgebildet war, studierte ich sie gründlich und suchte passende Worte für ein Gespräch nach der Auswahl der kühlen Speisen.

»Was darf's denn sein?« Mit einem höflichen Handwinken schaute ich zu Caroline. »Ich nehme das Spaghettieis mit Waldfrüchten.«

»Ich hätte gern auch ein Spaghettieis mit Waldfrüchten.«

Caroline lächelte mich mit einem unbeschreiblichen Blick an. Das Spaghettieis war bestellt und das Schweige-Eis gebrochen.

»Das schmeckt hier einfach am besten.«

»Ja, die Waldfrüchte sind genial.«

»Zuhause habe ich mal eine Soße für ein Vanilleeis mit selbst gesuchten Früchten aus dem Wald gemacht.«

»Ich bin auch gerne im Wald. Ich habe dort früher oft mit meiner Freundin gespielt.«

»Wir haben uns auch oft Hütten gebaut.«

Es war ein schöner Nachmittag.

Zu Ostern im Jahre 2000 fuhren wir mit ihrer jüngsten Schwester Marion und ihrer Cousine zum Schwimmen. Die zwei merkten, dass es zwischen uns funkte. Sie kicherten öfter auf dem Hinweg auf der Rückbank. Im Schwimmbad hatten wir Zeit füreinander. Die beiden Kleinen beschäftigten sich selbst. Wir turtelten rum, wie es sich für ein angehendes Liebespaar gehörte. Wir umarmten uns. Wir gaben uns erste zärtliche Küsse. Wir schwammen wieder in das Hauptbecken, um die Kleinen im Auge zu haben. Ihr sportlicher Körper war ungemein schön anzusehen. Sie schwamm vor mir her. Jeder Schwimmzug wurde genossen. Die trainierten Arme, die geformten Rückenkonturen, das konnte sich sehen lassen! Von weitem konnten wir die beiden Mädels beobachten. Caro drehte sich um und hielt sich am Beckenrand fest. Wie schön sie war. Die nassen Haare, der freche Blick, das hübsche, unschuldige Gesicht! Ich genoss jede Sekunde.

Nach einer Weile fragte ich sie: »Was macht dein Vater beruflich?« Caroline druckste verlegen rum. ›Shit, da habe ich wohl das falsche Thema angerissen – nicht, dass der arbeitslos ist. *»Wenn er in der Baubranche tätig ist, kenne ich ihn vielleicht.*‹ »Mein Vater, der ... *wir haben eine eigene Firma.*«

Es war ihr fast peinlich, das zu erzählen. Sie war bescheiden und zurückhaltend. Diese Mischung aus liebem Mädchen und aktiver Frau gefiel mir. Und sie war eine Powerfrau. Ich hatte mich nicht getäuscht. Ihre Schüchternheit war seit dem »Mama! Du nervst« wie weggehext. Sie war meine Traumfrau!

Kapitel 2 Generation of the Future!

Unsere Zeit begann! Jede freie Minute verbrachten wir zwei gemeinsam. Wir tanzten ab. Wir feierten ab, unbeschwert und frei.

»Zeig mal deinen Ausweis.«

»Nicht schon wieder!«

»Warte, ich hole ihn.« Öfter rannte ich zurück zum Auto und holte Carolines Ausweis. Sie trug nie etwas bei sich, wenn sie auf Partys ging. Eine Handtasche fand sie uncool. Mit den langen glatten Haaren und der sehr schlanken Figur sah sie deutlich jünger aus. Sie war 21. Ihr Alter mussten wir den Securitys am Eingang des Öfteren mit dem Vorzeigen des Persos beweisen.

»Heute Nacht schläfst du bei mir«, flüsterte ich ihr auf der Tanzfläche ins Ohr. »Meinste?« ›Einfach machen! Überhör ihre Skepsis.‹ Gegen drei Uhr fielen wir ins Bett. Gegen fünf fiel ich wieder aus dem Bett. ›Ah! Sie hat vergessen, ihren Wecker auszustellen.‹ Mein Arm legte sich wieder um ihren Bauch. Nach fünf Minuten dröhnte das Teil erneut. »Oh Mann, kannst du das Mistding mal ausstellen?«

»Ich muss los«, sagte sie. »Wohin musst du denn?«

»Nach Hause!«

»Wir haben Samstag.«

»Ja, aber ich darf nicht bei dir schlafen.«

»Sagt wer?«

»Mama!«

Um 11 schellte mein Telefon. »Hi! Na?«, sagte sie sanft. »Hallo! Bist du gut nach Hause gekommen?«

»Ja, bin ich. Ich komme gleich wieder zu dir. Mama ist ausgeflippt, weil ich die Wäsche nicht gebügelt habe. Das muss ich erst machen. Aber dann komme ich wieder zu dir.«

›Die wird aber sehr streng erzogen!‹ Caroline war weit über 18. Aber irgendwie gefiel mir das. Es hatte Stil. Es war ein Zeichen sehr guter Erziehung, eines guten Elternhauses.

Die erste neu erlernte Nachspeise, welche mir die angehende Köchin eines Sonntags präsentierte, war ein warmer Apfelstrudel mit Mandeln. Wir saßen in der Luxusküche. Es duftete nach Kaffee, frischem Strudel und einer ganz leichten Note Knoblauch. Die verweilte wohl noch vom Mittagstisch im Raum. Die Tafel wurde adrett zusammengestellt und die meisterlich erstellte Süßspeise fand ihren Platz auf dem Tisch neben der frisch geschlagenen Sahne. Wir aßen und tranken. Beim ersten Bissen dachte ich: ›Der Strudel schmeckt leicht nach Knoblauch.‹ Ich aß weiter, ohne mir etwas anmerken zu lassen. ›Das bildest du dir nur ein. Das hat man schon mal - Geschmacksnervenfieber.‹

Oder vielleicht lag es daran, dass ich verliebt war? Auf der Fahrt zum Bahnhof stellte sich dann heraus, dass noch mehr Menschen verliebt waren. »Hat dir der Pfälzer Apfelstrudel denn geschmeckt?«, fragte Caroline. Irritiert, weil die Frage erst im Auto kam, antwortete ich: »Doch, war gut!« Ich überlegte kurz. »Na ja, war nicht ganz so gut!« Ich konnte mir ein breites Grinsen nicht verkneifen. »Ich habe erst gedacht, dass im Strudel Knoblauch ist.« Wir beide lachten. »Wieso?«, fragte sie kichernd. »Als ich zum ersten Mal reinbiss, hatte ich so einen Nachgeschmack von Knoblauch.«.

»Ja – ich war ein bisschen verwirrt. «

Da war es – diese unverstellte, aber dennoch freche Art, die ich an dieser Frau so liebte – einfach unbeschreiblich: »Ich war verwirrt!« Sie hatte tatsächlich Knoblauchgewürz in den Apfelstrudel gestreut. Die Gewürzdose mit Knoblauch hatte die gleiche Farbe wie die Gewürzdose mit Zimt. „Ich war verwirrt.“

Am zweiten Wochenende im Juni war Schützenfest im Dorf, in dem Caroline wohnte. In der Stadthalle gab es eine Technoparty. Frau Schmidt bot mir an, in ihrem Hause zu übernachten, »Ich habe das Gästebett frisch bezogen und frische Handtücher habe ich auch ins Gästebad gelegt.« Caro und ich schauten uns verschmitzt an. Wir standen am Fenster in der noblen Küche des Hauses. Mit dem hochmodernen Kaffeeautomaten zauberte Caros Mutter jedem von uns ein warmes Getränk nach Wunsch. In hohen Schuhen und einem dunkelblauen Kleid werkelte die attraktive Dame geschickt mit ihren gepflegten Fingern. Ihr Haar war hochgesteckt, die Lippen zierte ein dunkelroter Lippenstift.

»Der Michael schläft aber auf meinem Zimmer.« Energisch gab Frau Schmidt zurück: »Das macht der natürlich nicht. Der schläft im Gästezimmer. Untersteht euch! Was sagst du denn dazu, Michael?«

»Ich bin bei Ihnen zu Gast, Frau Schmidt ...« Ehe ich weiterreden konnte, packte mich Caro bei der Hand. Sie zog mich hinter sich her. Wir gingen in das Gästezimmer. Im Handumdrehen formte sie die Couch zu einem Doppelbett. Anschließend holte sie ihre Bettdecke. »Wir schlafen zusammen im Gästezimmer.« Caroline grinste mich frech an. »Aber erst mal machen wir Party.« Sie gab mir einen Kuss auf die Wange.

Hierzu hatten wir uns entsprechend gekleidet und gestylt. Umso mehr wunderte es mich, dass Caroline unbedingt erst auf das Schützenfest wollte. In der Schützenhalle herrschte eine ausgelassene Stimmung. Meine Partymaus stolzierte in hohen Schuhen vor mir her. Die vielen Blicke auf meine schicke Lady machten mich stolz. »Das ist meine Caro!« Ihre Plateauschuhe gingen auf einen attraktiven Mann zu. Er trug einen grauen Anzug. Dieser Herr hatte eine besondere Ausstrahlung. Der Blick, die breiten Schultern, der ganze Auftritt hatte was. Selbst der strenge Seitenscheitel seiner pechschwarzen Haare wirkte eher attraktiv als spießig, ebenso die grauen Ansätze an den Seiten. Was hatte die Frau vor? Neben dem Herrn kam ich mir vor wie ein Schuljunge. ›Wie soll ich denn mit dem mithalten?‹ Caroline schaute ihn an. Caroline schaute mich an, mit dem gleichen strahlenden Blick. ›Die wird doch wohl nicht.‹

»Heute hamse alle Spaß!« Er lachte laut auf. Wir drei lachten zusammen. Der Satz würde uns viele Jahre begleiten. Wir setzten ihn als Insider ein, wenn wir untereinander oder mit anderen Spaß hatten. Und wir hatten oft Spaß! Viele schöne Jahre lang!

Er lächelte mir freundlich zu. »Ich bin der Ludwig, der Papa von der Caroline. Ich habe schon viel von dir gehört.« Herr Schmidt reichte mir die Hand. Meine Caro beobachtete den kräftigen Handschlag. Sie strahlte vor Glück!

In der Stadthalle bebten unsere Körper. Im Viervierteltakt schwebten wir durch die Halle. Caro bewegte sich sexy zu den Bässen und elektronischen Klängen. Das bunte Lichtspiel verwandelte sie in eine Techno-Queen. Das war ihre Welt. Der DJ verfeinerte seinen Mix nach Caros Bewegungen. Drei Scheinwerfer brachten sie für eine Zeit in den Mittelpunkt der Partygemeinde. Ihre Verehrer fuhren zur Höchstform auf. Manche hüpften unsanft. Auf einen Typ wurde ich neidisch. Der hatte es drauf. Doch die Dance-Queen hatte nur Augen für mich, auch wenn ich mich einige Meter von ihr wegbewegte. Dies blieb nicht unbemerkt. Eine weitere, sich wenig bewegende Clique stellte sich in unsere »elektrisierte Blicktrasse«. Caro checkte ihre braungebrannten Bodys in edlen Marken-Outfits von Kopf bis Fuß. Dadurch wurden sie noch cooler, noch steifer. Einer von ihnen setzte sich eine

Sonnenbrille auf. Er fuhr sich mit der Hand durch das nasse, angeklatschte Haar. Langsam bewegte sie sich rhythmisch auf die steifen Dreamboys zu. Ihre himmelblauen »Scheinwerfer« schwenkten von einem zum anderen. Sie wurden verlegen. Ich stimmte mich auf Caros Rhythmus ein. Ich schloss die Augen. Ich legte meine Hände in die Luft. Der DJ war Weltklasse. Die Halle bebte. Dicht hinter mir tanzte ein Body. Eine Hand legte sich auf meine Schulter, die andere an meine Hüfte. Ein heißer Atem hauchte mir ins Ohr: »Hey! *Was bis du denn für ein cooler Typ?*« Wir lachten. Wir tanzten. Wir feierten. Wir feierten die ganze Nacht.

»Die nehmen immer die großen Tassen.« Am anderen Morgen deckte Ludwig den Frühstückstisch. Für den Kaffee stellte er für jeden einen Pott neben den Teller. Ludwig Schmidt suchte nach Löffelchen. Sein sonst streng frisiertes Haar lag noch kreuz und quer. Caro saß auf der Bank. Das war ihr Lieblingsstart in den Tag: im Jogger auf der Küchenbank am Fenster sitzen. Sie sprang auf und nahm fünf kleine Löffel aus der Schublade neben der Spülmaschine. Diese legte sie auf den Tisch. Ihr Vater verteilte sie in die Kaffeepötte.

Die Küchentür öffnete sich. »Was soll das denn? Wer hat denn die großen Becher aufgedeckt? Also wirklich! So etwas kann ich ja nicht haben. Das Auge isst mit. Ein Tisch muss ordentlich gedeckt sein, da lege ich großen Wert drauf.« Frau Schmidt war nicht auf dem Schützenfest gewesen. Sie hatte ihren Mann um null Uhr dreißig abgeholt. Frisch gestylt, im schicken Business-Kostüm, wurde der rustikale Frühstückstisch im Nu in eine feine Tafel verwandelt.

Ich kam aus dem Staunen nicht mehr heraus. Sie machte es genau wie Tante Josi. Diese Leidenschaft zum Detail, diese Ordnung, dieser Hang zu guter Manier gefiel mir, vereinte die beiden. War dies eine Seelenwanderung zwischen den beiden? Eine Fügung meines Schicksals durch eine Übermacht? Hat hier unsere Burga ihre Hand im Spiel? »Ich passe auf dich auf, wenn ich im Himmel bin ...«, sagte sie immer zu mir. Der Satz gefiel Josi aus Görlitz: »...mit dem lieben Gott, im Namen der Gottesmutter *und des Heiligen Geistes.*« Meine Oma Burga, eigentlich Walburga, war sehr gläubig gewesen. Sie sprach manchmal etwas seltsam. Sie hatte noch die Kaiserzeit erlebt, wie auch Klara Meyer, dei Oma von Caro.

Diese liebliche Tischordnung war bei allen drei Frauen gleich: bei meiner Oma, bei Frau Schmidt, bei meiner Lieblingstante in Görlitz.

Das Wochenende drauf war Oldie-Night in der Schützenhalle Niederdorla, eine der angesagtesten Partys im Oberstaufenwald. Karten im Vorverkauf konnten wir nicht mehr ergattern. Unsere Clique steckte in der langen Warteschlange vor dem Eingang fest. Wir suchten nach anderen Möglichkeiten, in die Halle zu kommen. Caro war schon mit Tobias ein paar Reihen weiter vorne. Markus kam auf mich zu und sagte heimlich: »Wir haben einen Schleichweg gefunden. Ein Bekannter von mir arbeitet in der Cocktailbar. Da gibt es eine kleine Nebeneingangstür. Wir sollen es aber keinem sagen.«

Fünf Minuten später standen wir in der Halle. Wo war Caro? »So voll ist es doch noch gar nicht hier. Warum lassen die denn nicht mehr Leute rein?«, fragte Markus. »Vielleicht lassen die erst alle mit den Karten aus dem Vorverkauf durch. Na ja, wir sind ja drin«, gab ich zur Antwort.

Endlich kam meine Caro. In hohen schwarzen Stiefeln kam sie strahlend und mit Tobias händchenhaltend auf uns zu. Tobias grinste: »*Das ist jetzt meine Freundin. Das ist jetzt meine Freundin.*« Sie entkoppelte sich, kam freudestrahlend auf mich zu und gab mir einen Kuss.

Der Schwarzhaarige und der Lange aus dem weißen Cabrio hatten es auch geschafft, in die Halle zu kommen. Sie kamen zu uns. Der Schwarzhaarige umarmte Caro und gab ihr einen Kuss auf die Wange. Noch die Hände an ihren Schultern, unterhielten sie sich kurz. Dann kam er zu mir, schaute mir in die Augen, schaute an mir herunter, griff mit Daumen und Zeigefinger an meine Brustwarze und drehte sie bis zur Schmerzgrenze. »Du hast es also geschafft. Ich bin Mirek. Ich kenne Caro schon sehr lange. Wir haben keine Party ausgelassen.«

»Ich bin Michael ...«

»Das ist Georg«, stellte Caro mir den Langen vor, der bisher gar nichts gesagt hatte. Der mich ab und an von der Seite heimlich anschaute.

»Euch sieht man auf jeder Party. Und im Sommer habe ich euch öfter im Cabrio in der Stadt gesehen.«

»Das habe ich mir vor ein paar Monaten gekauft. Mit dem sind wir auf Norderney gewesen«, schwärmte Mirek, ohne einen Blick von Caro zu lassen. »Das war total cool«, gab Caro direkt dazu. Wir unterhielten uns noch kurz. Dann nahm mich Caro an die Hand: »Komm, wir gehen mal rum.«

Spät in der Nacht fuhren wir wieder nach Hause. »Heute Nacht schläfst du aber bei mir.«

»Meinste?«

»Meinste ich. Caro, du bist 21 Jahre alt. Keiner kann dir vorschreiben, wo oder wie lange du schlafen sollst.«

»Eigentlich hast du ja recht.«

Am anderen Morgen zauberte ich uns ein Schlemmerfrühstück in meiner Wohnung im Erdgeschoss meines Elternhauses, in der früher meine Oma gelebt hatte. Gegen halb zehn fuhr ich zum Bäcker und holte beim besten Metzger der Stadt frischen Aufschnitt. Samstags war immer Markt auf dem Schützenplatz. Hier kaufte ich biologisch angebaute Tomaten. Auf dem Rückweg kamen mir die Worte des Gastwirtes Willi in den Sinn: »Wenn man wie de' Michel keinen Alkohol trinkt, dann hat man auch keine Ramm-Allüren. Nachdurst, Kopfschmerzen, Drömeligkeit. Das hat man dann alles nicht. Ne! Das iss so.«

Aus dem Garten meiner Eltern pflückte ich tiefrote Erdbeeren. Diese verarbeitete mein Cocktailmixer zu einem leckeren Erdbeermilchshake.

Ich setzte Kaffee auf. An der Wand hing noch der Filterhalter meiner Oma. Meine Kaffeeecke war an der gleichen Stelle wie bei meiner Oma auf dem alten Linde-Kühlschrank. In der Zeit, als die Wohnung vermietet gewesen war, verschenkte meine Mutter den Kühlschrank an ihre Freundin, welche eine Pension betrieb. Er war ein Stromfresser. Die Tür des Eisfaches hatte schon zu Lebzeiten meiner Oma gefehlt. Ich holte mir diesen Kult-Kühlschrank wieder. Die Freundin meiner Mutter half mir bei den Treppenstufen ihres Kellers. »Eure Oma war auch dein Ein und Alles.«

In dem besagten Schrank stand das Sahnekänneken, was ich ihr meistens noch beim Abendbrot oder Frühstück holen musste: »Michel, hol mir doch bitte noch das Sahnekänneken. *Herr nei! Irgendwas vergesse ich aber auch immer.*« Sie lachte auch gern mal über sich selbst.

Ich deckte den Frühstückstisch. Der Holztisch und die beiden Stühle waren auch noch von Oma. Eigentlich war die Küche noch exakt so wie bei ihr damals. Die Mieter vor mir hatten eine Eckbank aufgestellt. Diese hatte ich wieder zurückgebaut, indem ich eine Seite abschraubte. Eine kleine Bank stand an der Wand, an welcher früher Omas Sessel gestanden hatte.

Das rot-grau-blau gesprenkelte Porzellan wurde akkurat auf dem Holztisch angeordnet. Die Teller zwei Zentimeter von der Tischkante entfernt. Ein Messer lag jeweils auf den Tellern, ein Kaffeelöffelchen auf jeder Untertasse. Alle Frühstücksgaben waren nett auf Tellerchen oder Gläschen hergerichtet. Nur die

Kaffeesahne war in der Dose. Das Sahnekännchen meiner Oma gab es nicht mehr. Es war ein Geschenk ihrer Tochter zu Weihnachten gewesen. Bevor sie das Sahnekänneken bekam, hatte sie die Dose auch immer auf den Tisch gestellt. Es musste Sahne der Marke Glücksklee sein. Das war ganz wichtig. Wehe, meine Mutter brachte vom wöchentlichen Großeinkauf eine andere Sorte mit.

Die Mitte des Tisches war mit dunkelroten Rosenblättern locker ausgelegt. Das Teelicht im Stövchen flackerte beruhigend vor sich hin. Es duftete nach frischen Brötchen, Erdbeeren und Kaffee. Die letzten Siedeverzüge verpufften aus der Maschine. Die ersten Sonnenstrahlen fielen durch den Buchenwald über dem Dorf auf den Tisch. Ein Frühlingslicht, ein besonderes Licht! Es war ein besonderer Tag. »Oh, stopp! Der O-Saft!« Zu jedem guten Frühstück gehört ein Glas Orangensaft. Schnell wurden noch Gläser und eine gekühlte Flasche Saft hinzugestellt.

Der gemütliche Kaffeeduft musste wohl die Partymaus in die Küche gelockt haben.

»Oh! Das sieht aber schön aus.«

»Danke! Nehmen Sie Platz an der Tafel«, scherzte ich. Caro machte es sich auf der Bank bequem. Ich schenkte ihr eine Tasse Kaffee ein. »Der Schwarzhaarige hat dich ja gestern Abend ganz schön angehimmelt.«

»Das macht der schon ziemlich lange. Aber das wäre nie etwas geworden. Der arbeitet bei uns in der Firma. Für mich sind wir gute Freunde, mehr nicht.«

Wir quatschten, wir lachten, wir schlemmten gemütlich vor uns hin. Wir erzählten uns über unsere

Familien und stellten fest, dass wir sehr ähnlich aufgewachsen waren. Unsere Omas wohnten beide mit im Haus, im Erdgeschoss. Beide waren für uns besondere Menschen gewesen, zu denen wir gerne hingingen. »Wir saßen im Sommer immer in der Hollywood-Schaukel bei unserer Oma. Wenn Roland und Christian da waren, haben wir öfter so fest geschaukelt, dass wir vor die Wand knallten und der Putz ein bisschen abrieselte. Da hat Oma immer geschimpft.«

»Unsere kam immer hoch, wenn wir auf den Sofas herumhüpften. Onkel Thomas fand das immer lustig, wenn der zu Besuch war. Er sagte: Man hörte nur die Tritte auf dem Boden. Wenn ihr auf den Sofas wart, war es wieder leise. Thomas und Josi musst du unbedingt kennenlernen. Da fahren wir mal hin. Bei denen bin ich mindestens einmal im Jahr. Samstags frühstücken wir auch immer stundenlang, und dann geht es in die Stadt zum Shoppen.«

»Cool! Das können wir gern mal machen.« Caro nahm die letzte Erdbeere.

»Das war das beste Frühstück, das ich je hatte!«

Sie saß auf der Bank, genau an der Stelle, wo meine geliebte Oma gesessen, wo sie den Staufenkurier gelesen hatte.
Unser Brunch ging bis halb zwei. Caro fuhr wieder nach Münchhausen. Ich setzte mich noch einmal an den Tisch, auf die Bank, wo Caro gesessen, wo damals der grüne

38

Sessel gestanden hatte, in dem meine Großmutter jeden Mittag im Sitzen ihr kleines Mittagsschläfchen hielt. Öfter musste sie mich bitten, nach oben zu gehen. »Ich muss erst mal ein bisschen ruhen. Geh mal hoch, gleich zur Kaffeezeit kommst du wieder runter.«

Ich schaute noch einmal auf den Filterhalter aus Holz. Der Linde-Kühlschrank darunter war gefüllt mit Erinnerungen aus der guten alten Zeit. Unzählige schöne Stunden verbrachte ich in dieser gemütlichen Oma-Küche. Sie war zusammengestückelt, wie alle Oma-Küchen aus meiner Kindheit – schlicht, zeitlos, austauschbar. Neben dem 25 Jahre alten Kühlschrank stand das Spülbecken mit Abtropffläche, darunter die Geschirrschublade mit silberner, waagerechter Griffleiste. Unter der Spüle lagerten die »bunten Töpfe«. Meine Mutter besaß ein »langweiliges« Edelstahl-Topfset. Meine Oma hatte »bunte Töpfe«. So nannten wir Enkelkinder diese. Jeder Topf war anders. Sie waren schwarz, weiß, bemalt. Sie waren schwer, sie waren unverwüstlich. Sie hatten blaue, weiße oder rote Deckel.

Daneben stand der Elektroherd mit vier Platten – das modernste und neuste Stück der Zeile. Meine Oma hatte ihn nur noch ein paar Jahre benutzt. Sie hatte immer die Drehknöpfe verwechselt. »Michael, du musst mir das Mal auf einen Zettel schreiben. Hol mal die Bleifeder aus der guten Stube.« Am Tag drauf: »Guck dir noch mal deinen Zettel an.« Ich schaute. »Ist doch alles richtig.«

»Und hinten links?«

»Ja, das ist doch die Platte. Dreh mal an dem Schalter.«

»Michael! Links schreibt man mit k, nicht mit g. Das heißt nicht lings.« Sie wiederholte den Satz mehrmals und zog das »g« in die Länge. Dabei zog sie den Unterkiefer seitlich runter und sackte leicht zusammen. Wir amüsierten uns, wir lachten ausgelassen. Niemals wieder habe ich links mit g geschrieben.

Zuletzt kam der Nähschrank. In dem Nähkorb, welchen ihre Tochter, Tante Josi, ihr zu Weihnachten geschenkt hatte, lag immer die lange, silberne Schere. Mit der wollte sie mir mal mein Hühnerauge abschneiden. Sie hatte die Schere schon angesetzt. Ich zog den Fuß aber rechtzeitig weg!

Der Nähschrank war ähnlich aufgebaut wie der Schrank unter der Spüle. Die Silberleiste war anders, der nach hinten versetzte graue Streifen dunkler. In der Schublade lagen der jahrzehntealte Kochlöffel aus Holz, der unten schwarz war, und andere Küchengeräte. Keiner konnte so gut Milchsuppe kochen wie meine Oma.

Die Oberschränke waren ebenfalls zeitlos weiß gehalten mit silbernen Griffleisten an den unteren Kanten. Im ersten Schrank über dem Kühlschrank stand Agiolax. Das Mittelchen für die Darmpflege fehlte in keinem Ü-60 Schrank. Im Doppelschrank daneben standen die zwei Tassen, aus denen jedes der sieben Enkelkinder getrunken hatte: eine weiße Emaille-Tasse mit der schwarz abgesetzten Beule am unteren Rand und das berühmte, verblasste gelbe »Minsken-Täsken«. Das »Minsken«, die

Katze, war kaum noch zu erkennen. Eigentlich war nur noch ihr »Schatten« sichtbar. Im letzten Schrank waren die Backzutaten, die Süßigkeiten und Omas dickes, schwarze Portemonnaie.

Omas sind großzügig und lassen alles durch. Unsere Oma war da etwas anders. Wenn uns mal der süße Zahn auf dem Spielplatz drückte, gingen wir auf dem direkten Weg durch den Zaun zu ihr. Bei gutem Wetter saß sie auf der Bank vor ihrer Haustür. Wir bekamen natürlich auch immer etwas. Aber keine ganze Tüte: »Nimm zwei! Steht extra drauf!«

Ich verweilte in der Vergangenheit. Der alte Linde-Kühlschrank sprang an. Er summte vor sich hin. Ein vertrautes Geräusch aus längst vergangenen Tagen, aus einer schönen Kinderzeit.

Nachmittags bekam ich einen Anruf: »Ich kann heute Abend nicht zu dir kommen. Morgen kommt Mamas Freundin. Ich muss ihr eine Torte backen. Das ist ihr eben eingefallen. Eigentlich wollte sie eine beim Konditor kaufen. Aber nein – jetzt muss ich ihr eine backen. Das ist ziemlich viel Arbeit. Ich kann ja morgen Mittag mal zu dir fahren.«

Kapitel 3 Frauen und Alkohol

Caro betrat zum ersten Mal die hochmoderne Penthouse-Wohnung von Thomas und Josephine in Görlitz. Meine Tante reichte ihr die Hand: »Hallo Caroline, ich bin die Josi. Schön, dich kennenzulernen. Michael hat am Telefon schon viel von dir erzählt. Oben habe ich gedeckt. Geht schon mal auf die Dachterrasse. Der Michael kennt sich hier bestens aus. Fühl dich wie daheim.«

Von der Dachterrasse hatte man einen sagenhaften Blick auf die Altstadt. Der mächtige weiße Frauenturm ragte aus den alten Gemäuern heraus. »Da gehen wir Sonntagmorgen hin.« Josi schmunzelte: »Caroline, da müssen alle mit hin. Alle Damen, die Michael mitgebracht hat, mussten da hin. Das ist Pflichtprogramm. Weiß du noch, Klara?«

»Oh ja!«

»Die hat gestreikt. Der war es zu weit. Die hat sich einfach an die Neiße gesetzt und gewartet, bis Michael wieder zurückkam.«

»Außer Maria, die ist mit dir immer hingegangen.«

»Ja, die war nicht kleinzukriegen, auch beim Shoppen nicht. Mit der war ich am liebsten hier.« Klara und Maria waren meine Cousinen. »Sonntagmorgens geht es immer zum Dicken. So nennen die Görlitzer den Turm.«

»Okay.«

»Ist was anderes wie der Oberstaufenwald, Caro, oder?«

»Oh ja!«

Der rechteckige Teakholztisch war liebevoll gedeckt. »Von dem Dicken aus hat man eine wunderbare Aussicht auf die Altstadt und das Neißetal. Michael ist da schon als kleiner Junge gern hochgegangen. »Von da kann man in alle Himmelsrichtungen gleichzeitig sehen«, hat er als Kind gesagt. Man sieht von da oben die vier Türme der Altstadt. Ich hab ihn dann gefragt, wie man die Himmelsrichtungen erkennen könne. Er sagte dann: »Na, an den zwei Türmen, die zusammenstehen. Da ist doch die Mitte. Die Mitte ist immer richtig.« Wir lachten. »In Schmeltrin gibt es vier Frauentürme. In die kamen im Mittelalter alle emanzipierten Frauen.«

»Die Josi war auch schon öfter im Frauenturm«, hörte man Thomas mit verstellter Stimme aus der Küche rufen. »Pass auf, dass du nicht gleich in einen Turm kommst«, fauchte Josi frech zurück. »Wo bleibst du? Wir warten schon auf dich.« Mit der Stimme von Pumuckl ertönte es zurück: »Oh, die hoch eminente Josi wird gleich wieder ihr Klagelied im Frauenturm erklingen lassen.« Wir lachten aus vollem Herzen. »Bist du blöd«, scherzte Josi.

Er kam auf die Terrasse, ging auf Caro zu. »Ah, da ist er ja«, rief ich freudig. Caro stand auf. »Hallo, ich bin der Thomas. Hab schon viel von dir gehört.«

»Caroline«, lächelte Caro etwas schüchtern. Beim Händeschütteln zuckten seine Oberarmmuskeln. Die einbalsamierte Haut glänzte in der Sonne. Im ärmellosen Shirt und knapper schwarzer Shorts kam sein braungebrannter, durchtrainierter Körper zur Geltung. Josi beobachtete ihren Mann. Ihr attraktiver Gemahl und eine hübsche, blonde junge Frau reichten sich die Hände. Josefine und Thomas achteten sehr auf ihre Figur. Sie ernährten sich gesund, aßen viel Obst und Gemüse. Samstagnachmittag gab es einen frischgebackenen Kuchen. Das war die große Ausnahme.

Josi verteilte die Kuchenstücke auf die Teller. »Das brauch' ich einfach. Wir schaffen beide in der Woche und dann will ich es mir am Wochenende auch mal gut gehen lassen.« Diese Angewohnheit des Kaffeetrinkens am Samstagnachmittag kannte sie aus ihrem Elternhaus. Ihre Mutter, meine Oma, legte da sehr großen Wert drauf. »Bei uns zuhause gab es jeden Sonntag einen Kuchen, selbst nach dem Krieg. *Meine Mutter konnte aus einem Eimer Kartoffelschalen ein Dreigänge-Menü zaubern.* Sonntags haben wir keine Zeit, da sind wir im Studio. Wir wollen fit bleiben.«

Thomas erzählte mit glänzenden Augen: »Weißt du noch, Michael, als du mit der Oma Walburga eine Woche bei uns warst?«

»Ja, da kann ich mich noch sehr gut dran erinnern. Beilken Ida war auch mit uns gefahren. Die saß im grünen Mercedes von meinem Vater hinten zwischen Oma und mir. Sie hat ihre Enkelin in Görlitz besucht.«

»Ach stimmt! Die war ja auch mal mit«, freute sich Josi.

»Und der Michael hat ein Wettrennen mit meinen Modellautos auf unseren Treppen gemacht, vom Keller bis hoch in das Dachgeschoss. Er nahm sich zehn Stück und würfelte für jedes Auto. Aber der alte Laster war immer als erstes oben.« Thomas zwinkerte mir lachend zu. Wir alle lachten. »Das weiß du noch?«

»Einmal war Oma alleine hier bei euch. Da konnte ich es kaum erwarten, dass sie wieder zurück nach Oberhof kam. Ich stand unten bei Raulfs an der Kreuzung und wartete auf euch. Das dauerte und dauerte. Zum Zeitvertreib schrieb ich mit Kieselsteinen »Oma« auf die Straße.«

Schöne Kindheitserinnerungen kamen auf den Tisch.

Ich schaute zu Josi: »Einmal haben wir zwei meinen Geburtstag gefeiert. Wir waren im Spielzeugladen in Zemburg und ich durfte mir ein kleines Modellhaus aussuchen. Danach haben wir bei Königs in Neukirchen einen heißen Kakao getrunken. Das war mein schönster Geburtstag.« Thomas ergänzte: »Das erste Modellhaus hast du von uns auf Weihnachten bekommen. Weißt du noch? Das war eine kleine Kapelle mit bunten Fenstern.«

»Ja, die haben wir auf eine Lampe vom Weihnachtsbaum gestellt.«

»Du warst so begeistert, wie schön die Fenster geleuchtet haben.«

Wir erzählten.

»Wie war das noch mal mit dem »der Vati macht es mit der Kati?««, fragte Josi mich, schon leicht grinsend. Mit großen Augen schaute mich Caro an. »Vati mit Kati und Mami mit Manni.« Josi und Thomas amüsierten sich. »Das mit Kati und Manni scheint wohl die neue Seuche zu werden. Für Kinder sind Vater und Mutter nach wie vor am besten. Und das wird auch immer so bleiben.« Ich kam in Fahrt: »Die Vogelkinder in den Hecken sind besser geschützt als unsere Kinder in Deutschland. Bei den Vögeln ist das klar. Die brauchen Ruhe. Die sollen behütet aufwachsen. Da gibt es Gesetze drüber. Wann die Hecke geschnitten werden darf und noch viele andere Extras. Und unsere eigenen Kinder? Die Eltern trennen sich. Was denkt denn das Kind, wenn es auf der anderen Straßenseite Vati mit Kati sieht?«

Ich liebte diese gemütlichen, aber auch tiefsinnigen Stunden. Wir sprachen über die Oberhofer Originale, Rilkes Hennes, Greitgers Seppi, Schulten Treschen und viele andere, teils schon verstorben. Unzählige Oberstaufenwälder Geschichten und Dönekes kamen auf den Tisch. Wir unterhielten uns über Gesundheit und Ernährung.

Und – ja und wir unterhielten uns über Politik und Psychologie, besonders meine Tante und ich. Wir vertieften unser gemeinsames Denken. Die Verbindung war ihre Mutter, meine Großmutter. Meine Großmutter hat mich, neben meinen Eltern, geprägt, wie keine andere Frau in meinem Leben. Josi und ich waren eine Seele. »...

aufschreiben müsste man »Vati mit Kati, Mami mit Manni««

»Ja mach das doch mal! Schreib doch mal ein Buch darüber. Einer muss den Menschen endlich mal wieder den Spiegel vorhalten.«

Was waren das für schöne Stunden in Görlitz! Mit Wehmut fuhr ich mit Caro am Sonntagnachmittag wieder nach Hause. Nach einigen Kilometern auf der A4 Richtung Westen verdrängte die Vorfreude auf das nächste Mal die leichte Trauer des Abschieds. »Hier fahren wir noch oft hin, nach Josi, nach Thomas, zum Dicken, nach »Neiße in Flammen«, zum Weihnachtsmarkt. Wir werden noch schöne Kaffeestunden auf der Terrasse erleben.«

Caro und ich liebten das lange Frühstücken und Kaffeetrinken. Wir gingen gern in den Wald. Mit dem Motorrad fuhren wir ab und zu durch die Gegend. Zum Shoppen fuhr Caro am liebsten nach Frankfurt. Mit unseren Freunden feierten wir gern bis spät in die Nacht.

Der Wäscheberg wurde immer größer. Caros flinke Hände immer schneller. Wenn sie freitags nach Hause kam, erledigte sie ihre auferlegten »Hausaufgaben« und fuhr zu mir. Samstags morgens nach dem Frühstück schaute sie dann bei ihren Eltern vorbei. Die Besuche wurden mit der Zeit immer kürzer. Das gefiel Bertha nicht. Es gab oft Stress zwischen Tochter und Mutter. *»Mama ist total ausgerastet, weil ich ihr keine Bananen geholt habe!«*

Bertha diktierte Caro des Öfteren, sonntags einen Kuchen zu backen. »Das kannst du doch wohl machen. Ich habe so viel für dich getan.« Dadurch saßen wir sonntagnachmittags öfter bei Schmidts zum Kaffee. Mir gefiel es. ›Frau Schmidt hat ja schon ihren Kopf!‹, dachte ich. Ich naschte von dem Kuchen. ›Caro aber auch.‹ Ich schaute Frau Schmidt unschuldig an und genoss den köstlichen Kuchen.

Nach dem Kaffee fuhr Caro oft nach Tüddern. Bertha fiel der Abschied immer schwer. Bedröppelt stand sie jedes Mal auf dem Treppenstein vor dem Haus und schaute ihr gedankenverloren nach. Ludwig kam dazu, immer in seiner Yachtkleidung.

»Caroline, brauchst du noch Geld?«

»Nein, ich habe noch was.« Sie ging noch einmal ins Haus und holte ihre Jacke. Ludwig steckte ihr 50 Mark in die Tasche. »Da hast du noch ein bisschen.« Er schaute sie liebevoll an. Dann stieg er in seinen Firmenwagen und fuhr eilig davon. Caro fuhr nach Tüddern, neuerdings immer öfter mit mir. Ich fuhr sie zum Bahnhof und immer öfter direkt zum Internat.

»Heute Abend saufen wir!« Caroline stand den Samstag drauf im Bad und stylte sich. Es war Schützenfest. Das hörte sich aus ihrem Mund harmlos an. Mir schmeckte weder Bier, Wein, noch sonst irgendein alkoholisches Getränk. Bertha sagte nicht »Unsere Caro säuft«, sondern *»Unsere Caroline trinkt ja doch mal gerne ein Bier.«* Ich wusste bereits, dass es oft nicht bei einem Bier und dass es oft nicht bei einer normalen Zigarette blieb. Aber Bertha musste ja nicht alles wissen. Wir gingen in die Kneipe, in der wir uns vorher meistens trafen. Ich sagte wie selbstverständlich: »Willi – zwei Bier!« Der Wirt, der mir seit Jahren Apfelschorle ausschenkte, lachte sich auf seine unverwechselbare Art ins Fäustchen: *»Du trinks' Bier? Also nee! Also sowas ...«* Er kicherte vor sich hin, schüttelte den Kopf, zapfte meisterhaft zwei frische Pils und grinste. »Also sowas! Dass ich das noch erleben darf. Der Michel trinkt Bier.« Willi kam aus dem Staunen nicht mehr heraus.

Unsere Clique hatte Spaß auf dem Schützenfest. Wie war die Freude groß im ganzen Oberstaufenwalde, als ich angetrunken in der Schüttkirchener Schützenhalle stand. Didi haute mir auf die Schulter. »Na siehst, es schmeckt doch gut, oder?« Worauf ich »nüchtern« antwortete: *»Es schmeckt immer noch nicht, aber es wirkt.«* Alle, die um uns rumstanden, lachten aus voller Kehle. Ich nahm meine Caro in den Arm: »Du bist echt ein süßer Oski«, strahlte ich sie an. Genauso wie bei unserer ersten Begegnung. »Dann bist du aber auch ein Oski.« Wir waren seit dem Tag die Oskis.

Tabus wurden gebrochen. Wir rissen uns heraus aus verklemmten Gewohnheiten und flohen in die grenzenlose Freiheit. Unsere Partnerschaft gab uns Halt. Wir stärkten uns gegenseitig. Caro löste meine verkrampfte Haltung zum Alkohol. Ich stärkte ihr Selbstvertrauen. Sie riss sich los von ihrer Mutter, sie begann, ihr Leben zu leben. Wir begannen, unser Leben zu leben. Wenn auch immer noch nicht ganz störungsfrei.

»Unsere Mutter ist gestürzt. Sie ist von einem Stuhl gefallen, beim Wäscheaufhängen.« Bertha lachte leicht abwertend. »Die meint auch immer noch, sie wäre fünfzig. Caro, fahrt doch mal zu ihr ins Krankenhaus.« Caro schaute auf den Tisch. »Ja, können wir machen. Also ich wäre dabei«, antwortete ich für uns beide. »Ihr könnt auch das Auto vom Ludwig nehmen, dann spart ihr den Sprit.«

»Bei der gab es dänische Plätzchen aus der Dose aus diesem alten Schrank.«

»Der Schrank ist gar nicht alt. Den hat der Schreiner auf der Schwattlenge nach alten Vorlagen gebaut. Der ist komplett aus Eiche, sogar die Rückwand. Der hat richtig viel Geld gekostet.«

»Meine Oma hatte auch so eine Plätzchendose.«

Caroline hatte eine Oma. Wie gerne hätte ich in den Jahren eine Oma gehabt. Ich war jeden Tag bei meiner Oma gewesen. Wir sind zusammen spazieren gegangen, waren viel im Garten, haben gebacken oder gekocht.

Sie war für mich die Größte. Sie war ein gutmütiger Mensch. Leider starb sie, als ich im neunten Schuljahr war. Ich trauerte lange hinter ihr her. Seitdem hatten alle alten Frauen einen Stein bei mir im Brett. Das gefiel Bertha.

Caros Schritte wurden immer langsamer im Krankenhausflur. »Ah, da ist es ja.« Wir standen vor der breiten Tür. Caro machte keinerlei Anstalten einzutreten. Eine Krankenschwester kam uns zuvor. Die Tür öffnete sich. »So Frau Meyer, Ihr Tee mit einem Schuss Honig.«

»Haben Sie den Tee auch aufgeschüttet?«

»Ja, das haben wir. Wir haben den Tee ordnungsgemäß aufgeschüttet, wie es sich gehört. Genauso, wie Sie es uns aufgetragen haben.«

»Den Honig erst nach dem Ziehen mit einem Holzlöffel untergerührt?«

»Na klar, Frau Meyer.«

»Wehe, wenn nicht! Ich schmecke das sofort. Wehe, Sie haben einen Eisenlöffel genommen.« Die geduldige, freundliche Schwester schaute uns verschmitzt an. »Frau Meyer, das würden wir niemals wagen. Schauen Sie mal, Sie haben Besuch.« Frau Meyer schaute aus dem Fenster. »Besuch? Ah, unsere Bertha, sonst kommt ja doch keiner. Und selbst die kommt selten. Da hat man sieben Kinder in die Welt gesetzt, und im Alter ist man doch alleine.«

Sie saß im Bett mit blauen Flecken im Gesicht. Sie saß im Krankenbett mit ihren 96 Jahren, mit ihrem gebrochenen Oberarm, und wetterte vor sich hin. Die Krankenschwester verließ den Raum. Wir gingen zum Bett. Caro gab ihr die Hand. Sie schauten sich nicht an. Es fiel kein Wort. Ich reichte Frau Meyer die Hand. Sie strahlte mich an. »Das ist aber schön, dass ihr mich besuchen kommt.«

Die alte Frau Meyer rückte sich zurecht, um den Tee trinken zu können. Wir stellten uns vor das Bett, Caro links, ich rechts. Frau Meyer erzählte vor sich hin: »Ich habe mein ganzes Leben hart gearbeitet, habe zwei Kriege erlebt. Ich habe noch die stolze Kaiserzeit erlebt.« Klara Meyer strahlte! Für einen kurzen Moment strahlte und träumte sie. Die alte Frau schaute zu mir hoch. *»Macht euch ein schönes Leben.«* Wieder lächelte sie freudestrahlend. Im nächsten Moment war ihr Gesicht wie versteinert. »Mein Mann kam zurück aus dem Krieg in einem Rollstuhl. Nichts war mehr übrig von meinem stolzen Ehemann.« Die alte Frau schaute auf die Bettdecke und strich mit ihrer faltigen, knochigen Hand drüber. »Wäsche, Wäsche, diese ganze Wäsche! Und Handarbeit habe ich gemacht. Im Winter viele Blumengefäße für unsere Gärtnerei getöpfert.« Unsicher griff sie zu der Tasse, hielt sich diese vor die Nase und inhalierte den aufsteigenden Teedampf. »Doch wieder Eisenlöffel!« Sie seufzte kurz mit einem lauten Atmen auf. Sie schaute mich an und lächelte. »Unsere Jungs haben es alle zu was gebracht. Unser Gisbert ist Bankdirektor. Unser Theo hat die Gärtnerei übernommen. Norbert hat das Schuhgeschäft, unser Franz die Versicherungsagentur. Aus all denen ist was geworden.« Die alte Dame setzte aus. Sie schwieg und blickte ins Leere. Es war ruhig im Zimmer. Von draußen hörte man den Vogelgesang aus dem Park. Im Flur klimperte der Kaffeewagen an Frau Meyers Zimmertür vorbei.

Die alte Frau griff zur Tasse. »Meine Männer haben alle was erreicht.« Nach einem Nippen an der Tasse verdrehte sie die Augen. »Eisen, Eisen! Diese jungen Weiber können auch gar nichts.«

Diese jungen Weiber: Den Umgang mit dem lieben Alkohol in Bezug auf Flirtverhalten musste ich erst erlernen. In meiner zweijährigen »Kölsche-Zick« hatte ich sehr viel geflirtet, 12 Stunden Karneval gefeiert, ohne einen Tropfen Alkohol. Wie wäre mein Leben verlaufen, wenn ich in Köln Kölsch und in Oberstdorf Weizen getrunken hätte? Meine Bewerbung für das Anerkennungsjahr in Bayern zog ich zurück. Wie hatte ich mich auf die Zeit gefreut. Über einen befreundeten Schauspieler bekam ich eine Stelle in einem Kinderheim mitten in München, dem Salisianer-Orden, einer Art weltweiten Kinderheim-Kette. Thomas hatte Kontakte zu vielen Kindereinrichtungen in der ganzen Welt. Die Anstellung wäre für mich das Tor zur Welt gewesen.

Doch mein Herz schlug wieder für den Oberstaufenwald.

Im doppelten Sinne: Einmal schlug es für meine geliebte und vertraute Heimat, und einmal für meine liebgewonnene Caro.

Also hatte ich mir in allerletzter Minute eine Stelle und eine Schule für das Anerkennungsjahr im Oberstaufenwald gesucht. Einmal im Monat gingen wir in die Schule. Hubertus, der mit mir in Köln gewesen war und auch wieder in den Oberstaufenwald zog, freute sich. Mit einem weiteren Mann waren wir die einzigen Männer. Die Klasse hatte 21 Schülerinnen und Schüler. Die Kesseste unter den Mädels war Jenny. Eine äußerst attraktive Frau. Sie nahm sich, was ihr gefiel.

Im Herbst fuhren wir zwei Nächte zu Besinnungs- und Orientierungstagen nach Niedersachsen in eine ehemalige Molkerei. Am zweiten Abend saßen wir in froher Runde. Der begleitende Dozent Herr Klein kam an dem Abend vorbei. Er hatte nicht nur Ähnlichkeit mit Caros Vater, sondern er wusste, wie die Schützenkönige in Senne hießen. Irgendwie sind wir auf dieses Fragespiel gekommen. Herr Klein war sehr belesen und gebildet. Er genoss Respekt und wurde trotz seines hohen Alters von unseren Damen mehr oder auch ganz schön viel mehr angehimmelt. Herr Klein fand auf jede Frage um die Psychologie und Heimatkunde eine Antwort. Mit steigender Zahl der leeren Weinflaschen stieg der Anteil der Fragen über die Art zu feiern im Oberstaufenwald. Stolz stellte ich meine Frage: »Wie heißen die Schützenkönige in Senne?« Man fing an, wild und albern rumzuraten wie bei Rumpelstilzchen.

»Ich hole noch eine Flasche Rotwein.« Herr Klein ging in die Kantine, während das Raten anhielt. Mit einem verschmitzten Blick kam der Dozent zurück mit zwei Flaschen im Arm. »Schmidt?«

»Wo her wissen Sie das?«, fragte ich begeistert und laut lachend. Jenny lachte mit. »Die heißen tatsächlich immer Schmidt. Die Hälfte der Leute in Senne, Münchhausen und Hungesossen heißt Schmidt.«

»Die typische Oberstaufenwälder Inzucht«, gab Jenny frech dazu und schaute mich noch frecher an.

Herr Klein holte noch mehr Wein. Er zeigte sich äußerste spendabel. Jenny saß mir gegenüber: wilde blonde Mähne, knappe Jeans-Hotpants, klobige Schnürschuhe, ein ärmelloses Shirt und neonorangene breite Hosenträger.

Es war Mitternacht. »Dich nehme ich mit auf mein Zimmer.« Jenny packte mich an den Oberschenkeln und warf mich über ihre Schulter. Hubertus lachte: »Der Schneider! In Köln kein einziges Glas getrunken und hier knackt er den Jackpot.« Generell war ich eine treue Seele. Ein netter Flirt war okay, bis dahin und nicht weiter. Der liebe Alkohol machte diese feste Grenze ziemlich offen. Jenny nutzte die Gelegenheit.

Wir unterhielten uns, zogen uns bis auf die Unterwäsche aus. Meine Jeans behielt ich an. Immer schwerer viel es uns, voneinander zu lassen. Wir küssten uns nicht. Meine Finger massierten ihr gefühlvoll den Rücken. »Oh ist das schön. Hast du das gelernt?« Mein Gewissen schaffte es, mich immer wieder zu bremsen. Das knisternd begonnene Abenteuer verlor seinen Zauber.

Am nächsten Tag fuhren wir ab. Man schaute uns an. Es sprach sich rum wie ein Lauffeuer, dass wir gemeinsam in

Jennys Zimmer verschwunden waren. Jeder wird sich ausgemalt haben, was diese begehrte Frau mit mir in den Stunden angestellt hat. Es war ein besonders heißer Flirt. Eine Nacht mit Jenny! Da träumten viele von. Unser platonisches Abenteuer behielt ich für mich. Es war eine besondere Stimmung.

Ich fuhr nach Münchhausen und beichtete Caro von meinen Ausschweifungen unter vielen Tränen. Auch sie begann zu weinen. Sie schwieg. Wir fuhren zu meiner Wohnung. Sie nahm ein paar Sachen von sich mit. Dann brachte ich sie nach Hause.

»Das war's! Mit Hilfe des Alkohols habe ich es zerstört.« Ich war niedergeschlagen. Einen Tag später rief ich Caro an, entschuldigte mich ein zweites Mal bei ihr. Ich war ja nicht fremdgegangen. Jenny wollte mich verführen. Ich hatte mich trotz des hohen Alkoholpegels beherrscht. Ich bat um eine zweite Chance. »*Mach das nie mehr wieder. Dann ist es ein für alle Mal aus!*«

Caro wohnte noch ein paar Monate in Tüddern. Sie war nicht gern dort. Sie wollte lieber nach Köln oder Düsseldorf.

Oft besuchte ich sie, auch in der Woche in Tüddern. Ich rief sie abends an und kam öfter spontan zu ihr runter und schlief bei ihr. Es war eng im Einzelbett. Die Nächte dort waren generell etwas kurz. Um halb fünf in der Früh schellte der Wecker. ›Die müssen ja früh aufstehen‹, dachte ich mir, während ich mich noch einmal auf die andere Seite wälzte. Die Liegefläche des Bettes war nicht hundert Prozent in Waage, sondern ein wenig nach vorne geneigt, so dass man immer das Gefühl hatte, rausfallen zu können. Aber was war das? Caro machte den Wecker aus und kam wieder ins Bett. ›Ach so eine ist das, ein ganz besonders wildes Kätzchen.‹, dachte ich mir schmunzelnd, ohne mich zu bewegen. Aber sie bewegte sich auch nicht und schlief wieder ein. Eine halbe Stunde später ging das Radio an. Caroline stand erneut auf und machte das Licht und das Heizöfchen an, welches ab und zu einen netten Hintergrundbass zu den Songs im Radio lieferte. Caro – was machte meine Caroline? Sie kam wieder ins Bett. Nach ein paar Minuten bis maximal einer Viertelstunde stand sie dann wieder auf und blieb in der Vertikalen. Der brodelnde Wasserkocher störte die Tüdderner Morgenruh und bildete mit dem Radio und dem Heizöfchen eine besondere Atmosphäre, an die ich mich erst gewöhnen musste. Das war nötig, denn dieses Ritual wurde jeden Morgen in gleicher Weise „zelebriert".

Caro ging dann mit ihren Freundinnen frühstücken. Anschließend brachte sie mir zwei Brötchen und etwas Wurst mit. Ich machte mir mit dem Wasserkocher einen Kaffee und ließ mir die Brötchen schmecken. Die BRAVO-Tasse bescherte mir bei jedem Besuch verbrannte Lippen und Zunge. Der Kaffee wollte in dieser Tasse einfach nicht kalt werden.

Lag es an der heißen Tasse oder lag es eher daran, dass ich auf heißen Kohlen saß? Auf die letzte Minute fuhr ich los.

Am meisten gefiel ihr, wenn ich spontan abends zu ihr fuhr und sie oben aus dem Fenster mit einem süßen Blick zu mir herunterschaute – wie an dem Tag, als ich sie zuhause das erste Mal besucht hatte.

Zuckersüß war die Begegnung mit der Möhre: Der Haupteingang war geöffnet. Ich ging hoch zu ihrem Zimmer. Als ich die Tür öffnete, saß sie am Fenster in zerrissener Bluejeans, bauchfreiem, schneeweißen Top und wilder Mähne. Ihre himmelblauen Augen schauten mich kurz frech an. Dann folgten sie wieder der Klinge des Gemüseschälers in ihren Händen. »*Was machst du da?*«, fragte ich sie. »*Ich esse Möhr'n.*«

Das war meine Caro. Ein Original! Eine bildhübsche Frau! Auf den ersten Blick wirkte sie unnahbar, fast schon arrogant. Und dann süß, fast kindlich: »Ich esse Möhr'n.« Kein anderer Typ kam ihr so nah wie ich. Unsere Liebe, unser Vertrauen wurde immer stärker.

Zu ihrem 22. Geburtstag schickte ich 22 Briefe in den verschiedensten Formaten nach Tüddern. Dabei waren Standard- und Maxibriefe sowie ein Großbrief mit einem etwas längeren Schreiben, eine Postkarte und ein Kuvert, auf dem so eben Adresse und Briefmarke passten. Eine Ansichtskarte von Oberhof war auch dabei, von der Pension, in der meine Mutter aushalf.

Unsere Hauswirtschaftlerin Frau Kaspar war begeistert, als sie meine Fanpost an Caro auf dem langen Tisch ausgebreitet sah, an dem die 10 Kinder aus Haus D ihre Mahlzeiten einnahmen. Meine Arbeit im Kinderheim Alsberg bereitete mir viel Freude. »Sie wird morgen 22 und wohnt noch ein paar Tage in Tüddern.«

»Und für jedes Jahr einen Brief?«

»Ja, das kam mir letzte Woche in den Kopf.«

»So viele Brief hätte ich früher auch mal gern bekommen.«

In dem orangen, quadratischen Brief war mein Geburtstagsgeschenk: »Loveparade Berlin mit zwei Übernachtungen im Hotel Palace.«

Caro freute sich riesig! Sie fiel mir in die Arme und bedankte sich für das besondere Geschenk mit seinen vielen Anhängen. Die Zeit in Berlin werden wir zwei nie vergessen. Was wir dort alles erlebten, wird unser Geheimnis bleiben.

Bertha gab endlich auf, sie ließ uns in Ruhe. Sie freute sich, dass ihre Tochter glücklich war. Caro und ich gingen einen gemeinsamen Weg. Sonntagabends gingen wir oft mit Caros Eltern und Marion essen. Ich kam in viele heimische Restaurants. Und davon gab es etliche in der Ferienregion Oberstaufenwald. Wenn Bertha zum Kaffee einlud, sagte ich eher zu als Caro. Dies schien Bertha zu gefallen.

Kapitel 4 Traumzeiten

Sonntagmittag saßen wir Schneiders alle am Tisch – wie jeden Sonntag. Das war meinen Eltern wichtig. Obwohl mein Bruder bereits eine feste Freundin hatte, mit der er zusammenwohnte, saß er noch oft mit am Tisch.

»Das Haus vom Bicht kann man kaufen«, warf ich schüchtern in den Gesprächsraum. »Von mir aus, Soll es kaufen, wer will«, äußerte mein Vater gelassen. »Das Haus ist im Top-Zustand und in der besten Lage von Oberhof.« Meine Mutter und mein Bruder schwiegen. »Dann musst du es kaufen«, gab mein Vater zur Antwort. Meine Mutter lachte. Mein Bruder schwieg weiter. »Sollen wir es nicht zu dritt kaufen? Matthias, du und ich. Als Mietobjekt.«

»Da hast du lange was von. Ich sollte wohl für andere Leute bauen«, antwortete mein Vater.

Ein Haus kaufen. Mit Ende 20 bekam ich das Bedürfnis, eine Immobilie zu erwerben. Es reizte mich eher, ein Haus zu kaufen und umzubauen, als ein neues Gebäude auf einer grünen Wiese zu errichten.

Am Dienstagnachmittag drauf besserte ich den Fachwerkgiebel an der Garage meiner »amtierenden« Schwiegereltern aus. Jeder weiß, was er an diesem Tag gemacht hat. Es war der 11. September 2001. Ich war auf dem Gerüst und schliff die Fachwerkfelder ab.

»Michael, komm mal schnell runter. Heute verändert sich die Welt!« Eilig tippelten meine Füße die Gerüstleiter

runter. Hastig schnürten meine Hände die Sicherheitsschuhe vor dem Treppenstein auf. Im Wohnzimmer schauten wir wortlos auf den überdimensionalen Flachbildschirm und verfolgten stumm die Bilder des qualmenden World-Trade-Centers. Was für ein Tag!

Nach getaner Arbeit reichte mir Bertha eine Tasse Kaffee und ein frisch gebackenes Stück Kuchen. Ich setzte mich auf die Treppensteinkante. Bertha kam noch einmal vor die Tür. »Und, schmeckt er dir?«

»Oh ja, sehr!«

»Unsere Caroline ist nicht glücklich in Tüddern. Das ist aber auch ein verschlafenes Örtchen. Aber sie wollte unbedingt von zuhause weg. Und was sich unsere Caroline in den Kopf setzt, das macht die auch. Was habe ich mit der schon alles mitgemacht. *Ich habe es nicht geschafft, sie zu erziehen. Das ist jetzt deine Aufgabe.*« Sie stockte. Sie lachte fingiert. Ich schaute zu ihr hoch, schaute sie an. Mit stolzem Blick stand sie auf dem Treppenstein.

Das wird sie nur dahergesagt haben. Das sollte wohl ein Scherzchen sein.

»Wenn es nach mir ginge, könnte die Zeit jetzt stehen bleiben!

Die Zeit müsste jetzt zwanzig Jahre so stehen bleiben. Meine Töchter sind groß. Sie sind hübsch. Wir haben genug Geld, können uns alles leisten. Jetzt müsste die Zeit stehen bleiben.«

62

»Jo, das hätte was.«

»Uns geht es gut. Wir kennen auch keinen Neid. Wir gönnen jedem das Beste!« Ihre Augen schauten in die Ferne, ihre Gedanken in die Vergangenheit: »Als Kind musste ich immer nur arbeiten. Unser Vater war ein Krüppel. Der bekam nicht mehr viel mit. Meine Mutter war mit sieben Kindern ganz alleine. Unsere Mutter war schlecht! Unser Theo, mein ältester Bruder, war unser Ersatzvater. Bei unserer Mutter zählte die Frau nicht! Die war noch vom ganz alten Schlag. Wie das früher so war. Und das hat unser Theo richtig ausgenutzt. Unser Theo war noch gar nicht bei ihr im Krankenhaus. Und unsere Martha auch nicht. Alles bleibt an mir hängen. Aber einer muss es ja machen.« Sie erzählte. Ich hörte zu. »Unsere Martha war die aller Schlimmste. Die hat immer gelogen und hintenrum alles verdreht. Sie hat sich gekonnt vor der Arbeit gedrückt. Die lügt heute noch. Die war schon als Kind falsch. Und jetzt, wo unsere Mutter im Krankenhaus liegt, mache ich die ganze Wäsche ...«

Sie tat mir leid. Sie hatte einiges durchgemacht. »Es hat sich ja bei euch alles gut entwickelt.«

»Ja genau! Der Ludwig und ich haben einfach zusammengehalten. Und jetzt ist es gut, wie es ist. Unsere Mutter hatte es ja auch nicht leicht.«

»Wie gerne hätte ich noch eine Oma.«

»Caroline hasst ihre Oma. Ich weiß gar nicht, warum.«

»Ich hab mit meiner Oma immer heimlich Derrick und Denver Clan geguckt.«

»Denver Clan gucke ich heute noch. Am besten gefällt mir die Alexis. Wie die immer die Männer hintenrum ausspielt!«

»Ja – die war nicht ohne.«

»Und da zeigen die immer, wie die Reichen und Schönen leben. Das hat mich als Kind schon fasziniert. Meine Eltern hatten zwar die Gärtnerei, aber wir mussten hart arbeiten. Euch wird es besser gehen.«

Wird es das? Was für ein ereignisreicher Tag auf dem Treppenstein. Es wird uns gut gehen. Es wird uns verdammt gut gehen! Zu gut? »Es wird dir gut gehen, bis ihr zwei euch das nächste Mal genau an der Stelle in die Augen schaut!« Hätte mir dies eine gesagt, ich hätte sie für geisteskrank erklärt!

»Komm, ich hole dir noch eins.« Sie reichte mir die Hand. Ich gab ihr den Teller. Schon im Flur erzählte die angehende Schwiegermutter weiter. »Ihr habt es demnächst besser. Wir helfen euch. Ich gebe es lieber mit warmer Hand statt mit kalter. Haben deine Eltern auch ein eigenes Haus?«

»Ja, die haben auch ein Eigenes. Eventuell kaufen mein Bruder, mein Vater und ich noch ein Haus.« Bertha fragte sofort nach. »Was denn für ein Haus?«

»Eines in unserer Nachbarschaft. Das Haus vom Bicht.« Ich musste vor mich hin grinsen. »Was denn für ein Bicht?«

»Wir nennen den nur so. Eigentlich heißt der Habicht, Karl-Dieter Habicht. Er ist weggezogen. Das Haus ist drei Straßen über meinem Elternhaus mit riesigem Garten und einem Traumausblick. Es ist in einem optimalen Zustand. Es wurde bestes Material ...« Sie fiel mir ins Wort. »Das könnt ihr doch kaufen. Caroline und du.«

Wir waren über ein Jahr zusammen, seit über 20 Monaten ein Traumpaar. Wir verstanden uns alle prächtig. »Mmh, an die Lösung habe ich noch gar nicht gedacht.«

»Ja, warum denn nicht? Caroline ist in fünf Monaten mit ihrer Ausbildung fertig. Die will auf keinen Fall mehr nach Hause.«

Im Auto ging mir die Sache mit dem Haus noch einmal durch den Kopf. ›Warum eigentlich nicht? Wenn es in die Brüche geht, verkaufen wir es wieder. Oder ich kaufe Caros Hälfte. Ach! Das wird nicht in die Brüche gehen. Wir werden eine sehr schöne Zeit in dem Haus verbringen!‹

Drei Tage drauf telefonierte ich lange mit Caro. Anschließend war Abhängen angesagt. Das Telefon schellte erneut. ›Mmh, wer ist denn das? Mein Caro-Mäuschen?‹ »Unbekannte Rufnummer«, verriet das Display des Telefons. Es war halb neun. »Die können morgen noch mal anrufen.« Nach fünf Minuten klingelte es wieder. »Mach das mit dem Haus. Wir unterstützen euch dabei. Der Ludwig findet die Idee auch gut. Ihr seid schon so lange zusammen und wir verstehen uns doch alle so gut. So etwas kann man ja auch notariell regeln. Wenn es doch in die Brüche geht, verkauft ihr es wieder oder einer kauft dem anderen seine Hälfte ab. Ihr müsst ja deswegen nicht sofort heiraten. Das ist doch heutzutage alles kein Problem mehr ...« Bertha war Feuer und Flamme.

›Jetzt lasst mich aber alle in Ruhe.‹ Der Hörer lag wieder auf dem Telefon. Es war eine moderne Anlage mit schmalen Tasten, mit Display und Anrufbeantworter. ›Na, die hat ja Ideen.‹ Ich sprang wieder auf. ›Noch einmal Caro anrufen. Mal sehen, was die davon hält.‹

»Meinste?«

»Deine Eltern stehen total dahinter. Wir schauen es uns am Wochenende mal an.«

»Okay, das können wir machen.«

Als Erstes schauten wir durch den Briefkasten in den Hausflur. »Das kitschige Fachwerk an der Wand, das muss aber weg.«

»*Caro, ich werde dir hieraus ein Traumhaus bauen.*«

»Okay! Wenn mir das der Oski verspricht, können wird das wegen mir machen.«

Der Bankangestellte staunte nicht schlecht, als ich ein paar Tage später am Schalter nach dem Exposé für das Haus Nummer 16 in Oberhof fragte. Hier fand ich alle Informationen über das schmucke Gebäude. Den Garten kannte ich bereits. Vor meiner kölschen Zick hatte ich beim Bicht mein Taschengeld mit Rasenmähen aufgebessert. Das Haus stand über ein halbes Jahr leer. Es gab mehrere Interessenten im Dorf. Darunter waren Caro und ich mit Abstand die Jüngsten. Gastwirt Voss schaute es sich auch mal an. Er wollte daraus ein Mietobjekt machen, aber die Räume waren aus seiner Sicht zu klein.

Hölters Anton erzählte in der halben Nachbarschaft, dass er das Haus für seinen Sohn kaufen wolle. Er wollte schon mehrere Häuser im Dorf erwerben. Er war wohl nicht bei der Bank gewesen. Man sah ihn im Garten beim Abschreiten der Bauaußenwände. Immer mal wieder hörte man, dass ein Holländer das schmucke Häuschen haben wolle.

Mein Vater und ich gingen zur Bank und gaben unsere Preisvorstellungen ab. Die Bank war damit nicht einverstanden. Wir gingen wieder. »Die gehen noch runter«, sagte mein Vater beim Verlassen der Bank.

Mein »amtierender« Schwiegervater und ich gingen zum zweiten Verhandlungstag. Die Modalitäten waren abgesteckt. Ich hatte einen Bausparvertrag und bekam zwei weitere von meinem Bruder und einen von meinem Vater als Erbteil dazu. Somit hatte ich die komplette Kaufsumme zusammen. Caro wurde von ihren Eltern unterstützt. Die Immobilienpreise waren auf dem absteigenden Ast. Telefonisch konnten wir die Summe noch ein wenig drücken.

»Die wollen das Haus haben, dann gibt es ihnen doch«, ordnete Ludwig Schmidt an. Wir einigten uns. Mündlich war der Kaufvertrag abgeschlossen. Der smarte Bankkaufmann gab mir die Hand. »Jetzt kann auch kein Holländer mehr dazwischenfuckeln«, rutsche ihm raus.

Das Haus war in gutem Zustand. Karl-Dieter Bicht war sehr ordentlich und pingelig gewesen. Mein Vater und ich strichen die Stofftapeten im Wohnbereich und schon konnten wir einziehen. Mit meinen Möbeln und meinem bescheidenen Hausrat waren wir zwei erst mal versorgt. Von dem heißgeliebten Linde-Kühlschrank musste ich Abschied nehmen. In unserm Haus stand eine gut erhaltene Küche, sogar mit Spülmaschine.

Kaum war die Farbe an den Wänden getrocknet, reiste Bertha mit ihrer Schwester Martha und deren Tochter Stefanie samt Freund an.

Wir saßen gemeinsam am alten Küchentisch des Vorbesitzers. »Caroline zieht auf keinen Fall wieder zu Hause ein. Wir beide unter einem Dach, das hätte niemals funktioniert. *Ich meine, dass man einen Mantel anziehen muss, wenn man zu seiner Tochter fährt*«, plapperte es aus der »amtierenden« Schwiegermutter heraus. Dann lachte sie künstlich kurz auf. Meine Mundwinkel formten sich zu einem schwachen Grinsen.

»Unser Stefanie will bauen, neu. Das geht jetzt ganz schnell«, prahlte Martha. »Erstmal heiraten wir.« Mit dem Kommentar erstickte das freche Töchterchen das erste Wetteifern der beiden Schwestern. »Unsere Caroline könnte ja auch bald mal heiraten. Da darf ich gar nicht dran denken: unsere Caroline und heiraten.« Wieder erklang ein leicht künstlich wirkendes Kichern. »Das hätte mir vor fünf Jahren mal einer sagen sollen. Auf der Kommunion von Marion kam sie zu spät in die Kirche, mit grünen Haaren! Und mit einem bunten Osterei im Ohr! Also unsere Caroline war schon anstrengend.« Wir lachten. Caro lachte auch. Ihre blauen Augen leuchteten mich an. Sie wusste, dass mich verrückte, oder wie Bertha es formulierte, »anstrengende« Mädels kickten. Ich wusste schon deutlich mehr Einzelheiten aus Carolines wilder Zeit.

Eine enorme Bewunderung löste die Anordnung der Gardinenwellen an der Holzstange des Küchenfensters aus. Wie preußische Elite-Soldaten stand eine Welle neben der Nächsten. Die gleichen Bögen wechselten mit den gespiegelten »Hinterbögen«. Einer glich dem anderen. Unter der fachlichen Anleitung von Patentante Theresa hängte ich den Stoff höchstpersönlich auf. *»So ordentlich kann ja nicht einmal ich die Gardinen aufhängen«*, kommentierte Bertha. Keiner ließ mehr vor Staunen seinen Blick von der Stange. Stefanies Freund äußerte blass: »Du verdirbst ja den ganzen Durchschnitt.«

Martha lächelte mich ein-, zweimal an. War es ein warmes und herzliches Lächeln? Martha wirkte nett. Caros Äußerung kam mir in den Kopf: »Mama sagt, dass Tante Martha streitsüchtig ist. Und die lügt.«

Abends saßen wir noch in der Küche bei einer Tasse Tee: »Bei der musste ich immer wohnen, wenn Mama im Krankenhaus war oder als mein Bruder starb. Bei der musste ich immer Dicke Bohnen essen, obwohl ich die überhaupt nicht mag. Einmal sollte ich einen ganzen

Nachmittag sitzen bleiben, bis die ekeligen Dinger vom Teller waren. Ich hasse die.«

»Oh Mann! Das muss ja die Hölle gewesen sein. Woran ist dein Bruder gestorben?«

»An einer Viruserkrankung.« Caro schaute vor sich hin, nachdenklich und traurig. »Das tut mir leid.«

»Drei Tage vorher habe ich mich mit ihm gestritten. Ich bin wütend geworden und habe zu ihm gesagt, dass ich mir wünschte, er wäre tot.« Sie bekam Tränen in die Augen. Ich rückte neben ihr auf die Bank, nahm sie fest in den Arm. »Das tut mir so leid! Da habt ihr aber echt was mitgemacht!«

»Und dann musste ich wieder zu Tante Martha. In der Schule wurde ich auch ganz schlecht. Ich musste unbedingt mit rechts schreiben. Mit links konnte ich es aber viel besser. Lehrer Conte hat mich immer nach vorne geholt und mich vor allen fertiggemacht. Die Kinder von Mamas Geschwistern gingen alle aufs Gymi oder auf die Realschule. Deshalb sagten die alle, ich sei dumm.«

»Das hat dich nicht dumm gemacht, das hat dich zurückgeworfen oder gebremst.«

»Jetzt habe ich ja dich.«

Wir stellten die Tassen in die Spüle. Die Spülmaschine lief noch. Ich ließ Wasser in die Tassen laufen. »Mama flippte immer aus, wenn ich das zuhause machte!«

»Aber dann weichen die doch ein.«

»Mama konnte das nicht ab, ist halt 'ne Meyer. Früher bekam ich schon Tage vorher Kopfschmerzen, wenn die Meyers irgendeine Feier hatten. Und Mama starrte mich dann immer die ganze Zeit an. Die hatte mich immer im Blick. Steffi und ich sind dann immer an einen anderen Platz gegangen. Dann musste sie sich auch immer umstellen. Jetzt macht mir das nichts mehr aus, wenn wir mal dahin müssen.« Vor Freude sprang sie mich an. *Ich hab ja den Oski geschnappt.*« Sie gab mir ein Kuss auf die Wange. *Nein! Ich hab mir den Oski geschnappt.*«

Gar nicht!« Wir flachsten. Wir flachsten und lachten gern.

Wir gingen zu Bett. Sie lag neben mir, wie schon viele Male. Wir waren uns vertraut. Wir waren glücklich! Ich legte mich hinter sie und nahm sie fest in meinen Arm. »Früher wollte ich fünf Kinder haben.« Wir schmunzelten über meine Vorstellung. »Ich wünsche mir zwei Kinder, ein Mädchen und einen Jungen.«

Das Thema Hochzeit kam immer wieder auf die Tische. »Wann wollt ihr denn heiraten?«

»Mama, du nervst.« Ludwig lachte. »Bertha, nun hör auf. Du sollst dich da raushalten.«

»Was meinst du denn, Michael?«, fragte mich Bertha. »Ein bisschen Zeit haben wir ja noch. Ein Haus gemeinsam kaufen ist aus meiner Sicht ein größerer Schritt als eine Hochzeit.« Ein herzhaftes Lachen führte uns aus Berthas starrem Interview heraus, hin zu geselligen und fröhlichen Stunden in der Großfamilie.

Caroline war nicht meine erste Freundin. Vor ihr war ich mit drei anderen Frauen zusammen gewesen, mit einer davon ein Jahr. Für mich war klar, dass man eines Tages heiratet, dass man eines Tages Kinder bekommt. Das war für mich vollkommen normal, natürlich. Das war für mich das Leben.

Am 8. Mai 2003 sagten wir offiziell ja zueinander im Standesamt Neukirchen. Der Standesbeamte saß vor uns. Er las über die Pflichten der Ehe aus seiner Mappe vor. Viele meiner Freunde waren bereits verheiratet. Eine Hochzeit war für mich etwas Künstliches, etwas Staatliches – ein bürokratisches »Ritual«, eine Grundlage für eine Familiengründung. Für mich war es ein Stück Papier. Ich unterschrieb.

Wir versprachen an dem Tag uns gegenseitig, ein Leben miteinander zu verbringen. Das war mir wichtig: Mein Wort, mein Versprechen. Die weiße Kutsche, das sündhaft teure Brautkleid, das Fünf-Gänge-Menü im Rittersaal der Burg Fürstenberg waren mir nicht wichtig, schon gar nicht das Geigen-Quartett, welches während des vornehmen Speisens ständig um uns rum fiedelte. »Allein der Blumenschmuck hat uns 3000 Euro gekostet. Das Fest muss perfekt sein. Aber den Theo ladet ihr nicht ein!« Bertha organisierte. Caro agierte. Ich ließ die beiden.

Nachmittags gingen wir in die kleine Kapelle von Oberhof. Ich schaute Caroline in die Augen: »Ja, ich will«. ›Ich will mit dir zusammen viele schöne Jahre verbringen. Ich will dir treu sein. Ich will in guten und schlechten Zeiten bei dir sein.‹ »Ich will dich lieben, achten und ehren, bis dass der Tod uns scheidet.« Auf mein Wort war Verlass.

Abends wurde ausgelassen gefeiert. Das war unsere Party. Wir luden die ganze Familie – außer Theo und Gattin Hannelore – Nachbarn, Freunde und Bekannte ein. Mit viel Liebe zum Detail dekorierte Caroline die Stadthalle von Neukirchen. Der Parkettboden war uns vertraut. Nicht weil dieser aus dem Hause Schmidt und Meyer kam. Nein, auf diesen heimischen Holzstücken hatten wir uns das allererste Mal gesehen. Jeder hatte von dem anderen aus weiter Entfernung geschwärmt. Viele Jahre waren wir ein Paar, ein Traumpaar.

Mit der Hochzeitsreise Ende Juni nach Teneriffa wurden die Feierlichkeiten zu unserer Vermählung offiziell abgeschlossen. Der Alltag war wieder da. Der Sommer verging wie im Flug.

Die Abschiedsgrüße der Schneegänse schweiften über uns. Ich folgte den letzten Rufen des Sommers. »Da schau!« Caro saß auf dem Holzboden. Neben ihr stand ein Tablett mit Kaffee und frischem Gebäck. Von der großen Terrasse vor unserem Schwimmteich hatte man eine sagenhafte Aussicht über das untere Rhenostal. Im Hintergrund erblickte man die Berge des Staufenkammes, aus welchem stolz der sagenumwobene Möchtsteinberg herausragte.

Wir saßen in der Altweibersonne. »Ist es nicht herrlich in der Sechzigplussonne?« Caro lachte laut auf. »Du immer mit deinen spitzen Bemerkungen. Lass das nicht Tante Martha oder Mama hören, die fühlen sich noch lange nicht wie alte Weiber.«

»Zum Glück bist du kein altes Weib.« Ich legte meinen Arm um ihre Schulter. Wir schauten in die Ferne. Die Zugvögel waren kaum noch zu sehen. Sie verschwanden hinter den Baumkronen der mächtigen Buchen, welche rechts am Hang standen. Die Häupter färbten sich bereits gelb-orange. Die Sonne legte sich im Bergmassiv hinter dem Dorf nieder. Der Staufenkamm und die östlichen Berge erstrahlten in einem angenehmen rötlichen Licht. Die Wolken am hellblauen Himmel färbten sich mit den letzten Sonnenstrahlen. Die einzelnen dunklen Regenwolken verliehen der Dämmerungskulisse einen stilvollen Kontrast. Sie spiegelten sich auf der Wasseroberfläche. Der milde Abendwind verzauberte die Farben mit seinem Wellenspiel. Ein Falke flog über das Dorf. Nach den Klängen der Abendglocke schwieg das Tal.

Wir liebten diese Abende! Caro stand auf und steckte ein paar Kerzen an. *»Dies ist mein Lieblingsplatz!«* Bei dem Bau der großzügigen Terrasse aus Teakholz hatten mir meine Freunde geholfen. Nach vorne hin ragte sie über die Wasseroberfläche. Über eine Treppe konnte man bequem in das Wasser steigen. An den Seiten grenzte direkt ebenerdig mein gepflegter Rasen daran. Meine Freunde halfen auch beim Bau des »Bunkers«. Der Bunker war ein drei mal drei Meter und zwei Meter hohes Betonbecken, welches das Regenwasser des Hausdaches auffing. Später bauten wir über diesem Becken den Holzstall, in dem das

74

Brennmaterial für unseren Kachelofen lagerte. Das gesammelte Regenwasser gelangte über eine Leitung zu einer Regentonne. Der Überlauf der Regentonne war verbunden mit Einlauf des kleinen Steinbeckens in unserem kleinen Gemüsegärtchen. Der Überlauf davon plätscherte über eine Kupferrinne in den Schwimmteich.

Erste Skizzen für einen Wintergarten entstanden bereits in meinem Kopf. Wir hatten noch viele Pläne. Caro setzte sich wieder neben mich. »Ich habe dir doch versprochen, dass ich uns ein Paradies schaffe. Ein Nest für die Oskis.«

»Ja, dann wird es richtig schön, wenn hier noch so kleine Oskis herumlaufen. Aber dann müssen wir einen Zaun um den Teich machen.«

»Oder ein Netz in den Teich.«

»Ja, das geht auch. So einen Teich hätte ich als Kind auch gern gehabt, aber ich durfte nicht. Mama war dagegen. Die hatte zu viel Angst. Ich durfte auch nicht in den Reitverein. Dabei liebte ich Pferde über alles. Von ihrer Seite aus durfte ich überhaupt nichts. Bei Papa durfte ich alles. Wenn ich mit Ricarda zelten wollte, habe ich immer abends Papa gefragt, dann durfte ich. Mama war dann öfter wütend. Sie hat mir oft eine geklatscht! Wenn mir nur ein Glas Milch am Tisch umgefallen war, hat die mich richtig verdroschen! Aber Tante Martha war noch schlimmer. Die mit ihren blöden Dicke Bohnen.«

»Und warum lädst du die dann schon wieder ein?«, fragte ich verwundert. »Mama hat die eingeladen, weil du den Garten so schön angelegt hast mit unserer schönen Terrasse. Die will mit dir angeben.«

»Du sagtest mir, deine Mutter würde sich immer mit Martha streiten.«

»Machen die ja auch.«

»Und dann wird die eingeladen?« Ich machte eine kurze Pause. »Das muss man nicht verstehen!«

»Nee!«, Caro lachte. »Das muss mein kleiner Oski nicht verstehen.«

Kapitel 5   Die 2. Generation

Es wurde frisch. Es zog ein steifer Wind auf. Gemeinsam packten wir die Sachen auf das Tablett und gingen rein. Beim Schließen der Tür sagte ich zu Caro: »Das Unternehmen deiner Eltern läuft ja scheinbar richtig gut. So eine Firma muss doch weitergeführt werden.«

»Ich hab da kein Bock drauf. Und Marion auch nicht.«

»Dein Vater hat die aufgebaut.«

»Und der Hermann!«

»Wie ist der so?«

»Geht so! Irgendwie habe ich zu den Meyers nicht so einen guten Draht. Irgendwie kenne ich die nicht wirklich. Papa macht das Büro und der Hermann die Fertigung. Der schnauzt schon mal gern rum. Wenn ich in Papas Büro mal Hausaufgaben gemacht habe, kam der schon mal reingestürmt.«

»Also typisch Handwerk!« Wir lachten. »Also, wenn sich gar keiner findet, könnte ich es mir eventuell vorstellen, in der Firma deiner Eltern zu arbeiten. Aber das muss von denen kommen. Ich möchte mich da nicht aufdrängen. Vielleicht mache ich mich aber auch als Erzieher selbstständig, so wie in Niederhof: Einen Bauernhof pachten und mit Intensivkindern arbeiten, das hätte was. Möglicherweise kann ich eventuell die Gruppenleitung in Unterhof übernehmen.«

»Wieso?«

»Wir vermuten, dass der Borgmüller krumme Dinge abzieht.«

»Der Borgmüller! Das ist auch einer.«

Nach der Absolvierung des Anerkennungsjahres konnte ich nicht von dem Kinderheim Alsberg übernommen werden. Wir waren zu viert. Man übernahm die zwei weiblichen ausgelernten Erzieherinnen. Eine davon war Jenny. Der zweite männliche angehende Erzieher verunglückte leider bei einem tragischen Autounfall.

Ich bewarb mich im Birkerhof, einem evangelischen Kinderheim in Niederdorlar. Der Verwaltungsleiter empfahl mir die Außenwohngruppe in Niederhof, da diese nur zwei Dörfer entfernt von Oberhof war.

Ein paar Wochen später: »Papa hat Stühle und einen Schrank für uns. Der bekommt ein neues Büro. Wir sollen uns die mal anschauen. Wenn wir die nicht haben wollen, ist es auch egal. Dann will er die auf den Sperrmüll werfen.«

Wir fuhren zu Firma Schmidt und Meyer. Es war meine Premiere. Oder nicht? Über die Schnellstraße sausten wir an Neukirchen vorbei und bogen links ab in das Gewerbegebiet. »Und wo müssen wir nun hin?«

»Da hinten rechts rein, Sir«, flachste Caro. »Okay, meine süße Navilady mit der verführerischen Stimme!« Sie schlug mir auf den Oberschenkel. »Nananana!«

»Findest du so eine freche Navilady cool?«

»Megacool! Und sie fühlt sich so lebendig an.«

Das haushohe, orange leuchtende S&M-Logo grüßte von weitem. Hinter den leuchtenden Buchstaben stand das schlichtgehaltene Firmengebäude. Die gläserne, zweigeschossige Front war mindestens 70 Meter lang. Durch die hinteren sechs Glaselemente schien Licht. »Hier habe ich mal gearbeitet.«

»Wann denn?«

»Da war ich im zweiten Ausbildungsjahr. Oder war das doch hinten beim Boden-König? Jetzt weiß ich es grad selbst nicht.«

Caro schloss die Tür auf. Wir gingen durch die Ausstellung. Es roch nach Öl und Wachs. Trotz der Dunkelheit zeichnete sich der gescheckte Boden in diesem riesigen Saal ab. In der Mitte ließ eine übergroße quadratische Lichtkuppel das abgeschwächte Licht der Straßenlaternen herein. Der größte Raum am Ende war das Büro des Chefs. Aufgescheucht irrte dieser in dem Glaskäfig umher. Der Raum davor war durch eine Glaswand abgetrennt. »Was hast du denn?«, fragte seine holde Gattin, welche auf einem der Stühle am langen Besprechungstisch saß. »Lasst mich einfach in Ruhe. Ich muss das hier ganz in Ruhe machen. Sonst werde ich unruhig.«

Caro betrat als erstes den Raum. »Na!«

»Ach, da seid ihr ja«, begrüßte uns Bertha. »Na, ihr zwei!« Unser Erscheinen stimmte Ludwig schlagartig gut gelaunt. »Kommt mal mit!« Caroline und ich eilten hinter Ludwig her. »Das ist ja riesig hier.« Nach zwei Links- und zwei Rechtskurven gelangten wir durch eine zweiflügelige Glastür in die Fertigungshalle. Schnellen Schrittes eilten wir da durch und steuerten auf ein großes Rolltor zu. Das spärliche Licht ließ einen Blick in die Produktionsstätte zu. Das Ende dieses Saales war nicht in Sicht.

»Hier! Das sind die Stühle. Da ist nichts dran. Und der Schrank ist wie neu. Also weggeschmissen werden die nicht.« Sie waren nicht schön. Aber sie waren hochwertig. »Das sind ja richtig massive Stühle. Da kann man was raus machen.« Für den Sperrmüll waren die zu schade. Ludwigs Ansicht gefiel mir.

»Der Ferdi bringt sie euch mit dem LKW nächste Woche. Ich will die hier weghaben. Und wenn ihr sie euch nur unten in euren Partykeller stellt.« Für Ludwig war der Akt beendet. Wir gingen wieder rüber.

»Und? Was sagt ihr?«, fragte Bertha direkt beim ersten Sichtkontakt. »Wir stellen sie in unseren Partykeller. Dafür sind sie noch gut«, schloss ich mich Ludwigs Meinung an. »Die sind voll hässlich«, kommentierte Caro knapp.

Emsig ging Ludwig wieder seiner Arbeit nach. Er stand mit einem Bein auf dem neuen Sideboard und mit einem auf dem Zweitritt. Er versuchte, das kleine Schränkchen an die zwei Harken in der Wand zu hängen. Es gelang ihm nicht beim ersten Versuch. Beim Zweiten wollte es auch nicht gelingen. »Ich, ich werd' hier noch irre. Mir wird das alles zu viel hier!« Er stellte es unsanft auf der Kante ab. Es knallte auf das Sideboard, verrutschte etwas und zog einen tiefen Kratzer hinter sich her. »Mal eben das Schränkchen aufhängen. Das, das geht nicht mal eben. Ihr stellt euch das immer so einfach vor. Das, das wird mir zu viel hier! Ich dreh' bald durch!« Mit einem Stofftaschentuch wischte er sich den Schweiß von der Stirn.

›Wie geht der denn ab?‹

Am Samstagabend drauf fuhren wir zum Schloss Finkenstein zum gemeinsamen Abendessen, Bertha und Ludwig, Caro, Marion und ich hinten sitzend. *»Überleg' es dir in Ruhe«*, fing Bertha an. Die Luxuslimousine schlängelte sich die Serpentinen zum Schlossberg hoch. »Man arbeitet zwar mehr, aber dafür kann man sich auch das ein oder andere mehr leisten«, gab Ludwig dazu. »Man hat zwar weniger Freizeit, aber wenn ich mal einen Nachmittag frei haben will, nehme ich mir den auch.«

»Ihr werdet euch auf jeden Fall mehr leisten können. Wichtig ist, dass zuhause alles in Ordnung ist.«

»Das ist ganz wichtig! Man muss den Kopf frei haben für die Arbeit!«

Wir genossen den Abend in der Familie. Zum Schluss gönnten wir uns noch jeder noch ein großes Eis. »Dann hätten wir gern die Rechnung«, sagte Ludwig zu der Dame, welche die Dessertschälchen abräumte. »Kommt sofort!« Es war nun schon das zwölfte Mal, dass Ludwig das Essen bezahlte. »Ich kann aber auch mal bezahlen oder zumindest mein Essen oder das von Caro und mir.« Ludwig schaute mich herzlich an. »Das brauchst du nicht. Ich bezahle das gerne.«

»Und was darf ich dafür als Dankeschön machen?«

»Anständig bleiben!«

Anständig bleiben! Das gefiel mir. Ich schaute auf zu Ludwig. Das war ein Mann mit Format. Diese beiden Worte sagten viel über Ludwig und seine Familie aus. Drohten sie auszusterben? Die anständigen Familien? Ich hatte eine gefunden. Ich hatte gefunden, was ich suchte. Eine anständige Familie!

Am Sonntag drauf ging ich allein am Bach entlang, an dem ich schon als kleiner Junge gespielt hatte. Es war mein Lieblingsweg durch die Wiesen im Lüttmecketal. ›Versuch es einfach. Wenn es nicht funktioniert, kannst du wieder in den Sozialbereich zurück. Schau dir den Betrieb in Ruhe an. Ludwig und Bertha haben mehrmals betont, dass es ein gesundes und gut laufendes Unternehmen ist.‹
  Bei herrlichem Sonnenschein, windgeschützt auf unserer Terrasse, fielen dann die Würfel. »Ich fänd's gut, wenn du das machst. Dann musst du auch nicht mehr am Wochenende arbeiten.« Caro und ich waren uns nach reiflicher Überlegung einig:

Wir machen das!

Wir führen die Firma Schmidt und Meyer in die zweite Generation.

82

Wir machen aus der Firma ein Familienunternehmen.

Zwei, drei Wochen später waren wir zum Kaffee bei Schmidts in Münchhausen. Der frische Kirsch-Streuselkuchen stand auf dem Tisch. Caro und ich hatten schon auf der Bank Platz genommen. Der Tisch war wie immer lieblich und adrett eingedeckt, wie immer für fünf Personen.

Die Türglocke ertönte. Bertha ging zur Tür. Es herrschte sonntägliche Stille. Aus der Kaffeemaschine schossen die letzten Siedeverzüge. »Wer kommt denn da?«, fragte Caro, leicht vor sich hinträumend. Es war still. Die Spannung stieg. Ludwig war noch oben im Bad. Und der besaß einen Schlüssel. Jemand stampfte fest mit den Füßen auf den Boden. »Also, ich glaube ich spinne! Hast du sie noch alle? Was soll so etwas?« Der Mann lachte dreckig. »Wieso? Was hast du denn?«

»Geh in die Küche!«

Hermann Meyers Kopf lugte durch den Türspalt. Dann war er wieder verschwunden. Die Tür fiel ins Schloss. »Wo ist denn Ludwig?«, ertönte es leise und abgehackt. Ein Staubsauger war zu hören. »Ich komme.« Schwiegervater kam die Treppe runter. Er kam in die Küche und setzte sich zu uns. »Bertha, nun komm. Wir haben Kaffeedurst.« Er lächelte uns an. Hermann setzte sich neben ihn. Bertha servierte Kaffee. »Tu mir ein Stück Kuchen auf'n Teller!«

»Das kannst du doch wohl selber.«

»Warum? Das kannst du doch mal machen, für deinen Bruder.« Hermann lachte dreckig. Er war leicht angetrunken.

Die beiden Chefs unterhielten sich kurz über die Gewohnheiten der Auftragsvergabe der Stadtverwaltung. Hermann schaufelte zügig den Kuchen in sich rein. »*Auf jeden Fall finde ich es gut, Michael, dass du das mit der Firma machst.*« In einem Zug trank er die Kaffeetasse leer. »Dann brauchen wir ja doch nicht verkaufen. Der Goygo in Siegen war ja ganz schön heiß auf unseren Laden!«

»Ist er immer noch. Der hat mich jetzt noch gefragt, wie der Stand der Dinge ist«, gab Ludwig dazu. Hermann stand auf. »So, ich muss wieder zurück. Die anderen warten auf mich. Vielleicht hat unser Andreas ja demnächst auch Spaß an der Firma. Dann könnt ihr es zu zweit machen.« Er machte eine kurze Pause, drehte sich noch einmal kurz zu uns um. »So, macht's gut!« Bertha ging hinter ihm her. »Guck! Man sieht doch gar nichts mehr!« Er verließ grölend das Haus.

»Der hat sie doch nicht alle. Tritt der seine dreckigen Schuhe auf meinem Perserteppich aus. Das macht er nur extra.

Das ist so ein Stoffel, unser Hermann.«

»Der war das. Der hat mich auch mal richtig blöd angemacht«, fiel mir wieder ein. »Wer? Unser Hermann?«

»Ja, da war ich im zweiten Ausbildungsjahr. Es war Freitag. Wir waren mit unserer Arbeit fertig und sind zur Frühstückspause zum Lager gefahren. Da kam unser Chef in den Aufenthaltsraum und sagte, einer muss nach Schmidt und Meyer fahren. Da mussten noch Fenster gespachtelt werden. Unser Geselle hatte keine Lust mehr und er sagte: »Schneider, da fährst du hin.« Ich bekam Angst. Aber der sagte nur: »Stell dich nicht so an. Du bist im zweiten Lehrjahr. Da wirst du ja wohl ein Fensterfeld gespachtelt bekommen.« Dann bin ich dahin gefahren und Hermann zeigte mir, was gemacht werden musste. Ich musste drei Fensterlöcher mit Gipskarton verschließen. Da hatte ich zu ihm gesagt, dass ich es nur schaffe, die Löcher zu verschließen. Den Rest würde dann ein Geselle Montag machen. Da wurde er total wütend.« Alle schauten mich an. Alle hörten gespannt zu. Laut sprach ich seine Worte nach: »Und ob du das schaffst. Du machst die drei Löcher fertig. Spachtelst die ab und grundierst die auch noch. Das wollen wir doch mal sehen.« Bertha schüttelte den Kopf. »Also wirklich!«

»Aber ich habe es geschafft! Ludwig schaute auch ganz kurz zu mir rein. Hermann kam zum Schluss vorbei. »Na? Wusste ich doch, dass du das schaffst!« Er grinste mich an und ging weiter.« Wir amüsierten uns über diese allererste Begegnung, an die sich Ludwig nicht erinnern konnte. »Was denn für drei Fenster?«

»Das war nach hinten raus. Ungefähr da, wo der große Schornstein ist, von der Nachbarfirma.« »Ach dahinten! Da haben wir mal die Versandhalle angebaut. Das war in den 90ern.«

»Ja das passt. 96 war ich im zweiten Lehrjahr.«

Die zweite Firmengeneration war geboren, die Grundlage für ein Familienunternehmen. Aus meinem »*Die Firma deines Vaters muss doch weitergeführt werden*« und einem »*Überlege es dir in Ruhe*« wurde ein »Generationenvertrag«. Diesen besiegelten wir mit unseren Worten.

Auf mein Wort war Verlass.

Für den Generationswechsel planten wir fünf Jahre ein. »Sonst hätten wir diesen Laden verkauft!«, so Ludwig recht abwertend über sein Unternehmen. »Ich will das geregelt haben. Eine ordentliche Regelung der Firmennachfolge ist enorm wichtig. Das muss man im Vorfeld klären. Jetzt können wir das vernünftig vorbereiten.«

Seine beiden Mädels wollten nichts mit der Firma zu tun haben. Caroline hatte ein gutes Verhältnis zu Ludwig, doch sie hasste Büroarbeit. Bruder Daniel war mit einem Jahr an einer Virusinfektion verstorben. Marion fokussierte ein Medizin-Studium in Kanada. Marion war Berthas Liebling.

Die Lage in der Außenwohngruppe in Niederhof mit den vier Intensivplätzen für Schwererziehbare spitzte sich zu. Wir mussten über Monate mit dem Essensgeld sparen. Mein Kollege Stefan hatte als erstes den Verdacht: Es war kein Geld für das Essen da, aber Borgmüller kaufte sich einen Pickup, einen Wohnwagen, ein Motorrad und kam jeden Morgen mit frischen Brötchen zur Übergabe. Und die Kinder mussten dreimal die Woche Spaghetti essen oder die Möhrensuppe wurde auf zwei Tage gestreckt. Fleisch gab es schon länger nicht mehr.

Stefan schaute mal heimlich nach auf Borgmüllers Schreibtisch, welcher in der Flurnische des alten Bauernhauses stand. Jeder zweite Lebensmittelbon war aus dem Heimatort von Borgmüller. Er hatte von dem Gruppengeld für seine Familie eingekauft.

Mir reichte es: Ich ließ mir einen Termin in der Verwaltung des Heimes in Niederdorla geben und bat darum, in die Bücher schauen zu dürfen. Der Verwaltungsleiter Fischmann blätterte durch die Seiten und war empört über das, was er dort alles entdeckte. *»Hier, eine Waschmaschine für 610€.* Das darf doch nicht wahr sein.«

Die Lage eskalierte. Man suchte nach Lösungen. Nach einigen Tagen rief mich der Heimleiter höchstpersönlich an: »Herr Schneider, Sie müssen immer bedenken:

Wenn man mit einem Finger auf andere zeigt, zeigen vier Finger auf einen selbst.«

Es wurde gebogen. Es wurde gelogen. Es wurde ein Mediator eingesetzt, der viel Geld kostete, der zu dem glasklaren Ergebnis kam, jeder müsse etwas an sich arbeiten. Borgmüller ließ die Sägen schärfen. Am Abend vor der nächsten Teamsitzung begegneten wir uns auf der

Michaeliskirmes. Caro und ich, händchenhaltend, und Markus Borgmüller mit seiner Ex händchenhaltend. Er grinste mich an. Ich schaute ihn an.

In der Teamsitzung kam die Erziehungsleitung Frau Fladbrot-Gluten sofort auf den Punkt: »Herr Schneider, Sie leisten wirklich gute Arbeit in unserer Einrichtung. Das hat Herr Borgmüller in den Gesprächen auch mehrmals erwähnt. Ich möchte Sie bei uns nicht mehr missen. Herr Borgmüller äußerte aber, dass eine Zusammenarbeit mit Ihnen aus seiner Sicht nicht mehr möglich ist. Daher haben wir uns entschieden, Sie in die Klissmecke zu versetzen. Das ist auch eine Außenwohngruppe mit landwirtschaftlichem Schwerpunkt.«

　　»Das machen wir anders«, setzte ich direkt an und unterbrach ihre Ausführungen. »Ich kündige.« Alle schauten mich an, auch Stefan. Die Augen von Frau Fladbrot-Gluten und Markus waren weit aufgerissen.

　　»Haben Sie damit gerechnet? Herr Borgmüller...«

　　»Nein! Damit habe ich nicht gerechnet.«

So begann ich am 01.08.2003 meinen ersten Arbeitstag bei der Firma S&M. Um acht Uhr musste ich bei meinem neuen Arbeitgeber, Herrn Schmidt, erscheinen. Voller Freude empfing er mich. Er zeigte mir das Bürogebäude und die Fertigungshallen. Er stellte mich den Mitarbeitern vor und erwähnte, dass ich sein Schwiegersohn sei. Dem einen oder anderen erzählte er unser Vorhaben, mich als seinen Nachfolger einzusetzen. Die meisten wussten es. In Neukirchen fragte man sich schon länger, wie es bei Schmidt und Meyer weitergehen würde. Wir kamen zu Hermann Meyer. Hermann und Ludwig hatten das Unternehmen 1985 gegründet. Er war tief in seiner Arbeit versunken und stellte hastig Holzbretter für die externe Oberflächenbehandlung zusammen. Wir mussten uns schnell ducken. Eine ungehobelte, 4000 Millimeter lange Eichenbohle zischte über unsere Köpfe. Hermann musste das Stück Holz um 180 Grad drehen. Am ersten Arbeitstag gehörte für Ludwig die Vorstellung eines neuen Mitarbeiters dazu. Als ungehobelter Klotz fand Hermann aber nicht die passenden Worte für das »historische Ereignis«. Er eilte an mir vorbei. Er gab mir seine durchgeschwitzte Hand, ohne mich dabei anzuschauen. »Ker – ich hab zu tun.« Er tauchte wieder tief in seine Arbeit.

Es ging los. Ich bekam einen Preislisten-Ordner überreicht, welcher von nun an mein wichtigstes Arbeitsgerät war. Ein Computer wurde für mich bestellt. Ludwig hatte keinen Computer. Er wird der allerletzte Chef in der Zeit gewesen sein, der keinen PC besaß. Die Rechner bei Schmidt und Meyer waren bessere Schreibmaschinen, welche sich aber immerhin auch was merken konnten. Das Thema EDV behandelte man sehr stiefmütterlich.

Da saß ich an meinem großen Schreibtisch, welcher direkt am Fenster stand. Meine erste Aufgabe war das

Einlesen in die Preisliste. Es war ein Ordner mit einem zwanzigteiligen Register. Anhand von Rasterpreislisten konnte man sich relativ leicht Fußböden oder Fußleisten ausrechnen. Nach zwei Stunden war ich fertig mit Durchschauen und ging wieder in das schwiegerväterliche Büro. »*Nimm dir mal einen Stuhl.*« Ich nahm mir einen und setzte mich neben Ludwig. Dieser erklärte mir jeden einzelnen Arbeitsschritt, den er machte. Ab und zu schellte das Telefon. Freundlich und höflich sprach er mit den Lieferanten oder mit den Kunden. Er griff zu einem kleinen Bündel Papier. »Das sind die Angebote, die wir bis heute Morgen bekommen haben.« Blitzschnell nahm er sich ein »Schmierpapier«, die Rückseite einer missratenen Kopie, und schrieb eilig ein paar Zahlen untereinander. Er hackte diese, ohne hinzuschauen, in die Rechenmaschine. Der Bon »hüpfte« dabei stufenweise fröhlich aus der Maschine. Je mehr dieser hüpfte, umso »cooler« wurde Ludwig. Das schien ihm zu gefallen, wenn die Maschine so richtig am Rattern war. Noch einmal kontrollieren, und schon schrieb er den Preis auf die Anfrage des Kunden, welche per Fax das oberstaufenwälder Unternehmen erreichte. »Immer plus Mehrwertsteuer – nicht vergessen!« Also Endpreis plus Mehrwertsteuer hingeschrieben und Firmenstempel mit »Ihr Ansprechpartner: Ludwig Schmidt« drauf gedruckt. »...und den Datumstempel nicht vergessen – den vergessen die meisten hier.« Das erste Angebot war fertig, in fünf Minuten. Das Nächste: Der Text war umfangreicher. Er las sich alles in Ruhe durch. Aus dem alten Radio auf dem dunkel gebeizten Sideboard dudelte Paola: »Es ist kein Gold, doch es macht reich, ein Herz aus Eisen wird davon weich, es ist kein Feuer, aber es brennt ...« Mit Daumen und kleinem Finger verstand es Ludwig, den Takt der Melodie an der Tischkante zu halten.

Mit großer Wucht wurde die Tür aufgerissen. Hermann Meyer brauste herein. Die Scheiben in der Glastrennwand zum Nachbarbüro bebten. Sekretärin Marianne konnte durch die integrierte Ganzglastür schnell zum Chef gelangen.

Ludwig hatte mir morgens Marianne vorgestellt. Sie war seine rechte Hand und gute Fee in einem. Sie machte auf mich von der ersten Stunde an einen sehr sympathischen Eindruck. Marianne schaute kurz zu uns und erspähte den hereinstürmenden Hermann. Dann richtete sie die Augen wieder auf ihren Bildschirm. Von der Seite konnte man sehen, wie sie ihre Stirn bedenklich runzelte. Hermanns Kopf war leicht rot angelaufen. Er bollerte sofort los: »Warum hast du die Fußleisten noch nicht bestellt?«

»Welche Fußleisten?«

»Ja, die für die den Modeladen in Niederdorla!«

»Die müssen wir doch erst in drei Wochen ausliefern.«

»Aber ich habe die Böden schon gebaut. Mann! Dass ihr immer erst so spät die Fußleisten bestellt. Das ist immer eine ...«

Im Flur fluchte er weiter vor sich her, riss die nächste Tür auf: »Karsten! Wenn ihr nicht ...«

Das war Hermann Meyer. ›Na das soll mir was werden, wenn das schon so anfängt‹, interpretierte ich meine dritte Begegnung mit diesem scheinbar cholerischen, lauten und öfter schlecht gelaunten Mann. Ludwig schien dieses Donnerwetter nicht sonderlich beeindruckt zu haben. Er nahm seinen Preislisten-Ordner und entnahm die Preise aus den Rastertabellen. Bei dem ersten Angebot hatte er die Werte im Kopf gehabt.

9:30 Uhr: Die Tür wurde nach mitteleuropäischer Norm geöffnet. Marianne kam mit einer Tasse Kaffee herein und stellte diese so auf Ludwigs Tisch, dass dieser bequem danach greifen konnte. »Wie trinkst du denn deinen Kaffee?« Diese Frage war mir unangenehm. Den Kaffee konnte ich mir ja selber holen. Direkt am Anfang mir den Kaffee servieren lassen? Wie selbstverständlich wartete Marianne auf eine Antwort. »Mit einem Schuss Milch bitte!« Schon war sie wieder weg. »Das machen wir jeden Morgen so. Die Mitarbeiter machen hier im Büro keine Frühstückspause. Die Marianne bringt den Kaffee in alle Büros. Dann ist hier nicht so ein Rumgerenne.« Na, da war ich ja beruhigt und ließ mir den Kaffee schmecken.

Am Mittwoch drauf rechnete ich erste Angebote in meinem Büro. Nach wenigen Minuten betrat Bertha Schmidt das Büro. »Guten Morgen!«

»Guten Morgen!«

»Und? Hast du schon den Durchblick?«

»Na ja, es ist alles noch recht nebelig.« Wir beide lachten. »Ach, das schaffst du schon. Da wächst man mit der Zeit rein.« Stolz schaute sie mich an. »Die Anteile bekommt natürlich unsere Caroline. Aber das steht ja nur auf dem Papier.«

»Na, klar! Da sehe ich auch kein Anspruch, dass mir die zustehen, vielleicht mal unseren Kindern.«

»Ja genau! Und unsere Marion bekommt das Haus in Münchhausen und das Haus in Dresden.«

Jeden Montag, Mittwoch und Freitag saß meine Schwiegermutter »hinter meinem Rücken«. In meinem Büro arbeiteten wir an diesem Tag für vier Stunden zusammen. Sie beherrschte es, Schreibmaschine und Dauermonologe zu vereinen, ohne eine Telefonnummer falsch zu tippen. Anfang des neuen Jahrtausends waren die letzten Schreibmaschinen im Einsatz. Das Ende der Ära Triumph und Tippex war nah, wenn nicht überschritten, aber das »Tick, tick, tack, tack grrrrrrrrrrrr« habe ich immer noch in meinen Ohren. Während diesen Klängen und schwiegermütterlichen »Gesängen« musste ich versuchen, mich als Mann zu konzentrieren. Da saß ich an meinem großen Schreibtisch, welcher direkt am Fenster stand. Berthas Schreibtisch stand unmittelbar hinter mir an einer Querwand. Je nach Stuhlposition waren wir einen Mülleimerquerschnitt auseinander.

»*Der Ludwig ist hier der Chef und ich zuhause. Der hat zuhause nichts zu sagen!*« Sie lachte kurz. »Das machen wir schon über 30 Jahre so. *Unsere Ehe ist perfekt!* Der Ludwig und ich haben uns immer verstanden. Klar hat man mal Streit, aber wir haben uns immer wieder vertragen«, trug sie wie ein Gedicht vor. »*Caroline und du, ihr dürft euch auf gar keinen Fall scheiden lassen – guck dir den Hermann an!*« Hermann war geschieden. Er hatte einen 20-jährigen Sohn und eine 15-jährige Tochter. Seit der Trennung »hielt« er sich ab und zu eine Freundin. Ließ er seinen Lebensfrust in der Firma aus? Er war wohl der einzige Chef in Deutschland, der eine Tür aufknallen konnte. Wir sprachen vom Teufel: Die Tür öffnete sich mit voller Wucht. »Michael! Los! Pack an!« Mit gleicher Geschwindigkeit schallte das Öffnungselement wieder in die Position wie fünf Sekunden zuvor.

Ich sprang auf. »Wie der immer redet. So redet unser Hermann auch mit den Kunden.«

Meine Füße mühten sich, den eilenden Schritten des Seniorchefs Nummer zwei zu folgen. Er raste durch die Ausstellung und durch die Tür zur Fertigung. Diese ließ der schnaufende Mann direkt hinter sich zufallen. Meine Hand war schneller. Meine Schuhspitze titschte einmal das Ende seiner Sohle an. »Ey! Kannst du nicht aufpassen?«

Wir kamen in die Beschichtung. Es roch nach Verdünnung, Bohnerwachs und Überheblichkeit. Wir schritten an einem etwa fünf Meter langen Tisch vorbei, Hermann links, ich rechts. Ich war am Ende Erster. Er zog eine Fleppe. Ich grinste vor mich hin. »Da!« Mit geübtem Griff wendete er die Holzbohlen auf dem Tisch. Zack, zack, zack – sie drehten sich schneller als früher die Anzeigen am Frankfurter Flughafen. Dies war allerdings nur möglich, weil ich sein »Da!« in Bruchteilen von

Sekunden folgendermaßen verstanden hatte: »Michael, wir sind hier in unserer Lackiererei. Die Kleinmengen lackieren wir selber. Hier haben wir eine originale Buchendiele aus heimischen Wäldern. Das ist schon ein besonderes Holz. Die Diele ist für uns geschützt worden. Ein absolutes Alleinstellungsmerkmal. Die Grundierung tragen wir zwei Mal auf. Auch das gibt es nur bei uns. Dafür müssen wir mal eben die Dielen umdrehen. Das geht alleine immer so schwer. Pack bitte mal mit an. Einfach hinten am Ende greifen, wo kein Haftgrund aufgetragen ist. Dann haben wir die ruckzuck gedreht.«

Ludwig kam des Weges, schaute durch das große Tor. Er lächelte. »Die Diele ist für uns geschützt worden. Ein absolutes Alleinstellungsmerkmal. Die Grundierung tragen wir zwei Mal auf. Das gibt es nur bei uns.« Stolz ging er weiter Richtung Ausgang.

Unser hölzernes Rittberger-Domino war in wenigen Sekunden beendet. »Kanns' geh'n!«

Meine Gedanken fuhren Achterbahn: ›Was ist das denn für ein seltsamer Kauz? Willst du echt hier arbeiten? Ludwig ist ja top, aber der? Oder hat der gestern getrunken?‹

»Unser Hermann ist unmöglich. Mit den Kunden redet der auch so. Durch den hat der Ludwig schon so manches graue Haar bekommen«, empfing mich Bertha, obwohl mein Körper noch gar nicht im Raum war. »Lass dir bloß nichts von dem gefallen. Unser Hermann ist unmöglich. Unser Hermann ist einfach nur dumm. Manchmal ist der zu blöd, die Tageszeit zu sagen. Wir haben uns in unserer Kindheit viel gestritten.«

Sie packte einem Bündel Karteikarten in den Aktenschrank. *»Das ist demnächst deine Firma. Du kannst so tun, als wenn es dein eigenes Unternehmen ist!* Unser Hermann wird mit Ludwig in Rente gehen. Ich weiß gar nicht, was der dann den ganzen Tag machen will. Und der hatte so eine nette Frau. Die Brigitte hat es nicht bei ihm ausgehalten. *Die meisten Ehen scheitern an der nicht zugedrehten Zahnpastatube.«* Sie kicherte leise. »Jeder Mensch hat Macken, und wenn man einen neuen Partner hat, ist das erst schön, aber dann findet man bei dem Macken – jeder hat Macken. Hör auf deine Schwiegermutter! Ich habe Erfahrung.«

Unser Verhältnis war von der ersten Stunde gut und vertiefte sich mit den Jahren. In Harmonie und Vertrautheit Familienglück genießen, das war immer meine Vorstellung von Leben. Klar, sie redete viel, kam »von Hölzken aufs Stöcksken«. Sie konnte kein Thema komplett durchdiskutieren. Als Mutter meiner Frau schätzte ich sie. Sie hatte halt ihre Macken. Mir gefiel sogar, dass ich sie in den ersten Monaten siezen musste.

Kapitel 6 Schwarz Weiß Rot

Bertha war nie nach 14 Uhr in der Firma. Es sei denn, es war etwas passiert:

In der Ausstellung steckte ich die neu kalkulierten Preise in die Infotäfelchen vor jedem Stück Musterboden. Bertha kam direkt auf mich zu. »Ich komme gerade aus dem Krankenhaus. Unserer Mutter geht es nicht gut. Martha und Stefanie sind jetzt bei ihr. Die Ärzte sagen, es sei nur noch eine Sache von ein paar Stunden.«

Beim Abendessen erzählte ich Caro von Berthas Nachricht. Das Telefon schellte. Caro ging zum Apparat. »Was ist? ... Ja ... mmh ... wann denn? ... mmh? Am Donnerstag, ... okay ... ach die. ... Tschau!« Sie kam wieder an den Tisch. »Oma ist gestorben und der Hermann, Norbert, der Franz und der Gisbert sind am Saufen. Was für Assis!«

»Oh deine Oma, das tut mir leid.«

»Das braucht es nicht.«

»Ich dachte, die Meyers saufen nicht.«

»Nur der Theo und Tante Hannelore nicht!«

»Ah, okay – so langsam blicke ich durch bei den sieben Zwergen.«

Caro lachte.

Mein schwarzer Anzug samt anthrazitfarbenem Mantel setzte mich zum ersten Mal in Szene. Die schwarzen Lederschuhe von der Hochzeit rundeten das Bild ab. Besonders Steffi musterte mich mehrmals von der Haar-

bis zur Schuhspitze. Caro stand stolz neben mir. Zum ersten Mal sah ich den kompletten Meyer-Clan beisammen.

»Jetzt kommt der auch noch hierhin.« Caro drehte sich um. *»Ah, da ist ja der junge Mann mit dem festen Händedruck.«* Wir hatten uns vor zwei Tagen kurz beim Totengebet vor der Kirche gesehen. Theo Meyer war ein stattlicher Mann, breite Schultern, gepflegte Hände, ein freundliches Gesicht und kurzes, dichtes graues Haar. Seine Gattin stand neben ihm, beide tiefschwarz gekleidet. Ich reichte Frau Meyer die Hand. Sie schaute mich herzlichst an. »Ich bin die Hannelore. Schade, dass man sich zu so einem Anlass kennenlernt.« Sie war vornehm gekleidet und extravagant geschminkt, eine Spur eleganter als Bertha.

Herr Meyer und ich reichten uns die Hände. Wir schauten uns tief in die Augen – wie richtige Männer. Auf den ersten Blick konnte ich nichts Falsches an dem Herrn finden. Es war ein gepflegter Mann Mitte sechzig.

Auf der anderen Straßenseite erblickte ich Bertha, Ludwig und Marion. Ich winkte ihnen zu. Bertha schaute an mir vorbei. Sie blieben stehen.

Theo Meyer war ein angesehener Mann im Oberstaufenwaldkreis. Die beiden gingen zur nächsten Familie. Wie ein Staatsoberhaupt schritt der feine Herr Meyer, begleitet von seiner hübschen Gattin, durch die Menge und begrüßte die Schar.

»Bin ich froh, wenn der Tag zu Ende ist.« Bertha stand neben mir. »Wie hat der den denn wieder eingekleidet?« Vor der Kirche stand Hermann mit seinem Sohn Andreas und seiner Tochter Karin. Karin, ähnlich wie Caro gertenschlank, endlos lange Beine, zog sich immer exquisit und der Veranstaltung entsprechend an. Sie war dunkel gekleidet – und für den Anlass etwas zu gewagt unterwegs. Aber es stand ihr. Hermanns dunkler Anzug war in die Jahre gekommen. Das weiße, schlecht gebügelte Hemd ragte weit aus den Ärmeln heraus. Berthas Aufmerksamkeit galt seit Minuten dem Look des Sohnemannes. »Also unser Hermann ist unmöglich. Wie kann er denn den Jungen nur so anfracken? Allein die Farbe der Hose!« Bertha zupfte ein paar Flusen aus Ludwigs grauem Mantel. »Bertha, das geht dich doch gar nichts an.«

»Doch, das ist Familie.« Die Mutteräugelchen schauten auf das kleine, etwas pummelige Töchterchen Marion, dann schwenkten sie rüber zur zweiten Tochter. Die Linsen glänzten. Zuletzt musterten sie auch mich von Kopf bis Fuß. Ich schaute sie nicht an, bemerkte aber, wie ihr Ultrablick mich durchleuchtete. Im 80-Grad-Schwenk blickte ich kurz zu ihr. Voller Stolz schaute sie zu mir. Schnell drehte sich ihr Kopf wieder zu der ausgewaschenen schwarzen Jeanshose von Andreas und sie setzte mit gezoomtem Blick ihre meyerische Generalmusterung fort. »Na, der Pullover geht doch«, konnten meine Lippen nicht bei sich behalten. Caro lachte, Marion und Ludwig auch. »Unmöglich! Wie kann man den Jungen nur so rumlaufen lassen.«

Sie kamen zu uns rüber: »Na?«, sprach Hermann Meyer scheinbar bestens gelaunt hinter mir zu Ludwig. Doch die gute Laune hielt nicht lange an: »Sieh zu, dass ich morgen den großen Waldner-Auftrag in die Produktion bekomme. Ker! Wir brauchen Arbeit.«

Tante Martha gesellte sich zu uns. »Gleich hat es unsere Mutter geschafft. Das war ja auch kein Leben mehr.« Sie stellte sich zwischen Bertha und mich. »Na? Wie geht es euch in Oberhof?«

»Soweit ganz gut!«

»Unsere Steffi hat jetzt einen Bauplatz gekauft. Da hat man so viele Wohnungen und Häuser und die eigenen Kinder gehen nicht rein. Aber was willst du machen. Unsere Steffi hatte immer schon ihren Dickkopf. Aber sie verdient gut als Managerin.« Hinter Marthas Kopf war Berthas tiefer Seufzer zu hören. Ein kalter Wind zog auf. Ich stellte den Kragen meines Mantels auf und drehte dem Wind den Rücken zu. Martha schaute mich an. »Michael, du hast dich aber schick gekleidet.« Die Worte füllten mich mit Stolz. »Zu einem besonderen Anlass sollte man sich besonders kleiden.«

»Ludwig hat jetzt auch noch zwei Grundstücke in Neukirchen gekauft.« Bertha stellte sich einen halben Schritt vor mich. »Nächstes Jahr will er zwei Eigentumswohnungen kaufen, wo seine Yacht steht. Ich vergesse immer den Namen der Stadt. Das ist auf jeden Fall irgendwo am Rhein. Na ja, und das Haus in Oberhof gehört ja auch uns zur Hälfte. Also es gehört natürlich unserer Caro. Es ist ein Teil ihres Erbes.« Martha begrüßte eine Nachbarin von Oma Klara. Die zwei hatten wohl gemeinsam die Schule besucht.

»Glaub' der nicht alles. Die ist wie Alexis! Die ist genauso falsch. Die lügt! Bei der musst du aufpassen. Die ist nicht so, wie sie dahergeht«, flüsterte mir Bertha, ganz nah bei mir stehend, schnell ins Ohr.

Am anderen Morgen knallte die Tür hinter ihr ins Schloss. Ich zuckte zusammen. Ich dachte, Hermann hätte den Raum betreten. Mit lautem, schnellem Atem setzte sie sich hin. Eine schwere Parfümwolke, Note Unternehmerfrau, dreifach aufgetragen mit zartem Himbeerduft im Nachzug, wirbelte mehrmals um meinen Kopf. Die ersten fünf Minuten schwieg sie. ›Oh, da hat wer schlechte Laune. So habe ich die ja noch nie erlebt.‹

»Unsere Martha lügt. Und alt werden will die auch nicht. Die haben gar nicht so viele Häuser. Die meisten hat Lorenz sowieso von seinem Vater geerbt.« Sie wurde immer lauter, die Worte immer schärfer. »Wie die immer angibt. Unsere Caroline wohnte ja bei ihr, als ich im Krankenhaus oder mal in der Kur war. Da hat sie zu Caroline gesagt: Jetzt wirst du erst mal richtig erzogen! Was meinst du, wie schnell ich unsere Caroline da wieder weggeholt habe. Ich bin eine gute Mutter! Man ist sein Leben lang Mutter. Und die Kinder hat man sein Leben lang. Kinder bleiben Kinder.«

»Caro erzählte mir öfter von Martha. Sie musste Dicke Bohnen essen.«

»Ja genau! Die hat stundenlang da rumgesessen. Und mir hat meine liebe Schwester dann erzählt, Caroline würde auch Dicke Bohnen essen. Unsere Martha lügt. Die lügt schneller wie gedruckt. Ich habe unseren Kindern immer beigebracht: Fangt bloß nicht das Lügen an! Lügen holen einen eines Tages ein.« Martha wurde schlecht von ihr parodiert: »Gleich hat es unsere Mutter geschafft.« Dann plapperte sie fröhlich weiter: »Also, unmöglich, unserer Martha. Daran ist nur unsere Mutter schuld. Die hat uns schon in der Kindheit gegenseitig aufgehetzt. Unsere Mutter war schlecht. Es zählten nur ihre anständigen Jungs. Und zu unserer Martha hat sie auch mehr gehalten ...«

Draußen knallten wieder ein paar Türen. Bertha wurde schlagartig wieder schweigsam. Hermann war zu hören. »Mann, Mann, Mann, ist das immer eine Scheiße in diesem Laden!« Die nächste Tür wurde aufgeknallt. »Mann! Albert! Mach mal das Fenster auf. Du stinkst.« Ein Fenster wurde aufgerissen. Unsere Bürotür war nicht ganz geschlossen. Sie glich den schwankenden Luftdruck aus. Dann wurde auch sie aufgeknallt. »Michael, nach der Mittagspause kommst du hinten rein! Wir müssen laden.« Mit Gewalt sauste der hölzerner Luftdruckausgleicher ins Schloss.

»*Die Marion will auf keinen Fall in die Firma,* die will in die Großstadt – oder sogar ins Ausland«, fing Bertha wieder leise und etwas eingeschüchtert an zu plappern. »Du brauchst dir absolut keine Sorgen machen. Wir sind richtig stolz auf dich. Und du wirst demnächst auch gut verdienen. *Das ist deine Firma! Du kannst so tun, als wäre es dein eigenes Unternehmen!* Und unsere Caroline wird dir den Rücken freihalten. Unsere Caroline kann das. Die kann sehr gut kochen. Und backen kann die auch gut. Ich weiß gar nicht, von wem sie das hat.« Sie kicherte. »Wenn der Ludwig nach Hause kommt, braucht er sich um nichts mehr kümmern. Das ist ganz wichtig. Zuhause muss man sich wohl fühlen. Wenn wir in den Urlaub fahren, braucht sich der Ludwig nur noch in das Auto setzen und kann losfahren. Ich sitze dann neben ihm und sage, wo es hingeht. Morgens lege ich ihm die Sachen aus, die er anziehen soll. Das macht er auch immer ganz brav. Aber du bist hier in der Firma auch immer schick angezogen. Willst du nicht noch den Bilanzbuchhalter machen? Dann müsstest du nur noch den Yachtschein haben, das wäre ein Traum für Ludwig.« Er kam zu Tür. »Oder Ludwig? Das wäre es doch.«

»Was, was, was?«

»Wenn der Michael noch seinen Yachtschein machen würde.«

»Ja, ja – den kann er machen. Ich, ich muss noch zur Bank. Ich komme später nach Hause.« Ludwig eilte nach draußen.

Kapitel 7   Die 3. Generation

... oder die 2. Zweite?

Ende April, an einem Sonntag, luden wir unsere Eltern auf die Terrasse ein. Das Wetter war noch sehr unbeständig. Die Sonne schaffte es selten durch die dicke, weißgraue Wolkendecke. Gegen Mittag machte ich den Grill an. Ein kalter Wind zog auf. Der Himmel zog sich zu. »Der April könnte auch Hermann heißen. Der macht auch, was er will«, fluchte ich fröhlich vor mich hin. Caroline deckte mit einem herzlichen Lächeln den Tisch. Eine Servierte flog ihr aus der Hand in den Schwimmteich. »Kein Problem, Oskichen! Ich hole sie gleich wieder heraus.« Es war kalt, es war windig. Vom Frühling war nichts zu sehen. Der steife Wind ließ die Glut im Grill orange aufleuchten. Unser Gemüt, unsere Fröhlichkeit passten absolut nicht zu diesem finsteren Frühlingstag. Die Osterglocken und die blauweißen Krokusse auf der Wiese stimmten mit ein in unsere gute Laune. Sie schunkelten ausgelassen im Wind. Wir konnten nicht mehr länger warten. Die besondere Zusammenkunft der Eltern war schon wochenlang überfällig.

Am Nachmittag legte sich der Wind. Der Himmel war hell bewölkt. In dicken Winterjacken saßen wir ungemütlich an dem großen Teakholz-Tisch. Caroline und ich grinsten. »Möchte jemand ein kühles Bier?«

»Ich nehme lieber einen Glühwein«, versuchte Ludwig Stimmung in die schweigende Menge zu bringen. Keine, keiner fragte, warum wir bei dem bescheidenen

Wetter auf der Terrasse saßen. Bei angenehmen Temperaturen war dies ein wundervoller Platz zum Grillen und Chillen. Ich stand auf und knöpfte den obersten Knopf meines Mantels zu. »Liebe Eltern, wir wollten dieses Jahr mal die Ersten in der Grillsaison sein. Schön, dass ihr unserer Einladung gefolgt seid.« Ich setzte mich wieder und schaute nach dem duftenden Fleisch auf dem Grill. Eine Amsel flog in die Spitze der schlanken serbischen Fichte. Sie gratulierte beschwingend mit ihrem Evergreen. Ihre gewählten Töne verstand keiner im Familienkreise Schmidt und Schneider, außer wir zwei als stolzes Ehepaar. Caroline hielt es nicht mehr aus: »Wir haben euch etwas Wichtiges mitzuteilen.« Alle schauten uns an. »Wir bekommen ein Kind.«

»Das ist ja toll!«

»Mensch super!«

»So was in der Art habe ich mir schon gedacht.«

»Waas?!«

So reagierten meine Mutter, mein Vater, Ludwig und Bertha. Wir waren glücklich. Caroline und ich waren wunschlos glücklich!

»Heute Morgen dachte ich, ich bekomme ein Kind. Aber ich bin ja überhaupt nicht schwanger. Ich kann es ja noch gar nicht fassen!«

»Guten Morgen!«

»Ja – guten Morgen! Ich habe Caroline heute Morgen schon angerufen. Mit dem Kind ist alles in Ordnung. Wir wollen auch gar nicht wissen, was es wird. Hauptsache, es ist gesund! Caroline wird ja dann schon bald nicht mehr arbeiten können. Dann zahlt ihr zusammen die letzten vier Monate deines Bausparkredites ab. Aber das ist nicht schlimm. Wir sind eine Familie. Uns geht es gut. Wir haben so viel Geld. Das können wir gar nicht alles alleine ausgeben. Und ihr bekommt ja auch noch Kindergeld. Das ist zwar nicht viel, aber immerhin.«

Zwei Tage später: »Ihr müsst an das Erziehungsgeld denken. Du musst ja nicht acht Wochen zuhause bleiben. Der Ludwig braucht dich. Das kann man ja alles anders schreiben. Das machen ja alle so. Dem Kind muss es gut gehen. Ich habe zu Caroline gesagt: Geh lieber einmal mehr zum Arzt wie einmal zu wenig. *Noch ein Kind verlieren, das würde ich nicht aushalten!*«

»Das muss schrecklich sein! Das möchte ich auf keinen Fall erleben!«

»Das ist ganz schlimm, wenn man ein Kind verliert. Das kannst du mir glauben. Das gönne ich meinem ärgsten Feind nicht!« Bertha tat mir leid.

An dem Tag machte ich etwas früher Feierabend und fuhr wie fast täglich kurz in den Supermarkt, um frischen Aufschnitt für das Abendessen zukaufen. Direkt rechts am Eingang war der Mühlenbäcker. An der Theke stand Bertha. Sie war mit der Verkäuferin und einer weiteren Dame, die ich nicht kannte, im Gespräch vertieft. Sie bemerkte mich nicht beim Vorbeigehen. Sie stand mit dem Rücken zu mir. »Ich dachte, ich bekomme das Kind!

Ich denke jetzt noch, ich sei schwanger.« Sie kicherte kurz künstlich. »Ich kann es noch gar nicht glauben ...«

›Oh Gott! Was geht denn da ab?‹

»Machst du das mit dem Beantragen?«, fragte mich Caro.

»Ja klar! Kann ich machen.«

»Danke schön! Oski! Ich hasse Beantragungen und Anmeldungen.« Wir umarmten uns. »Für mich ist das kein Problem. Ich mache ja jetzt jeden Tag so viel Papierkram. Da kommt es auf die zwei, drei Blätter mehr auch nicht mehr an.«

Wir aßen gemeinsam gemütlich zu Abend in unserer vertrauten Zweisamkeit.

Ich war eher einer von der rauen Sorte. Die Mit-Erziehung meiner Oma, einer Frau aus der »alten Zeit«, machte sich immer mal wieder bemerkbar. Erste »Im-Bauch-Bilder«, Kuscheln mit der werdenden Mutter im Gruppenseminar, Fachsimpeln über ZTG-Auswertungen oder Fläschchen-Diskussionen mit anderen werdenden Vätern in bunten Ringelsöckchen waren nie mein Ding gewesen.

Caros Bauch und die Vorfreude auf unser erstes Kind wuchsen von Woche zu Woche. ›Keiner kann uns dieses Glück zerstören.‹ Keiner? Eine?

Keine? Saskia Schiller? Wir gingen gemeinsam auf die Meisterschule. Es war das gleiche Feeling wie damals bei Caro. Am zweiten Tag saß sie neben mir. Sie hatte sehr langes, glattes, pechschwarzes Haar. Sie modelte nebenberuflich.

Saskia erlernte den Meister im Friseurhandwerk. Ich nahm an Teil drei und Teil vier der Meisterausbildung teil, Fachkaufmann und Ausbildereignung. Diese waren Voraussetzung für den Studiengang »Betriebswirt des Handwerks«, welcher direkt nach der Meisterschule für mich anstand. Danach war ich berechtigt, ein Handwerksunternehmen zu leiten.

Saskia Schiller saß oft neben mir, während der Seminarstunden oder in der Pause. Das war kein Zufall. ›Wie bringst du ihr bei, dass du vergeben bist? Wenn ich es nicht wäre, würde ich ihre Signale erwidern.‹

Am Abend fuhr ich auf dem Parkplatz an Saskia vorbei. Wir schauten uns tief in die Augen. Sie strahlte. Eine Woche später sagte sie noch vor Seminarbeginn: »Du kannst einen echt hypnotisierend anschauen. Von deinen Blicken wird man ja total schwach.« Ich lächelte sie an. Mein Kopf sendete Alarmsignale. ›So kann es nicht mehr weitergehen. Das musst du stoppen.‹

Das Schicksal versuchte, ihre Träume zu beenden: Sie saß an einem sonnigen Frühlingstag wieder links neben mir. Aus dem Nichts fragte sie frech: »Hast du eigentlich eine Freundin?«

»Nein!«

Für ein paar Sekunden genoss ich den Moment. Es lag Liebe in der Luft. Die Luft war hochelektrisiert. »Aber ich bin verheiratet.« Sie schaute auf meine linke Hand. »Wo hast du denn deinen Ring?«

Ich zeigte ihr die rechte Hand, an der Caros Ring steckte. Es herrschte Funkstille für den Rest des Tages. Saskia kämpfte mit den Tränen. Ich musste ihr die Wahrheit sagen. Es war ein Flirt, mehr nicht. Für mich gab es nur Caro. Außerdem war mir der Ausrutscher mit Jenny aus unserer Kennenlernzeit noch gut in Erinnerung.

Nach dem Unterricht fuhr ich wieder auf dem Parkplatz an Saskia vorbei. Sie schenkte mir keinen Blick mehr. Ich sah sie nicht mehr winkend im Rückspiegel. An den folgenden Seminartagen ging sie mir bewusst aus dem Weg.

Das Ignorieren hielt nicht lange an: Auf dem Weg zur Toilette standen sie einfach da. Saskia und eine Freundin hatten sich eigenmächtig vom Unterricht entbunden. Sie rauchten genüsslich eine. Beim Vorbeigehen blies mir Saskia verführerisch und cool den Rauch in Gesicht. Ich lächelte die beiden an und ging meinen Weg ins »Herrenhaus«. Die zwei flüsterten. Sie kicherten vor sich hin. Beim Rückgang versperrte Saskia mir den Weg und sagte zu ihrer Freundin: »Dem musst du mal in die Augen schauen.« Katharina stellte sich vor mich auf und schaute. Sie fing an zu lächeln. Ich ging wieder Richtung Seminarraum. Die beiden kicherten und flüsterten wie alberne Teenager. Ich fühlte mich unwohl. ›Haben die mich jetzt an- oder ausgelacht?‹

Wenige Wochen später kam die größte Belastungsprobe für unsere Ehe: *»Da müsste ich eigentlich* *sitzen*«, rief sie quer durch den ganzen Saal zu mir rüber. Saskia zeigte eindeutig auf den freien Stuhl neben mir.

Das Seminar war beendet. Zum Abschluss gab es von der Handwerkskammer ein Abendessen im Ratskeller von Hennstätt. Ich hatte mir ein Wiener Schnitzel mit einem Salat bestellt. Die Blätter mit dem Gemüse waren großzügig auf einem Teller aufgeschichtet. Die braune Soße regte nicht unbedingt den Appetit an. »Stellt der mir so 'nen großen Komposthaufen hierhin«, sagte ich schon etwas angetrunken. Kollege Martin lachte auf: »Komposthaufen!« Und wer saß plötzlich neben mir? ›Oh‹, dachte ich, ›wenn das mal gut geht.‹ Ich blödelte mit Martin rum, klar definierter Männerkram.

»Ich habe uns einen Ramazotti bestellt«, flüsterte sie mir ins Ohr und schaute mir tief in die Augen. ›Puh‹, dachte ich, ›wenn das mal gut geht.‹ »Dann trinken wir Brüderschaft!« Das war die Anspielung auf unseren Männerkram. Das Gefährliche war, dass sie an dem Abend ihre weiblichen Kurven besonders ansprechend verpackt hatte. Wir tranken Brüderschaft und noch weitere alkoholische Genüsslichkeiten. Saskia und ich hatten Spaß. Immer wieder schaute sie mir tief in die Augen.

Wir saßen nebeneinander. Claudia und Moni beobachteten uns eine ganze Weile. Sie plapperten stundenlang. Ihre Blicke waren auf uns gerichtet, wenn auch meistens nur von der Seite. Bei ausschweifenden Bewegungen schauten sie direkt rüber. Mal blödelten wir rum, mal erzählten wir über ernste, private oder gesellschaftliche Dinge. Es war ein netter Abend.

»Küss mich«, flüsterte sie leise. ›Oh Mann – das geht nicht gut.‹ Langsam bewegte sich ihr Mund auf meinen zu. Es war Partystimmung. Es lief gute und laute Popmusik. Hier kannte mich kein Mensch. Also warum nicht? Ihr Atem berührte bereits meine Haut. Ihre schönen blaugrünen Augen schauten erwartungsvoll bis unnachgiebig. Der blinkende Spielautomat spiegelte sich in ihnen. Sie schloss die Augen. »Küss mich.« Sanft berührten meine Lippen ihre Wange.

»So! Jetzt gehen wir.« Die beiden Tratschen standen auf. Als wenn sie auf den Kuss gewartet hätten. Das Aufstehen löste einen allgemeinen Aufbruch aus. Saskia hatte am Anfang der Party klargemacht, dass sie mit Carsten nach Hause fahren, beziehungsweise von dessen Mutter mitgenommen würde.

»Du kommst mit uns«, sagte sie kess zu mir. Wir blieben noch etwas sitzen. Es knisterte unsteigerbar. Uns war beiden klar, wie der Abend enden, oder besser, wie die Nacht verlaufen würde. Wir zwei alleine, das könnte krachen, das konnten schöne Stunden werden, das konnte ein unvergessenes Abenteuer werden, das konnte ein Ausrutscher, eine Sünde werden … ›Michael, Michael, gefährlich! Gefährlich!‹

Da kam sie. Sie kam aus dem Nichts. Wer hatte sie gerufen? Ich machte mir keine Gedanken mehr, wie ich nach Hause kommen sollte. Mittags war ich davon ausgegangen, dass es ein langweiliger Abend werden würde. Ich wollte ein Glas Wein trinken, essen und selber wieder zurückfahren.

Da stand sie vor mir – mit einem langen, weißen Mantel und strohblondem, gelocktem Haar: »Ich soll dich hier abholen.«

»Woher weißt du ...« Carsten grinste mich an. »Du hattest vor dem Essen mit meinem Handy deine Schwester angerufen. Ich dachte, die rufst du mal an, damit Michael gut nach Hause kommt.« Carsten war solo. Carsten war sehr an Saskia interessiert.

Auf dem Rückweg im Auto von Verena klingelte ihr Handy. Es war halb drei. »*Hier, für dich!*« Ich unterhielt mich kurz, sie schwärmte mich an, dann wünschten wir uns gegenseitig eine angenehme Nacht. »*Muss ich da was wissen?*«

Schmunzelnd schlief ich ein. Zuhause musste ich an den Kühlschrank. Dann backte ich mir ein paar Eier. Ein Glas Spargel musste auch noch geleert werden. Beim Zermahlen der ersten Chips, schellte das Telefon. Es war vier Uhr. Die Mutter von Carsten hätte auch gesagt, dass das ein besonderer Abend war. Sie fuhr Saskia nach Hause. Aber die war nicht bei dem gemütlichen Beisammensein. Caro kam die Treppe runter. »Das waren echt schöne Stunden. Michael! Ich ...« Caro stand dicht neben dem Hörer. »Ja sie steht neben mir – ja okay, du auch.« Ich legte auf. »Wer ruft denn jetzt noch an?«

»Das war Saskia. Es ist nichts passiert. Komm, wir gehen schlafen.«

»Wer ist Saskia?«

»Eine Kollegin aus der Meisterschule. Komm, es ist nichts passiert. Wir hatten einen netten Abend.«

Es war nichts passiert. Gott sei Dank war nichts passiert! Innerlich hüpfte ich vor Glück und war froh, dass ich der Gleichgültigkeit des Alkohols und dem Charme von Saskia hatte widerstehen können. Ich schlief zufrieden und stolz ein.

Der lange, schöne, heiße Sommer neigte sich dem Ende entgegen. Gemeinsam richteten wir das Kinderzimmer her. Wir konnten unseren Nachwuchs kaum erwarten. Auch die Großeltern waren voller Aufregung, besonders die werdende Oma Bertha.

»Ich denke immer, ich bekomme das Kind.« Ihre Scheinträchtigkeit hielt weiterhin an.

Bertha kaufte einen Kinderstuhl, erste Kinderwäsche, Trinkfläschchen, Fläschchenkocher, Windeln, die im Angebot waren, und organisierte einen Maxi-Cosi. Ich wusste bis dahin nicht, was das für ein Dingen war: ein Kindersitz für Babys. »Der ist von Stefanie, die brauch den nicht mehr, die wollen auf keinen Fall ein zweites Kind, den könnt ihr haben, einem geschenkten Gaul schaut man nicht ins Maul. Bei uns regnet es auch nicht vom Himmel. Der ist von Ritter. Das ist der Beste. Da ist kein Vergang dran. Den könnt ihr ruhig nehmen. Den wischt man einfach aus und dann ist der wieder neu ... hörst du mir überhaupt zu?«

»Na klar!«

»Dem Kind muss es auf jeden Fall gut gehen. Da werde ich für sorgen! Ich habe drei Kinder großgezogen. Und ich habe eins verloren. Wir konnten nichts machen. Gegen den Virus konnten wir nichts machen. Der Junge ist uns in den Händen gestorben. Heute kann man sowas behandeln. Das ist überhaupt kein Problem mehr. Heute braucht kein Kind mehr an einer Infektion sterben. Morgen fahre ich noch einmal nach der Stefanie. Die hat so viele Sachen gekauft, teilweise den gleichen Pulli in der gleichen Größe zwei Mal. Damit sie den schnell tauschen kann, wenn der eine dreckig ist. Aber ich bekomme das Kind ja gar nicht. Aber das ist egal. Ich helfe unserer Caroline ...«

Das Telefon schellte. »Firma Schmidt und Meyer, Schneider! Ach guten Tag, Herr Senger ... ja klar – ich geh mal eben rüber zu ihm.«

Wir mussten Bertha runterholen! »*Ich dachte immer, ich bekomme das Kind*«, erzählte sie in der Firma, bei meinen Eltern, bei uns, beim Bäcker und wer weiß, wo sonst noch. Aber ich hatte genug mit meiner eigenen Frau zu tun. Schwangere Frauen sind ja doch ein wenig anstrengend. Zwillinge wären kein Problem, zwei schwangere Frauen schon! Ich half Caro gern und ließ manche patzige, der Schwangerschaft geschuldete Äußerung über mich ergehen. Unsere Elternfreude war riesig. Um Berthas großmütterliche Euphorie musste sich Ludwig kümmern. Schließlich führten die beiden laut Bertha eine perfekte Ehe.

Am 26. Dezember war unsere Liebe vereint. Ich hatte Caro und mich auf dem Arm. Der kleine Jan war geboren. Wir waren eine Familie, von der wir zwei oft schwärmten. Unser größter Wunsch ging in Erfüllung.

Auf Carolines Wunsch war ich bei der Geburt dabei. Ich wäre lieber der Gesinnung meiner Oma gefolgt: »Kinder bekommen ist was für Frauen. Da hat der Mann nichts zu suchen.« Oma Klara hätte dieser Ansatz noch mehr gefallen. Für mich war ein Zeichen von Stärke, wenn man über seinen Schatten springen konnte. Wenn man etwas durchzog, von dem man absolut nichts hielt. Meine mir oft angedichtete Sturheit ließ ich wieder in den Geschichtchen um mich herum stehen und stand meiner Frau tapfer bei. Nach ein paar Tagen kam Caro mit dem Kleinen nach Hause.

Solange der kleine Jan schlief, schrie und schleckte, konnte ich nicht viel mit ihm anfangen. Caro kümmerte sich liebevoll um den Neugeborenen. Sie war eine junge, stolze Mutter.

Die beiden Omas waren natürlich auch oft in unserem Haus, besonders Omi Bertha. Für meine Mutter war es das zweite Enkelkind. Die Opas hingegen ließen sich seltener blicken. Sie waren beide noch berufstätig. Bertha fiel natürlich mein »nüchternes« Vatersein sofort auf. »Du kannst aber auch nichts mit dem Kleinen anfangen, oder?« Sie schaukelte den kleinen Jan im Arm. »Was soll ich denn mit ihm machen? Das erste Jahr gehört der Mutter.« Diese Äußerung gefiel ihr sehr. »Na, und der Oma!« Diese Freud-Ericson-These, gelehrt durch

Herrn Professor Dr. Dr. Jeschke aus Köln, untermauerte ich noch etwas: »Im ersten Jahr sind Mutter und Kind durch eine intensive Symbiose verbunden. Je vertrauensvoller, umso besser für das Kind!«

»Eine was?«

»Eine Symbiose!«

»Sowas habe ich ja noch nie gehört. Wo hast du das denn her?«

»Das ist Entwicklungspsychologie, Basiswissen«, gab ich stolz zur Antwort. »Basiswissen habe ich auch. Ich habe drei Kinder zur Welt gebracht«, würgte sie meine Ausführung über mein theoretisches Wissen ab.

Wenn Caro Zeit für sich brauchte oder in Ruhe einkaufen wollte, passte ich auf unseren kleinen Jan auf, inklusive Fläschchen geben, Wickeln und ins-Bett-bringen.

Oft habe ich den Kleinen gefilmt oder fotografiert, um die ersten Stunden zu verewigen. Wir waren eine klassische Familie.

Kapitel 8 Die erste Betriebslüge

In der Firma herrschte Hochbetrieb. Montags morgens um sieben Uhr war draußen ein Brüllen zu hören: »Isch fahr doch nisch von Rennerod bis hinten nach Spremberg. Dat du doch wohl ene am Helm häss! Fürzehn Abladestellen – kannst du mir mal bitte erklären, wie isch dat schaffen soll? Also isch glaube so langsam jedet luss....« Pütz war da. Er ging über den Hinterhof auf Hermann zu, der am geöffneten Tor der Laderampe stand. Von meinem Bürofenster hatte ich den Hinterhof im Blick. Pütz war ein knorriger Rentner, gebürtig aus Niederkassel, der mit der Auslieferungsfahrt seine Pension aufbesserte. Er war schnell wie der Wind – also mit LKW, zu Fuß dem Rentenalter entsprechend. Jeden zweiten Tag lieferte er die Ware mit dem 7,5-Tonnen-LKW im Großraum Mitteldeutschland aus. Das »Pütz-Jebrüll« war eine übrig gebliebene rheinländische Urwaldmanier, welche alle Kollegen nach einer gewissen Eingewöhnungszeit akzeptierten.

Zwei Wochen später erkrankte Pütz. »Dann musst du fahren«, sagte Hermann zu mir beim Beladen des LKWs. In den ersten Monaten meiner neuen beruflichen Tätigkeit durchschritt ich die komplette Abwicklung. Oft schrie Hermann von der Laderampe quer über den Hof durch mein Fenster, egal ob es geschlossen oder gekippt war: »Michael, komm mal hierhin.« Mit dem 7,5-Tonnen-LKW war ich bereits nach Frankfurt und Kassel gefahren. Diese Tour ging über Krebeck,

Weitzgrund bis rüber nach Spremberg und über Niederdorla zurück. »Da ist nichts bei«, beruhigte mich Hermann.

»Wer fährt denn morgen die Tour?«, fragte Ludwig. »Ich«, kam die Antwort von mir, während ich die Werkspapiere für die Auslieferung im Büro kopierte. »Du? Wo ist der Pütz denn?«

»Krank«

»Und der Ferdi?«

»Der hat Urlaub. Na ja, irgendwie werde ich das schon hinbekommen. Wenn morgen früh ...« Ludwig grollte wütend dazwischen: »Gib doch einfach zu, dass du so eine Strecke nicht fahren kannst.« Hastig griff er nach den Papieren aus dem Kopierer. Dann rannte er eilig in den Besprechungsraum und ging zu der Landkarte an der Wand: »Hier, hier!« Sein Zeigefinger hämmerte hart auf Spremberg. »Spremberg! Weiß du eigentlich, wo das ist? Das ist im tiefsten Osten!«

»Ich kenne Spremberg ...«

»Ich kenne Spremberg, ich kenne Spremberg!«, äffte er mich nach. »Das schaffst du niemals. Plan schonmal zwei Nächte ein!« Er rannte in sein Büro und knallte heftig die Tür hinter sich zu.

So kannte ich ihn nicht. Das war nicht der ruhige, verständnisvolle Schwiegervater, zu dem ich respektvoll aufschaute. Dies war ein cholerischer, mieser Vorgesetzter! Hatte er zwei Gesichter? Das war kein Motivationsschub. Ich zeigte Einsatz, war mir für nichts zu schade. Von Hermann und Pütz kannte man die

Brüllerei. Aber von ihm? Das war anders. Das war fieser, das war von oben runter, das war unfairer, das war unangebracht!

Diese Brüllerei kannte ich noch aus meiner Ausbildung zum Maler. Mit der Zeit wuchs mir ein dickes Fell – ein besonders dickes Trommelfell. Durch die Lieferscheine blätternd schritt ich in mein Büro. »Lasst euch bloß nicht scheiden. Untersteht euch!« Bertha kicherte. »*Das Leben ist wie eine Leiter, mit jedem Jahr steigt man eine Stufe höher und kann mehr sehen.*« Sie grinste. »In deinem Alter habe ich vieles auch noch anders gesehen.«

»Wir wollen uns doch gar nicht scheiden lassen. Wir sind wunschlos glücklich. Vor allem jetzt mit dem Kleinen.«

»Ja, genau! Das bringt auch nichts. Wenn ich das schon bei unserem Hermann sehe. Was der alles anschleppt.«

»*Vati mit Kati, Mami mit Manni!*«

»Was?« Ich drehte mich auf dem Bürostuhl zu ihr um und schaute sie an. »Na, wenn der Vati mit der Kati und die Mami mit dem Manni! So sehe ich das. Es muss für Kinder grausam sein, wenn Mami zuhause mit Manni wohnt und in der Stadt sehen sie Vati mit Kati auf der anderen Straßenseite.« Bertha grinste mich staunend und zufrieden an.

Ich würde mich niemals von meiner Frau trennen!

Wir hatten Zeit genug gehabt, es uns zu überlegen. Wir hatten vor der Ehe drei sehr schöne Jahre erlebt. Wir hatten uns entschieden, ein Leben lang zusammenzubleiben.

Wenn man Kinder hat, ist eine Scheidung ein absolutes No-Go!

Es herrschte eine andächtige Ruhe im Büro. Zumindest für drei Minuten. »Die Caroline ist schon mal anstrengend. Ich habe es nicht geschafft, sie zu erziehen. *Jetzt musst du sie erziehen. Ich habe es nicht geschafft.* Was sich unsere Caroline in den Kopf setzt, das macht sie auch. So lange, bis man nachgibt. Und wenn ich sie schon mal sehe, wenn sie gähnt am Tisch, ohne die Hand vor den Mund zu halten. Also unsere Caroline ist nicht einfach. Nein, nein, was habe ich mit der Stunden verbracht. Aber das ist ja jetzt nicht mehr meine Aufgabe. *Das ist deine Aufgabe. Das ist jetzt deine Lebensaufgabe!*«

Die Tür knallte auf! »Hast du die Papiere fertig?« Schon stand er schnaufend hinter mir, sein sich wölbender Bauchansatz drückte an meiner Schulter. Eine milde Duftschwade von nachlassendem Aftershave und kaltem Schweiß zog an meiner Nasenspitze entlang. Seine klobige Hand riss mir die Lieferscheine aus der Hand. Auf der Tourenliste quackelte diese 10 Sekunden herum. Mit weiterhin schwerer Atmung stellte er zwei neue Kunden drauf und die beiden, denen ich schon die Lieferung zugesichert hatte, strich er wieder. »Mach fertig! Wir wollen laden.«

»Darf's noch etwas mehr sein?«
»Nein – danke! Bloß nicht noch mehr!«

Die nette, ältere Dame hinter der Fleischtheke lachte auf. Ich ging zur Kasse. Bloß nicht noch mehr! Gutes Betriebsklima! ›Das geht gar nicht. Der Vogel ist ja unmöglich.

Na ja, eigentlich ist ja Ludwig mein Chef. Und irgendwann ist der weg. Wobei dem sein Ausraster auch nicht ohne war!‹ Nachdenklich fuhr ich mit duftenden Brötchen und frischem Aufschnitt auf dem Beifahrersitz nach Hause. Ein gutes Betriebsklima war das nicht. Das war eine unsichtbare Betriebslüge. Es war die erste Lüge!

Kapitel 9   Wir sind glücklich!

Beim Türaufschließen hörte ich den kleinen Jan weinen. »Och der Kleine!« Meine Laune stieg sprunghaft weit auf die positive Seite. Was ist das für ein schönes Gefühl, Vater zu sein. Ich legte wie gewohnt die Schlüssel auf das Sideboard in der Diele, hängte die Jacke an die Edelstahl-Garderobe und stellte darunter die Arbeitstasche ab. Beim Betreten der Küche kam mir ein warmer Schwall entgegen. Wir hatten es gerne warm. Diese warme Wolke duftete nach Babycreme und Kerzenwachs. Der Tisch für das Abendessen wurde von meiner Ehefrau herzlich hergerichtet. Eine schlanke Kerze stand immer auf dem Tisch. Sie strahlte Ruhe und Gemütlichkeit aus. Aber auch Caros Wirken in der alten Küche vom Bicht gab einem das Gefühl von Familie und Geborgenheit.

Die frisch duftenden Brötchen kamen in ein schmuckes Weidenkörbchen und der Aufschnitt auf eine Holzplatte. Für Caroline war es keine ordentliche Wurstplatte, wenn nicht ein paar Gürkchen oder fein gewürzte Tomaten als Belage dazukamen. Jede Wurstplatte war ein Unikat. Ihre Vielfalt an Ideen kannte keine Grenzen. Wir liebten diese gemeinsamen Mahlzeiten in der Familie. Wir waren nun selbst eine kleine Familie. Der kleine Jan lag im Stubenwagen zwischen uns. Er strampelte fröhlich vor sich hin.

»Dein Vater kann in der Firma aber auch ganz schön abgehen.«

»Jaa?«

»Oh ja!«

»Mir haben die immer erzählt, in der Firma würde ein Top-Betriebsklima sein.«

»Der hat mich total blöd angemacht. So richtig mies!«

»Was hat er denn gemacht?« Caroline schaute mich mit großen Augen an. »Er hat sich total aufgeregt, weil ich morgen mit dem LKW fahre. Dabei haben wir doch gesagt, dass ich alles mal mitmachen muss.«

»Echt? Mmh?«

»Das Runtermachen war echt unangebracht. So kenne ich den gar nicht.« Sie war entsetzt! »Mir haben die immer gesagt, in der Firma verstehen sich alle. Wenn es Probleme gibt, wird da in aller Ruhe drüber gesprochen.«

»Hätte ich das vorher gewusst. Ich weiß nicht, ob ich dann da angefangen hätte. Mein Job als Erzieher hat mir auch Spaß gemacht. Aber ich werde es überleben. Da gibt es Schlimmeres. Vielleicht hält man den Stress in dem Alter auch nicht mehr aus.« Wir ließen uns die Brötchen schmecken. Nach einer kurzen Pause führte ich weiter aus: »Ich bin ja nicht pingelig. De' Gerndarm hat auch immer gesagt, *stell dich nicht so an, inne Chrissbäume isses auch quasig.*« Caroline lachte laut auf. »Woher hast du das denn schon wieder?« Ich grinste verschmitzt. »Kennst du denn nicht den Gerndarm?« Caro lachte erneut. »Ne, den kenne ich nett.«

»Das war unser Meister in der Lehre. Andreas, der mit mir die Lehre machte, und ich waren öfter mit Gerndarm auf der Baustelle. Wir mussten mal bei minus acht Grad zur Tischlerei Biermann. Die bauten zum ersten Mal an. Es war eisekalt. Eigentlich hätten wir zuhause bleiben können. Aber als Lehrlinge mussten wir mit. Gerndarm und Andreas verkaufen nebenher Weihnachtsbäume. Als de' Gerndarm merkte, dass wir keine Lust hatten, sagte er zu Andreas: »*Stell dich nicht so an. Inne Christbäume, isses auch quäsig.*« Wir haben uns zu Tode gelacht. Wie der das sagte.« Wir beide lachten. Wir beide schlemmten. »Mama sagt, dass der Hermann unmöglich mit den Mitarbeitern umspringt.«

»Das macht er auch, aber der bollert nur. Dem kannst du nach einer halben Minute wieder über das Köpfchen streicheln.« Caro lachte erneut. »Dem über's Köpfchen streicheln. Das will ich sehen.«

Die Tour am nächsten Tag verlief recht gut. Früh morgens fuhr ich zeitig vom Hof und folgte der netten Navilady. Die Autobahn war leer. In Limbach musste ich rückwärts in eine enge Straße. In Niederdorla wurde es dann noch einmal eng: Ein gut verrosteter LKW stand quer auf der Straße und lud einen Schuttcontainer auf. Er stand leicht über dem Mittelstreifen auf meiner Fahrbahn. Ich, als »Fast-Trucker«, fuhr diesen Engpass langsam an, schaute gewissenhaft in die zahlreichen Spiegel. Das Führerhaus war durch. Hinter mir hatten sich ein paar Fahrzeuge angereiht. Nervös werdend fuhr ich weiter. Ich sah im linken unteren Spiegel, welcher Richtung Rad zeigte, wie die rotweiße Warnblende des seitlichen Reffs sich leicht biegend an die Stoßstange des

Container-LKWs drückte. Ich setzte unsern Wagen einen Meter zurück und stieg aus, um nachzuschauen. Der andere LKW-Fahrer schaute zu. Die Warnblende bog ich gerade und wollte wieder einsteigen. »Hier fährt erst mal keiner mehr weiter!«, bestimmte er. »Ach, das Schild wurde schon so oft verbogen, das ist nicht so wild.«

»Ja und mein Kotflügel?« ›Das meint der doch jetzt wohl nicht ernst.‹

Er meinte es ernst. Er meinte es todernst! Unseren LKW parkte ich ein paar Meter weiter auf dem Fahrbahnrandstreifen. Er verlangte, dass die Polizei dazu kommen sollte. »Na hoffentlich weiß der gleich noch, welche der zahlreichen Beulen von mir gekommen sein soll!«, fluchte ich vor mich hin und biss kräftig in einen Apfel »Watt ein Vogel!« Ich hörte schon Ludwig am nächsten Tag triumphieren: *»Das habe ich dir doch sofort gesagt, dass das in die Hose geht.* Das ist nicht so einfach. Du musst da aufpassen. Du stellst dir das immer so leicht vor ...«

Nachdem ich Hermann und die restlichen Kunden informiert hatte, dass ich in einem klitzekleinen Unfällchen verwickelt war, kam die Polizei vorgefahren. Sie kam eher vorbeigefahren – hielt auf der Straße an, der beifahrende Polizist stieg aus, fragte, ob an meinem LKW ein Schaden sei. Ich erklärte dem genervt wirkenden Amtmann, dass nur meine Blende verbogen wurde, welche ich ohne »karosserarisches« Hintergrundwissen wieder geradegebogen hatte. Er rief dem anderen Fahrer abweisend zu: »Bei dir ist auch kein Schaden«, und direkt zu mir: »Sie können weiterfahren.« Beim Einsteigen auf meinen »Bock« war das Toben des Polizisten nicht zu überhören. »Noch einmal so eine Aufführung und wir legen dir die Karre still! Das war jetzt der dritte Einsatz in diesem Monat.« Im Rückspiegel sah ich, wie er kopfschüttelnd in das Dienstfahrzeug einstieg.

Der Rest meiner Tour verlief unauffällig. Gegen acht kam ich wieder auf den Platz gefahren. Ich fuhr den LKW vorwärts vor das Tor. Kunststückchen wie rückwärtszufahren, ohne einmal neu anzusetzen wie Pütz, traute ich mich nicht. Bei mir wäre das Blumenbeet vor dem Eingangsbereich platt und der Zaun verbogen gewesen. Zufrieden fuhr ich nach Hause und erzählte Caro von meinem Abenteuer.

Am anderen Morgen in der Firma merkte man Hermann an, dass er erstaunt war, dass ich den vorherigen Tag überstanden und alle Abladestellen geschafft hatte. Das war Hermann Meyer. Erstmal die Leute testen – oder besser gesagt: die Leute fordern. »Na, dann kannst du ja noch mal fahren, wenn Pütz krank ist.« Das war ein verstecktes Lob. Ludwig äußerte sich nicht zu der Aktion.

»Wenn Ludwig nichts sagt, ist das eine Topbewertung! Ein besseres Lob kannst du gar nicht bekommen.« Mein Büronachbar Jens hatte seinen Spaß. »Da musste ich mich auch erst dran gewöhnen.« Wir lachten. »Frag Marianne mal oder Karsten, die kennen das auch. Aber Ludwig ist ein guter Chef. Er hat auch seine angenehmen Seiten. Ich weiß nicht, warum der so ist.«

Berthas Stimme war in der Ausstellung zu hören. Ich ging wieder rüber in mein Büro. Kurz danach kam sie rein.

»Ich habe noch einen ganzen Karton Strampler bei der Steffi abgeholt. Die braucht sie nicht mehr. Die hat teilweise von einem Strampler drei Stück. Die spinnt. Nehmt ihr sie ruhig. Bei uns regnet das Geld auch nicht vom Himmel. Caroline wird ab und zu meckern, weil sie die Farben nicht so toll findet. Aber das ist egal. Einem geschenkten Gaul guckt man nicht ins Maul. Wartet nicht zu lange mit der Taufe. Das Kind muss getauft werden. Ihr müsst das Erziehungsgeld bei der Krankenkasse beantragen. Auch wenn du nicht zuhause geblieben bist, das machen alle.« Erziehungsgeld! Das war ein Thema. »Nein – das machen wir nicht. Das können von mir aus alle machen. Ich mache es nicht. Wenn ich keine Haushaltshilfe geleistet habe, brauche ich keinen finanziellen Ausgleich beantragen.«

»Du spinnst wohl! Das machen alle. Und ihr macht das auch!« Das Telefon schellte. »Schneider – guten Tag Herr Bursch, wie geht es Ihnen? ... Ah! Schön! Nein, kein Problem, ich gehe mal eben in die Höhle des Löwen.« Ich nahm mir rasch ein Stück Papier und einen Kugelschreiber und eilte in die Fertigung. Bertha tippte auf ihrer Schreibmaschine. »Was denn für ein Löwe?«

Caro sah das mit dem Erziehungsgeld ähnlich bis gleichgültig. Sie hasste Beantragungen. Wenige Tage später versuchten Ludwig und mein Bruder ebenfalls, mir das Kassenbetrügen schmackhaft zu machen. Familie

Michael Schneider beantragte keine Betreuungshilfe. Wir besprachen es abends bei einer Tasse Waldfruchttee bei Kerzenschein auf unserer Terrasse: »Das hat sie nur wieder von Tante Martha. Die sind so geldgierig. Immer nur Geld. Ich hasse es!«

»Also, wenn ich zuhause geblieben wäre, dann hätte ich natürlich das Geld beantragt. Dann hätte es uns ja auch zugestanden. Wir haben uns für Kinder entschieden. Uns geht es ja echt gut! Wir haben alles, was wir brauchen. Wir haben ein schönes Haus. Wir sind gesund und wir haben einen kleinen Oski.«

»Genau! Und der braucht mich. Das ist so schön mit dem Kleinen. Mama nervt mich andauernd. Papa hat auch schon gesagt, dass sie uns in Ruhe lassen soll.«

»Ich finde das so schön, dass unser Kind noch beide Großeltern hat. Deine Mutter hat ja echt was mitgemacht. Sei nicht so streng mit ihr. Sie hat es ja auch nicht einfach gehabt mit ihrer eigenen Mutter. Deine Oma hat noch die Kaiserzeit erlebt. Die war noch vom ganz alten Schlag. Frauen hatten absolut nichts zu sagen. Damit ist deine Mutter groß geworden. Deine Oma hat ihr nie geholfen. Wenn deine Eltern mal feiern oder wegfahren wollten, hat sie immer gesagt: Das sind eure Kinder, kümmer' dich drum. Meine sind groß.«

»Woher weiß du das alles?«

»Hat's de' Oski vergessen? Deine Mutter sitzt jede Woche drei Tage mit mir in einem Büro. Ich kenne deine Mutter besser als du.«

»Wir waren gestern Eis essen. Der Ludwig und ich haben Eis gegessen. Wie zwei verliebte Teenager. Das haben wir in dreißig Jahren Ehe nicht ein einziges Mal gemacht.«

»Ah, schön!«

»Wir unternehmen jetzt jeden Monat einmal etwas gemeinsam. Das haben wir uns fest vorgenommen. Seitdem du hier bist, ist der Ludwig ganz anders. Wir wollen uns jetzt mehr Zeit für uns nehmen. Das haben wir uns doch verdient, oder?«

»Aber sowas von!«

»Das meine ich doch auch. Ein ganzes Leben nur arbeiten geht auch nicht. Wir haben ja auch schon genug Geld.« Sie schnaufte und setzte ihren Korb auf dem Sideboard ab.

»Der Jan kann bei uns schlafen, wenn ihr Schützenfest habt. Ich wäre damals froh gewesen, wenn meine Mutter mir mal die Kinder abgenommen hätte. Meine Mutter hat meine Kinder nie genommen. »Ich habe selbst sieben Kinder großgezogen und einen Mann im Rollstuhl gepflegt. Jetzt habe ich frei. Seht zu, wie ihr klarkommt«, hat sie immer gesagt.« Die Ausführungen kannte ich bereits.

Das kannte ich noch nicht: »Und unsere Caroline war sowieso nichts wert. Es zählten nur die Jungs. Als Daniel starb, sagte sie nur: »Wie kann einer Mutter nur so etwas passieren!« Nein! Unsere Mutter war ein schlechter Mensch. Trotzdem war es die Mutter. Eine Mutter muss man pflegen.« Ihr Bürostuhl knarrte. Sie drehte sich zu mir um. »Ihr pflegt mich doch später, oder?« Wie aus der

Pistole geschossen gab ich zurück: »Aber selbstverständlich, werte Schwiegermutter!« Wir lachten. »Das will ich euch geraten haben«, gab sie noch hinzu.

»Meine Eltern haben meine Oma gepflegt. Ich war Zivildienstleistender auf der Chirurgie. Habe sogar noch zwei Monate freiwillig drangehängt. Für mich gehört es zu einer Familie, dass man seine Eltern und Schwiegereltern im Alter pflegt.«

So war sie. Aber wir haben alle gelernt, damit umzugehen. Wenn es Ludwig zu viel wurde, fuhr er zu seiner Yacht, wenn es Caro zu viel wurde, sagte sie: »*Mama du nervst.*« Mir wurde es noch nicht zu viel. Ich war ein geduldiger Mensch. Besonders das vierstündige »Freitagsgebet« wurde immer länger. Bertha war halt speziell. Oft tat sie mir leid, wenn sie aus ihrer Kindheit, von ihrer Mutter, von Hermann, von Martha oder von ihrem Söhnchen Daniel erzählte.

»Wir hatten zwar die Gärtnerei. Aber es war nicht einfach. Unser Vater war seit meiner Kindheit schwerkrank gewesen. Der Krieg hat ihn zerstört. Er sprach nicht. Ich habe ihn kaum gekannt. Unsere Mutter stand ganz alleine da mit sieben Kindern. Und dann die Landwirtschaft nebenher.«

Zwischen dem Arbeitstrubel war es nicht immer so einfach, ihr zu folgen, Zeit für sie zu finden. Aber wir waren eine Familie. Das war für mich Familienleben. Eine Familie ist die beste Therapie! Sie heilt jeden Schmerz, jede Wunde. Es ist ein Geben und ein Nehmen. Bei uns geschah das in Harmonie: In der Firma fragte ich nicht mehr: »Wo bist du denn hier gelandet?« Ich erledigte meine Arbeit, ging meiner Pflicht nach. Ich war weisungsgebunden. Ich war nicht zimperlich. Meine Pflicht als Schwiegersohn passte ich der Situation an. Das Leben, die Arbeit machten mir Spaß – am Frühstücks-, Schul- oder Schreibtisch, am Krankenbett als Zivi, auf dem Gerüst, auf dem LKW. Die Möglichkeit, es anders als Ludwig zu machen, würde ich bekommen. Ich würde meine Verantwortung wahrnehmen und sie meistern. Gemeinsam mit unseren Kindern würden wir Berthas Wunden heilen. Sie hatte es verdammt noch mal nicht leicht. Am schlimmsten war für sie der Tod von Daniel gewesen.

»Der Ludwig ist ein sehr guter Chef. Wenn die Mitarbeiter Probleme haben, gehen die zu ihm. Einem hat er auch schon mal Geld gegeben. Nach unserem Hermann gehen die nicht. *Der Ludwig ist der Kopf der Firma.*« Stolz wie ein Domorganist haute sie in die Tasten der Schreibmaschine. »Mobbing? So etwas gibt es bei uns nicht. Frag den Ludwig. Bei Schmidt und Meyer herrscht ein super Betriebsklima. Die verstehen sich alle untereinander.« Ich behielt die Erkenntnis, die Entdeckung der Betriebslüge für mich. Sie wurde zum Betriebsgeheimnis der ganz besonderen Art.

»Der Ludwig ist sehr zufrieden mit dir.« Das war das verspätete Lob für die Auslieferungsfahrt. Ludwig lobte nicht, Hermann auch nicht. »Im Handwerk lobt man nicht«, sagte de' Gerndarm während meiner Malerausbildung. »Loben ist was für Pastöre.«

Unsere Traumwelt kam ohne Sorgen, ohne Probleme aus. Ich war ein harter Typ. Für viele wäre das extreme Verhalten von Bertha, von Ludwig oder von Hermann schon ein riesiges Problem gewesen. Ich war Optimist. Ich sah nicht hinter jeder negativ erlebten Handlung eine Sorge, eine Lüge. Vielleicht war Ludwigs Wutausbruch nur ein Ausrutscher. Die Reißleine ziehen, weil der Chef einen schlechten Tag hatte? Eine Beziehung beenden, weil Saskia einem schöne Augen macht?

Ich schaute aus dem Fenster. In dem blühenden alten Apfelbaum auf der großen Wiese vor dem backsteinernen Fabrikgebäude saß eine Amsel. Sie trillerte ihr Frühlingslied.

›Ich bin verdammt glücklich! Wir sind eine tolle Familie.‹

Auf dem Feld über meinem Heimatort standen drei Apfelbäume. Mein Opa hatte sie gepflanzt. Der Baum vor meinem Fenster erinnerte mich an diese drei. Scheidung? Wer sollte unser kleines Glück zuhause zerstören? Eine starke Frau? Eine große Liebe? Caro war meine große Liebe. Bei Jenny war die Liebe zu Caro größer gewesen. Bei Saskia wurde sie noch durch den kleinen Jan verstärkt.

Bertha schwärmte immer von ihrer Ehe, wie perfekt sie sei. Ludwig äußerte sich nie zu seinem Status. Ludwig war ein Mann, mit dem keinen Ärger bekommen konnte. Er war ein guter Vater und Schwiegervater.

Der kleine Jan wurde von Tag zu Tag lebendiger. Ich schaute ihm gern zu, setzte mich gern neben den Stubenwagen oder legte mich neben ihn auf die Decke im Wohnzimmer. Die kleinen Beinchen und Ärmchen bewegten sich eifrig. Die wundervollen Momente als junger Vater erlebte ich jeden Abend. Caroline war froh, wenn der Sprössling endlich in seinem Bettchen Ruhe gab. Nach dem Zähneputzen setzte ich mich immer ein paar Minuten neben den Kleinen. Es gibt nichts Schöneres, als ein Baby schlafen zu sehen. Die Augen sind geschlossen. Das Köpfchen liegt leicht auf der Seite. Hin und wieder bewegt sich der winzige Mund. Träumt man dann von der leckeren Muttermilch? Was können das rundliche Näschen oder die zarten Öhrchen wahrnehmen? Der kuschelige Schlafsack mit den blauen Sternchen verlieh mütterliche Wärme. Eine vollkommene Ruhe füllte den Raum. Eine vertraute Stille verband Vater und Sohn. Ich streichelte ihm über das flauschige Köpfchen. *»Schlaf schön! Mein Kleiner!«* Das war Abend für Abend jedes Mal ein unvergessliches Erlebnis.

Morgens stand ich immer gern früh auf. Bevor ich in mein Auto stieg, schaute ich nach dem Kleinen. Das gab unheimlich Energie. Das war besser als der stärkste Kaffee. Dieses Feeling ist unbeschreiblich schön.

Caro beim Mittagessen: »Matthias will sich von Kerstin trennen.«

»Wieso das denn?«

»Keine Ahnung, ich war eben da unten. Kerstin ist total fertig. Vielleich solltest du mal mit deinem Bruder reden.«

Matthias und Kerstin Schneider hatten ein Jahr vor uns geheiratet. Sie hatten zwei Kinder, Dennis und Katharina. Kerstin und Caro hatten sich über die Jahre und vor allem wegen der Kinder angefreundet. Mein Bruder und ich hatten ein gutes Verhältnis, wir halfen uns gegenseitig, hatten aber von Kindheit an verschiedene Interessen und Freundeskreise. Wenn unsere Eltern am Wochenende raus waren, schauten wir fern. Wenn uns dann der Hunger trieb, kochten oder backten wir. Dies gelang uns nicht immer. Ab und zu kam unsere Oma hoch, schimpfte zunächst, half uns dann aber, unsere missglückten Karamellbonbons zu verfeinern. Manchmal musste sie auch wieder zur Ruhe und Ordnung aufrufen. Das »Alarmgeräusch« war die oberste Treppenstufe. Die Holzdiele knarrte laut, wenn sie, dort oben angekommen, eine kurze Verschnaufpause machte. In Windeseile setzten wir uns dann ganz unschuldig vor den Fernseher.

»Was ist denn in den gefahren? Ich gehe gleich mal runter.«

»Darf ich mitkommen? Ich möchte Kerstin auch helfen.«

»Ja klar!«

Jan schlief. Caro nahm das Babyfon mit. Wir gingen den schmalen Kopfsteinweg runter zu meinem Elternhaus, in dem auch mein Bruder wohnte. Meine Eltern lagen vor dem Haus und sonnten sich. Schliefen sie? Bei unserem Vorbeigang regten sie sich nicht. Wir gingen hoch in die Dachgeschosswohnung. Die Wohnungstür stand offen. Im Flur stand eine Reisetasche. Mein gekrümmter Zeigefinger klopfte zaghaft an die Wohnzimmertür. »Hallo? Wer zuhause?«

»Ja komm rein, wir sind hier.« Kerstin saß mit weinerlicher Miene auf der langen Couch am Fenster, mein Bruder wie ein Sportler im Interview auf dem Hocker. »Was ist denn bei euch los?«, fragte ich neutral in den Raum. »Frag ihn!«, gab meine Schwägerin zurück und tupfte sich mit meinem Papiertaschentuch die Tränen aus den Augen.

»Kerstin! Wenn ich dir im Weg stehe, dann ist es besser, wenn ich gehe.«

»Wie, was? Im Weg stehen? Was redest du denn da? Du hast zwei Kinder und eine wunderbare Frau. Was willst du denn noch mehr?«, führte ich nüchtern und klar an. Verlegen wie ein Teenager schaute er halbneuverliebt auf den weißen Läufer auf dem Boden.

Er drehte das Argument für eine Trennung einfach rum, einfach auf links: Wenn ich dir im Weg stehe! Da keiner was sagte, legte ich ein wenig nach: »Das ist doch eine Seuche geworden, das mit der Trennerei.«

»*Da muss ich Michael recht geben. Eine Frau mit zwei Kindern verlässt man nicht einfach!*«, fügte Caro hinzu.

Wir blieben nicht lange. Wir wollten keine Moralapostel abgeben. Wir wollten helfen. Auf dem Weg zu unserem Haus fragte ich: »Was war denn der Auslöser?«

»Kerstin hatte auf seinem Handy die Nachricht gelesen: Ich hole dir die Sterne vom Himmel.«

Die Lage entspannte sich wieder. Rückwirkend betrachtet, wünschte ich mir manchmal, wir hätten nicht geholfen. Vielleicht wäre dann nur eine Ehe in die Brüche gegangen. Eine andere Frau hätte eine Kriegerin und einen Krieger weniger gehabt.

Kapitel 10   Das ist deine Firma.

Von sechs bis neun war die beste Arbeitszeit, kein Telefon, keine Kunden. Man bekam was geschafft. Kollege Jens fing immer um fünf Uhr an. Das war mir zu früh. Meine innere Stempeluhr war auf sechs Uhr geeicht. Jeden zweiten Tag lief vier Stunden Radio Bertha: *»Wenn es nach mir ginge, könnte die Zeit jetzt stehen bleiben!« »Unsere Mutter war schlecht.« »Unsere Ehe ist perfekt!« »Lasst euch bloß nicht scheiden!« »Die meisten Ehen scheitern an der nicht zugedrehten Zahnpasta-Tube.« »Die Marion will auf keinen Fall in die Firma!« »Das ist deine Firma! Du kannst so tun, als wäre es dein eigenes Unternehmen.« »Unser Hermann ist unmöglich.« »Ludwig ist hier der Chef und ich zuhause. Der hat zuhause nichts zu sagen.« »Das Leben ist wie eine Leiter.« »Ich habe es nicht geschafft, meine Tochter zu erziehen. Das ist jetzt deine Aufgabe. Deine Lebensaufgabe!« »Der Ludwig ist der Kopf der Firma ...«*

Außerhalb der Firma sprach man mich an:
»Wie? Mit der kommst du klar?«
»Er ist ja ganz okay, aber sie?«
»Geht se euch noch nicht auf'n Keks?«
»Meine Schwester Bertha hat sie nicht mehr alle.«
»Bei der musst du aufpassen!«

Ja, ich kam mit ihr klar. Meistens gab ich eine kurze Antwort: »Ich bin ja nicht mit ihr verheiratet, sondern mit ihrer Tochter.«

Ludwigs und Berthas Unternehmungen blieben bei einmal Eisessen. Die Euphorie kühlte sich schnell wieder ab. Ludwig blieb seinem Unternehmen treu.

Caro und ich gingen fast jede Woche Eisessen oder tranken zuhause gemütlich eine Tasse Kaffee oder Tee. Caroline und ich waren glücklich. Mehr als das! Mit dem kleinen Jan waren wir überglücklich! Es fehlte uns an nichts.

»Hast du denn jetzt einen Überblick hier?«, erkundigte sich Bertha. »Der Nebel hat sich größtenteils aufgelöst. Jetzt kann ich bis zu den Sternen schauen.« Wir beiden schmunzelten. Eine Tür knallte. Das kurze Quietschen der Stuhlfeder unter Berthas Gesäß ließ die Vermutung zu, dass sie von dem Knall zusammengezuckt war. Sie schwieg. Das Bürofenster war auf Kipp. Wenn Bertha da war, musste es immer auf Kipp sein, egal bei welcher Witterung, egal bei welcher Außentemperatur. Man hörte von draußen die Rapmusik des Paketdienstwagens, der mit offener Tür und laufendem Motor auf dem Hinterhof vor meinem Fenster parkte. Der dunkelhäutige, schwarzhaarige Fahrer war temperamentvoll fremdsprachig am Telefonieren. Hatte er was mit dem Türenknallen zu tun? Musste eiligst ein Päckchen mit? Ich versuchte, mich in die Knallerei hineinzudenken.

Ich war eher ein strategisch vorgehender Mensch. Ich musste zunächst die Gegebenheiten kennen, mich denen fügen beziehungsweise anpassen und dann erst konnte ich taktvoll und bedacht handeln. Und dann kam ich richtig in Fahrt und konnte meine Energie sinnvoll einsetzen. Plötzlich und unerwartet knallte Hermann die Tür auf: »Michael! Morgen bis du erst mal hinten und hilfst da – wir haben so viel Arbeit.« Und fort war er.

Um 7 Uhr in der Früh saß ich am nächsten Morgen mit den anderen »Jungs« auf den Hobelbänken. Das laute Dröhnen der Werkshupe lud zur Arbeit ein. Die nächsten Tage waren mit der eintönigen Arbeit des »Federneinziehens« bei Harald abgedeckt. Ich musste in eine Dielennut eine Leimnaht ziehen und in die kleine Spalte ein Verbindungsleistchen, die fachmännisch sogenannte Feder, hereinstecken. Immer wieder ertönte neben der schrillen Pausenhupe ein hartes und lautes »Michael! Pack mir mal eben an!« Lehrjahre sind nunmal keine Herrenjahre.

Laut und rau konnte ich ertragen, nicht aber falsch und hinterhältig.

In ein paar Wochen lernte ich die gesamte Fertigung einer Qualitätsholzdiele kennen. Ab und zu war ich mit auf Montage. Hermann war zufrieden mit mir: »*Ich glaube, dir bestell ich erst mal einen Blaumann.*« Das war für mich ein Signal, wieder an meinen Schreibtisch zu gelangen, was ich auch schaffte. Hermann schaffte es immer wieder, mich wieder an die »Federbank« zurückzubekommen. Jens sagte mir: »*Das hat er mit mir am Anfang auch so gemacht – irgendwann lässt er dich in Ruhe.«* Es war kurz vor Weihnachten und in der Fertigung »brannte der Baum«.

In die Rohdiele von 250 cm Länge zog ich nach wenigen Tagen die Feder schneller ein, als Harald diese schliff und grundierte. Am Anfang war ich halb so schnell. *»Dies ist deine Größe!«,* sagte Harald zu mir. Ich nahm es als verstecktes Kompliment an.

Diese insgesamt 450 »Größen« bescherten mir über Weihnachten eine Sehnenscheidenentzündung. Der Baum brannte bis Heiligabend 12 Uhr. Und schon brannte der andere Baum: *»Der Ludwig wollte nur in das Testament gucken.«* Ludwig fiel ihr ins Wort: »Ich, ich bin zum Theo gefahren und hatte nur mal gefragt ...«

»Gisbert hat dich vorher angerufen.«

»Der hat mich angerufen und dann bin ich dahin gefahren.«

»Und hinterher hat Gisbert behauptet, dass du ihn gezwungen hast, in das Testament zu schauen. Dabei hat er dich angerufen.«

»Ja, genau! Ich wollte da nur mal reinschauen, mehr nicht. Berthas Vater war gestorben. Und, und die Bertha wusste nicht, wo ihr der Kopf steht.«

»Und als Ludwig 50 wurde, hat Lorenz gesagt, wenn du Theo einlädst, kommen wir nicht. Als Lorenz 60 wurde, hat er Theo eingeladen. Da standen wir ganz schön blöd da.«

Ludwig wurde nervös. »Ach Bertha, komm, wir lassen die alten Zeiten ruhen. Man muss auch mal vergessen können.«

»Nein, sowas darf man nicht vergessen. Es gibt Sachen im Leben, die darf man einfach nicht vergessen! Erst sagen, lad den nicht ein und den dann selber einladen. Aber wir haben ihn ja dann aus der Firma bekommen.« Ich warf ein: »Den Lorenz?«

»Nein, unser Theo war auch mal Gesellschafter der Firma.«

»Bertha, nun ist gut. Hol uns mal den Nachtisch!« Sie holte eine Packung Eis. Die Glasschälchen mit je einem edlen Silberlöffelchen standen bereits auf dem festlich gedeckten Tisch.

»Das kam ja damals auch alles zusammen. Die Firma wurde gegründet, dann der Streit um das Erbe und der Tod von Daniel.«

Es wurde still am Tisch. Jeder aß so leise, wie es ging, vor sich hin. Nur Ludwigs Schallplatte produzierte dumpfe Orgeltöne im Hintergrund.

Ludwig, Caro und Marion schwiegen. »Und meine Mutter gab mir die Schuld. Dabei konnte keiner was dafür. Es war eine Viruserkrankung. Im Krankenhaus von Steisen sagte man uns, dass er das überleben würde. Und am anderen Morgen war er tot. Unsere Caroline hat noch drei Tage vorher mit ihm gespielt. Die beiden haben sich gestritten. Und Caroline hat zu Daniel gesagt: »Hoffentlich bist du bald tot.« Das haben wir ihr aber hinterher gesagt, dass sie nicht daran schuld war. Das waren ja Kinder. Das sagen die ja mal so daher. Keiner konnte was dafür.«

Die Familie schwieg wieder. Eilig begann Bertha, den Tisch abzuräumen. »Bertha, vor einer Viertelstunde hast du noch gesagt: Heute essen wir in aller Ruhe und lassen uns mal richtig Zeit. Nun bleib doch mal sitzen!« Bertha kicherte. »Ich räume nur schon mal die großen Teller und die Schüsseln weg. Wie sieht das denn aus?« Marion half ihr. Caroline schaute nach dem Kleinen, der im Wohnzimmer neben dem Weihnachtsbaum schlief.

»Sollen wir uns mal eine Flasche Bier trinken, Michael? Oder ein Glas Wein?«, fragte Ludwig.

»Ein Glas Wein wäre schön.« Ludwig sprang auf. Ich saß allein am Tisch. Das schneeweiße Tischtuch war leergeräumt.

»Jetzt weißt du alles über unsere Familie und über die Firma. Es war hart, aber jetzt ist alles gut. Das Geheimnis mit Marion behältst du ja für dich.« Bertha stellte die Schüssel mit feinsten Weihnachtspralinen auf den Tisch: »Ja genau, du behältst ja alles für dich, was wir besprechen. Auf dich kann man sich wirklich verlassen. Dir habe ich nun alles anvertraut. Du bist wie ein Sohn für mich.« Marion kam mit einer Schale Salzstangen und stellte sie dazu. *Ludwig ist der Kopf der Firma.* Sie zupfte ein wenig an der Tischdecke herum. Caroline kam zurück. Alle saßen wieder am Tisch, drei Generationen. Der kleine Jan war wach. Er kuschelte sich an die Mama. »Sollen wir gleich fahren? Der Kleine braucht Ruhe. Ich hab Kopfschmerzen.«

»Ja, können wir.«

»Bleibt doch noch! Es ist doch so schön.«

Wir fuhren nach einem Glas Wein. Zuhause angekommen setzte sie sich sofort den Reithelm aus ihrer Kindheit auf. Ich wusste, warum. Ich sprach sie nicht drauf an.

Am anderen Morgen deckte ich den Tisch und richtete das Frühstück her, mit vielen Kerzen, mit warmem Kakao, mit duftenden, selbstgebackenen Brötchen, mit frischgepresstem Orangensaft. Im ganzen Haus duftete es nach Weihnachten, nach Tannennadeln, Apfelsinen und Frischgebackenem.

Der kleine Jan wurde wach. Er schrie nach seiner Mama. Nach einer Weile kamen die beiden in die warme Küche. »Guck mal! Der Papa hat uns was Schönes zu essen gemacht.« Wir frühstückten ewig lang. So wie wir es schon oft getan hatten und immer wieder gerne machten. Mittags gingen wir dann zu meinen Eltern. Es war ein schöner Weihnachtstag.

Nach den Festtagen war ich im neuen Jahr mit einem »Flügel« ausschließlich im Büro tätig. Die Sehnenscheidenentzündung heilte nur langsam. Wenn der Arm gestreckt wurde, gab es jedes Mal ein schmerzendes Ziehen.

Eine Mitarbeit in der Fertigung war ausgeschlossen. Sie wurde nach der Heilung immer weniger. Meine Arbeit im Büro nahm Formen an. Das erste Arbeitsgebiet war die Disposition der Auslieferung. Das Aufladen der Bodenbeläge sowie die Erstellung der Auslieferungslisten erfolgte einen Tag vorher. Zu Anfang wurde ich von Karsten eingewiesen und organisierte die Fahrten mit ihm zusammen. Nach zwei-, dreimal war es dann meine Aufgabe.

Wenn es denn so gewesen wäre: Morgens um sieben kam Ludwig. »Geh mal hinten rein und schreib schon mal auf, was alles fertig ist und was heute noch fertig wird. Die Gretschma-Böden und die beiden Fußleisten für den Kaspers müssen präzise mit. Und ruf die Kunden an. Nicht, dass der Wagen morgen kommt und keiner ist da – und guck, ob hier in dem Kundenregister nicht noch mehr Kommissionen stehen, die wir vielleicht auch mitnehmen könnten, oder eine Leiste oder einen Winkel. Nicht, dass wir nächste Woche wegen einer Fußleiste nochmal dahin müssen. Oder ein anderer Kunde dabei ist, bei dem ein Boden für nächste Woche geplant ist. Wenn wir einmal in der Nähe sind, können wir sie schon diese Woche ausliefern... Schau, dass das präzise nicht in die Hose geht.« Diese Litanei konnte ich mir ab dem Tag vor jeder Fahrt anhören. Er wurde sehr unruhig dabei – total der autoritäre Chef.

Wenn das alles gewesen wäre: »Was schreibst du denn da auf? Ich sag dir das gleich, was wir ausliefern. Hau ab hier!«, so unser stets freundlicher Herr Meyer. Ich ging wieder ins Büro. »Hast du alles aufgeschrieben? Ist der Gretschma dabei?«

»Hermann sagt, es sei zu früh ...«

»Geh wieder hinten rein und schreib alles auf, wenn wir heute Nachmittag bei den Kunden anrufen, dann ist da keiner mehr ...« Ich ging wieder hinten rein. Dort wurde wieder rumgeschnauzt. Weil Ludwig »mein Chef« war, schrieb ich auf, was fertig war, egal wer aufschrie.

Anschließend sammelte ich alle Büroakten zu den auszuliefernden Böden und erstellte müßig mit einer von Hand angelegten Word-Adressdatei eine Liste im Computer. Ich suchte mir anhand einer Straßenkarte eine ungefähre Route und setze die einzelnen Adresspäckchen untereinander. Dahinter standen die auszuliefernden Kommissionen. Gegen elf war ich fertig. Dann zog Hermann wie immer die ganze Aufstellung auf links. Die Hälfte der Adressen überkrakelte er wild mit dem Kugelschreiber. Mit einer sauberen Grundschulschrift schrieb er neue Adressen hinzu. Anfangs hatte ich nicht den Überblick in der Fertigung. Die fertigen Paletten mit der Kommissionsware standen aufgrund der Größe nicht alle im Versand. Hermann war zusätzlich so spontan, jede Woche Aufträge vorzuziehen, welche vom fachlichen Arbeitsablauf erst in 3 Tagen fertig wären. Im Eiltempo wurden jeden Donnerstag Fußböden »zusammengeschustert«. Ich musste durch die Fertigung an den einzelnen Terminals der Kollegen vorbei und die Kommissionen für die Auslieferung notieren. Beim vierten oder fünften Mal fuhr mich Freddy laut an: *»Du wirst schon genau so wie der Alte!«*

»Nein! Nein! Das stimmt nicht«, warf Gerhard ein, der zwei Stationen weiterarbeitete. »Na das habe ich mir auch etwas anders vorgestellt hier«, sprach ich gelassen zu

Gerhard beim Notieren seiner Aufträge. »Was willst du hier erwarten? Wir sind hier im SM-Schuppen!«

Perfektes Betriebsklima bei S&M? Nein, dies war kein vorbildliches Betriebsklima! Die Kollegen unter sich hielten zusammen. Aber Hermann führte sich auf wie ein tobender Feldmarschall. Leute treiben! »Du muss da Druck machen!« Wie oft schwärmten Ludwig und besonders Bertha von dem ruhmvollen, perfekten Betriebsklima mit dem verständnisvollen Chef Ludwig Schmidt. Immer wieder kam ich mit der großen Betriebslüge in Berührung.

Im Büro arbeiten fünf Mitarbeiter. Mit der Zeit lernte ich alle kennen. Wir waren ein super Team. Wir verstanden uns prächtig. Am allerbesten kam ich mit Jens klar. Von ihm lernte ich viele technische Tricks. Wir vertraten eins zu eins die gleiche Weltanschauung und stärkten uns gegenseitig in unseren Ansichten. Er hatte leider eine chronische Bronchitis. Dadurch war er öfter für mehrere Wochen krank. Doch mit was für einem Elan er an die Arbeit ging. Er war ein Ass in Sachen Sonderböden. Er war weit und breit der beste Lösungsfinder für Bodenaufbauten im Altbaubereich, Schwerpunkt Hotel- und Gaststättengewerbe. Wenn die Bodenbeschaffenheit mehrseitig schief war, aus verschiedensten Baujahren stammte oder verschiedene Ebenen durch unterschiedliche Treppen verbunden werden sollten, ging Jens richtig ab. Was für die meisten Techniker unmöglich war, setzte er mit einer unverwechselbaren Freude, mit einem schier unendlichen Lösungspotential in feinste Bodenlandschaften um. Geht nicht, gab es bei Jens nicht. Wenn doch, erklärte er mit seinem geschulten Auge eine Architektenzeichnung oder Kundenskizze nach fünf Minuten für nicht umsetzbar. Diese Klarheit, dieses Fachwissen schätzen sehr viele Kunden. Einige davon waren stolz, wenn sich fachlich einigermaßen mithalten konnten.

Kapitel 11 Die erste Thera-Olympiade

Jan war neun Monate alt und bekam Ausschlag in den Arm- und Beingelenken. Bevor Caro und ich überlegen konnten, wie wir mit diesem Ausschlag umgehen sollten, kam von Bertha im Büro: »Dem Jungen muss es gut gehen, egal wie! Da müsst ihr was machen!«

»Das kriegen wir hin.« Diese nichtssagenden Antworten häuften sich. Das war leicht gesagt: »Das kriegen wir hin«. Caro und ich hatten öfter eine trockene und empfindliche Haut. Ich hatte in der Jugend eine Nickel- und Milcheiweißallergie gehabt.

Für mich war klar, dass unser Kind ebenfalls mit ähnlichen Beschwerden leben musste, dass dies keine schwere Krankheit war. Mit Salben oder »Diäten« sollte das gelingen. So sind Caro und ich es gemeinsam angegangen. Sie hatte sich während der Schwangerschaft ausgiebig mit der Ernährung von Kindern beschäftigt. Kinder- und Hautarzt gaben uns zusätzlich fachliche Unterstützung. Nein, das war alles nicht genug. Nach kurzer Zeit ging Caro die ganze Sache sehr unprofessionell und verkrampft an. Es musste eine schnelle Lösung, eine schnelle Heilung her. Schließlich hatte das konkurrierende Söhnchen von Stefanie keinen Ausschlag. Mit diesem standen wir unfreiwillig im Wettbewerb. David war nie dreckig. Er hatte schöne, glatte Babybäckchen – wie die Golden Delicious im Supermarkt. Nein, das mit dem Ausschlag konnte so nicht bleiben. Ich fand es nicht schlimm, aber unsere Damen.

Als wenn jemand den »Erlass« erteilt hätte, der Ausschlag müsse innerhalb sieben Tage weg sein. Man suchte fieberhaft nach Lösungen. Caro versuchte es mit Ziegenmilch. Das Milchpulver gab es nur in Lehnhausen, 30 km entfernt. Ich war in der Gegend und brachte zwei Dosen mit. Zwischendurch ging der Ausschlag wieder weg. War es eine Art Heuschnupfen oder eine Hundeallergie? Caro ließ, so gut es bei einem Kleinkind möglich war, diese Selbstdiagnose testen. Es kamen unklare Ergebnisse heraus. Der Hautarzt verschrieb Jan mehrere Salben, mal harmlose, aber auch mal eine kortisonhaltige Creme.

Unbedingt erwähnt werden muss, dass Jan dieser Ausschlag nur gering störte. Ab und zu kratze er sich. Wenn der Juckreiz zu stark war, rieben wir ihm die Gelenke ein. Ich bin ja hart, aber nicht herzlos. Er entwickelte sich zu einem fröhlichen und lebhaften Wesen. Er war sehr neugierig, begann altersgerecht zu krabbeln und zu laufen – und die Milchzähne kamen.

Warum schmerzt das Zähnebekommen? Damit auch die Kinder Schmerzen haben, welche von ihren Eltern nicht geschlagen werden? Um einem Menschen früh zu zeigen, dass Schmerz zum Leben gehört? Bis zu dem Stadium hat ein Kind in einer harmonischen Familie ja nur Gutes erlebt: ein warmes Bett, genügend Nahrung, eine hygienische und zuverlässige Fäkalienentsorgung, ausreichend Unterhaltung durch Eltern, Großeltern, Geschwister, Onkel, Tanten, Rassel und Elektrospielzeug. Und dann so etwas: Im Mund wachsen blöde weiße

Höckerchen. Das scheint wohl das Leben zu sein: ein Wechsel aus harten und weichen Zeiten.

Es kam wieder Ausschlag. Caro überlegte, ob wir ihn nicht homöopathisch behandeln lassen sollten. Kerstin schwärmte von Homöopathie. Sie ließ sich oft Kügelchen verschreiben. Ihre Tochter kam öfter in den Genuss dieser »Liebesperlen«. Hausarzt, Hautarzt, Ziegenmilch, Allergietests – mir wurd's langsam etwas zu bunt.

»Ach ich weiß nicht. Du machst dich selbst über Kerstin lustig, weil sie andauernd neue Kügelchen organisiert, aber Katharina ständig krank ist.«

»Ja, aber vielleicht hilft es ja.«

»Wir warten ab. Im Moment ist es ja nicht so schlimm, vielleicht lag es ja an der Hitze in der letzten Woche.«

Mich wunderte, wo meine Sturheit geblieben war, welche mir oft nachgesagt wurde. Ich hatte zum fünften Mal nachgegeben.

Wir standen in der Praxis der Homöopathin. Diese lehrte uns ausführlich ihre Art der Behandlung: »Das Wichtigste ist bei der Anwendung, dass wir diese nicht unterbrechen. Das muss Ihnen bewusst sein. Es kann sein, dass der Ausschlag um ein Vielfaches zunimmt. Das ist Teil der Therapie. Die Krankheit muss aus dem Körper herauswachsen.« Caro sah mich streng an: »Hältst du das aus?«

»Ich? Na klar! Aber wir müssen es bis zum Ende durchziehen.«

Sie vertauschte die Rollen. Sie stellte sich als harte Frau mit kristallklaren Prinzipien und mich als ängstliches, schüchternes Kerlchen dar. Die Homöopathin wiederholte, wie wichtig es sei, die Therapie bis zum Ende durchzuhalten. Sie habe da manche Eltern einknicken gesehen.

»Okay, wir ziehen die Therapie durch. Wenn die nichts gebracht hat, machen wir erst mal nichts mehr.« Mit dieser Vereinbarung stimmte ich Caros Wunsch zu, die Anwendung durchzuziehen. Caro akzeptierte den Kompromiss und wir bekamen die erste Ladung Kugeln. Es dauerte nicht lange, dann bekam Jan besonders in den Armgelenken einen enormen Ausschlag. Caro ließ Jan kontinuierlich von der Homöopathin beobachten. Wenn der Ausschlag zu arg wurde, strich Caro kortisonhaltige Salbe auf die Stellen. Laut Homöopathin durfte dies jedoch nicht gemacht werden. Die Krankheit sollte ausschließlich mit homöopathischen Mitteln aus dem Körper herauswachsen. In vielen stundenlangen Diskussionen bei einer Tasse Kaffee auf der Terrasse oder einer Tasse Tee abends in der Küche versuchte ich Caro klarzumachen, dass eine Therapie nur Erfolg hat, wenn man sich an die Vorgaben hält. Für ein paar Stunden war sie einsichtig. Am nächsten Tag praktizierte sie wieder nach ihren eigenen Regeln: Jan bekam Kügelchen, damit der Ausschlag aus dem Körper herauswächst. Er bekam Kortisonsalbe, damit der Ausschlag wieder zurückging. Für einen klaren Menschenverstand war das eine nur sehr schwer zu verdauende Kost.

Der Ausschlag wurde wieder stärker. In den Armgelenken entwickelten sich tiefrote Ekzeme, welche zeitweise zu eitern anfingen. Caro fiel es sichtlich schwer, an eine Heilung zu glauben. Mit der kortisonhaltigen Salbe versuchte sie, das Ausmaß einzudämmen. Wir fuhren mit Jan zu Homöopathin. Diese war weder erschrocken noch geschockt. Nein, für sie war der Weg normal. Die Krankheit hätte ihren Höhepunkt erreicht und bald wäre der Ausschlag weg. Abbrechen oder eine tiefgreifende Änderung in der Therapie war für die Fachfrau in keiner Weise nötig. Für sie nicht, für mich nicht – aber für Caroline Schneider.

»Das kann doch nicht so bleiben. Dem Jungen muss geholfen werden«, sagte mein Vater. Mein Vater war ein rauer Oberstaufenwälder. Er hielt von einem »Firlefanz«, wie er das nannte, was wir seit Wochen veranstalteten, überhaupt nichts. Hiervon wusste er aber auch nichts. Er wusste nicht, was wir mit Jan schon alles gemacht hatten. Jans Arme und Beine sahen schlimm aus. Wir »züchteten« dieses Schlimme ja im Rahmen einer Therapie. Aber Caro ließ meinen Vater und die meisten Bemitleidenden im Dunkeln. Statt den Leuten zu sagen, dass wir mit Hilfe von Homöopathie versuchten, den Ausschlag ausschlagen zu lassen, um ihn wegzubekommen, ließ sie sich und Jan bemitleiden. Sie erzählte, dass ich es nicht erlauben würde, zu einem allgemeinen Arzt zu fahren.

Meine Mutter und Caro waren im Kinderzimmer von Jan: »Da müsst ihr aber jetzt wirklich was machen. Guck mal, Michael, der arme Junge«, sagte mir meine Mutter, als ich das Zimmer betrat. »Wir dürfen aber nichts machen, sagt die Homöopathin«, rief ich bestimmt. »Doch, wir müssen jetzt was machen. Das geht so nicht!«, erwiderte Caro. Es gab einen lauten und kurzen Streit. Caroline war empört über das Verhalten der Homöopathin, dass diese nichts unternahm, dass diese dem Kleinen nicht half. Nein, so hatte sie sich das nicht vorgestellt. »Du wolltest unbedingt diesen Kügelchen-Kram und wir beide haben beide gesagt, dass wir die Therapie bis zum Ende durchziehen!«

»Das geht aber so nicht.«

»Dann macht, was ihr wollt!« Ich knallte die Tür des Kinderzimmers mit halber Hermann-Lautstärke hinter mir zu und ging an die frische Luft.

Am Nachmittag war Caro mit meinem Vater nach Bad Zemburg ins Krankenhaus gefahren. Jan bekam Wund- und Heilsalbe gegen den extremen Ausschlag. Nach einer Woche hatte sich die Haut deutlich erholt. Meine Eltern, besonders mein Vater, machten mir große Vorwürfe, weil ich mich gegen eine ärztliche Behandlung gewehrt hatte. Ich versuchte, ihnen zu erklären, dass wir eine homöopathische Behandlung praktizierten und ich den Anweisungen der Homöopathin folgte. Meine Eltern wollten es nicht verstehen. Als ich ihnen die wechselreiche Vorgeschichte erzählte, wurden sie skeptisch. Sie strichen die Hälfte von dem überdimensionierten Mitleid zu Caro.

Ganz Oberhof war entsetzt, wenn nicht sogar ganz Neukirchen mit seinen 84 Ortsteilen: Der verbietet seiner Frau zum Arzt zu fahren! Was ist das denn für einer? Das sind die Schneiders. Die Schneiders haben einen Dickkopp, Michael Schneider anscheinend einen besonders dicken.

»Wenn wir es auch nicht geschafft haben, die Therapie zu Ende zu bringen, wir machen auf jeden Fall erst mal nichts mehr«, sagte ich sonntags morgens beim Frühstück. Die Lage hatte sich wieder entspannt. Caro antwortete nicht. Das war ein schlechtes Zeichen. Der Ausschlag war weg. Klar, wir hatten die provozierenden Kügelchen abgesetzt. Der Ausschlag musste eine andere Ursache haben. Ich war davon überzeugt, dass die »Krankheit« mit etwas anderem zusammenhängen musste. Dem Wetter? Der Sommer war durchwachsen, mal war es unbeständig und kalt, dann waren wieder sehr schwüle und extrem heiße Tage dazwischen. Die Schübe des Ausschlages stimmten jedoch nicht überein mit den Wetterschwankungen. Die großen Landwirte waren im Silo. Die kleinen Bauern machten Heu. Die umherfliegenden Pollen reizten Jans Haut nicht im Geringsten. Lag es vielleicht an den Zähnen?

»Man muss alles versuchen, um dem Kind zu helfen!«, sagte Bertha beim Eintippen der Telefonliste hinter mir im Büro sitzend. »Dem Jungen muss es gut gehen!«

»Wir müssen alles versuchen, damit es Jan gut geht!«, sagte Caro mir beim Mittagessen. »Ja, das machen wir. Wir sind gute Eltern und sorgen uns um unser Kind. Der Ausschlag ist nicht mehr so stark. Vielleicht hat es ja mit den Zähnen zu tun.«

»Mit den Zähnen? Ach, Quatsch! Wenn Kinder Zähne kriegen, dann schreien die mehr oder quengeln rum. Ich habe Ricardas Mutter angerufen.«

»Was soll die denn machen?«

»Bei Jan die Hand auflegen.«

Sollte ich lachen, schreien, weinen oder nichts machen? Zu meiner eigenen Überraschung machte ich nichts. Zum einen hatte ich nicht schon wieder Lust auf eine Endlosdebatte mit dem Ergebnis, dass sie ihr Ding durchzog. Zum anderen war dies ja keine aufwendige Therapie mit Chemikalien oder irgendwelchen Kräutern. Dass man spirituell oder durch Glauben etwas bewirken kann, will ich nicht in Frage stellen. Ich bin fest überzeugt davon, dass es besondere Kräfte, besondere Menschen gibt.

Eine Hand auf den Kopf legen. Auf Knien um Altäre rutschen. Eine Madonnenfigur küssen. Jeden Tag einen Rosenkranz beten. Den Koran in der Wohnung über der Gürtellinie aufbewahren. An einen Fußballgott glauben. All dies hatte aus meiner Sicht mit Kräften oder Heilung nichts zu tun. Sein Leben, seine Laune von einem

Fußballverein abhängig machen. Wenn der Verein gewinnt, ist man gut gelaunt, bei einem Unentschieden sachlich und bei einer Niederlage wird man ungenießbar?

Und wenn irgendwelche Damen oder Herren auf dieser Welt umherirren und in ihrer Not, Langeweile oder Verzweiflung meinen, sie hätten magische Hände, dann sollten diese Personen im Zirkus auftreten, aber nicht in meinem Wohnzimmer. Besondere Menschen wirken anders.

So saßen wir denn da. Die »Händlerin« auf der Bank, gegenüber Caro mit Jan auf dem Arm, an der Kopfseite ich auf einem Stuhl. Sie legte ein paar Steine auf den Tisch. Verschiedenfarbige Steine, wie sie früher rund um unser Haus lagen. Als kleiner Junge hatte ich auch mal auf meinen Trampeltrecker mit Anhänger solche Steine aufgeladen. Unsere Mieterfamilie saß damals vor dem Haus und wollte in Ruhe den Nachmittag genießen. Das etwas altbackene Ehepaar schickte ihren Sohn mit Nickelbrille zu mir: »Wenn du die Steine dort wegnimmst, dann geht euer Haus unter! Vielleicht möchtest du auf den Spielplatz.«

Haben Steine tatsächlich Kräfte, Häuser zu versenken, Eiter und Ekzeme aufzusaugen? Oder hatte ich es ein zweites Mal mit einer seltsam denkenden Kreatur zu tun, welche Steinen unglaubliche Kräfte zuteilen wollte?

Man redete etwas. Es war eine schlichte Andacht, ohne Gesang, ohne Orgel. Man redete etwas oberflächlich.

Man redete über Krankheiten. Puh, war das unheilig! Zwischendurch musste ich mir mein Grinsen unterdrücken. ›Wenn uns hier einer sieht.‹ Dann dachte ich wieder: ›Sei ein guter Mensch, Caro glaubt daran. Bleib neutral, wer weiß, wie das endet. Nicht immer alles lächerlich machen – bleib tolerant.‹

Es wurde etwas gemurmelt, eine Schweigeminute eingelegt. Es tat sich aber nichts. Die Heilerin seufzte tief. Die Steine fingen nicht zu dampfen an. Sie kreisten nicht um die Küchenlampe. »Weil ich die Steine immer mit mir trage, strahlen sie besondere Kräfte aus«, so die Heilerin, des Weges gekommen aus den tiefen Schluchten des Oberstaufenwaldes. ›Sie sind einige Minuten warm. Dann ist die Kraft, die Wärme verflogen.‹ Der Junge wurde rübergereicht zur Mutter. Sie nahm die Steine für einen Moment in sich gehend in die Hand. Sie legte das Zaubergestein lautlos auf die massive Küchentischplatte. Die Hand wurde auf den Kopf gelegt. Jan wurde unruhig und fing leicht zu weinen an. ›Komm, Junge! Die Taufe war schlimmer.‹ Meinen ausblühenden Sarkasmus konnte ich nur sehr schwer in meinen hintersten Gehirnzellen bändigen. Kaum war das Handauflegen vollzogen, ging »die Gemeinde« wieder auseinander. Ich merkte Caro an, dass ihr diese »Zeremonie« ebenfalls peinlich war. Abwertend sagte sie nüchtern: »Na ja, so richtig habe ich auch nie daran geglaubt. Aber Mama meinte, wir sollten es mal versuchen. Eigentlich mag die ja Ricardas Mutter nicht.«

Ludwig erzählte mir ein paar Tage später, dass er von so etwas überhaupt nichts halten würde. Bertha äußerte sich nicht, zumindest nicht bei mir.

Genug gedoktert? Ein Ende dieser »Thera-Rally« war noch nicht in Sicht.

Der Schlachthof wurde hinzugezogen:

Bertha hatte beim Schlachtmeister Schrowange einen Königinnenbraten bestellt. Der korpulente Schrowange und Bertha waren früher in eine Klasse gegangen. Ab und zu holte sie sich ein gutes Stück Fleisch direkt bei ihm. Man ist wohl rein zufällig beim Gespräch über Braten, Leber und Sülze auf blutende und eiternde Ekzeme gekommen.

Fleischermeister Schrowange war nicht nur ein bunter Hund im Oberstaufenwald, aufgrund seiner Statur war er eher ein großer bunter Bär. Wir kannten und schätzen ihn, vor allem wegen seiner beruflichen Erfahrung, seiner Menschlichkeit und wegen seiner Witze.

Schrowange hatte eine Bekannte, die hatte einen Bekannten, von dessen Bruder die Frau Ärztin war. Diese Ärztin hatte sich mit Hautausschlag näher befasst, da in ihrem Bekanntenkreis ebenfalls diese Probleme auftraten. Unter anderem hatte sie der Familie Schrowange mit bemerkenswertem Erfolg helfen können. Sie hatte eine Salbe entwickelt, welche ein Ekzem schnell und dauerhaft beseitigte. Klar stellt sich sofort die Frage, warum man so eine Salbe nicht auf den Markt brachte. Die Herstellung der Salbe würde von der Pharmaindustrie untersagt. Die Ärztin hätte mehrere Versuche gestartet, die Salbe marktfähig zu machen – ohne Erfolg. Verständlich, dass Schrowange die Adresse nicht sofort herausgeben wollte, da jeder, der von der Salbe hörte, diese haben wollte. Bertha jedoch bekam die Adresse.

Der sture Michael! Wo war meine vielgepriesene Sturheit? War das stur, wenn man immer wieder diesem Wahn nachgab? Ich hatte einen heftigen Streit mit meinen Eltern, welchen mein Vater mit folgenden Worten beendete: »*Tu mir bitte einen Gefallen und gib dieses eine Mal noch mal nach! Nur noch dieses eine Mal!*«

Ich folgte dem Ratschlag meines Vaters und willigte zur nächsten Thera-Runde ein, das allerallerallerallerallerallerallerallerletzte Mal.

»Wann fahrt ihr da hin? Ihr könnt doch morgen fahren!« Bertha war aufgeregt. »Ludwig hat schon gesagt, dass du frei haben kannst. Das ist überhaupt kein Problem. Wann fahrt ihr denn? Ihr könnt auch Ludwigs Auto nehmen, dann spart ihr den Sprit. Wann fahrt ihr denn los? Morgen früh? Dem Jungen muss es gut gehen ...«

Na ja, eine Salbe konnte ja nicht schaden. Wir suchten diese Ärztin auf. Wir mussten circa eineinhalb Stunden fahren. Sie schaute sich Jan kurz an, er musste den Pullover ausziehen. Um dem Foto aus der Homöo-Epoche gerecht zu werden, welches Heinz

164

Schrowange zu sehen bekam, hätten wir zuvor nochmal drei Wochen Homöopathie anwenden müssen. Jan hatte zu der Zeit keinen Ausschlag an seinem Körper. Selbst die Arme waren nur leicht gerötet. Ich merkte der Ärztin an, dass sie keinen Grund sah, uns eine Creme auszuhändigen. Da hätte ich Caro eins auswischen können. Zumal ich ja nicht einmal gelogen hätte, wenn ich gesagt hätte, dass der Ausschlag nur während des »Kugelbeschusses« in »voller Blüte« stand. Ich behielt die Etappen der »Therapie-Olympiade« für mich. Ich hatte versprochen, noch einmal meine Frau bei ihren Plänen zu unterstützen. Wir mussten die Ärztin ein bisschen überzeugen. Sie ging in ihr Büro und holte uns ein Probedöschen ihres Produktes.

Jan wurde sofort bei Ankunft im Heimatort gesalbt, obwohl es nicht nötig war. So war Caro nun mal. Oder wurde sie von Bertha gescheucht? Das bisschen rote Backe musste auch noch weg. Ein natürliches Denken sieht anders aus: Mir kamen wieder die Gedanken, Jans Backe mit einer Apfelbacke zu vergleichen. Im Supermarkt sehen die Golden Delicious aus wie aus dem Ei gepellt. Die Äpfel meines Vaters auf dem Feld, ohne chemische Behandlung, hatten Flecken und Löcher. Es war also nur eine äußere Erscheinung. Warum so einen Aufwand, wenn sich das Baby zum fröhlichen und neugierigen Kind entwickelte? Scheinbar war die Natur auf meiner Seite. Unsere Mutter Natur, die ja oft raue und harte Aktionen vollzog.

Die Salbe zeigte keinerlei Wirkung, im Gegenteil. In der Folgewoche waren Jans Gelenke wieder stark gerötet. Ein unwahrscheinlicher Juckreiz plagte den Kleinen. Caro ging wieder über zur Behandlung mit der Kortisoncreme. Diese Salbe war die wirksamste Anwendung. Caro war generell sehr vorsichtig mit dieser Creme, da wir beide nichts von Kortison hielten.

An einem Donnerstagabend war Caro im Fitnessstudio, ich zuhause im Büro und der kleine Jan lag im Bettchen. Er fing laut zu schreien an. Ich ging auf sein Zimmer. Caro hatte ihm Söckchen über die Hände gezogen, damit er sich nicht die Wange aufkratzen konnte. Sein linkes Händchen war befreit vom Söckchen und sein Unterarm war etwas aufgekratzt. Er weinte und weinte. Ich nahm ihn auf den Arm. Er weinte weiter. Wir gingen ins Büro. Er begann zu schreien, riss sein Mündchen weit auf. Hinten in seinem rechten Bäckchen sah ich Blut. Das Zahnfleisch war leicht angeschwollen und – ein kleines weißes Höckerchen kam zum Vorschein. »Hinten unten rechts sechs kommt«, ahmte ich die Zahnärztin mit dem schmalen Gesicht, der Nickelbrille und den Stoppelhaaren aus meiner Kindergarten- und Grundschulzeit nach, welche allen Oberstaufenwälder Kindern unvergessen bleiben wird. Jan schaute mich an. »Du bekommst ein Zähnchen, Kleiner.«

»Däh! Däh!« Die rechte Wange war auch deutlicher röter als die linke. Bereits zwei Tage später war der Ausschlag wieder verschwunden. Ich schaute noch einmal in Jans Mund. Der Zahn war durch. Die Schwellung war weg.

Am folgenden Sonntagnachmittag saßen wir bei uns in der Küche an dem rustikalen Eichentisch bei Kaffee und Kuchen. Bertha war zu Besuch. Ludwig war auf Yachturlaub. Caro hatte ihren Expresskuchen gebacken – ein Rührteig mit Ananas. Ich musste grinsen, als ich das erste Ananasstück schmeckte. Wenn es den Kuchen gab, zog ich sie immer auf und sie schimpfte mit mir. Aber das war nur ein Spaß. »Was habt ihr?«, patzte Bertha dazwischen. »Ach, nichts!«, gab ich kurz zur Antwort und wir grinsten weiter. »Was wollt ihr denn jetzt machen?«, fragte Bertha neugierig. »Was machen?«, fragte ich zurück, obwohl ich sofort wusste, welches Thema sie anschneiden wollte. Caro genoss ihren Kuchen, Jan seinen Apfel-Birnen-Brei. Es duftete nach Kaffee. Zwei Kerzen versuchten ebenfalls, die Stimmung zu halten.

Draußen war es eher unbeständig. Es war Ende August, ein schwüler Sommertag. Es wehte ein starker Wind. Die ersten dunklen Wolken zogen über den Staufenkamm. Es sah nach Gewitter aus.

In der rustikalen Küche war es dafür umso gemütlicher. »Na, mit dem Jungen!«, wetterte Bertha. »Na nichts!«, schoss ich zurück.

»Ja, aber ihr müsst was machen, dem Jungen muss geholfen werden!« Ich schwieg. ›Noch ein ganz kleines bisschen und ich werde eure Thera-Olympiade beenden.

Irgendwann ist aber auch mal Schluss mit eurem Wahn hier!‹

Ich brauchte nicht groß kauen. Der Kuchen wurde in meinem Mund gargekocht, wenn nicht sogar zu Brei gebrüht. So hohe Temperaturen waren in meinem Innersten. Nach außen gab ich mich weiterhin gelassen und kühl. Ich trank genüsslich einen Schluck Kaffee, nahm mir ein Stück Kuchen.

»Dem Jungen muss es gut gehen! Dafür werde ich sorgen. Dann muss ich jetzt was manchen! Egal wie viel das kostet. Das geht so nicht.«

›Na, die redet bestimmt mit ihrer Tochter.‹ So penetrant auftretend kannte ich sie bisher nicht. Ich tat mal so wie Ludwig und stellte meine Ohren auf Durchzug. Rechts auf der Bank lag der Staufen-Kurier, darauf ein Prospekt mit Damenunterwäsche. Ich schaute hochinteressiert auf die leicht bekleideten Damen in Berthas Alter.

»Ich habe eine Adresse ausfindig gemacht. Es gibt da eine Spezialklinik an der tschechischen Grenze. Da wird ihm bestimmt geholfen. Wir bezahlen euch das auch. Egal, was das kostet.«

Ruhe! Absolute Ruhe. Eine gespenstische Stille! Die Kerzen trauten sich nicht mehr zu flackern, der Dampf des Kaffees wollte am liebsten in der Kanne bleiben. Die Luft schien elektrisiert. Es lag ein unerträglicher Druck im Raum. Jan schaute mich schweigend mit großen Augen an.

»Hallo!«

›Hallöchen!‹

»Hallo Michael! Ich rede mit dir.«

›Warum sagte sie »Michael« und nicht »euch«? Scheinbar hatte sie wieder alles mit Caro klargemacht und ich musste nur noch zustimmen. Zustimmen mit Überzeugung, zustimmen aus Gleichgültigkeit, zustimmen mit Murren, zustimmen mit Getobe, zustimmen mit absoluter Verneinung – ich sollte doch einfach nur zustimmen. Die zieht eh ihr Ding ab. Dieser Wahn muss gestoppt werden. Das bringt dem Kind überhaupt nichts. Die machen den ja krank mit ihrer verkrampften Hysterie.‹

Mein Gehirn kochte. Aus meinen Ohren hätte zischender Denkdampf schießen müssen.

Bertha wurde verlegen. Sie lachte künstlich und schaute Caro an. Dann schüttelte sie hektisch den Kopf, schaute mich an. »Ich rede mit dir.« ›Alle Puppen aufstellen zum Tanz.‹ Noch war mein Schweigen nicht gebrochen. Ich schaute sie an, trank noch einmal von dem herrlichen Kaffee und nahm noch ein paar Gäbelchen des leckeren Kuchens.

»Du spinnst wohl! Du musst doch was sagen. Also wirklich! Manchmal bis du komisch. Also auf jedem Fall muss was passieren. So ein Verhalten ist auch nicht normal. Ausschlag muss heute nicht mehr sein. Da kann man was gegen machen und wir ...«

Mit voller Wucht schlugen meine Fäuste gleichzeitig auf den Tisch. Es rappelte und klapperte. Die Tassen hüpfen auf ihren Untertellerchen, die Löffel sprangen klirrend von diesen. Einer fiel zu Boden. Die Kerzen wurden aus ihren friedlichen Verbrennvorgängen gerissen. Der Puderzucker auf dem angeschnittenen Kuchenkranz warf eine leichte Staubwolke. Jan und Caro zuckten zusammen. Ja, selbst die weiße »Meister-Eder-Lampe« über uns wankte ein wenig. Bertha schaute mich mit großen Augen an.

»Wir machen gar nichts mehr!

Wir haben genug gezaubert, getrickst, therapiert und rumgemurkst. Wir machen nun überhaupt nichts mehr. Der Junge hat weder Leukämie noch die Pest, noch sonst irgendeine unheilbare Krankheit. Ich vermute, dass dieser mal starke, mal schwache Ausschlag mit dem Kommen der Zähne zu tun hat. Und solange die Zähne nicht alle da sind, machen wir überhaupt nichts mehr. Und dieses Mal setze ich mich durch – mir reicht's aber schon fünfmal mit eurem Werk. Ich hätte schon viel früher auf die Bremse treten müssen.«

Ich bin ja ein geduldiger Mensch. Wenn mir der Kragen platzt, kann ich jedoch rhetorisch zur Höchstleistung aufdrehen. Die Worte schossen aus mir heraus.

Stille – wir tranken und aßen. Jan klopfte mit seinem gelben Kunststofflöffelchen auf den froschgrünen Tisch seines Kinderstuhls. »Däh, däh!«, rief er in die Runde. Kein Wort mehr über Haut, Allergie, Ekzem, Ausschlag oder tschechische Grenze. Das hatte gesessen. Als wäre das leidige Thema von dem ersten Blitz erschlagen worden, welcher nach meinem Donnerwetter draußen mit einem grollenden Donner bestätigt wurde.

Der Ausschlag erschien uns noch zwei Mal. Ich fragte in den beiden Zeitfenstern Caro, ob Jan einen Zahn bekommen würde. Und genau so war's. Entweder sah man eine Milchzahnspitze oder eine Stelle vom Zahnfleisch war wieder stark angeschwollen. Was hätten wir uns für schöne Stunden anstelle dieser ganzen Therapiererei machen können. Den Ausschlag beobachten, ohne sofort eine Schreckenskrankheit dahinter zu vermuten. Die Stille über dieses Thema hielt weiter an – Monate, Jahre.

Warum sagte nicht mal einer: »Mensch, du hast Recht gehabt. Hätten wir doch mal auf dich gehört.
Wir bedauern unser Verhalten.«

Ich stellte mich damals nicht als Held dar. Ich war froh, dass wieder der langweilige Alltag einkehrte. Meinen Triumph habe ich nie groß verkündet.

Was wäre passiert, wenn Jans letzter Zahn bei der homöopathischen Behandlung gekommen wäre? Wenn das Gebiss nach der Behandlung mit der Spezialsalbe ausgewachsen gewesen wäre? Oder wenn der letzte Zahn während des Aufenthaltes in der Klinik an der tschechischen Grenze gekommen wäre?

Nehmen wir den für mich übelsten Fall an: Der letzte Zahn wächst auf tschechischem Boden. Hätte man in der Presse von der phänomenalen Heilung berichtet? Oder sogar im Fernsehen? Überall hätte man sagen gehört: »Die Klinik ist die Beste der Welt. Die Ärzte dort sind erstklassig. Die haben dem Jungen geholfen. Die haben ein Kind geheilt.«. Hätte man Bertha heiliggesprochen? Und meine Lieben in Münchhausen hätten gesagt: »Wir haben es dir immer gesagt, dass der Junge eine Therapie braucht. Aber nein, du hast dich ja immer stur gestellt und wolltest nie was machen, warst überall dagegen. Was bist du für ein Vater? Die arme Caroline! Der arme Jan ...« Mindestens jedes Jahr zu Weihnachten bei Schmidts hätte ich mir meine »Gräueltat« anhören können! Ich stünde auf gleicher Stufe mit dem doch so bösen Theo.

Dabei wäre einfach nur ein Zahn gekommen und nach dem Schwellungsrückgang wäre auch der Ausschlag wieder weg gewesen. Egal, ob sich Jan in Oberhof, Münchhausen oder Tschechien aufgehalten hätte.

Eine Lehre hatte ich aus der Angelegenheit gezogen: Kommt eine ähnliche Situation, werde ich nicht so nachgiebig sein.

Dann muss Caro nachgeben. Dann muss Bertha nachgeben!

Kapitel 12   Ehrenmänner

Der Alltag kam wieder in unsere Familie. Wir unternahmen viel zu dritt und erfreuten uns an dem kleinen Jan, der nun nicht mehr zu bremsen war. Abends und samstagnachmittags unternahm ich oft mit dem Kleinen etwas allein. Caro hatte dann Zeit für sich. Es war eine schöne Zeit, in der Jan jeden Tag neue Erfahrungen machte. Jeder, der Kinder hat, wird wissen, wie schön so etwas ist. Dieses Gefühl, dieses Elternsein, ist eines der schönsten Gefühle!

Jeden Morgen sprangen wir wie junge Rehe aus dem Bett. Wir waren glücklich. Wir waren gesund. Wir hatten keine finanziellen Sorgen. Caro und ich machten unsere Eltern zu stolzen Großeltern.

Wir machten aus dem Unternehmen S&M ein Familienunternehmen.

Mittlerweile war ich seit zwei Jahren in der Firma. Ich kannte alle Arbeitsschritte – praktisch und theoretisch, war also rundum eingearbeitet. Neben der Disposition und der Angebots- und Auftragsbearbeitung wurde ich in die Buchhaltung eingeführt. Erste selbstständige Aufgaben waren die Verwaltung der Arbeitszeiten, die Barkassenführung, das Mahnwesen und die Aufnahme der Inventur. Drei Extreme hatte ich zu meistern: Ludwigs cholerische Attacken, den Spagat von den 90er Jahren in das neue Jahrtausend und meine Schusseligkeit dabei, neue Aufgabengebiete etwas unbeholfen anzugehen. Letzteres war für die beiden ersten Punkte nicht hilfreich. Wenn ich an eine neue Aufgabe heranging, dachte ich zu viel nach: Kann ich es nicht einfacher machen? Ist der bewährte Weg richtig? Ich musste begreifen, dass ich seit der Einstellung in der Firma hauptsächlich Theoretiker war. Beim Kalkulieren machte ich mir als ehemaliger praktizierender Handwerker zu viele Gedanken. Zum Beispiel die Kalkulation eines Fußbodenbelages einer Turnhalle: Rohdiele plus die dementsprechende Oberflächenbehandlung, zwei Preise, zwei Minuten. »Fertig ist die Sache«, sagte Ludwig immer. Aber ich dachte: Die Eichendielenpakete sind schwer. Was ist, wenn einer der Monteure sich dabei verhebt? Viele Monteure waren um die 50. Die krochen den ganzen Tag auf den Knien herum und ich junger Spund war im Büro. Oder was passiert, wenn in der Fertigung eine Schramme an eine unserer hochwertigen antiken Eichendielen kommt? Wird das mit den Gemeinkosten abgedeckt? Pfuschten wir Schrammen weg? Es dauerte einige Zeit, bis ich ein reiner Theoretiker war. Nach ein paar Wochen hatte ich die wichtigsten Sonderpreise für Fußleisten und Spezialkleber im Kopf, ebenso die Quadratmeterpreise der geläufigsten Dielenbretter. Nach einer Zeit »hackte« ich wie Ludwig die Preise in die Rechenmaschine.

Generell zogen wir zwei Prozent Skonto von den Lieferantenrechnungen ab. Wie Ludwig rechnete ich den Skontobetrag im Kopf aus. Der Betrag wurde per Hand auf die Rechnung, auf das Kreditoren-Dokument, geschrieben.

Preise im Kopf ausrechnen? Rechenmaschine? Wir waren im einundzwanzigsten Jahrhundert. Alle Büromitarbeiter hatten einen Computer, außer Ludwig. Der wollte damit nicht mehr anfangen. Mit den zwei Programmen Excel und Word hatten sich die Kollegen Vordrucke für Angebot, Auftrag und Rechnungen angelegt. Jeder Mitarbeiter konnte seinen Vordruck individuell anpassen. Das war die EDV der Firma Schmidt und Meyer. Für technische Darstellungen wurde zusätzlich ein AutoCAD–Programm eingesetzt. Ich saß zwischen den Stühlen: Ich war eingearbeitet und fühlte mich bereits für die Modernisierung der EDV verantwortlich. Die beiden Chefs Ludwig und Hermann hingegen waren keine Fans von Computertechnik.

»Hör mir auf mit den Computern!«

»Da bin ich mit der Hand schneller.«

»Da passiert doch nichts.«

»Die Dinger sind zu unproduktiv.«

Andererseits wollten sie moderne Geschäftsführer sein. »Wir haben doch Computer. Damit geht das doch ganz schnell.« Das Prozedere mit der Auslieferung hatte ich mit einer ausgeklügelten Excel-Tabelle »modernisiert«.

Ein weiteres Abenteuer war nun das Bereitstellen des Firmenlogos für Prospekte, Briefköpfe, Zeitungsanzeigen oder für die großen LKW-Planen. Ich wurde in das Marketing eingeführt. Für Ludwig und Hermann war dies ein Fremdwort. Die waren von der alten Sorte. »Das Logo machen wir selbst. Wir haben doch Computer.« Das Firmenlogo gab es als Excel-, Word-, PowerPoint- und AutoCAD-Datei. Karsten schaffte es, das AutoCAD-Logo mit Gewalt in Excel zu quetschten. Ludwig war der Wiedererkennungswert des Logos sehr wichtig. Durch seine ständigen Änderungswünsche schaffte er es jedoch jedes Mal, ein individuelles Logo zu entwerfen. Das Logo auf den Prospekten sah also anders aus als das auf dem Briefkopf. Unser Firmenzeichen auf den Fahrzeugen ähnelte dem der Zeitungsanzeigen. Das hätten vier verschiedene Firmen sein können. Die Anschrift verriet, dass es sich um die gleiche Firma handelte.

Während ich viele Stunden an unserem Logo dokterte, lief wie immer jeden zweiten Tag der Familiensender »Bertha am Vormittag«: »Ihr müsst immer zusammenbleiben! Man meint schon mal, dass es mit einem anderen Partner schöner ist. Manchmal will man einfach abhauen. Die Caro ist nicht einfach. Sie hat ihre Macken. Aber andere Frauen haben auch ihre Macken. Ich habe es nicht geschafft, sie zu erziehen. Aber das ist ja jetzt deine Lebensaufgabe. Vielleicht kannst du ihr ja die Macken austreiben. Ich habe es nicht geschafft.« Sie kicherte künstlich vor sich hin. »Was glaubst du wohl, als der Daniel geboren wurde. Der Ludwig hatte nie Zeit. Der Ludwig hat ihn auf den Treppenstein gestellt und gesagt:

»Da hast du ihn.«

176

Und ist dann wieder in die Firma gefahren. Und dann immer mit seiner Yacht – wir hatten nie Zeit für uns, ständig Firma und Yacht. Da hätte ich auch mal weglaufen können. Aber das ist halt so, wenn man selbstständig ist. *Man ist selbst und ständig.* Das war bei uns früher auch so. Der Ludwig hat viel gearbeitet. Aber finanziell ging es uns ziemlich schnell gut. Einfach weglaufen ist keine Lösung. Wo hätte ich den hinlaufen sollen? Heute sind die jungen Frauen selbstbewusster und haben eigenes Geld. Ich hätte öfter abhauen können. Aber wir haben uns immer wieder vertragen. Stell dir das mal vor: Er holte mich im Krankenhaus ab, stellte mir den Kleinen auf den Treppenstein, sagte einfach nur: »Da hast du ihn« und fuhr dann wieder. Keine Rosen, keine Umarmung, nichts! Aber ich habe es geschafft. Man muss halt auch mal was ertragen. Und wir haben uns wieder vertragen. *Das Schönste am Streiten ist das Vertragen ...*«

›Puh, heute ist das Nähkästchen aber sehr weit geöffnet. Ich dachte, die Ehe wäre immer perfekt gewesen.‹

Unfreiwillig studierte ich immer mehr Bertha. Sie erzählte und erzählte, ob legitim oder intim. Wie einem Psychiater vertraute sie mir ihr Familiengeheimnisse und vertrautesten Beziehungsszenen an. ›Oh Mann! Was die alles so erzählt.‹

Auf dem Nachhauseweg dachte ich: ›Wie oft habe ich das nun schon alles gehört?‹ Bertha hatte es ja wirklich nicht einfach gehabt. Besonders die frauenfeindliche

Erziehung der Mutter, bei der nur Söhne zählten. Ludwigs Mutter hatte sie auch oft eingespannt. Sie blieb stark und hatte es geschafft. Aber was meinte sie immer mit »Unsere Caro ist nicht einfach. Du musst sie erziehen«? Caro und ich verstanden uns prächtig. Klar hatten wir auch mal Meinungsverschiedenheiten. Wer hat die nicht?

Caro war wieder wie früher. Die Schwangerschaft und die Zeit danach hatten ihr zugesetzt. Die Thera-Olympiade war auf Berthas Mist gewachsen. War es Ludwigs Lebensaufgabe, Bertha zu erziehen? Dann wäre er ein mieser Erzieher gewesen. Die Monate hätten wir deutlich entspannter gestalten können. Mit meiner Caro war es total einfach. Sie war bestens erzogen. Ich bog zufrieden in unsere Straße ein.

Nach der Mittagspause fing mich Ludwig auf dem Mitarbeiterparkplatz ab: »Michael, komm mal eben mit.« Ich nahm meine Jacke aus meinem Auto und folgte ihm zu seinem Wagen. »Wir müssen mal eben auf die Baustelle und ein paar Maße kontrollieren. Ich fahr lieber einmal mehr da hin, als dass das in die Hose geht.«

An der Baustelle angekommen, trafen wir den Architekten Teichmann. Die beiden besprachen kurz die Vorgehensweise für die nächsten Tage. Dann gingen wir hoch in die Räume. Ludwig schwärmte. »Der Teichmann, das ist ein Mann, auf den ist Verlass.« Er blieb auf der Betontreppe stehen:

»Wenn dir einer über fünfzig sein Wort gibt, kannst du dich darauf verlassen!

178

Allen darunter ist ein Wort nichts mehr wert. Da musst du aufpassen.« Ludwig war über fünfzig. Auf sein Wort konnte man sich verlassen. Er war ein angesehener Kaufmann. Der Ludwig gefiel mir.

»Der Lahme hat angerufen. Er hat am Wochenende eine Ausstellung. Der will unseren Musterwagen haben. Da fährst du morgen hin. Nimm dir ein paar Prospekte mit. Wenn du an einer Schreinerei vorbeikommst, dann gibst du die da ab. So habe ich früher auch Neukunden geworben. Und dann fährst du noch beim Spieß her. Der will auch noch Prospekte haben. Und guck, ob Hermann noch Fußleisten da stehen hat. Nicht, dass der LKW extra übermorgen dahinfahren muss und du bist da gestern dran hergefahren.«

Er winkte schon beim Einbiegen in die Firmeneinfahrt. ›Der sieht ja aus wie Pad Morita aus Karate Kid.‹ Mit seinem lichten grauen Haar, Schlabberjeans, Hemd aus der Hose und Sandalen rangierte er schwere Paletten mit Holzdielen. Ich ging auf ihn zu. Das letzte Paket fuhr er millimetergenau an den letzten freien Platz vor dem Tor. »Da macht mir keiner was vor. Das ist wie Panzerfahren. Ich war 15 Jahre beim Bund.« Seine asiatischen Augen funkelten mich an: »Sie sind Herr Schneider, richtig?«

»Ja, der bin ich, von der Firma Schmidt und Meyer.«

»Lahme! Lorenz Lahme der Name!« Er reicht mir seine Hand. Er drückte kräftig zu und grinste. »Na, dann kommen Sie mal mit, junger Mann. Der Ludwig hat mir schon von Ihnen erzählt. Der ist ja glücklich, dass er nun einen Nachfolger hat. Euren Anhänger schieben wir gleich einfach vor das Tor.« Wir betraten sein Büro, durch die Jalousien war es verdunkelt. Eine schlanke Frau mit langen brünetten Haaren legte ihm etwas auf den Tisch und kam auf mich zu. Sie lächelte mich an und reichte mir die Hand. ›Die hat das gleiche Muttermal wie Marion.‹ »Hallo Herr Schneider! Schön, dass wir uns auch mal kennenlernen. Wir haben ja schon des Öfteren telefoniert. Ich bin die Frau Kawon, Herrn Lahmes Sekretärin.«

»Hallo, Frau Kawon, schön, Sie kennenzulernen.« Sie ging in das Nebenzimmer.

Es war ein modernes Büro, alles noch sehr neu. »Hildegard!« Herr Lahme ging zu Tür und rief noch einmal, diesmal mit verlängertem Namen. »Hildegarde, kommst du bitte mal?« Auf dem Weg zu seinem Schreibtisch redete er weiter. »Der Herr Schneider ist da, von der Firma Schmidt und Meyer.« Frau Lahme kam zu uns. »Hallo, Herr Schneider! Schön, Sie kennenzulernen. Möchte Sie eine Tasse Kaffee?«

»Ja, gern!«

»Bringe ich Ihnen. Lorenz, du auch?«

»Ja, bitte!« Sie verließ den Raum. »Ja, das hier ist BTe, Böden, Türen, exklusiv. Vielleicht ist das ja in Zukunft ein Verkaufsbüro von S&M. Das wär' doch was! Hätten Sie nicht Lust? Dann hätten Sie ein Verkaufsbüro mitten in Deutschland. Was glauben Sie, was der Ludwig und ich hiermit schon Geld verdient haben? Ganze Schubkarren voll!«

Wir tranken in Ruhe den Kaffee. Lorenz Lahme erzählte und erzählte. »Was macht die kleine Marion denn?«

»Na, so klein ist die auch nicht mehr«, warf seine Frau ein. »Die bereitet sich auf ihren Auslandsaufenthalt vor.«

»Heu! Die will ins Ausland. Das hätte ich der gar nicht zugetraut. Wo möchte sie denn hin?«

„Kanada!"

„Donnerwetter!"

Lorenz Lahme zog sich andere Schuhe an. »Wo Sie einmal da sind, fahren wir mal eben noch auf zwei Baustellen. Das dauert nicht lang.« Er zog sein Jackett von der Rückenlehne des Designer-Chefsessels an und schon ging es los. Er war ein Power-Typ, ein Macher.

Kaum saßen wir in seinem 8er BMW Kombi, plauderte er weiter. Er zählte zu Ludwigs besten Geschäftsfreunden. »Die Marion, die Marion!« Der Blinker tickte. »Wir haben keine Kinder …« Ein junger Mann lief über die Straße. Die Fußgängerampel stand auf Rot. »Na, du hast es ja raus. Gut, dass nur du es eilig hast!« Er hupte. Seine flache Hand hämmerte fest gegen die Scheiben. Ein paar Straßen weiter fing sich sein Gemüt wieder.

»Gleich fahren wir noch einen kleinen Umweg. Da werden Sie staunen. Vielleicht schauen wir mal kurz rein. Ich sage Ihnen: Da kann man …« Er lachte. Er grinste. »Der Ludwig und ich. Fragen Sie Ihren Schwiegervater mal nach Haus Sonnenschein.« Er lachte vor sich hin.

Wir schauten uns den Buchenboden eines Kindergartens an. An drei Stellen waren die Nuten zu breit. »An anderen Stellen entstehen ab und zu Wölbungen«, so die Gruppenleiterin. »Vermutlich sind an den Pfeilern keine Dehnungsfugen. Wer hat denn den Boden eingebaut?«, fragte ich. »Oh, da müssen Sie mir helfen, Herr Lahme.«

»Das war eine Firma aus Polen. Wir haben die letzten 20 Jahre alle Böden der städtischen Kindergärten gemacht. Dann kamen die europaweiten Ausschreibungen. Die drei Gruppen im Altbau haben wir hier auch gelegt. Diesen Murks müssen Sie mit den Polenkindern klären. Da sind wir raus.«

Im Auto regte sich Lorenz Lahme über die geänderten Richtlinien der Angebotsabgabe auf. Dann lobte er mich: »Der junge Herr Schneider ist aber schon gut im Thema. Keine Dehnungsfuge beim Pfeiler. Sehr gut!« Er schaute zu mir rüber. Wenig später standen wir wieder vor einer roten Ampel. »Da oben! Sollen wir da mal hinfahren?« Er lachte wieder. »Waren Sie schon mal dort?« Diplomatisch antwortete ich: »In dieser Gegend war ich noch nie.« Herrn Lahme gefiel meine Art.

»Die Marion! Die Marion! Die sieht aber auch ...«

Das Autotelefon schellte. »Lahme!« Er beugte sich etwas zu dem Mikro am Rückspiegel. »Faxen Sie mir das gleich mal rein. Legen Sie es mir auf die 66. Dann schaue ich mir das heute Nachmittag an. Da sind Sie bei BTe genau richtig.« Der Anrufer erklärte die Lage. Bei einem größeren Auftrag war Firma BTe der zweitgünstigste

Anbieter. »Ja, lassen Sie mich mal machen. Ich kenne den alten Bröker. Das regle ich schon. Faxen Sie. Ich melde mich dann. Auf Wiederhören!« Er sprach zu sich selbst weiter. »Das wollen wir doch mal sehen. Noch ist BTe hier die erste Adresse für Markenböden.«

Wir schauten uns noch einen Eichenboden eines seiner gutbetuchten Stammkunden an. Dann fuhren wir wieder zurück zur Firma BTe.

»So, mein Lieber, unseren kleinen Ausflug müssen wir beenden. Ist das eine Zeit geworden. Früher war alles entspannter. Ach, was sage ich. Es war einfach eine schöne Zeit. Der Ludwig und ich! Wir waren ein Team. Wir waren entspannter, vor allem wenn wir ...« Das Autotelefon bimmelte wieder. »Ja, was ist denn?«

Das war Lorenz Lahme. Ein Top-Ten-Kunde von S&M. In der Kundengemeinde fühlte ich mich wohl. In der Nähe von Ludwig und Hermann kam ich mir vor wie die Langzeitrechtehand.

Sie ließen mich einfach nicht dazwischen. Besonders der Herr Meyer zeigte allen Kollegen, dass ich noch gar nichts zu sagen hatte. Er drückte mir gerne irgendwelche Hilfsarbeiten aufs Auge. Durch meinen Entschluss, die Firma in die nächste Generation zu führen, war der angedachte Verkauf abgewendet. Hermann trat hart und entschlossen auf. Im Inneren war er feige und absolut unentschlossen. Ludwig und ich hatten ihm die schwere Entscheidung bezüglich der Firmennachfolge abgenommen. Andreas konnte in Ruhe in einem anderen

Betrieb seine Parkettleger-Ausbildung absolvieren. Ein bequemes »Ich möchte nicht in die Firma« würde ihm keiner übelnehmen.

Kapitel 13   Traumhaus & Abenteuer

Da ich ein harter Knochen war, ließ ich mir alles gefallen. Ludwigs Ziel, mit 60 in den Ruhestand zu gehen, schien Lichtjahre entfernt zu sein. Ich setzte mir ein neues Ziel, ein privates Ziel: Die Renovierung unseres Hauses. *»Bevor ihr zur Bank geht, kommt ihr zu mir*. Ich gebe euch das Geld«, bot sich Ludwig an.

»Hieraus werde ich dir ein Traumhaus bauen«, hatte ich Caro vor Jahren versprochen, als wir beim Bicht durch den Briefdurchwurf geschaut hatten und Caro das Fachwerk im Treppenhaus monierte.

Ein ganzes Jahr mussten sich die armen Nachbarn den Lärm anhören, welchen ich mit Hilfe eines Betonmischers, der Motorsäge, des Betonschneiders und vor allem mit einem Presslufthammer erzeugte. Besonders stolz war ich, dass ich die übliche Mittagszeit von 12.30 bis 14.00 Uhr und die Nachtruhe von 22.00 bis 8.00 Uhr grundsätzlich einhielt.

Ebenfalls stolz war ich auf meine Caro, die dieses Projekt unterstützte. Viele andere Frauen wären aus- oder zu ihren Eltern gezogen. Das Abenteuer bekam seinen besonderen Reiz, indem wir während der kompletten Renovierung in dem Haus wohnten. Das große Loch im Dach für den Wintergarten war über Wochen Gesprächsthema Nummer eins in Oberhof. Aber nicht nur das. Das Haus vom Bicht bekam immer mehr Löcher. Man konnte diagonal durch die Trümmer schauen. Aus den Blickwinkeln der Nachbarn oder oben vom

Panoramaweg aus wird sich mancher gedacht haben: »Na, ob er das wieder heile bekommt?« Großes Unverständnis und Kopfschütteln machte sich breit: Die neue Nebeneingangstür ging halb durch das alte Küchenfenster vom Bicht. Das sah im Rohbau etwas ungewöhnlich aus. Eine Öffnung mit einer halb wieder zugemauerten Öffnung war zu sehen. Zwei komplette Flachgauben wurde abgerissen, zwei Sparren wieder eingezimmert, eine neue Spitzgaube errichtet. Das sah wüst aus. Das sah nach blinder Zerstörungswut und Planlosigkeit aus. Doch das hatte alles seinen Sinn, das war alles genau geplant. Bereits direkt nach dem Hauskauf fertigte ich abends in der Wohngruppe Niederhof, wenn die Kinder vor dem Fernseher saßen, erste Skizzen an. Ein ganzer Ordner wurde voll. Ich zeichnete so lange, bis ich den perfekten Entwurf für uns aufgerissen hatte. Die finale Lösung zeichnete ich maßstabsgerecht auf. Caro war begeistert. Ludwig und Bertha bestanden darauf, dass wir einen der Star-Architekten aus Neukirchen mit Vorschlägen für den Umbau beauftragen sollten. Das machten wir. Uns wurden ganz neue Ideen vorgestellt. Ein offener Kamin mit freistehendem Schornstein im Wintergarten war eine der exklusiven Ideen. Statt meiner leicht geschwungenen Treppe unter dem Glasdach sollte ein großzügiges »Schul-Treppenhaus« mitten im Gebäude errichtet werden. Von den externen Vorschlägen wurden nur zwei übernommen: Die Dachgaube über der Tür bekam bodentiefe Fenster und der Unterbau für den

Wintergarten wurde als Bruchsteinmauerwerk ausgeführt.

Zur sommerlichen Sonnenwende sah die Hausumwandlung am spektakulärsten aus: Das halbe Dach war abgerissen. Fenster waren eingestaubt. Mit der Folie auf dem Dachloch für den Wintergarten sah das einst schmucke Bicht-Haus tatsächlich aus wie eine Bauruine. Gäste und Wanderer werden gedacht haben: »Dem ist wohl das Geld ausgegangen.«. Mitten im Urlaubsörtchen Oberhof so ein Schandfleck. Um das Gebäude standen Steinpaletten und Müllcontainer. Bauschutt und Sandhügel waren aufgeschüttet. Rollläden, Türen und Bad-Porzellan standen umher. Hermann traf meinen Bruder Matthias: »*Dein Bruder hat einen Knall!*«

Wie hält man so etwas durch?

Man brauch eine Partnerin, welche einem vertraut und einen stärkt. Und man muss sich Teilerfolge sichern: Ostern konnten wir das neue, schicke Bad und die neuen Schlafzimmer im Dachgeschoss nutzen. Jans Zimmer bekam eine eigene kleine Galerie. Wir öffneten die Balkenlage zum Dachboden. In allen Räumen waren massive Eichendecken vom Bicht. Dieses hochwertige Material haben wir nicht einfach abgerissen und entsorgt. Wir haben die Deckenvertäfelungen sorgfältig ausgebaut, Brettchen für Brettchen. Im Erdgeschoss haben wir die Echtholz-Paneele weiß gestrichen. In Jans Zimmer wurde die Holzdecke bis in die Dachspitze erweitert und in einem warmen Cremeton abgetönt. Caro und ich werden uns wohl immer daran erinnern, dass wir Palmensonntag

2008 bis spät in die Nacht die Vertäfelung gestrichen haben. Wir erlebten wieder ein Abenteuer, meine Caroline und ich, wie schon so viele zuvor.

Hin und wieder konnte ich mich von der Bautätigkeit ablenken. Im Rhenostal gab es etwas zu feiern. Der OWV, der Oberstaufener-Wald-Verein, wurde 60 Jahre alt.

Die Veranstaltung begann freitags mit einer Party. Die meisten im Dorf mussten mithelfen. Ich war an der Kasse: Karten verkaufen bis 23.00 Uhr. Danach war die Party voll im Gange. Ich schlenderte erst mal durch das Partyzelt, um zu sehen, wer alles dort war. Andreas Meyer war da mit seinen Kumpels. Schwägerin Marion war auch vor Ort. Sie kam an mir vorbei, schon leicht angeheitert: »Hey – na! Was ich dir immer schon sagen wollte: Ich bin total froh, dass du das mit der Firma machst. Also ich wäre mit Hermann niemals klargekommen.«

»Ja, der ist anstrengend.« Die Musik war recht laut. Ich neigte mich etwas zu ihr runter. »Total anstrengend! Ich glaube, das wäre niemals gut gegangen. So ist es besser. Überhaupt, ich will was erleben. Vielleicht ziehe ich ins Ausland. Erstmal fliege ich ja nach Kanada – das wird cool.«

Wir unterhielten uns noch kurz weiter. Marion war anders als Caro. Viele sagten zwar, dass sie sich ähnlichsehen würden, ich fand das aber nicht. Caro war groß und dünn. Marion klein und etwas fülliger. Ihre Charaktere waren noch unterschiedlicher. Marion war die typische Studentin. Sie hatte viele Freundinnen. Sie war deutlich vernünftiger als Caro. An dem Abend sah ich sie zum ersten Mal angetrunken. Caro war zwar ruhiger, aber tiefsinniger und ausgeflippter als ihre Schwester. Marion und ich verstanden uns.

Der Bauabschnitt unseres Umbaus, bei dem der größte Unfall passierte, war die Demontage der Betondecke. Das großzügige Dach des Wintergartens zog sich runter bis in das Erdgeschoss. Für die Treppe und Galerie mussten zirka 16 Quadratmeter aus der Deckenplatte geschnitten werden.

An einem hochsommerlichen Samstagmorgen ging es los. Voller Vorfreude wickelte ich die Silofolie über die Dachsparren zurück. »Irgendwie verrückt, was du hier machst.« Die aufgerollte Plane fixierte ich mit einem Nagel am mittleren Sparren. Das Verdeck des immobilen Cabrios war geöffnet. Es war ein Traum. Was für ein herrlicher Ausblick das war. »Hier könnte man auch eine schicke Dachterrasse hinmachen«, führte ich mein Selbstgespräch weiter. Mit gelber Wachskreide übertrug ich die Maße aus dem Bauplan auf die Betondecke. Wir schnitten ein Viertel der Deckenplatte heraus. Im Bauplan waren die ehemaligen Räumlichkeiten gestrichelt dargestellt. Im Dachgeschoss war das Büro vom Bicht, ein Abstellraum und eine Gästetoilette. Bicht war Steuerberater. Die Toilette war wohl nur ein steuerlich abzusetzender Posten. Der Raum war ausgestattet mit der »Bicht-Eichendecke, Klasse 2«, einer Raufasertapete, einem Veloursteppich. Mitten im Raum stand eine Toilette, auf dem Teppich! Der war wie neu. Mein Vater und ich fliesten damals den Raum und installierten ein Bad. Die ersten fünf Jahre war das Dachgeschoss vermietet. Duschkabine, Toilette, Wände, Zimmertüren und der Estrich, alles war abgerissen. Ich stand vor dem aufgemalten Rechteck. Von einem gemütlichen Wohnen unter dem Glasdach waren wir noch weit entfernt. Beim Prüfen der Maße dachte ich: ›Aber es wird gigantisch aussehen, wenn es fertig ist.‹

Bereits um 6:30 Uhr rollte der orange Kranwagen rückwärts die Garageneinfahrt runter. Ohne einmal neu anzusetzen, stellte Werner den ratternden LKW an den besprochenen Platz. Mit schnellen Handgriffen war er ausgerichtet und die vier Stützen konnten ausfahren.

Um sieben Uhr trafen die Bauleute ein: Mein Vater kam den Weg hoch. Mein Freund, der Maurer Anton, stellte sein Fahrrad im Garten ab.

»Moin zusammen!«

»Moin.«

»Guten Morgen.« Mein Vater stand im Garten und schaute zu dem »zerbombten« Gebäude. Die Wand mit den Fenstern von Jans Schlafzimmer und dem Zimmer daneben war abgerissen. Das Dach darüber ebenfalls. Es sah tatsächlich aus, als sei eine vergessene Fliegerbombe aus dem Zweiten Weltkrieg auf unser Haus gefallen. Mein Vater staunte: »Was für ein Aufwand.« Unter der zu entfernenden Deckenplatte standen fünf Dutzend

Stahlrohrstützen. Die Decke wurde mit Kanthölzern und Schaltafeln abgestützt, zur Sicherheit, falls ein größeres Stück unkontrolliert abbrechen würde.

Der Pritschenwagen mit der Betonschneidemaschine fuhr vor. Keite stellte ihn vor den Kranwagen. »Moinsen Herr Keite!«

»Moinsen!«

»Na, dann wollen wir mal.«

Werner zog die Betonschneidemaschine auf die Deckenplatte. Diese lief mit Wasser. Mein Vater steckte den Gartenschlauch an die Maschine. Und schon ging es los. Mit einem Meter Abstand zur Außenkante schnitt das Spezialgerät sich Zentimeter für Zentimeter in die Betondecke. Das Dauerrattern des LKWs und das satte Dauerkreischen der Maschine dröhnten in viele der umliegenden Schlafzimmer.

Der Betonstreifen wurde in Meterstücke geschnitten. Anton bohrte drei Schwerlastdübel hinein und die dicken Klötze konnten mit dem Kran nach unten transportiert werden. Das bewässerte Kreissägeblatt schnitt die nächste Reihe an. »Wenn das so weitergeht, sind wir ja um 11 Uhr fertig.« Keite nickte zufrieden. Es war seine Idee gewesen, die Deckenplatte auf die Art abzutragen.

Nach sechs Metern kreischenden Schneidens stellte er die Maschine aus. »Tanken, Junge?«

»Nix tanken, Junge! Die Deckenplatte ist zu dick.« Mit einem Zollstock wurde nachgemessen: An der vorderen Kante war die Decke 16 cm stark, an der Stelle der zweiten Schnittreihe 18 cm. »Das war's dann wohl für heute, Schneider.«

»Aber die Eisen in der Platte sind doch 25 mm von der Unterkante. Die bekommst du doch mit abgeschnitten. Der Rest bricht dann.«

»Da hast du wieder recht. Das könnten wir versuchen. Dann müssen wir aber unten die Schaltafelen entfernen, damit die Stücke abbrechen können, wie bei einer Schokolade. Das verstehst du doch, Schneiderlein?«

»Na klar! Wie bei einer Schokolade, knick, knick.« Während das Maschinchen wieder vor sich hin ratterte, löste ich und mein Vater die Stützen unter der Decke. Das erste Stück knickte problemlos ab. Das dritte Stück des zweiten Betonriegels meinte es nicht gut mit mir. Fast schon routiniert setzte Anton die Schwerlastdübel. Wir klickten die Seilhaken an.

»Auf!«, rief Anton. Keite an der Kante wies Werner per Handzeichen an, das angebundene Material hochzuziehen. Werner stand unten am Wagen und bediente die Hebel. Eine Fernsteuerung hatte das Spezialfahrzeug nicht.

Die Seile spannten sich, aber der Block löste sich nicht. Mit einem dicken Vorschlaghammer schlug Anton auf das Betonstück. Risse bildeten unter der Schnittkante. Auf einer Treppenleiter stand ich neben dem angebundenen Stück. »Ja es tut sich was, der Riss wird größer.«

»Werner, zieh mal wie ein Mann«, rief Anton. Wir zwei lachten.

»Zieh!«, rief Keite laut runter.

»Mache ich doch.«

Der Arm des Kranwagens neigte sich nach unten. Anton schlug noch mal kräftig auf die Platte.

»Ab, ab, ab!«, schrie Keite, »Der Wagen kippt!« Im gleichen Moment löste sich das Betonstück. Ruckartig donnerte die Beifahrerseite wieder zu Boden. Das Betonquadrat am Haken schwenkte bis an den Kranarm und kam mit voller Wucht auf mich zurückgerast.

»Nach links schwenk!«, schrie Keite. Kreidebleich schaute Anton mich an. Wie angeschweißt stand ich auf der Treppenleiter. Meine Gürtellinie war auf Höhe der Deckenplatte. ›Gehst du hoch, zerschmettert es dir die Füße, gehst du runter, den Kopf.‹

Blitzschnell drückte Anton den heranschaukelnden Betonklotz mit dem Vorschlaghammer von mir weg. Dieser schlug nur wenige Millimeter neben meiner Gürtelschnalle an die Betondecke.

»Oh, das hätte aber gekitzelt«, scherzte ich mit leichter Todesangst in mir.

»Das hätte auch ein bisschen mehr gekitzelt.« Auch Anton war erleichtert, dass es gut gegangen war.

Um 11 Uhr frühstückten wir auf der Terrasse. Caro hatte ein nettes Bauarbeiter-Frühstück gezaubert: frische Schnittchen und Brötchen mit Gurken und Tomaten, zwei Kannen Kaffee, frischen Orangensaft. Keite schaute hoch zur Abrisskante. »Das hätte eben aber auch ganz schön ins Auge gehen können.«

»Oh ja! Dann würden wir jetzt hier nicht mehr sitzen.« Wir klärten Caro und meinen Vater auf, was sich auf der Betondecke zugetragen hatte. Es war gut gegangen. Gott sei Dank!

»Gott sei Dank!«, werden wohl viele Hofer gesagt haben, als in der Folgewoche der Presslufthammer für ein paar Stunden schwieg. Die restlichen Quadratmeter Beton mussten weg, egal wie. Die Hälfte der Deckenplatte blieb stehen. Die Statik-Eisen waren zu tief im Beton. Die Betonschneidemaschine schnitt nicht tief genug hinein.

Caro verließ mich für eine Woche und flog mit ihren Mädels nach Ibiza. Zwei Ehemänner verboten ihren Frauen mitzufliegen. Caro und ich vertrauten uns. Mir war klar, dass man sie anhimmeln würde. Mir war aber auch klar, dass da nichts passierte. Sie machten eine ausgedehnte Damentour. Der kleine Jan schlief eine Woche bei Oma Bertha.

Zentimeter für Zentimeter pickelte ich Betonbröckelchen für Betonbröckelchen aus der Deckenplatte. Vier Gäste aus dem Gasthof zum Lama, welcher früher Willi gehört hatte, der mir mein erstes Bier zapfte, reisten am vierten Tage der Hammerwoche ab. Unter stahlblauem Himmel bei bis zu 30 Grad im Schatten konnte man von 8.00 bis 21.00 Uhr unter Einhaltung der gesetzlichen Ruhezeiten den Klängen des Presslufthammers lauschen. Unsere Nachbarschaft war mäßig begeistert.

Eine ganz andere Art des Unfalls ereignete sich an einem spätsommerlichen Samstag. Anton und Peter halfen mir bei glühender Vormittagssonne, die Südseite unseres Hauses mit Dachpappe neu einzuschlagen. Es war die erste sichtbare Erneuerung von außen. Die Abrissarbeiten waren abgeschlossen. Den asbesthaltigen Eternitschiefer vom Bicht hatte ich Steinchen für Steinchen mit einer Kneifzange abgedeckt und online verschenkt. Das war eine sehr preisgünstige Entsorgung.

Gegen Mittag mussten Caro und ich meine Freunde verlassen. Wir waren auf eine Hochzeit eingeladen. Ich sprang unter die Dusche. Mein aufgeheizter Körper konnte sich im kühlen Kapellchen von Oberhof regenerieren. Für Essen war keine Zeit mehr geblieben. Am Ort des Feierns angekommen wurden wir mit einem Gläschen Sekt begrüßt. Das Gläschen hatte die Angewohnheit, nicht leer zu werden. Die flinken Bedienungen waren zu Stelle, wenn das Gefäß unter 40 % Inhalt sank. In einer trinkfesten Männerrunde hatten wir ziemlichen Spaß. Caro kam zu mir: »Komm, wir essen erst mal ein Stück Kuchen.«

»Ach, für Kuchen hab ich jetzt keine Zeit, mein kleines Oskilein«, sagte ich schon etwas angeheitert. So war ich dann, wie alle, recht heiter bis »wohlkick«. Ich war im leichten Vorsprung durch mein Vollsonnenbad und die wenige Nahrungszufuhr. Ein ehemaliger Arbeitskollege meines Vaters saß mit uns abends am Tisch. Wir wollten immer mal ein Glas Wein miteinander trinken. »Endlich haben wir es mal geschafft.« Ich setze mich kurz zu ihm. Wir erzählten uns dies und das und ich ging wieder an meinen Platz zwischen Nachbar Volker und Caro. »Der hat eben voll über dich gelästert. Das hast du jetzt davon. Wärst du besser bei mir geblieben.« Volker bemerkte flapsig über den Mann: »Was willst du denn bei dem Pinocchio?« Von der Seite wirkte seine schmale, dünne Nase tatsächlich ziemlich lang. Wir waren alle wieder lustig drauf.

Kurz bevor das Abendessen serviert wurde, setzten sich uns gegenüber drei Kameraden der freiwilligen Feuerwehr hin. Volker, Caro und ich waren in bester Stimmung. Die Feuerwehrmänner schauten uns etwas griesgrämig an. Ich stimmte an: »Ja, ja, die Feuerwehr! Hat immer Durst!« Es folgte eine Pause. Dann etwas lauter: »Auf Schnaps und Bier!« Mike, dem jüngsten Kameraden, gefiel das Lied, welches ich noch aus Kindertagen in meinem Gedächtnis fand. Volker lachte herzhaft.

»Bier auf Wein – lass das sein. Wein auf Bier – das rat ich dir.« Und was war mit Wein auf Sekt? Es haute einen nicht um, brachte mich nicht dazu, auf Tischen zu tanzen, brachte mich nicht zum Übergeben. Es machte mich etwas lustiger. Das gefiel Caro immer. Aber nicht an diesem Abend!

Nach dem Essen war die Stimmung sehr gut. Die Feuerwehrmänner waren heiß darauf, ihren eigenen Brand zu löschen. Mike kam nach mir. »Komm, wir singen noch einmal.« Ich fing an zu klatschen. »Ja, ja die Feuerwehr ...« Mike klatschte mit. Dann bekam ich eine andere

Klatsche. Caro kam zu uns. »Michael, du bist schon ganz schön angetrunken. Trink erst mal ein Wasser!« Ich nahm sie in den Arm und setzte Ludwigs Insider ein: »Ach Caro. Heute hamse alle Spaß!«

Sie war zu schlecht, ich zu gut gelaunt. Trinken ja, aber nach ihren Regeln! So wie bei Ludwig und Bertha. Ludwigs Bierglas war immer deutlich heller als andere. Ich hatte keine Lust auf Wasser, keine Lust auf Bierschorle. Caros Miesepetrigkeit zog mich nach unten. »Ich trink zu viel?«

»Ja, machst du.«

»Ich habe nicht mehr und nicht weniger getrunken als die anderen.«

»Die haben heute Mittag und heute Nachmittag was gegessen.« Das war für mich ein Argument. Vielleicht war ich ja auf einem Bein schon etwas wackeliger als manch anderer. Ich hatte keine große Lust auf Diskussionen. »Dann ist es wohl das Beste, wenn ich die Festlichkeiten verlasse.«

»Wenn du das meinst.« Schon bewegte sich Michael Schneider zum Ausgang. Nachdem ich drei Mal um das freistehende Hochzeitslokal gelaufen war, um die richtige »Ausfahrt« über die Feldwege nach Hause zu nehmen, trat ich die Heimreise zu Fuß an. Zuerst war ich recht sauer, besonders auf Caro, dann aber auch auf mich. Weil ich so stur gewesen war und das Fest verlassen hatte.

»Üschoschka!« Mit einem lauten Aufschrei, welcher lange durch die finstere weite Flur hallte, fingen meine Füße an zu laufen. Sie überschlugen sich fast. Nach dieser kleinen Sporteinlage bewegten sie sich wieder im normalen Marschtempo. Ich kam beim Gasthaus Voss vorbei. Dort war ebenfalls die Party im Gange. »Jetzt gibt's erst mal Einen!« Ich ging ein paar Schritte. »Bringt es das? Hatte sie nicht recht? Die heiße Mittagssonne, kein Essen, reichlich Sekt – sie hat recht. Geh nach Hause! Es war zu viel. Es war zu viel Stress heute. Das konnte nicht gut gehen.« Ich legte mich ins Bett und war froh, dass ich gegangen war.

Am nächsten Tag frühstückten wir und es war alles wieder gut. Caro hatte sich noch nett mit ihren Mädels amüsiert. »Es war glaub' besser, dass du gegangen bist. Du wolltest aber auch nicht auf mich hören.« Ich stimmte ihr zu. Ich schaute sie unschuldig an. »Ja, ja, die Feuerwehr!« Caro brummte, verdrehte die Augen und lachte. Im Nachhinein war es dann doch alles recht lustig.

Es wird der Druck gewesen sein. Der Druck meines beruflichen Werdens und der Druck der Baustelle zuhause. Das private Projekt schritt zwar zügig voran, war aber längst noch nicht abgeschlossen. Der Rohbau stand. Caro staunte. »Lass das mal fertig sein. Dann haben wir es richtig schön.«

An einem Samstagnachmittag kam Marion zu Besuch. Jan und ich bauten in der alten Trauerweide ein Baumhaus. Er wollte eine eigene Baustelle haben. Der Holzboden war bereits erstellt. Stolz klopfte der kleine Jan seinen ersten Nagel, welcher nur noch zwei Zentimeter hervorschaute, in das Brett. Die beiden Schwestern kamen quasselnd auf uns zu. »...und heute Morgen war ich noch schnell bei Onkel Gisbert. Da wollte ich eigentlich erst gar nicht hin. Der hatte auch nicht viel Zeit für mich. Zum Glück!« Die beiden kicherten. »Na? Was baut ihr denn Schönes, Jan?«, fragte Marion. »Das siehst du doch wohl – natürlich ein Baumhaus, was denn sonst.« Wir lachten. »Kleiner, sei mal nicht so frech«, wies ich ihn in die Schranken. Es gefällt mir nicht, wenn Kinder zu vorlaut werden. Schon gar nicht, wenn es die Eigenen sind. Wir setzten uns auf die Terrasse. Der Duft von frischen Waffeln durchströmte den ganzen Garten. Jan kletterte auf meinen Schoß und griff nach einer Waffel. Sein Arm war allerdings zu kurz, um sie zu erreichen. Also reichte ich ihm eine. »Hier, mein Kleiner!«

»Papa, wann machen wir denn weiter?«

»Gleich, lass uns eben was essen.« Marion zeigte auf ein Flugzeug, welches am strahlend blauen Himmel über uns hinwegzog. »Schau mal, Jan. Da oben sitze ich morgen Abend drin. Dann winke ich dir zu.« Jan schlemmerte die Waffel weg. »Dann winken wir auch der Marion«, legte Caro nach. Jan mampfte weiter. Er nickte einmal kurz. »Papa, sollen wir weiter hämmern?«

»Geh schon mal wieder auf das Baumhaus. Ich komme gleich nach.« Und schon flitzte er über die grüne Wiese. »Wie lange geht der Flug?«, fragte Caro.

»16 Stunden, wir machen ja zweimal Zwischenstopp. Dadurch wird es günstiger. Meine Freundin hat den Flug dreimal geändert. Jedes Mal wurde er billiger.«

Ich nahm mir noch eine Waffel und schenkte mir noch ein wenig Kaffee nach. »Welche Freundin?«, fragte Caroline nach. »Barbette! Die kommt aus Stuttgart. Die kenne ich. Die habe ich bei dem Schüleraustausch in Frankreich kennengelernt. *Ach Michael, was ich dir immer schon sagen wollte. Du trägst immer total schicke Schuhe!*« Sie schaute mich kurz lächelnd an. Dann fiel ihr Blick wieder zu Boden beziehungsweise auf den Kuchenteller. Caro sah mich strahlend an. Ich war etwas irritiert. Der Themenwechsel kam sehr abrupt. »Ah, schön! Danke!« Ich lächelte den ungleichen Schwestern, wie sie ungleicher gar nicht sein konnten, zu.

»Du bist das Beste, was uns passieren konnte. Der Ludwig ist so stolz auf dich! Wir sind jetzt ein richtiges Familienunternehmen. Der Ludwig hat sein ganzes Leben für dieses Geschäft geopfert. Er ist so froh, dass sein Lebenswerk weitergeführt wird. Lasst euch bloß nicht scheiden! Das ist das Letzte. Erst ist immer alles rosarot, wenn man sich verliebt hat. Wenn man eine neue Partnerin hat, ist erst mal alles schön. Aber nach ein paar Monaten ist alles genauso wie bei der Ersten. Guck dir unseren Hermann an. Der ist auch nicht glücklich.« Bertha nahm ein Lineal und malte sich eine Tabelle auf ein leeres DIN-A4-Blatt. »Um den Jungen hat er sich nicht gekümmert.« Das Telefon schellte. »Firma Schmidt und Meyer, Schneider!«

»Schönen guten Morgen Herr Schneider. Mein Name ist Erik Paulus. Ich werde über die

Werksvertretung Wichert betreut. Herr Wichert hat den Bodenlieferanten gewechselt. Mit dem Vorherigen waren sehr viele nicht mehr zufrieden. *Ich bin schwul. Wenn Sie was dagegen haben, kann ich auch meine Böden woanders bestellen.*«

»Wieso sollte ich was dagegen haben?«

»Ich meine ja nur, hätt' ja sein können. Ich bin gern direkt und ehrlich, von Anfang an. Ich habe es auch Herrn Schmidt mitgeteilt. Das ist glaub' ich Ihr Schwiegervater.«

»Ja, das stimmt.«

»Jürgen Wichert hat mir alles genauestens erklärt. Den werden Sie ja dann wohl auch noch kennenlernen. Er ist okay und kümmert sich wirklich sehr. Aber reden kann der. Na ja, was soll's, jeder hat halt seine Macken. Ich faxe Ihnen gleich zwei Anfragen über zwei Eichenböden rein mit allem Trallala, also das Beste, was ihr im Regal habt. Ich habe sehr gut betuchte Kunden. Ja, was rede ich noch?« Er lachte kurz. »Dann mal auf gute Zusammenarbeit!«

»Ja, auf gute Zusammenarbeit, Herr Paulus.«

»Der ist richtig verwahrlost. Manchmal tat er mir richtig leid, wenn er sich hier stundenlang in der Firma selbst beschäftigen musste. Unser Hermann hat sich nicht mit ihm beschäftigt.«

Ludwig platzte rein. *Braucht ihr noch Geld?*«

»Nein, wir haben noch genug.« Ich drehte mich zu meinen Schwiegereltern um. »Wir sind sehr sparsam.«

»Das müsst ihr nicht«, gab Bertha zur Antwort. »Kauft euch was Gescheites.«

»Ja, genau! Das muss ein Leben lang halten!« Ludwig schloss bestimmend die Tür.

»Der Andreas ist einfach nur dumm! Als Andreas neun war, hätte Hermann ihn beinah mit dem Gabelstapler überfahren. Das hätte ich nicht überlebt. Noch einen Jungen zu verlieren.«

Unser neues Zuhause nahm Form an. Wo einst die schwarze Silofolie über die halbe Haushälfte geflattert hatte, stand der Wintergarten, der sich bis zur Dachspitze hochzog. Caro freute sich: »Das wird ja richtig cool!« Den Unterbau für die Treppe aus Gasbetonsteinen fertigte ich selber. Nach dem großen Bad im Dachgeschoss und dem Wintergarten kam das nächste Highlight: die Galerie mit der Treppe unter dem Glasdach. In der Zeit hatten wir zwei Treppenhäuser. Noch gingen wir über das »Bicht-Treppenhaus« nach oben. Eine Staubwand entlang der herausgeschnittenen und -gestemmten Betonkante schützte vor Dreck und dem Herunterfallen.

Der Treppenbauer kündigte sich an. Die Staubwand wurde entfernt. Zum ersten Mal konnten wir aus dem Dachgeschoss, aus dem Wintergarten schauen. »Das ist verdammt cool!«

»Oh ja! Mein Oski baut uns eine Villa.«

»Na ja, eine Villa wird es nicht. Dafür ist es zu klein.«

»Doch! Der Oski baut uns eine Villa.« Jan kam zu uns und schaute mit uns durch das übergroße Panorama-Fenster: »Papa, da kann man ja ganz viel gucken.«

Um ein Haar hätten wir unseren eigenen Jungen verloren: Zur Sicherheit baute ich einen Schutzzaun entlang der Betonkante. Am Montagmorgen demontierte ich den Zaun wieder. Der Einbau der Treppe war für 10 Uhr angesetzt. Wie gewohnt fuhr ich anschließend zur Arbeit und verrichtete meine von Tag zu Tag mehr werdende Arbeit. Der Techniker Albert brach sich das Handgelenk und fiel für mehrere Wochen aus. Dadurch bekam ich die Großkunden vom Techniker Jens, da dieser die Projekte von Albert übernehmen musste. Durch diese neu entstandene Situation konnte ich mich routiniert in die Auftragsbearbeitung einarbeiten und machte mir Notizen, wie man diesen Kernbereich optimieren könnte.

Ich war damit beschäftigt, Balbeck-Aufträge auszuschreiben, als plötzlich Ludwig in mein Büro stürmte. Balbeck war unser Top-Kunde. Mit ihm machten wir 30 Prozent unseres Umsatzes. Wenn Balbeck was faxte, musste man alles stehen und liegen lassen und seine Aufträge bearbeiten.

»Du musst sofort nach Hause fahren, Caroline hat angerufen, der Kleine ist die Empore runtergefallen!« Kaum hatte ich das gehört, griff ich nach der Jacke und fuhr eilig den Schleichweg unterm Möchtsteinberg her. »Was ist denn da passiert? Hat er sich wohl was gebrochen? Hat er sich innere Verletzungen zugezogen? Wird er sterben? War er alleine aufgestanden? Caro ist doch sonst so vorsichtig ...« Tausend Gedanken schossen mir durch den Kopf. Auf der schmalen Straße kam mir eine Frau mit ihrem Hund entgegen. Sie musste mir rasch ausweichen und mit ihren Sonntagsschuhen in den sumpfigen Randstreifen wechseln, ebenso der Vierbeiner. Im Rückspiegel sah ich die Frau mir kopfschüttelnd hinterherschauen. »Deine Sorgen wollte ich haben!«

Als ich zuhause vorfuhr, stand Caro schon aufgelöst in der geöffneten Tür. Sie weinte. Wir gingen schnell zur Galerie. Regungslos lag Jan auf der zweiten Treppenstufe. »Ich weiß nicht, was ich machen soll. Ich hab' Angst!«, wimmerte Caro. »Was machen wir denn jetzt?«

»Na wir fahren ins Krankenhaus.« Ich war schnell wieder gefasst. »Und was ist, wenn er innere Blutungen oder sowas hat?«

»Ach – wenn, wenn ...«

Ich beugte mich zu Jan und schaute, ob irgendwo Blut war. »Jan?« Er bewegte sich nicht. »Jani, mein kleiner kuscheliger Igel!« Er rührte sich nicht. Seine Augen blieben geschlossen. Am Kinn hatte er eine kleine Platzwunde. Er lag, als wenn er sich auf den Bauch zum Schlafen gelegt hätte. Vorsichtig fasste ich ihn mit beiden Händen von unten und nahm ihn auf den Arm. Jan begann sich zu bewegen und machte leicht die Augen auf, als wenn wir ihn geraden aus seinem Mittagsschläfchen geweckt hätten. Ich setze mich mit ihm auf den Beifahrersitz, um möglichst wenige Bewegungen zu machen. Der Kleine schloss die Augen wieder und regte sich nicht mehr. »Was ist denn überhaupt passiert?«

»Jan kam heute Morgen zu mir ins Bett. Dann wollte er ein Bilderbuch holen. Das liegt es ja noch da auf der Kante. Dann hab' ich diesen dumpfen Aufprall gehört! Oh nein, wenn Jan jetzt was passiert ist, dann ...«

»Hey Caro! Beruhig dich! Vielleicht haben wir Glück gehabt.«

Die Pessimistin und der Optimist verließen das Krankenhaus mit ihrem Sohn, der eine Platzwunde am Köpfchen hat. Glück gehabt! Ein enormes Glück gehabt! Ich gestehe ein, dass mein Optimismus manchmal zu ausgeprägt war. Es hätte anders ausgehen können. Es war etwas leichtsinnig, ihn auf den Arm zu nehmen. Wir hätten den Notruf wählen müssen. Wobei es bei Kindern nicht so gravierend ist. Meine Hände konnten ihn leicht greifen. Seine Lage wurde nicht verändert. Auch beim Autofahren achtete ich darauf, ihn nicht zu bewegen. Er lag nicht verdreht. Sein Kopf war zum Glück nicht an eine Kante geschlagen. Während der Fahrt, während er sich nicht mehr regte, dachte ich, er stirbt mir in den Händen, oder dass er schon tot sei.

Man könnte meinen, dass dieser Tag meine Baulust erstickt hätte. Doch so war es nicht. So war es an keinem Tag. Erstaunlicherweise gab es nicht eine Stunde, in der ich dachte: »Das schaffst du nicht!« Die Teilerfolge waren das Geheimnis. Und da war wieder einer: Als ich am Abend nach Hause kam, war die Galerie fertig. Die

Holztreppe mit dem modernen Edelstahlgeländer entlang der Galerie war das I-Tüpfelchen unseres Wintergartens. Das war ein echter Erfolg.

Noch in der Mittagspause war der komplette Boden des Wintergartens eingestaubt und voller Hobelspäne. Der Treppenbauer hatte die leicht gerundeten Stufenbretter an der falschen Seite abgeschrägt. Einer der Monteure fuhr in die Firma, holte einen mobilen Hobel und die Bretter wurden vor Ort abgeändert.

»Wer hat denn den Unterbau erstellt?«

»Den habe ich selbst gebaut. Wieso?«

»Der passte auf den Millimeter. So etwas erlebt man selten. Bei den Unterbauten werden die meisten Fehler gemacht, besonders bei der letzten Stufe. Und hier kam ja auch noch die leichte Rundung dazu. Gut gemacht!«

»Vielen Dank!«

Wir lebten nach wie vor auf der Baustelle. Unsere Küche, welche aus dem alten Herd und einer Spüle bestand, war eingeschneit mit Baustaub. Da gibt es nette Schnappschüsse von. Wie Caro vor dem freistehenden Bicht-Herd steht mit einem schneeweißen Trockentuch in der Hand. Beim Durchschauen der Fotos haben wir uns krummgelacht. Überall Staub, Dreck, Schutt und Spinnenweben, aber ein steriles Tuch in den Händen. Und Caro gestylt in zerrissener Jeans und knappem Top.

In der Zeit war unsere Gartenhütte über mehrere Wochen Esszimmer und teilweise Küche. Der schöne, trockene

Sommer ließ es oft zu, dass wir auf unserer Sonnenterrasse unsere Mahlzeiten einnehmen konnten. Caro und ich nahmen es sportlich. Mehr und mehr kam das neue Gesicht des Hauses zum Vorschein.

Bei der anhaltenden körperlichen Arbeit war meine Tätigkeit im Büro wie ein Kuraufenthalt. Selbst die ewig gleichklingenden Worte der »Kurdirektorin« waren wie milde Harfenklänge für meine Ohren. »Das ist deine Firma! Du kannst demnächst so tun, als wenn es dein eigenes Unternehmen wäre!«

»Tipp, tipp, tipptipp, grrrr...«

»Du bist unser Traumschwiegersohn!

Unsere Marion ist ja jetzt in Kanada. Die will auf gar keinen Fall in dieses Unternehmen einsteigen. Das hat sie mir gestern Abend noch am Telefon erzählt. Aber wir heulen uns jeden Sonntag die Ohren voll. Und die ist erst fünf Wochen weg. Ich glaube, die ist da nicht glücklich.«

»Tipp, tipp...«

»Der Andreas hatte keine schöne Kindheit.« Sie zog ein neues Blatt auf. »Der hat keine gute Erziehung genossen. Die Brigitte hatte nur ihren Toni im Kopf. Und unser Hermann nur seine Arbeit ...«

Andreas kam zu Tür herein, »Michael, unser Vatter sagt, du sollst den Balbeck anrufen. Der muss dringend mit dir sprechen. Es geht um 30 Eigentumswohnungen.«

»Ja, kein Problem, mache ich sofort.« Bewusst stellte ich die Telefonanlage auf Lautsprecher. Trotz des nervenden Tutens, trotz des »Tipp, tipp, tipptipp, grrr« quasselte sie weiter. »Der Andreas ist einfach nur dumm. Der kann nur seinem Vater nachreden. Mehr kann der nicht. Unser Hermann hat keine Ahnung, der macht einfach, was er will. Ob es für die Firma gut ist oder nicht. Ludwig hat so manches graue Haar von dem bekommen. Lass dir bloß nicht ...«

»Balbeck! Moin Herr Schneider! Haben Sie was zu schreiben ...?« Ich nahm den Hörer in die Hand und die Großbestellung auf. Als Top-Stammkunde durfte Herr Balbeck seine Aufträge telefonisch durchgeben. Er war immer sehr hektisch, stets in Eile, immer unter Strom. Ähnlich wie Hermann, nur nicht ganz so bollerig, mit einer deutlich lieblicheren Note. Herr Balbeck war verheiratet, hatte aber keine Kinder. Firma Balbeck suchte einen Nachfolger. »Die anderen Maße gebe ich dir gleich durch ...« Mittlerweile duzte der alte Herr Balbeck mich zwischenzeitlich. »Fang schon mal mit den Vorarbeiten an.«

Andreas Meyer arbeitete seit einigen Wochen im Unternehmen seines Vaters. Bertha ließ kein einziges gutes Haar an den beiden. Sie schwärmte nur von den grauen Haaren ihres Ehemannes.

Um eine Familie zu gründen, bedarf es ebenfalls der nötigen Vorarbeiten, welche allerdings eher Spaß als Leid sind. Mein eigens erfundener Spruch traf es auf den Kopf: *»Man lernt erst arbeiten, ohne zu stöhnen und dann stöhnen, ohne zu arbeiten.«*

Wir wünschten uns zwei Kinder. Zwei Kinder, welche vom Alter nicht allzu weit auseinander lagen. Da wir nicht im Besitz eines funktionierenden Fernsehers waren und sonst nicht die intime Nähe scheuten, war es nur eine Frage der Zeit, wann der nächste Oski »entstehen« würde. Unsere Nachkommen waren natürlich auch Oskis. Caro wurde zum zweiten Mal schwanger. Wir freuten uns riesig! Wir waren überglücklich. Das gleiche Prozedere noch einmal. Neun Monate! Das kannte man ja. Mal ist die Frau überglücklich, dann unersättlich, dann wieder zum Abgewöhnen unausstehlich. Zweimal wollte sie sich in der Schwangerschaft aus dem Nichts im sprunghaften Eigenhass vom Balkon stürzen. Mit Jan im Körper war das nicht so gewesen. Da überschlugen sich die Stimmungsschwankungen nicht über Geländer und in gefährliche Tiefen. Wir hatten es überlebt. Vorerst!

Bertha und Ludwig ließen sich die Premiere der Traumküche nicht entgehen. »Wieso können wir denn nicht durch die Haustür?«

»Die Bodenplatten im Flur sind frisch verlegt. Der Fliesenleger hatte heute Morgen einmal Zeit.« Sie mussten durch das Esszimmerfenster einsteigen. Bertha empfand diese »Begehung« als äußerst unwürdig.

Ein leichtes Grinsen konnte ich mir nicht verkneifen, als meine aufgedonnerte, exklusiv gekleidete Schwiegermutter mit den viel zu hohen Stöckelschühchen eine Grätsche über die verstaubte Fensterbank machen musste. Man merkte ihr an, dass das »Fensterln« absolut unter dem Niveau der gnädigen Dame war. Na, manchmal mimte sie gern die Konzern-Ehefrau der Extraklasse. Immer wieder betonte Frau Schmidt, dass sie auf keinen neidisch sei und jedem das Beste gönne. Wenn Ludwig nicht Tag und Nacht mit ihrem »Lieblingsbruder« Hermann hart geackert hätte, wäre dieser übermäßige, schnell zunehmende Reichtum nicht entstanden.

»Bist du denn zufrieden mit der Küche, Caroline?« Sie nickte. »Diese Küche ist perfekt. Gut, dass ihr noch nach dem Sendern gegangen seid. Ich hab' die Adresse gefunden.« Sie schaute mich an. »Das ist schon mal gar nicht so schlecht, wenn man auf seine Schwiegermutter hört.«

»Ja, das will ich ja gar nicht abstreiten. Aber der Vorschlag vom Küchenstudio war auch nicht schlecht. So müssen wir jetzt immer um die Kochinsel herumgehen. Das sind schon lange Wege von der Kühlschrankwand bis zum Herd.« Bertha schaute zum Herd, dann zu der dreiteiligen Kühlschrankzeile. Mein Einwand war berechtigt. Sie gab es aber nicht zu. »Der Sendern hat uns eine Stunde da sitzen lassen. Fünf Minuten länger und wir wären wieder gefahren. Aber du hast ja Recht. Es ist einfach eine Traumküche. Diese Idee mit der Kochinsel hat mich umgehauen. Und die Materialien, die Einbaugeräte sind unverwüstlich.« Ludwig warf ein: »Kauft euch was Gescheites!« Seine holde Gattin fügte direkt hinzu:

»Man kauft sich nur eine Küche im Leben.

Dann muss das was Gescheites sein. Diese Küche ist für die Ewigkeit!« Wir zwei Eheleute schauten uns an. Wir nickten. Wir waren uns alle wieder einig! Diese Küche mit den schneeweißen Schränken und der massiven Schiefer-Arbeitsplatte und den Edelstahlgriffen war für die Ewigkeit.

Kapitel 14   Das Leben in der Mittelgeneration

»*Braucht ihr noch Geld?*« Wenn ich mit: »Nein, wir haben noch genug« antwortete, wurden auf userm Konto statt der üblichen 15000 € lediglich 7500 € mit dem Buchungsvermerk »L&B« eingezahlt. ›Na ja komm, es könnte schlimmer sein. Nimm es als Entschädigung für die Rüffel, die du reihenweise in dem Laden bekommst.‹

»*Ich gebe es mit warmer Hand.*« Sie kicherte wie eine Zwiebackreibe. »Uns geht es gut. Wir haben so viel Geld. Wir können das gar nicht alles alleine ausgeben! Unsere Mutter hat es mit kalter Hand gegeben. Das wollen wir nicht. Unsere Martha ist genauso. Unsere Martha lügt.«

›Das höre ich jetzt schon zum dritten Mal.‹

»Sie ist schlecht. Deswegen nimmt der Lorenz auch seit Jahren Tabletten. Die macht sich einfach was vor. Unsere Ehe ist perfekt. Der Ludwig und ich führen eine gute Ehe. Unsere Mutter war mit Ludwig nicht einverstanden. Aber ich habe ihn mir einfach genommen. Martha hat einfach ...« Andreas kam rein. »Michael, du sollst mal zu userm Alten kommen.« Tür ging wieder zu. »Zu userm Alten! Wie der redet. Der ist unmöglich. Unser Hermann auch! Der kann kein Unternehmen leiten. Und der Andreas auch nicht. Das sagen sogar ...« Ich folgte Andreas.

In Caroline wuchs ein Kind heran, aber damit auch die Sorge:

»Das Kind hat was!«

»Was soll das Kind denn haben? Es ist doch alles gut, hat der Arzt bei den ersten beiden Untersuchungen gesagt.« »Ja, aber trotzdem, da stimmt was nicht! Eine Mutter spürt so etwas.«

»Ich fahre gleich mit zum Arzt.«

»Ja? Machst du das? Danke schön, Oski! Damit habe ich jetzt nicht gerechnet.« Caroline freute sich sehr.

›Du warst wohl zu viel mit deiner Oma bei den anderen Omas im Dorf.‹ Latent baute sich in meiner Kindheit in mir ein jahrhundertealtes Bild auf: Kinderkriegen ist keine Krankheit. Kinder kommen gesund auf die Welt. Kinderkriegen ist Sache der Frauen. Da hat der Mann nichts bei zu suchen. Dass ein Mann zu Anfang des neuen Jahrtausends mit bei der Geburt ist, akzeptierte ich. Bei der Geburt von Jan war ich dabei gewesen. Aber alle anderen Angelegenheiten sollten aus meiner Sicht die Angelegenheiten der Mutter bleiben. Für Caroline und besonders für Bertha war Kinderkriegen ebenfalls Frauensachen. *Geh du arbeiten!* Wir waren auf einer Linie.

Nun zeichneten sich aber leichte Probleme ab. Wenn ein Kind krank war oder krank sein sollte – ein Kind, das noch gar nicht da war, war das eine Angelegenheit der Eltern.

Carolines Problem war somit auch mein Problem. Deshalb war es für mich klar, dass wir hier andere, neue Wege gehen müssten. Für mich war klar, dass wir nur eine kurze Zeit andere Wege gehen, bis wir wieder auf den großen Weg der Natürlichkeit, der Normalität gelangen würden. Für mich war klar: Der Arzt wird sagen: »Alles in Ordnung.« Dennoch wuchs in mir die Angst, dass Caro recht haben könnte und das Kind krank, vielleicht sogar behindert sei. Wir fuhren gemeinsam zur Untersuchung. Caroline legte sich auf die Liege. Der Arzt setzte sich zu ihr. »Sie waren doch letzte Woche erst hier, schöne Frau.«

»Ja, aber ich hab' das Gefühl, dass da was nicht stimmt. Meine Mutter sagte auch: Fahr lieber einmal zu viel zum Arzt als einmal zu wenig.«

»Ja – aber zu viel Arzt und zu viel Angst ist auch nicht gut!« Er schaute zu mir rüber und zwinkerte mir zu. In aller Ruhe untersuchte der Facharzt im besten Alter Mutter und Kind. »Ja, Frau Schneider, es ist alles in bester Ordnung. Die Herztöne sind gut, das Fruchtwasser auch. Ihre Werte sind top. Es gibt also keinerlei Grund zur Sorge. Ich könnte ihnen sogar schon verraten, was es wird.« Caro schaute mich überglücklich an. »Willst du es schon wissen?«

»Nicht unbedingt, Jan sollte auch bis zum fünften Monat ein Mädchen werden. Also mir reicht es, wenn ich weiß, dass das Kind gesund ist. Da freue ich mich riesig drüber!«

»Okay, dann warten wir noch.«

Wir fuhren gemeinsam einkaufen und aßen gemeinsam zu Abend. »Danke schön, Oski, dass du mitgefahren bist zum Arzt. Jetzt bin ich beruhigt.«

»Jetzt machen wir hier unser Nest fertig und dann genießen wir das Leben.«

»Oh ja! Das machen wir.«

»Man sagt doch: Beim zweiten Kind wird alles einfacher.«

Ludwig fragte in der Firma am anderen Morgen: »Und? Ist alles in Ordnung?«

»Ja, ich habe mich nun selbst davon überzeugt.« Er grinste mich an. »Die Caro ist den ganzen Tag zuhause. Sie kann sich in aller Ruhe um die Kinder kümmern. Man muss doch nicht zu zweit zum Arzt.«

»Das sehe ich genauso. Das war auch nur eine Ausnahme.«

»Wenn jetzt alle beruhigt sind, ist das ja auch in Ordnung. Der Jens, der fährt grundsätzlich mit. Die sind bald jede Woche beim Arzt. Das finde ich ja total übertrieben!« Wir waren uns wieder einig. »Komm! Wir fahren mal eben zum Gymnasium. Da müssen wir zwei Hallenböden anbieten. Da kannst du mir mal eben beim Ausmessen helfen.« Im Auto fing er an zu lachen. »Unsere Marion kommt auch wieder zurück.« Noch einmal lachte Ludwig. »Das habe ich mir sofort gedacht, dass das in die Hose geht.«

»Wir haben uns jeden Abend gegenseitig die Ohren vollgeheult. Na ja, jetzt kommt sie wieder zurück. Sie hat ihre Erfahrung gemacht«, erzählte Bertha beiläufig im Büro.

Die Baumaßnahme am und im Eigenheim ging dem Ende zu. Das Beste kam zum Schluss: der Designer-Decor-Boden von Schmidt und Meyer, eine rustikale Buche-Vollholzdiele, Sonderfarbe Weiß gelaugt. Caro vertrug die Dämpfer der Grundierung nicht. Ebenfalls konnte sie den Duft des verlegten Holzfußbodens nicht riechen. Sie sagte selbst, dass das von der Schwangerschaft käme. Sie gab sich tapfer als stolze werdende Mutter. Am meisten wurde der neue Fußboden von Jan begrüßt: Auf Socken rannte er eine Runde nach der anderen von der Küche diagonal durch das 9 x 12 Meter offene Erdgeschoss bis in die letzte Ecke vom Wintergarten. Dort drehte er »mit quietschenden Reifen« um und sauste wieder zurück in die Küche. Wie ein junges Bülleken, das im Frühjahr zum ersten Mal auf die Weide kommt. Okay, das war für Landeier.

Wie ein frischgeborenes Fohlen, welches zum ersten Mal im Galopp die Weide erkundet. Okay, das war für Pferdenärrinnen.

Dann eben wie ein Nationalspieler, der im Endspiel das entscheidende Tor schießt, sich das Shirt herunterreißt und über das ganze Feld läuft. Jan hat sein Pullöverchen nicht ausgezogen.

Ein Boden! Ein Boden ohne Puckels, ohne Staub und Dreck, frei von Zementsäcken und Mörtelfässern – ein Boden wie im Märchenland.

Wir schauten dem Kleinen zu. Es war herrlich. Es war zu köstlich. Ludwig stand neben mir: »Die Haustür bestellt ihr aber beim Huber. Mit dem arbeiten wir schon so lange Hand in Hand.«

»Da waren wir schon. Er hat uns schon ein Angebot erstellt.«

»Was kostet denn bei dem eine Tür?«

»Mit Montage 8600 € plus Mehrwertsteuer. Eine massive Eichentür mit Sicherheitsglas und WK3-Verriegelung. Ein sehr schönes, modernes Design. Wir können euch mal die Skizzen zeigen. Für eine Rose aus Bronze als Türgriff will er 1800 € extra haben.«

»Dann macht das mit der Tür. Die Rose muss ja nicht unbedingt sein.«

Das Gästebad, der Fitnessraum und das »Bicht-Treppenhaus« waren noch in den Rohbau zurückversetzt worden. Der Wohnbereich war fertig.

Caro konnte endlich »unser Nest« fertigmachen. Für sie war das Innere des Hauses von größter Bedeutung: *»Ich bin der Drinnenchef.«* Geschmackvoll richtete sie unsere hochmoderne Wohnung ein. Sprüche wie: »Der hat einen Knall.« verstummten. Unsere Besucher waren von meiner Architektur und Caros Raumgestaltung begeistert. Die meisten wurden von Bertha eingeladen. Die Anstrengungen, das Durch- und Zusammenhalten lohnten sich. Es war ein Traum. Ein Traumhaus! Ein traumhaftes Leben!

Am dritten Advent luden wir unsere Eltern ein. Caroline backte feinste Weihnachtsplätzchen. Mitten im Wintergarten deckte sie den alten Eichentisch geschmackvoll ein. Ihr neues Porzellan kam zum Einsatz. Dieses alte Möbelstück von meiner Oma, an dem wir als Enkelkinder zu ihrem Namenstag gesessen hatten, machte sich gut auf dem modernen Holzfußboden. Der massive Eichenschrank von Oma Klara kam im Hintergrund gut zur Geltung. Das gefiel mir, dass wir von beiden Omas ein Möbelstück hatten. Caro gefiel der Schrank nicht. Sie wollte nicht an ihre Oma erinnert werden. Aber der Schrank passte perfekt in den Wintergarten. Das musste sie zugeben.

Unsere Eltern hatten uns in der Bauzeit geholfen, mein Vater mit der Hand. Er war jeden Samstag dabei. Oft kam er abends, packte mit an oder räumte auf. Ludwig half mit seinen »Finanzspritzen«. So nannte Hermann Meyer die Hilfen von Ludwig, welcher niemals unser schmuckes Haus betreten hatte. Unsere Mütter halfen mit Kaffee und Kuchen und mit Verwahrung des kleinen Jans während der vielen Baustellenstunden. Das Werk war vollendet. Mein Vater schaute raus zu den Vögeln, die am Gartenteich sich im eiskalten Nass vergnügten. Er schaute rüber zum knisternden Feuer im Kachelofen mit großem Sichtfenster. Er schaute hoch zur Galerie: »Das ist euch aber wirklich gelungen. Ein tolles Haus!« Caroline schaute mich strahlend an:

»Du hast uns eine Villa gebaut.«

Bertha blickte stolz zu mir rüber.

»Du mit deinen Talenten!

Du hättest mein Sohn sein müssen.

Was meinst du, was ich aus dir gemacht hätte!«

Jan kam aus seinem Zimmer mit Dita, seinem Kuschelhasen. »Ja wer kommt da denn?« Wir naschten von den Plätzchen, tranken Kakao und Kaffee und genossen durch die großzügige Glasfassade den herrlichen Blick auf Oberhof, den Staufenkamm mit seinem sagenumwobenen Möchtsteinberg. Der Himmel war wolkenverhangen. Es nieselte. Die Bäume wiegten sich im Wind. Das Wasser auf dem Teich schlug leichte, gleichmäßige Wellen. Ein Entenpaar setzte zur Landung an und verweilte ein wenig in unserem Gewässer. Drei, vier Sonnenstrahlen zogen durch die Wolkenmassen. Die Hänge der Berge leuchteten im hellen Braun. Es war ein gemütlicher Nachmittag, mit dem kleinen Jan, mit unseren Eltern, mit den Möbeln unserer Großeltern.

An Heiligabend fuhr ich um Punkt 12 Uhr nach Hause. Jan öffnete mir die Tür. »Papa, wann kommt denn das Christkind?«

»Heute Abend, mein Kleiner! Erst müssen wir noch den Baum aufstellen.« Caro traf die ersten Vorbereitungen für das Abendessen. Sie bat mich, Zitronen aus biologischem Anbau und Eier vom Naturhof mitzubringen. Ich legte sie auf den Küchentisch, stellte mich hinter Caro und nahm sie in den Arm. »Jetzt feiern wir in aller Ruhe Weihnachten.«

»Oh ja! Das wird schön.« Der kleine Jan stand neben uns. Er strahlte uns an. Dann kam er an uns ran und umarmte uns beide an den Beinen. »Oh, das wird schön.«

Nach dem gemütlichen Kaffeetrinken bereitete Caro das Festessen weiter vor. Sie kochte mit Leidenschaft. Jan und ich holten den Weihnachtsbaum. Er lag auf der Terrasse. Mein Vater hatte uns Tage zuvor einen besorgt. Ich nahm den Baum, griff ihn vorne am Stamm und übernahm mit zwei Händen die Hauptlast. Jan nahm die Spitze in seine Händchen und kam stolz hinter mir her. Wir Männer schmückten den Baum, bis Jan die Krippe in dem großen Karton gefunden hatte. »Und wofür sind die Schäfchen?«

»Da waren Hirten auf dem Feld, die haben auf die Schäfchen aufgepasst.«

»Was ist denn ein Hirte, Papa?«

»Ein Hirte ist ein Mann, der den ganzen Tag auf Schäfchen aufpasst.« Er entdeckte die Hauptfigur, welche auch für die Tradition des Baumaufstellens verantwortlich war. »Papa, guck mal. Da ist auch ein Baby.«

»Das ist der kleine Jesus.«

»Papa, was ist ein Jesus?«

»Das ist das Christkind, das kommt heute Abend.«

»Wo wohnt das denn?«

»Oben im Himmel wohnt das. Sollen wir gleich mal gucken, ob wir das sehen?«

»Oh ja, Papa!«

Dick eingepackt traten wir nach draußen. Es lag Schnee. Wir stapften durch das Dorf. Alle Häuser waren weihnachtlich geschmückt. Wir gingen ein Stück den Panoramaweg entlang, auf der anderen Seite des Tales. Mir fiel keine nette Geschichte vom Christkind ein. Ich hatte keine Idee, wie ich ihm erklären könnte, wie das Christkind zu uns auf die Erde kommt.

Der Himmel riss auf. Die schweren, schneebeladenen Wolken schoben sich zur Seite. Der gut gefüllte Mond schaute hindurch. Er war nur halb zu sehen. Er zog einen langen Strahlenfächer durch die Nebelschwaden über dem schweigenden Wald. »Da ist es!« Ich beugte mich zu ihm runter, hockte mich hinter ihn und nahm ihn fest in den Arm. Seine Augen strahlten. Sein ganzes Gesicht strahlte! Er hatte das Christkind gesehen.

Wir eilten nach Hause. Jan erzählte Caro das sensationelle Ereignis, während wir ihr halfen, den Tisch zu decken. Das »Christkind« war in unserem Wohnzimmer, als wir draußen waren. In gemütlicher Runde aßen wir genüsslich Caros Köstlichkeiten. Jan schwärmte von der Festtagssuppe mit den selbstgemachten Klößchen. Mir mundete der zarte Schweinebraten. Caroline war eine Meisterköchin!

Wir gingen zu den Geschenken. Der Kleine packte das erste Geschenk aus. Es war ein Modellbausatz für U3-Kinder. Jan und ich bauten sein erstes Modellhäuschen zusammen. Eine kleine Jagdhütte im Modelbahnmaßstab HO. Jan musste die einzelnen Teile von den Gussplatten lösen und mir nach der Reihe hinlegen. Das machte er gut. Er war sehr stolz. Die Wände und die Dachplatten durfte er verkleben. Als das Hüttchen fertig war, stellten wir es am Weihnachtsbaum über eine Kerze. Die Sprossenfenster leuchteten. Jan war begeistert.

Wir genossen die Stunden zu dritt – und als unser Sohn schlief, zu zweit. Ich öffnete uns eine Flasche Wein. Wir schauten uns den Weihnachtsbaum an, verfolgten die Flammen im Kamin. »Da weint einer«, stellte Caro fest. »Jan weint.« Ich ging zu ihm hoch. »Hey, was hast du denn, mein Kleiner?«

»Papa, ich bin so traurig, weil das schöne Weihnachten zu Ende ist.«

»Ach Jan! Du wirst noch ganz viele schöne Tage in deinem Leben haben. Schau, nächstes Jahr ist wieder Weihnachten. Und morgen sind wir bei Oma und Opa, da ist auch noch mal Weihnachten.«

»Jaa?«

»Ja, da gibt es wieder Geschenke.« Er schaute etwas milder. Er war beruhigt. Ich streichelte ihn über sein weiches Köpfchen. »Jetzt schlaf schön, mein Kleiner!«

Am ersten Feiertag war das Christkind auch bei Oma Christel und Opa Josef, meinen Eltern. Hier gab es ein gemeinsames Mittagessen und für Jan einen Bagger für den Sandkasten. Nachmittags aßen wir Himbeertorte bei Oma Bertha und Opa Ludwig. Die Himbeertorte war himmlisch. Sie war von Caroline.

»In Münchhausen ist das Christkind fertig mit Geschenkeverteilen. Deshalb bekommen die Münchhausener meistens mehr Pakete, weil das Christkind immer mit leerem Schlitten zurückfliegt«, sagte ich scherzhaft zu den Erwachsenen. Jan gab ich keine Begründung, warum die fünf Meter lange Designer-Couch voll beladen war. Der fragte auch nicht. Er riss einfach nur auf. Jan, aber auch Marion packten eifrig aus.

»So viele Geschenke wie Jan hier an einem Weihnachten bekommt, habe ich in meiner ganzen Kindheit erhalten!« Diese spitze Bemerkung musste ich loswerden. »Nun lass uns doch«, erwiderte Bertha. »Das Schenken bereitet uns eine Freude und das ist doch unser erstes Enkelkind.« Ein Märklin Starterset, eine Schaukel, ein Plüschtier, ein Kinderbuch, zwei Gesellschaftsspiele, ein Bademäntelchen, eine Riesenschokoladentafel, ein Malbuch, ein Fotoalbum und ein Schwimmbadgutschein waren die Geschenke. Ich fand das Ganze ein bisschen viel. Einen Tag später hatte er Geburtstag. Da gab es nochmal eine halbe Schubkarre voll Geschenke.

Marion und Jan packten ihre Geschenke weiter aus. Marions Haare waren knallrot gefärbt. Ihr Muttermal war weg. Wir gingen in die Stube. Ludwig öffnete eine gute Flasche Wein. Schwiegermutter stellte etwas zu knabbern auf den Tisch. »Jetzt könnt ihr erst mal bis Drei Könige entspannen und euch um euren kleinen Sohn kümmern. Oder ist die Firma noch länger zu, Ludwig?«

»Wir fangen nächsten Montag in der Fertigung schon wieder an. Das Gymnasium Neukirchen bekommt einen neuen Boden in die Aula. Der muss bis zum Sechsten drin sein.«

»*Der Ludwig ist der Kopf der Firma!* Ohne den geht gar nichts. Einer muss die Regie führen. Unser Hermann, der kann nur rumschreien. Wir sind so froh, dass die Firma Nachfolger hat.«

»Vielleicht fahren wir mal über Weihnachten gemeinsam in die Berge. Dann könnten Ludwig und ich den Übergang in der Firma in Ruhe besprechen.«

Jan kam auf mich zu gelaufen: »Guck mal Papa, das habe ich gebaut.«

»Cool! Du bist ja ein richtiger Baumeister.« Stolz rannte er zurück in das Wohnzimmer, in dem Marion auf dem Boden saß, Chips aß und an ihrem neuen Handy spielte.

Bertha schaute dem Kleinen hinterher. »Wenn unser Daniel noch leben würde! Manchmal erinnert mich Jan an ihn. Daniel wäre vor vier Wochen 24 Jahre alt geworden.« Ludwig schaute in die Runde. »Schon fast eine ganze Generation her. Ich weiß noch genau, was ich an dem Tag gemacht habe, als er starb.«

»Drei Wochen vorher warst du bei Gisbert«, schoss Bertha dazwischen. »Das weiß ich noch! Und die haben behauptet, dass du unbedingt in das Testament gucken wolltest. Das stimmt nicht. Das ist eine Lüge ...« Ludwig versuchte, sie zu bremsen: »Bertha! Nun hör doch mal mit den alten Geschichten auf. Das ist jetzt 24 Jahre her!« Caro seufzte. »Das, das ist nun so lange her.«

»Trotzdem! Das ist eine Lüge. Das war nicht so. Unser Gisbert steckte mit Theo unter einer Decke. Das war nicht fair. Und wer hat alles bekommen? Du hast mal gefragt, ob du in das Testament gucken könntest und unser Theo hat gesagt, das wäre kein Problem. Dann haben die das einfach umgedreht. Gisbert hat hier angerufen, du könntest kommen und mal reinschauen. Und wo du wieder zurück warst, hat Theo hier angerufen, was das denn sollte. Warum du an dem Tag unbedingt in das Dokument gucken wolltest.« Caro legte den Kopf auf den Tisch. »Ich hab' Kopfschmerzen! Könnt ihr damit aufhören?«

Marion setzte sich an den Tisch. »Das neue Handy ist voll cool.« Ludwig lachte. Er stellte sich flippig: »So ein cooles Handy will ich mir auch mal anschauen.«

An einem kalten Januar-Montagmorgen begann das Arbeitsleben wieder, für mich und für Bertha: »Wie bist du auf die Idee gekommen, dass wir zusammen in den Urlaub fahren sollen und dass du mit Ludwig über die Firma sprichst?«

»Das wurde uns damals im Studiengang für Betriebswirtschaft im Handwerk vorgeschlagen. Ich fand die Idee sehr gut.«

»Aha!«

»Wir könnten auch im Sommer wegfahren. Oder unserer Urlaube überschneiden sich ein paar Tage.«

»Schauen wir mal. *Und wenn die Caroline eine Rose an der Tür haben will, dann bekommt die eine Rose!*«

»Wegen mir! Es hätte aber auch eine einfache Griffstange aus Edelstahl gereicht.«

In der Auftragsbestätigung für unsere Haustür war die schmiedeeiserne Gussrose mit 1984 € ausgewiesen. Der Bronzepreis schoss in die Höhe. Tischler Huber rechnete zehn Prozent Teuerungszuschlag auf den Griff. Für 1984 € bekam man eine gute Haustür.

Im neuen Jahr entfachte Carolines Sorge erneut: »Das Kind hat was!«

»Caro! Lass das Kind doch erst mal da sein – du steigerst dich da in etwas rein.«

»Ich flippe hier gleich aus!«

Ich beruhigte sie. Ab Februar wurde Caro zunehmend aggressiver und depressiver, deutlich mehr als bei der Schwangerschaft mit Jan. Nachdem ich mir mehrere Abfuhren abgeholt hatte, fand ich das Beste, sie in Ruhe zu lassen. Das war aber einfacher gesagt als getan. Ich dachte, dass die zweite Schwangerschaft routinierter verlaufen würde als die erste. Wie waren denn die Schwangerschaften bei den Frauen, welche drei, vier, fünf oder mehr Kinder bekommen hatten?

In Ruhe lassen ging nicht. Das Kind wieder in den »Eierzustand« zu verwandeln war nicht möglich. Wir hatten uns ein zweites Kind gewünscht. So musste ich Caro helfen und die weiter zunehmenden Strapazen in der Firma bewältigen. Caroline ließ sich immer mehr hängen. Wenn ich sie in den Arm nehmen wollte, schob sie mich weg. »Du findest mich doch eh zu fett.« Wenn ich es nicht tat, sagte sie: »Du nimmst mich ja nicht in den Arm.« Es war schwierig, ihr etwas recht zu machen. Bei den meisten Kleinigkeiten ging sie sofort hoch wie eine Rakete. Auch bei Jan ging sie schnell nach oben. Der konnte das nicht nachvollziehen. Jan und ich unternahmen in der Zeit sehr viel. Jan war ein pflegeleichter Junge.

Mit dem Kind im Bauch wuchs die Sorge in Caros Kopf. »Ich merke das Kind nicht. Jan hat immer getreten.«

»Ich hab' zwar noch nie Kinder bekommen, aber ich glaube, dass Kinder schon im Bauch unterschiedlich sind. Warum muss denn ein Kind treten?«

»Ach, lass mich doch einfach!« Schon war das Gespräch beendet. Was sollte man da als Mann tun? Wenn man sich einmischte, wurde es nur noch schlimmer. Logisch, dass man dann das Gegenteil machen wollte. Ich wehrte mich dagegen, Caro einfach alleine zu lassen.

Trotz der Turbulenzen kam Alexander am 17. Juni als kerngesunder Junge zur Welt. Durch Caros ständige Abweisungen war unsere Beziehung abgekühlt. Erschöpft und kreidebleich lag sie im Krankenbett. Caro hatte sich in ihrem Gefühl getäuscht – wohl eine »Schwangerschaftsmorgana«. Meine Umstände waren anders als bei der ersten Geburt. Jan war als kleiner Bruder zuhause dabei. Für ihn wollte ich auch da sein. Wenn die Mutter verhindert war, war es nicht meins, das Kind zur Oma abzuschieben. Der neuen Mode, ein Kind unter drei Jahren in den Kindergarten abzugeben, gingen Caro und ich nicht nach. Wir setzten Kinder in die Welt. Wir erfreuten uns an dem Heranwachsen dieser. Das ständige Aufdrängen von Bertha änderte nichts an meiner väterlichen und fürsorglichen Einstellung. Jan und ich fuhren öfter zusammen ins Krankenhaus, um nach Mama und Brüderchen zu schauen. Die Caprisonne vom Schnellimbiss auf der Zielgeraden zum Krankenhaus ist in Jans Langzeitgedächtnis als schöne Kindheitserinnerung abgespeichert.

Bei uns kehrte wieder der Alltag ein. Caro war mit den beiden Oskis vollkommen ausgelastet. Wöchentlich kam der Satz: »Der hat was.« Die Diskussionsdauer zu diesem Thema war recht kurz. Für mich war er gesund!

Wir frühstückten ausgelassen auf unserer Terrasse in der Morgensonne. »Caro, das Krankenhaus hat uns einen kerngesunden Jungen bescheinigt! Freu dich, dass du ein gesundes Kind hast. Wir wollten beide zwei Kinder. Wir haben zwei kleine gesunde Oskis. Was wollen wir mehr?«

»Ja! Du hast recht. Mein Lieblingsoski! Aber ob meine Figur mal wieder so wird, wie sie mal war?«

»Du weißt doch: Neun Monate kommt der Bauch ... und neun Monate geht der Bauch. Hast du doch selbst gesagt.«

»Hast ja recht, mein kleiner Oski!«

»Ich fahr mal eben zum Voss. Der kann die ausgebauten Schalter und Steckdosen vom Bicht gebrauchen.«

»Papa, darf ich mitfahren?«

»Ja, klar, mein Kleiner.«

Caro und ich trafen uns mit unseren Freunden zu regelmäßigen Stammtischen im Gasthof Voss. Voss, eigentlich Ulrich oder Uli Voss war immer sehr hilfsbereit und sehr technisch interessiert. Er hatte eine kleine Werkstatt hinterm Haus und gab uns immer gute Tipps, wenn wir Geräte oder Material für die Baustelle brauchten. Seitdem er eine Kegelbahn im Keller betrieb, stieg er immer höher zum Kultwirt der Region auf. Zum Voss brauchten wir nur zweimal rechts und einmal links fahren, ohne die 40 Stundenkilometer zu überschreiten. Ausnahmsweise durfte Jan »so« mitfahren, wie wir es als Kinder immer gedurft hatten: ohne Anschnallen.

Montagmorgen rief die Pflicht wieder. Es lag eine Menge Arbeit auf dem Tisch. Die Schonzeit in der Firma war vorüber. Ludwig war froh, dass die Hauptbaumaßnahmen an unserem Haus beendet waren. Er wirkte angespannt. Ich steckte viel Energie in meine private Angelegenheit, welche auf der beruflichen Seite fehlte. Die Zeit war gekommen. Ich war ich fünf Jahre dabei, Ludwig war sechzig. Er hatte damals überzeugend und mehrmals gesagt, dass er mit sechzig auf jeden Fall aufhören würde. Von dieser Überzeugung war nichts mehr zu spüren. Er verdrängte seine Zukunftspläne, welche zu Gegenwartsplänen geworden waren. Ich war fit, das Unternehmen zu leiten. Ludwig sollte nicht abrupt aufhören. Er wollte mit 60 die Verantwortung abgeben und seine Erfahrung an die nächste Generation durch eine weitere Mitarbeit weitergeben. Dies war unser beider Ansatz.

In schicker Bürokleidung und mit Schwielen an den Händen ging ich in die Firmenküche, um mir eine Flasche Wasser zu holen. Bertha stand in der Ausstellung und quatschte mit Marianne. Sie trug ihren großen Weidenkorb unter dem Arm. Sie schaute mich streng an. ›Was macht die denn hier? Die hat doch heute frei.‹ Meine Hand griff in den Kühlschrank und nahm eine eiskalte Flasche heraus. ›Wie die mich anschaut.‹

Mit einem stechenden Blick zoomte sie meine Augen zu sich, Schritt für Schritt durch die nicht enden wollende, lange Ausstellung. Wie von Sinnen steuerte ich auf sie zu. Kurz vor dem Zusammentreffen war ich wieder Herr meiner selbst. Mit einem kurzen »Guten Morgen, die Damen!« und einem netten Lächeln verschwand ich wieder rechts in meinem Büro.

Die Tür öffnete sich bestimmend. »So mein Lieber! Und das eine merke dir: Die Kinder werden bei uns immer angeschnallt!«

»Da habe ich nichts gegen«, gab meine lockere Zunge salopp zurück. »Auch bei dir! Merk' dir das ein für alle Mal!« Ich unterbrach sie. Der Stuhl drehte sich um 180 Grad. Mein scharfer Blick strahlte in ihre rotanlaufende Visage. »Moment! Das waren keine 700 Meter.«

»Und wenn es nur sieben Meter sind! Die werden angeschnallt!

Jede Gefahr, die man ausschließen kann, soll man ausschließen!

Das ist doch nicht so schwer. Du spinnst wohl! Ohne anzuschnallen loszufahren. Der Ludwig schnallt die Kinder immer an. Wo gibt es denn sowas? Einfach losfahren! In dem heutigen Verkehr! Es ist doch so einfach. Einfacher geht es doch gar nicht. Was ist denn dabei, mal eben den Gurt anzulegen. Das ist unverantwortlich. Die Kinder werden grundsätzlich angeschnallt! Hast du das verstanden?«

»Yes!« Schon beim »auch bei dir« drehte sich der Stuhl wieder in den Arbeitsmodus. Nach dem nüchternen »yes« fiel die Tür wieder ins Schloss mit den Worten: »Das will ich dir auch geraten haben!«

›Was hast du denn deiner Tochter geraten, als dein Enkel regungslos auf der Treppenstufe lag?‹ Bertha und Ludwig Schmidt äußerten sich nicht einmal zu dem tragischen Vorfall mit Happy End. Wie hätte man reagiert, wenn er bei mir von der Betonkante gestürzt wäre?

Mein Wirken in der Firma zeigte erste Spuren, erste Erfolge: die Gestaltung des neuen Logos mit Hilfe eines professionellen Unternehmens. Wenn man im 21. Jahrhundert sein Logo auf der Briefmarke oder auf einer 12 Meter langen LKW-Plane haben wollte, mussten Fachleute für das Logo her.

Die Optimierung der Inventur hingegen konnte ich mit Excel in Eigenregie vornehmen, aber stets nach einem oftmals sehr umständlichen Weg, den Ludwig strikt vorgab, in allen Bereichen. Er ließ mich wissen, wer der Chef war. *»Wenn ich nicht mehr da bin, kannst du machen, was du willst. Aber jetzt machst du das erst mal so.«*

Ob ich es später auch so machen würde: Wir gingen, wie schon öfter, abends durch die Büros. Ludwig wirkte extremst angespannt. Wie immer kamen die gleichen Kommandos. Bei Karsten war immer alles aufgeräumt. Dennoch, ein Chef darf nicht zufrieden sein. Wild wurde auf Karstens Schreibtisch herumgekramt. »Was, was hat der denn noch alles hier liegen? Hier! Das liegt schon drei Tage hier. Das, das – das kann ich nicht haben. So was kann ich nicht haben. Dann, dann – dann sollen die mir das wiedergeben. Ich mache das dann. Und wenn ich abends noch 'ne Stunde länger hierbleibe!«

Wir wechselten die Räumlichkeiten. »Ich muss mal eben auf die Toilette. Sortier' du schon mal die Musterböden da in der Holzkiste.« Die waren sortiert. Er kam eiligen Schrittes zurück. Seine Laune besserte sich sprunghaft. »Die Marion will jetzt BWL studieren.« Wir gingen in mein Büro. »Was, was – was hast du denn noch alles hier liegen?« Ich fand nicht so direkt eine Antwort. »Ein paar Anfragen, die Inventur...«

»Mach mir die präzise fertig. Wenn wir damit wieder bis Weihnachten rumhampeln, dreh ich noch durch hier!«

›Was ist denn mit dem wieder los? Hat er keine Lust auf zu Hause?‹ Es war wieder soweit.

Wir eilten rüber in das Büro von Jens. »Hier das Gleiche! Ich, ich – ich dreh hier noch durch. Sag dem morgen sofort, dass er den Balbeck anrufen soll. Der hat schon drei Mal angerufen. Und, und – und geh morgen früh direkt um sechs Uhr hinten rein, die sollen die Balbeck-Böden fertigmachen. Mach da hinten Druck! *Du, du – du musst die da hinten unter Druck setzen, sonst laufen die den ganzen Tag in der Weltgeschichte rum! Wir sind hier, um Geld zu verdienen!*«

An dem schönen Sommerabend war es besonders schlimm mit ihm. Doch er steigerte sich noch. »Und hier – der, der – der Albert!« Albert war wieder stundenweise einsatzfähig. »Wie der es immer aussehen hat. Da könnte ich die Wut kriegen. Hier macht jeder, was er will. Was hab' ich hier schon gepredigt. Da muss nur mal einer reinkommen. Sind die Fenster alle zu?«

»Ja sind sie. Das sieht man doch.«

Er lief auf zur Höchstform. »Guck das nach! Kontrollier das! Was ist, wenn der Griff unten ist und der Flügel ist noch nicht im Rahmen. Dann braucht man nur von außen vordrücken und ist drin. Kontrollier‘ das präzise!«

234

›Der immer mit seinem blöden Präzise.‹

Ich ging an allen Fenstern vorbei und rüttelte präzise an den Griffen. Von weitem sah man nicht nur, dass der Griff unten war, sondern auch, dass die Flügel umlaufend fest an den Rahmen gedrückt waren. Aber wenn es der strenge Chef so wollte.

Und dann ging's richtig ab: »Hier, hier! Der hat seine Rechenmaschine angelassen.« Da er es so dramatisch machte, kam ich zu ihm geeilt und schaute mir das Riesendrama aus der Nähe an. Albert hatte seine veraltete Rechenmaschine angelassen. Sie stand auf Stand-by. In dem taschenrechnergroßen Display war eine schwache Nullkommanullnull zu erkennen. Der Betrag, den Albert da über Nacht selbstschuldnerisch verpulvern wollte, hätte man mit ein bisschen Glück aufgerundet als einen einstelligen Lirebetrag bewerten können. So eine unternehmensvernichtende Aktion aber auch. »Na ja, so schlimm find' ich das ja nicht mit der Rechenmaschine. Das schwache Lämpchen verursacht doch kaum Strom.« Da hatte ich was gesagt. Er ging ab. Er wäre ungespitzt, ohne Drehzahl, ohne Hammerschlag durch meterdicken Beton oder Stahl geschossen. Er schnaufte wie eine alte Diesellok. Er tobte wild vor sich hin: »Und wenn das nur einen Pfennig kostet! Ich kann das nicht haben. Wir sind hier, um Geld zu verdienen. Das muss anders werden! Du musst dir die Leute erziehen. Die tanzen dir sonst auf dem Kopf herum. Du musst da Druck aufbauen. Sonst funktioniert das nicht!«

Das Telefon in meinem Büro klingelte. ›Gott sei Dank!‹ Er scheuchte mich zum Telefon. »Und nun geh an das Telefon.« »Schneider!«

»Wo bleibst du? Wir warten.«

Ich bekam einen weiteren Abriss, sanfter, nicht cholerisch. Während Caro mir telefonisch ihr Leid klagte, rief mir Ludwig zu: »Ich bin schon mal weg.«

Da wir ja eine perfekte Unternehmerfamilie waren, der es an nichts fehlte, musste mir wieder der Spagat gelingen, aus zwei Abrissen einen schönen Abend zu gestalten.

Ein Traumhaus, ein schöner Garten und zwei süße kleine Jungs ließen die Allüren eines polternden Schwiegervaters, welcher uns ja dieses Traumleben ermöglichte, und die einer keifenden Ehefrau, mit der ich ja diese zwei süßen Oskis erschaffen konnte, schnell wieder vergessen. Das ist das Leben. Da ist man auch mal schlecht drauf. Ich war ja auch nicht immer bester Laune. In unserem kleinen Paradies kam ich aber immer schnell wieder runter.

Jede Familie hat ihre Probleme. Die einen haben eine pflegebedürftige Mutter im Haus. Die anderen plagt ein nervender Nachbar. Viele haben finanzielle Sorgen. Die Bewohner am Rhein haben oft Hochwasser.

Firmentechnisch kam von Ludwigs Seite kein Signal, dass der Generationswechsel akut werden sollte. Es war eher eine Art Stillstand. Von mir kam nichts. Obwohl die Frist überschritten war. Aus meiner Sicht stand es mir nicht zu, den Geschäftsführerstuhl zu fordern. Das Signal sollte kommen, später, nicht von Ludwig, nicht von mir. Ein neues Signal!

Die nächste Inventur sorgte für weitere Künstlichkeiten. Ein sechzigjähriger Seniorchef, welcher nie einen Computer bedient hatte, stieß auf einen werdenden Juniorchef, welcher erst seit fünf Jahren mit einem Computer arbeitete. Da musste ja ein Crash bei rauskommen.

»Zählen, messen und schätzen!«, hatte Ludwig vier Jahre zuvor bei unserer ersten gemeinsamen Inventuraufnahme gescherzt. Mit einem Diktiergerät musste ich durch alle Regale ziehen, Artikelnummern und die Anzahl »einsprechen«. Marianne hörte sich das Band an und brachte die Inventur zu Papier. Die Bewertung führte ich wieder durch. Die Preise des Hauptlieferanten entnahm ich aus einer Handpreisliste. Die Preise aller weiteren Lieferanten mussten noch mühseliger aus den Rechnungen des abgelaufenen Wirtschaftsjahrs gesucht werden. Wir schrieben das dritte Jahrtausend. Ich hatte die digitale Tabelle mit jedem Jahr verfeinert, durch zusätzliche Formeln erweitert. Dann hatte ich es geschafft, dass die Preise des Hauptlieferanten aus einer zweiten Tabelle per Formel in die Inventurliste übertragen wurden. Der Außendienstler der Firma Senco stellte mir diese zur Verfügung. Man brauchte nur Artikelnummer und Anzahl eintragen. Seitdem war ich mit Marianne zusammen »durch die Regale gezogen«. Ich sagte ihr die

Artikel an. Sie trug diese direkt in die Tabelle am Laptop ein. Abends war die Inventur der Senco-Artikel aufgenommen und bewertet.

»Was hat das sonst Zeit beansprucht. Teilweise habe ich mir die Preise von zuhause aus herausgesucht, als du noch nicht da warst«, schwärmte Marianne. Die Inventur war generell frühestens nach fünf Monaten abgeschlossen. Diesmal wollte ich sie Ludwig nach vier Wochen vorlegen. Eigentlich ein nicht zu schaffendes Ziel. Von Ludwig erhaltene Aufgaben erledigten alle Mitarbeiter zügig. Karsten sagte mal: »Das wird sowie noch mal geändert, mindestens einmal.« Ludwig gab sich nie zufrieden. Und wenn er nur einen i-Punkt nach links verschob.

Wenn ich die Inventur-Aufstellung veränderte, sagte er: »Warum machst du es nicht, wie wir es immer gemacht haben?« Wenn ich es wie immer machte, sagte er: »Du musst auch mal mitdenken. Vieleicht kann man es ja anders machen. Ich weiß gar nicht, warum ich das immer machen muss. Was soll ich denn noch alles machen?«

Man hatte meistens schon die Klinke seiner Bürotür in der Hand, wenn das Wesentliche, oft gleichzeitig das Widersprüchliche, gesagt war. Es kam immer die gleiche Standard-Pauke: »Ihr müsst ... passt mir präzise auf ... das ist schon so oft in die Hose gegangen ... wenn ich nicht alles selber mache ... dann gibt es lieber mir – und wenn ich abends noch 'ne Stunde länger bleibe ...«

Wie bei der Lampe von Alberts Rechenmaschine, wie der Lehrer, bei dem die Schülerohren automatisch auf Durchzug gestellt werden, wenn dieser zum hundertsten Mal versucht, den Rechenweg zu erklären: »Habt ihr es denn noch nicht verstanden? Wie oft muss ich euch das denn noch erklären?« Der Grund des Nicht-Verstehens lag dann eher bei dem »Ich« als bei dem »Euch«.

Mit Ehrgeiz machte ich mich an meine Zielvorgabe. Die Bewertung der Inventur ging zügig voran. Zur Sicherheit speicherte ich die Datei nach jeder Bearbeitung unter dem Datum ab. Die einzelnen Schritte der neuen Vorgehensweise protokollierte ich. Dadurch behielt man im Folgejahr den Überblick.

Pünktlich zum Schützenfest legte ich Ludwig die Inventur vor. Nachdem ich alle Daten nochmals kontrolliert hatte, führte ich den letzten Schritt aus: alle Daten nach Artikelnummer sortieren. Sortiert, ausgedruckt, fertig war die Sache.

Kapitel 15 Schützenfest

»Antreten!«

Das Schützenfest gehört zum Oberstaufenwald, wie das Oktoberfest zu München, wie der Karneval zu Köln.

»*Wir feiern nicht Schützenfest. Wir zelebrieren es!*«, so Didi, der einfach nicht genug von diesem Volksfest bekommen konnte.

»Antreten war befohlen!« Mit dem Antreten begann das Fest. Die zahlreichen Schützen formatierten sich zu einer langen Zweierreihe vor dem Gasthof Ober in Schüttkirchen.

»Fertig werden!« Es dauerte nicht lange und schon marschierten wir hoch zur Vogelstange. Mit dem 157. Schuss holte Dirk Hann aus Oberhof den Vogel von der Stange. Somit war klar, dass Caro und ich im Hofstaat waren, wie viele aus unserem Ort. Für ein eigenes Schützenfest war Oberhof zu klein. Mit Schüttkirchen war mein Heimatort eng verbunden: Vor der Gebietsreform gehörte Oberhof zur Gemeinde Schüttkirchen. Dort gingen wir zum Schützenfest, in den Kindergarten, zur Kommunion, in die Grundschule, zum Arzt, und aus dem Ort kam meine Oma Walburga. So gesehen war ich ein Ein-Viertel-Schüttkirchener.

Am anderen Morgen in unserem Ehebett: »Ich bringe gleich die Jungs zu Mama. Danach treffen wir uns um neun Uhr. Wir wollen nach Hennstätt, Kleider kaufen. Ich mach mich extra schick für meinen Oski.«

»Vielleicht schieße ich ja irgendwann auch mal den Vogel.«

»Wenn die Kinder größer sind. Papa war auch mal Schützenkönig. Mama hat es gehasst. Seitdem fahren die immer Sonntagnachmittag zum Kaffeetrinken nach Haus Hummeske.«

»Sonntagnachmittag?«

»Ja, Onkel Ambrosius und Tante Irmtrud und Tante Adele fahren auch immer mit, nur Onkel Bernhard nicht.«

»Schützenfestsonntag?«, fragte ich noch einmal nach. Caro fing schon an zu lachen. »Ja, sollen wir das auch mal machen?«

»Aber in Senne feiern die doch nur zwei Tage. Und Sonntag ist der Haupttag.«

»Ja, ist doch cool.« Wir lachten. Senne war der Nachbarort von Münchhausen. Senne war früher ebenfalls eine eigene Gemeinde. Die Münchhausener feierten ihr Schützenfest in Senne. Für ein eigenes Fest war der Ort auch zu klein. Er war noch kleiner als Oberhof. Bertha hasste Münchhausen.

»Gleich frage ich mal meinen Bruder oder Dirk, ob die nicht heute Nachmittag zum Kaffeetrinken nach Haus Hummeske fahren wollen.«

Wenn wir nach dem Schützenhochamt bei blauweißem Himmel in der gemütlichen Gastwirtschaft Ober saßen, kamen wir Oberhofer Schützen schon öfter nach verstrichener Zeit auf seltsame Ideen. Wir wollten mal wissen, wie es auf dem Schützenfest im Jahre 1827 gewesen war. Uns kam die Idee, dass Doktor Snuggles uns eine Zeitmaschine bauen könnte. Doch wer hatte eine Handynummer von dem britisch-niederländischen Erfinder aus den Siebzigern? Zunächst versuchten wir es bei unserem Doktor aus Schüttkirchen, welcher ebenfalls Schütze war. Dessen Praxis war geschlossen. Wir hinterließen natürlich einen netten Gruß auf dem Anrufbeantworter.

Die nette Dame der Telefonauskunft konnte uns auch nicht so recht weiterhelfen, auch wenn sie uns geduldig zuhörte und alles versuchte, die Handynummer herauszubekommen. Sie gab den Namen in allen Varianten ein. Selbst mit Dreifach-G in der Mitte kam sie nicht an die begehrten Zahlen, um den handgemalten Erfinder an die Strippe zu bekommen.

Ein paar Jahre war es Mode, dass ein Teil der Schützengesellschaft eine Stippvisite auf dem Altenlipper Schützenfest machte. Aber zum Kaffeetrinken in ein Vier-Sterne-Hotel zu fahren?

Mit lockerer Zunge versuchte ich, meinen Schützenfreunden die Idee mit dem Kaffeetrinken in Haus Hummeske schmackhaft zu machen. »Dann können wir ja sofort nach Lochtrop fahren«, gab Didi als nächstes Ziel an. Es war ein geselliger und lustiger Vormittag.

Der Höhepunkt des Festes war der Umzug am Sonntag durch Schüttkirchen. Unter blauweißem Himmel und bei hochsommerlichen Temperaturen marschierten wir mit vielen anderen Paaren unter festlichen Klängen durch die Straßen von Schüttkirchen. Caroline und Michael Schneider mittendrin. Alle waren gut gelaunt. Wir zwei strahlten in die Mengen. »Heute hamse alle Spaß!« Caro lachte und war glücklich. »Ich bin eine richtige Hoferin.«

»Hallo ihr zwei!«, rief uns Ludwig zu. Mit seiner Frau und unseren Kindern stand er am Straßenrand und winkte uns zu.

Später vor dem Schützenhalle sprachen wir zusammen. »Willst du denn auch mal den Vogel schießen?«, fragte Bertha. »Wir würden euch auch was dabei tun.«

»Mal schauen, vielleicht wenn die Kinder etwas größer sind.«

»Du würdest einen stattlichen König abgeben.« Sie musterte mich, blieb länger mit ihren Blicken an meinen hochpolierten Schuhen hängen. Sie schweiften erneut zur Tochter. Diese drehte sich um, verdrehte kurz die Augen und lächelte mich süß an. Ludwig schaute über den Platz und schob den Kinderwagen hin und her, in dem der kleine Alex sein ausgedehntes Mittagsschläfchen hielt.

Mike Holter kam mit Jan an der Hand auf mich zu. Mike wohnte am Ende unserer Straße. Er war mit seiner Freundin im Hofstaat. Jan rannte auf mich zu. »Papa! Papa!«

»Na, mein Kleiner, bist du erst mal Autoscooter gefahren?«

»Ja, richtig schnell!« Ich setzte ihm meinen Hut auf. Er rannte zu Caro. Sie nahm ihn auf den Arm.

Mikes Freundin kam zu uns. Die beiden schauten zu, wie Jan mit Caro rumalberte. Der Kleine mit seinem strohblonden Haar wollte ihr den Hut aufsetzen. »Mmh, Schatz? Das wär' doch was, so was Kleines.« Sie grinste. »Ja, ja in ein paar Jahren vielleicht!« Mike schwärmte. »Den hast du gut hinbekommen, Michael. So was möchte ich auch. Wie heißt es doch: *Ist egal, was es wird, Hauptsache, der Bub ist gesund.*«

Am andern Morgen, 7 Uhr: Oberhof, weißblauer Himmel, 18 Grad, ländliche Stille. Selbst die Traktoren der Landwirte schwiegen. Nur die Schwalben fiepten über uns. Mit einem Auge schaute ich aus dem Fenster. Unbeschwert zogen die Sommervögel ihre ausgedehnten Bahnen. Es roch nach Heu. Es duftete nach Sommer, nach Leben, nach Freude.

Eine Trommel war in der Ferne zu hören. »Was kommt denn jetzt?« Eine Klarinette gesellte sich zu den Tönen. Ein, zwei Querflöten und eine Trompete verfeinerten den zarten Weckruf. Mit leichter Ironie im Ohr spielten sie: »Glück auf, Glück auf! Der Steiger kommt. Und er hat sein helles Licht bei der Nacht, und er hat sein helles Licht bei der Nacht, schon angezündt', schon angezündt'.« Die Töne verstummten wieder. »*Hofer! Aufsteh'n!*«, schallte es laut durch das Rhenostal und wurde mit einem dreifachen Echo bekräftigt. Die markante Stimme von Dietrich, welcher mit mir im Kindergarten und in der Grundschule gewesen war, weckte uns Oberhofer Schützen auf diese unverwechselbare Art. Die Schwalbenrufe verstummten. Sicherlich hatten sich die Zugvögel in Zweierreihen auf den Stromleitungen aufgestellt.

»Disziplin und Ordnung auch sind am dritten und letzten Tag erwünscht, besonders gleich beim Parademarsch und beim Festzug heute Nachmittag.« Der Hauptmann begrüßte uns. Auch er hatte eine kräftige und angenehme Stimme. Ich stand in Reih und Glied, rechts von mir Didi und links Mike, sein Neffe.

»Fertig werden!«

»Herr Hauptmann, seien sie doch nicht gleich so aggressiv«, flachste Didi leise. Mike und ich schmunzelten heimlich. Die letzten Schützen eilten umher und reihten sich ein. Ich schaute nach links: eine lange Reihe weißblauer Fähnchen. Alle im weißen Hemd, jeder den gleichen Hut. Ich schaute nach rechts: das gleiche Bild.

»Ausrichten!«

Ich schaute nach links, nach rechts und nach unten, setzte meine Schuhspitzen exakt an den gelben Strich auf dem Kopfsteinpflaster, stellte das Fähnchen daneben. Ich schaute nach vorn. Vor den schmucken Gasthof Ober, welcher seit über fünfhundert Jahre im Familienbesitz war, saßen Gäste in voller Freude. Vor ihnen reihten sich die 25 Vorstandsmitglieder mit weißen Stoffhosen und schwarzen Jacketts auf. Es war ein beeindruckendes Bild. Über der uralten Eingangstür stand geschrieben: Anton Ober. Die Geranien über den weißen Holzfenstern rankten die Schrift ein, so dass nur »on Obe« zu lesen war. Mit meiner Schulter stupste ich Didi an: »Guck mal über die Tür. Wir sind in Frankreich bei »on Obe«« Didi verfiel sofort in sein bekanntes und ansteckendes Lachen.

»Fertig werden!«

»Bei »on Obe««, wiederholte Didi und konnte nur schwer seinen Lachanfall unter Kontrolle halten.

»Still gestanden!«, zügig kehrte Ruhe ein.

»Das Gewehr über!«

»Rechts um!«, flüsterte Didi.

»Rechts um! Eins, zwei, drei, vier, Halt!« Alle Fähnchen drehten sich um 90 Grad. Aus der Zweierreihe wurden Viererreihen.

»Abteilung! Marsch!« Sofort setzte der Tambourkorps Neukirchen den Takt an: »Im Frühtau zu Berge wir zieh'n.« Im Gleichschritt setzte sich der Zug in Bewegung.

Kapitel 15 Vorwärts Kameraden!

Wir müssen zurück.

»Sowas hat mir hier noch keiner vorgelegt!«

Ab dem dritten Bier hätte ich es hören müssen. Die erstklassige Blaskapelle aus Illeringhausen übertönte alle störenden Nebengeräusche. Ludwigs einhämmernde Tasteneinschläge in die Rechenmaschine hätte ich über den sagenumwobenen Möchtsteinberg, welcher uns in der Luftlinie circa 1000 Meter trennte, hören müssen. Was war passiert? Warum verbrachte Ludwig wütend und fluchend den ganzen Nachmittag unter blauweißem Himmel im Büro?

»Die Inventur stimmt hinten und vorne nicht. Den ganzen Samstagnachmittag habe ich hier gesessen und die Inventur kontrolliert.«

Wild fuchtelte er am frühen Mittwochmorgen die Zettel auf seinem Schreibtisch durcheinander. Das Telefon klingelte. »Schmidt!«, schoss es militärisch aus ihm heraus.

»Was, was, was? Faxen, faxen!«

Der Hörer wurde nach eisenharter Spießmanier zurück auf die Telefonanlage gedonnert. Dabei ging ich vorsichtig in mein Büro und schaute mir kopfschüttelnd die Zahlen an.

Ich saß in meinem Büro. Der Kunde, welcher bei Ludwig angerufen hatte, rief bei mir an. »... Ich wollte doch nur den Mehrpreis für die Antiklook-Oberfläche zu dem Angebot haben, welches mir Herr Schmidt heute Morgen gefaxt hatte. Also ich will Ihnen ehrlich sagen, Herr Schneider, eigentlich wollte ich nach dem Abriss Ihres Schwiegervaters nicht mehr bei Ihnen anrufen. Also so etwas habe ich als Stammkunde nicht nötig.« Er entschuldigte sich fast schon. Das war nicht ein professionelles Kundengespräch eines erfahrenen Seniorchefs.

Ich saß an meinem Schreibtisch und schaute mir die vollgekritzelte Inventur an. Ich sah, wie die ersten zwölf Seiten der Inventur Zeile für Zeile nachgerechnet und für nicht richtig befunden worden waren. Mir wurde fast schwarz vor Augen. Ich rechnete nicht nach. Ich war mir sicher, dass mein kleines Computerprogramm richtig gerechnet hatte. Ich ging zurück zu Ludwig. »Das kann nicht sein ...«, versuchte ich mich leise zu verteidigen. »Das kann nicht sein?«, brüllte er. »Hier, guck es dir an.« Er blätterte hektisch in der Handpreisliste. »Hier die Nummer 4066! Das ist doch ganz einfach. Du brauchst doch nur in die Liste gucken. 35 % Rabatt ...«

»Tick, tick, ticktick – krrr rrr«

»... kostet die Rohdiele, unbehandelt, der laufende Meter 3,43€. Bei dir steht aber 5,88€.« Das war nachvollziehbar. »Was hast du denn da gemacht? Nächstes Jahr machen wir das wieder wie früher. Ich versteh gar nicht, warum du das geändert hast.« Ich hielt die Klinke in der Hand und ließ die »Allerweltslitanei« über mich ergehen. Ich ging dann einfach, während er weiter vor sich hin wetterte. Ich knallte meine Zettel mit voller Wucht auf den Schreibtisch, schmorte vor mich hin, sah mich als Versager der Unternehmensgeschichte. Am liebsten hätte ich alles hingeschmissen. »Sowas hat mir hier noch keiner vorgelegt.« Das saß. Mir war klar, warum keiner in dem Laden Pionierarbeit leistete. Solche Kommentare will sich keiner reinziehen. »Abartig, Aaaabartig!« Ich kochte.

Als harter Kerl machte ich mich ans Werk, das Dingen wieder geradezubiegen. Nach ungefähr einer halben Stunde musste ich laut auflachen und wäre am liebsten vor Freude durch alle Büros gehüpft.

Ich öffnete im PC die vorletzte gesicherte Inventur, sortierte diese erneut, Meter Rohdiele, unbehandelt, 3,43€, und gab das Zahlenwerk an Ludwig zurück. »Das war ein Sortierfehler. Jetzt stimmt sie!«, triumphierte ich kurz und verließ wieder selbstbewusst und kommentarlos sein Büro, ließ die Tür bestimmt ins Schloss fallen.

»Lass dich nicht von dem und Hermann wie ein Ochse durch die Gassen treiben. Irgendwann kannst du zeigen, dass Führung auch menschlicher und deutlich effektiver funktioniert.« Einen Gedanken, den ich mir in meinen Unterlagen zur Firmen- und Menschenführung auf der ersten Seite notierte.

»Und warum hat das vorher nicht gestimmt?«, fragte Caro mittags am Tisch. »Als ich am Samstag die kompletten Daten sortiert hatte, markierte ich nicht die letzte Spalte »Farben«. Dadurch wurden alle Artikel aufsteigend nach Nummer sortiert. Die Einträge der Farben blieben aber so wie eingetragen. Also wurden dadurch die Farben vollkommen falsch zugeordnet und es entstanden die falschen Preise. Hätte dein Vater doch nach der fünften Zeile aufgehört. Allerdings hätte ich an der Kontrollsumme sofort merken müssen, dass was falsch gelaufen war.« Diese Kontrollsumme war fortan eine weitere Absicherung für verlässliche Daten. »Aber ich wollte ja zum Schützenfest.« Wir beide lachten. Und der ganze Frust, sei es über Ludwig, über Excel oder über mich selbst, war wieder vergessen.

Diese eigens erfundene Tabelle mit hinterlegten Formeln konnte aus meiner Sicht nicht die Vollendung moderner Betriebswirtschaft sein. Was trug dazu bei, dass ich wesentlichen Einfluss auf das Firmengeschehen nehmen konnte? Ludwig war es nicht und Hermann schon gar nicht. Wenn es nach denen gegangen wäre, hätten wir die nächsten 25 Jahre weiter mit Schmierpapier, siebenfach durchschreibbaren Bestellblöcken und Kugelschreibern weitergemacht.

Der Auslöser war unser neuer Kollege Frank. Er arbeitete keine drei Monate bei uns und schon ersetzte er das technische Programm von unserem Hauptlieferanten, welches die Maschine für die Dielenbearbeitung ansteuerte, durch ein lieferantenneutrales Programm. Dies war deutlich logischer aufgebaut und erleichterte entschieden unsere alltägliche Arbeit. Aber das wussten doch nicht Hermann und Ludwig mit EDV-Horizonten von 1990. Wenn ich die Bleistifte von HB auf H umstellen wollte, musste ich wochenlange Verhandlungen und Anfragen starten. Und da kommt ein Neuer daher und krempelt die EDV komplett um – nicht schlecht. Die Kalkulation lief im Hintergrund mit. Frank gab die Stundenlöhne für die Fertigung pauschal ein. Man konnte die Fertigungszeiten auf die Minute genau hinterlegen.

Da ich ab und zu ein flinkes Füchschen war, ging ich eifrig ans Werk. Da hatte also der neue Techniker ein Technikprogramm angeschafft. Da wollten wir mal sehen, ob der kaufmännische Leiter in spe nicht ein neues Kaufmannsprogramm anschaffen würde. Dass irgendwann die Firma EDV-technisch aufgerüstet werden musste, war klar. Manchmal kommt das ziemlich schnell. Immer erst auf den richtigen Moment zu warten oder besser, zu meinen, dass es einen besseren Moment gäbe, Dinge zu ändern, ist falsch.

Dies war der perfekte Moment!

Meine Chefs ließ ich meinen Unmut wissen und merkte an, dass ihr Führungsstil recht eigenartig sei, wenn in der Firma mal monarchische, mal anarchistische Linien gefahren wurden. Das war nicht professionell. Bevor ich mich aber mit den beiden anlegte und unnötige

Nervenreserven verschwendete, argumentierte ich, dass durch Franks Anschaffung das EDV-Zeitalter bei Schmidt und Meyer eingeläutet worden sei. Ich machte mich auf, geeignete Software für den kaufmännischen Bereich zu finden. Endlich war da eine der ewigen Werbemails dienlich: »Auf Holz gehen, im PC sehen.« So der Slogan einer EDV-Firma. Es war ein Unternehmen, welches sich auf Holzfußböden spezialisiert hatte. Der Wert der Mail wurde erst unten im letzten Satz deutlich erhöht: Besuchen Sie uns auf der Messe in Dortmund. Messe? Eine Messe für betriebswirtschaftliche Software im Fußbodenhandwerk? »Da muss ich hin.«

»Wir stellen Ihnen ein vollgetanktes Auto vor Ihre Firma und Sie können sofort losfahren«, versicherte mir der IT-Mensch, welcher der Inhaber und Entwickler neben dem Verkaufsleiter war. Eine Sensation! Für Schmidt und Meyer wie geschaffen.

Diese Software war kompatibel mit unserer Techniksoftware. Die beiden EDV-Firmen arbeiteten sehr eng zusammen.

Bestellen und mit »dem Auto« losfahren? So einfach war es nicht. Dafür gab es zwei Gründe. Der Erste: Das Einzige, was die Software und ein Auto, Audi A 4, Sonderausstattung, gemeinsam hatten, war der Preis. Der Zweite: Eine eiserne Kaufmannsregel, welche mir Ludwig und Caro beigebracht hatten: Erst einmal vergleichen. Ich schlenderte über die Messe mit beachtlichen 45 Ständen rund um EDV-Branchenlösungen rein für

Handwerksbetriebe rund um Fußböden, Fensterbänke, Treppenbau und spezielle Wandverkleidungen. Mit drei geeignete Firmenadressen im Gepäck fuhr ich zurück in den schönen Oberstaufenwald.

»Der kann noch nicht krabbeln«, sagte mir abends Caro beim Abendessen. Alexander hielt sich nicht an die Normtabelle, dieser Unhold. »Bei Kindern geht das doch nicht nach Tabelle. Das sind Richtlinien. Das kann um Wochen, wenn nicht um Monate abweichen.«

»Der Jo kann aber schon krabbeln.« Ein Kind aus dem Dorf in Alexanders Alter. »Jetzt mach dich doch nicht verrückt. In der Kinderklinik in Steisen haben sie nichts festgestellt. Und das war eine zusätzliche Untersuchung.«

Eines Abends um 22:30 Uhr: Alexander weinte. *Der hat was.«*

»Caro! Lass ihn! Der ist satt. Der hat seinen Stinker gemacht. Der hat gar nichts.« Alexander schrie weiter. Caro wollte aufstehen. »Ich mach das.« Ich stand auf, ging zu Alexander ins Zimmer, nahm ihn auf den Arm. Kaum auf dem Arm verging ihm schlagartig das Heulen. Seine großen Augen bestaunten die vielen Dinge, die in der Dunkelheit ganz anders ausschauten als am Tage. »Da, da!«

»Von wegen dada – du schläfst jetzt, mein Freund. Es ist dunkel und alle Babys müssen schlafen – auch der kleine Alexander.«

Er merkte, dass es wieder zurück in die Heia ging und rief weinerlich: »Da, da!« Und schon lag er da und heulte und schrie. »Der hat was. Der hat überhaupt nichts. Der will verwöhnt werden. Das hat Jan doch auch mit uns versucht.« Alexander schrie. Ich stand wieder auf, drehte ihn auf den Bauch und gab ihm einen Klaps auf den »Pampers-isolierten« Popo. »Schön schlafen jetzt, der Papa schläft auch.« Alexander schrie.

»Das ziehen wir wieder eine Woche durch und dann weiß er, dass nachts geschlafen wird. Das hatten wir doch alles schon.« Nach zehn Minuten schliefen alle.

Alexander hatte einen leichten Schlaf. Caro ließ ihn tagsüber lange schlafen. Ich stellte mich hinter sie. Die anderen Mütter im Ort belächelten latent Caros Erziehungsstil. »Der Mittagsschlaf tut ihm gut«, verteidigte sich Caro.

Vielleicht wäre es besser gewesen, ihn nachmittags um drei zu wecken. Alexander verpasste oft den Nachmittag im Kinderwagen oder den Erstkontakt zu den anderen Kindern in seinem Alter. Sein nächtlicher Schlaf war dadurch nicht so tief. Er wollte wohl in den Nachtstunden etwas Unterhaltung geboten bekommen.

In der Nacht drauf weinte Alexander wieder. Caro stand auf, ich hörte, wie sie die Treppe runterging, hörte, wie der Wasserkocher zu brodeln anfing. Alexander schrie. Kurz Ruhe – ein Fläschchen mit warmer Milch flog vor die Wand. Alexander schrie. Ich hörte, wie Caro die Treppe runter- und wieder raufging. Kurz Ruhe – ein Fläschchen mit warmem Wasser flog durch die Gegend.

Alexander schrie. Caro runter, Caro rauf, Ruhe, Fläschchen mit kaltem Wasser flog. Alexander schrie. Bettdecke flog durchs Elternzimmer. Vater raste, zwei leichte Klapse auf den Popo, zwei Minuten schrien alle, dann Nachtruhe. Sogar Alexander schlief.

Fünf oder von mir aus zehn Nächte hätten gereicht, wenn wir beide eine Richtung eingeschlagen hätten. Es kam anders. Caro verfolgte neuerdings den laissez-fairen, ich weiterhin den »bürgerlich-strengeren« Stil, den wir bei Jan gemeinsam erfolgreich durchgezogen hatten. Festgefahren, die Oskis!

Caro bemerkte nicht, dass Alexander Extrawürste bestellte. Sie lief nachts durchs Haus mit ihm. Oft schlief er bei uns im Bett. An meine Klapse konnte er sich gut erinnern, so dass er, wenn ich das Zimmer nachts betrat, noch lauter schrie. Unter den Umständen halfen leichte Klapse nicht. Feste Schläge wären die Steigerung gewesen. Doch das wollte ich auf keinen Fall. Ich musste widerwillig Caros Weg mitgehen – und verlor den Bezug zu dem Kleinen. Er fühlte sich tagsüber selten wohl auf meinem Arm. Wenn Alexander und ich alleine waren, war alles gut. Wir verbrachten viele schöne und spielerische Stunden. Sobald Caro dazu kam, klammerte er sich sofort an sie. Für einen guten Vater glich dies eher einer Beleidigung.

In der Firma kam es ebenfalls zu Beleidigungen. Meine Euphorie, zügig ein betriebswirtschaftliches Programm einzufügen, wurde mit Sprüchen wie »Hast du 'n Knall?«

oder »Wir haben doch schon genug Computer.« arg gebremst. Für Hermann war das Geldverschwendung. Ludwig dachte nicht ans Aufhören. Es sollte alles bleiben, wie es war. Statt intensiv in die Firmenführung eingebunden zu werden, wurde ich mit der Betreuung des wieder hergerichteten Musteranhängers beauftragt. Auf dem Anhänger war ein begehbarer Kasten aufgebaut, ähnlich wie bei einem Hähnchenwagen. Hinten und seitlich konnte man die Wände aufklappen. Auf der Rückseite prangte die Firmenanschrift, links und rechts je ein großes Bild von netten Wohnzimmern mit Schmidt-und-Meyer-Böden. Der Anhängerboden war ausgelegt mit unserem Top-Produkt »S&M Meisterdiele«. 20 verschiedene Musterböden, 20 Fußleisten sowie eine Fülle von Prospektmaterial konnte man zusätzlich der Kundschaft zeigen und fühlen lassen. Die fünf Musterecken veranschaulichten eine Raumecke mit Boden und zwei Wänden.

Der Musteranhänger war eine versiegte Marketingsparte aus den 70ern. Man amte den Brotwagen nach. Man brachte die Fußböden zum Kunden. In den Jahren war dies eine aufgehende Geschäftsidee.

»Ich bin fest davon überzeugt, dass man mit dem Wagen in den Wohnsiedlungen jede Woche zwei bis drei Wohnzimmerböden verkaufen kann«, so Ludwigs Überzeugung. Ich war mir für diese Art des Klinkenputzens nicht zu schade. Ich fuhr mit dem Anhänger durch den Oberstaufenwald. Er stand auf dem Neukirchener Wochenmarkt, auf der Baumesse in

Hennstätt, auf dem Nikolausmarkt in Birkenfeld, auf dem Schulhof in Freivelden, dem Geburtsort meiner Mutter, und auf dem Martinsmarkt in Oberhof.

Die Aktionen mit dem Musteranhänger wurden zum Flop. Die in Mode gekommenen sozialen Medien hängten den Musterhänger ab. Mit der Zeit sahen dies Hermann und Ludwig ein. Das war ein Joker für mich.

Kapitel 16 Berthas Brot

»Morgens in der Firma esse ich immer zwei Scheiben Graubrot, aber frisches, scho'ma' auch Bükers Kruste, aber auch nur scho'ma', mit zwei Scheiben Oberstaufenwälder Knochenschinken von Henken, hauchdünn geschnitten«, erzählte ich meinen Freunden beim Voss immer mal wieder und rückte meine Sehhilfe am Brillenbügel zurecht. An unserem Stammtisch ging es immer fröhlich-lustig zu. Wir nahmen die Gewohnheiten unserer Dorfbewohner gern auf's Korn, »... aber auch nur scho'ma'«.

»Bükers Kruste« ist ein Originalsteinofenbrot aus dem wohl kleinsten Backhaus der Welt unter der deutschen Eiche bei uns im Garten. Der stolze, große Baum stand auf dem Nachbargrundstück, warf Schatten, Blätter und Eicheln auf unseren Grund und Boden. Bei der Umgestaltung unseres Gartens Anfang des 21. Jahrhunderts bekam ich die Idee, auf diesem Schattenplätzchen ein Backhaus aus historischen Baumaterialien zu errichten. Die zündende Idee dieses Bauvorhabens waren die Backsteine des ehemaligen Backhauses, welche in einem kleinen Steinbruch über dem Dorf lagerten. Aus der damaligen Bäckerei des Dorfes wurde der schmucke Ferienhof Grewens. Für meine Oma Walburga hatte ich als kleiner Junge Brote bei Grewens geholt. Wenn ich noch einen Groschen über hatte, zog ich mir noch Kaugummis an dem roten Automaten neben der Ladentür. Grewens war der Hausname, Rickert war der

Name der Familie. Rickerts Norbert schenkte mir die Steine, fuhr sie sogar mit dem Trecker vor unsere Garage. Er war von meiner Idee ebenfalls sehr angetan.

Einen ganzen Sommer wurde gezimmert und gemauert. Aus den Backsteinen und aus 200 Jahre alten Fachwerkbalken entstand ein uriges Häuschen. Das Dach war mit heimischem Schiefer eingedeckt. Die Dachrinnen wurden grün, die Haken weiß gestrichen. Zwei Holzfenster eines ehemaligen Oberhofer Bauernhauses verliehen dem wohl kleinsten Backhaus der Welt eine besonders historische Note.

Nach einiger Zeit zog ich die ersten marktreifen Brote mit dem Holz-Schieber aus dem eingeheizten Steingewölbe. Dabei schaute der lange Stiel aus der Tür heraus. Mir fiel die Anekdote aus längst vergangenen Tagen von Klauken Mutter ein: »Doi Gnacken harr'n sä 'ne kloine Kürke. Da kuckere de' Pannenstiel öt de Dear röut.«

Das Backhäuschen, der Backes, stand unweit von der kleinen Kapelle, um die jährlich der Martinsmarkt zum Bummeln und Schlemmern einlud. Mit einem Freund backte ich zwei Tage lang »Bükers Kruste«, das Steinofenbrot nach geheimer Rezeptur. Sobald die gusseiserne Ofentür geöffnet wurde, strömten die Besucher herbei. Nachmittags drängten sich viele Kunden vor dem Holzzaun, um eines der heißen Brote zu kommen. Schnell wurde uns klar, dass wir keine Vorbestellungen annehmen konnten.

Im Sommer backte ich zusätzlich. Die Bükers Kruste wurde immer beliebter. Meine Arbeitskollegen, Marianne und Bertha bestellten auch regelmäßig Steinofenbrote. Bertha versorgte die halbe Nachbarschaft in Münchhausen. Sie führte meistens die Liste der Vorbestellungen an, die im Frühstücksraum neben der Kaffeemaschine lag.

Doch in der goldenen Herbsteszeit duftete es leicht nach Streit: »Auf dem Adventsmarkt legst du mir ein Brot zurück.«

»Das kann ich leider nicht. Auf dem Adventsmarkt haben wir noch nie ein Brot zurückgelegt.«

»Und ob du das machst! Für deine Schwiegermutter kannst du das wohl mal machen.«

»Das geht leider nicht. Selbst meine Mutter lege ich kein Brot zurück.«

»Du legst eins zurück! Das wollen wir doch mal sehen!«

Keine und keiner bekamen ein Brot zurückgelegt. Das war die eiserne Regel. Keine Bekannten, keine Verwandten bekamen ein Brot zurückgelegt, auch nicht die engsten Verwandten. Nein, auch nicht die Patentante, auch nicht die Lieblingstante! Dafür war kein Platz in der kleinen Backstube. Auch nicht bei Müttern, nein, auch nicht bei den eigenen Müttern. Für den hohen Andrang produzierte meine kleine Bäckerei einfach zu wenig Ware. Nein! Auch nicht bei den Schwiegermüttern würde ein Brot zurückgelegt, selbst nicht bei den Lieblings-Schwiegermüttern.

Eine Woche nach dem Adventsmarkt backte ich für Bekannte und Verwandte. Ich hätte ihr fünf Brote und zwei Frische zurückgelegt. Ich hätte für die beste Schwiegermutti der Welt den Ofen entzündet und ihr eine komplette Charge liebevoll in einem Weidenkorb gestapelt und auf den Treppenstein gestellt.

An einem kalten, verschneiten ersten Advent zog gemütlich der weiße Rauch aus dem historischen Schornstein in den Himmel. Ob man es glauben mag oder nicht: Sie kam allen Ernstes des Weges und ging davon aus, dass ihr ein Brot hinterlegt worden wäre.

»Deine Schwiegermutter war gerade da und hat nach dem Brot gefragt«, sagte mein Freund. »Ich habe ihr gesagt, dass sie in einer Stunde noch mal kommen müsse und nicht sicher sei, dass sie dann ein Brot mitbekommt, weil uns die Leute die Dinger aus den Händen reißen.«

»Und das hat sie hingenommen?«

»Na klar – sie kommt gleich noch einmal, wenn du da bist. Ich habe ihr gesagt, dass ich nur der Herr Adjutant bin.«

Neue Ware kam aus dem Ofen. Es standen circa 40 Käuferinnen und Käufer vor dem Holzzaun. Mein Kollege, schon leicht angeheitert, gab folgende Information an die Kundschaft heraus: »Aus aktuellem Anlass: Jeder bitte nur ein Brot. Die Ware ist heiß begehrt. Hör mal!« Das Feuer im Backraum wurde von mir erneut entfacht.

Der angenehme Duft der frischen Backware zog umher und zog noch mehr Leute an. Der aufsteigende Rauch über dem eingeschneiten Dächlein bot ein malerisches Motiv für die Hobbyfotografen auf dem Markt.

Ich holte die nächsten Teiglinge. Alles musste sehr schnell gehen. Noch ein Brett und die nächste Ladung war wieder in dem kleinen Gärschränkchen neben dem Ofen. Die fertige Ware war längst wieder ausverkauft.

»Michael! Michael!«, von Weitem hörte ich sie rufen. »Michael!«, rief sie noch lauter, als ich mit leerem Brett in den Keller ging. »Ich bin sofort wieder da.«

Auf dem Weg zurück sah ich den Herren Adjutanten mit wedelnden Armen. Vermutlich versuchte er, mir mitzuteilen: »Bleib bloß da! Bleib bloß da!«

Berthas rot angelaufen Kopf konnte ich von Weitem deutlich von den vielen eher gelblich oder weiß leuchtenden Lichtern unterscheiden. Sie war alleine auf dem Markt, Ludwig war auf Yachturlaub. Caro kümmerte sich um die Kinder. Auf dem Weg zum Backes dachte ich: »Na ja, wenn sie mich gleich fragt, ob ich eins zurücklegen kann, nehme ich abends das Letzte mit nach Hause und das kann sie haben. Aber es wird nicht offiziell zurückgelegt.« Meine gute Absicht kam Sekunden zu spät. Wie ein kleiner, hässlicher, giftiger Kobold schoss sie am Zaun vorbei. Sie erblicke mich. Wie ein trotziges Rotzblage, welches seinen Willen nicht bekommt, stapfte sie wütend auf der Stelle. Ich schaute sie freundlich an und wollte ihr nach ein paar Schritten mein Vorhaben mitteilen. Noch wusste ich ja nicht, dass diese gehässigen, verkrampften und verbohrten Grimassen mir galten. Ich war im positiven Stress und hatte an dem Tag keine Zeit für sie. Ich nahm mir ja oft Zeit für sie. Sehr viel Zeit. Wie kein anderer! Ich nahm mir oft so viel Zeit, wie es selbst ihr eigener Ehemann nicht tat. Nein, ihr lebensverneinendes Gesicht nahm ich zwar wahr, aber für die Frage »Geht es dir nicht gut?« hatte ich keine Zeit. Sie war in Rage.

»Streiten ist ihr Hobby!«

»Einen macht die immer fertig!«

»Die streitet gerne!«

Mit den Jahren reihten sich immer mehr schlechte Sprüche von Bekannten über Frau Bertha Schmidt aneinander. War sie wirklich so schlimm? Sie kommandierte gerne. Sie »führte« ihren Ludwig, der zuhause nichts durfte. Außerdem bemutterte sie ihre Tochter weit über die Vollendung der Volljährigkeit hinaus. Sie prahlte mit ihrem Schwiegersohn, prahlte, wie gut wir uns verstehen würden. Wir verstanden uns. Zwischen Bertha und mir gab es keine Streitereien, die ganzen Jahre nicht.

An diesem ersten Advent wollte sie Streit. Ich nicht! Die fehlende Zeit für eine Zankerei machte mich recht locker. Ich war im positiven Stress, gut gelaunt, voll in Aktion.

Ihre grenzenlose Wut ließ vermuten, dass ihr Kopf in wenigen Minuten mehr rauchen würde als der Schornstein des Backhauses. Fleißig und emsig zog der Rauch in die Luft. Aus ihrem Mund schoss das pure Gift:

»Hoffentlich bleiben sie dir im Halse stecken!«

Um auch kein Detail auszulassen, sei hier angefügt, dass ich als Betreiber der Backstube auch kein Brot mitbekam. Alles restlos ausverkauft! Was sollte mir da also im Halse stecken bleiben?

Interessanterweise vollzog ihre Schwester Martha exakt das gleiche Ritual – ein Jahr später. Das Duell endete ebenfalls mit:

»Hoffentlich bleibt es dir im Halse stecken!«

Nein! auch nicht die Patentante der Ehefrau! Nein! Auch eingeheiratete Patentanten bekamen kein Brot zurückgelegt. Das Schwesterspielchen endete null zu null.

Aus Erzählungen von Bekannten und Verwandten hörte man immer wieder, dass sich die beiden streitsüchtigen Meyer-Schwestern manch peinliche Rangelei in der Öffentlichkeit geliefert hatten. Mit Schwester Martha fetzte sie sich am liebsten. Wenn nirgendwo anders ein Streit vom Zaun zu brechen war, musste Schwester Martha herhalten.

»Ein Streithahn schmort bei dieser Frau immer im Ofen.«

Montagmorgen sieben Uhr bei Schmidt und Meyer: Die Ganzglas-Schiebetür der Ausstellung öffnete sich. Feste Schritte traten über den edlen Markenholzfußboden. »Ich weiß gar nicht ...« Jemand fluchte vor sich hin. Dieselbe Person riss hastig die angekommenen Faxe aus dem Multifunktionsgerät. »Faxe, Faxe! Anfragen über Anfrage! *Ich halt das nicht mehr aus in diesem Scheißladen!*« Ein tiefer, langer Seufzer füllte den Ausstellungsraum. Schnelle Schritte kamen auf meinen Schreibtisch zu. »Das, das - das darfst du nicht machen. *So etwas ist die Bertha nicht gewohnt!* Die, die – die kennt so etwas nicht. Die hat so viel für euch getan. Da hättest du ihr doch den Gefallen tun müssen. Das ist doch was anderes wie, als wenn ...« Ich unterbrach. »Am Freitag backen wir noch einmal, dann könnt ihr so viele Brote bekommen, wie ihr möchtet.«

»Ich glaube nicht, dass die Bertha noch eins nimmt, *die hat zwei Nächte nicht geschlafen!*« Ich schaute ihn kurz an. Ich schaute wieder auf den Bildschirm und schrieb weiter den Auftrag aus.

Bertha betrat das Büro. Der verlorene Kampf ums tägliche Brot war drei Tage her. Es war ihr Kampf. Sie wollte Zoff. Sie kam auf mich zu. Sie stellte sich hinter mich: »So! Ich werde niemals mehr ein Brot aus eurem Backhaus nehmen!«

Bertha schnaufte. Bertha setzte sich. Bertha verteilte den Kaffee. Marianne verbrachte ihren Urlaub auf Mallorca. Alle bekamen ihr individuelles Heißgetränk, mit Bedacht angerichtet, mit Untertasse und Kaffeelöffel, von rechts serviert, von Frau Schmidt – ich nicht. Meine Tasse wurde bestimmend auf dem Tisch abgesetzt. Ein Teil der schwarzen Flüssigkeit verteilte sich auf der Tischplatte. Bertha setzte sich wieder. Bertha schwieg. Bertha tippte. Ich stand auf, ging in die Küche, holte ein Wischtuch sowie ein Sahnekännchen und einen Kaffeelöffel. Mit Liebe schenkte meine rechte Hand die Sahne ein. Die Linke verrührte gefühlvoll Schwarz mit Weiß. Bertha saß. Bertha tippte. Bertha schwieg! Bertha bekam schlecht Luft.

Michael konnte konzentriert arbeiten. Eine Ruhe füllte den Raum. Michael dachte: »Schade, dass nicht jede Woche Martinsmarkt ist.« Michael scherzte. Michael lachte vor sich hin.

Auf dem Weg in die Fertigung nahm ich die leere Kaffeetasse mit. Hermann grinste mich immer wieder bei der Besprechung der Auslieferung an. Ein breites Grinsen erfüllte mein Gesicht auf dem Weg zurück ins Büro. Bertha saß da und tippte. Bertha schwieg.

Ich respektierte Bertha. Im Bekanntenkreis, in der Öffentlichkeit verteidigte ich sie – und wenn es noch so peinlich war. Ich sprach nur Gutes von ihr. Aber das war eine Lachnummer. Dies konnte ich nicht ernst nehmen. Für mich war das kein Streit. Sie suchte einen, an dem sie ihren Frust auslassen konnte. Den ließ sie ja auch aus. Doch die Peinlichkeit blieb auf ihrer Seite. Mein lockeres, verschmitztes Auftreten hatte sie anscheinend vergessen einzukalkulieren. Na ja! Kalkulieren konnte sie nicht. Das war Ludwigs Stärke. Das Ganze glich einem banalen Affentheater.

Bertha wird ihren Schwur, welchen sie noch zwei Mal auffrischte, brechen. Sie nahm ein Brot – man legte es sogar zurück. Es dauerte ein paar Jahre. Sie bekam ein Brot. Voller Stolz trug man es hinter ihr her.

War das gar kein Frustablassen? Ging es vielleicht um etwas ganz anderes? Ging es vielleicht in Wahrheit darum, dass sie immer ihren Willen bekam? Dass sie kein »Nein« duldet?

Backte sie sich einen Grund, damit sie sauer auf mich sein konnte?

Kapitel 17 »...was meinst du,

wie schnell wir dich wieder los sind ...«

»Die Hildegarde ist weg«, berichtete mir Eric Paulus telefonisch auf seine nüchterne, leicht sarkastische Art. Herr Paulus von der Firma athlete hatte mir vor ein paar Wochen das Du angeboten. Er kannte die Eheleute Lorenz und Hildegard Lahme sehr gut. Er machte bei Firma BTe seine Parkettleger-Ausbildung. »Sie ist einfach gegangen, seine holde Hildegarde. Ein Wunder, dass sie es überhaupt so lange ausgehalten hat bei dieser seltsamen Gestalt. Aber dies nur am Rande, warum ich anrufe: Kannst du dem Herrn Meyer mal freundlich mitteilen, dass ich nicht von seinem Geld in den Urlaub fahren werde? Der rief mich am Freitagnachmittag an. Ich solle erst mal die Rechnungen bezahlen und wenn ich dann noch Geld übrig hätte, könnte ich mir was gönnen.«

»Oh Backe! Was hat den denn geritten?«

»Hat der irgendwas genommen? Michael, sowas geht gar nicht! Redet der mit anderen Kunden auch so? Also du weißt, ich zahle vielleicht später als andere. Aber ich habe bisher jede eurer Rechnungen bezahlt.«

»Na klar weiß ich das. Du gehörst zu den Top Ten bei uns.«

»Kannst eurem ...« Er suchte nach einem passenden Namen. »Rappelkarl! Lorenz Lahme nennt ihn Rappelkarl.« Ein schallendes Lachen kam durch den Hörer. »Na, Sprüche hat er drauf, unser lieber Herr Lahme. Rappelkarl, nicht schlecht!«

Trotz Gerappel aus der Fertigung, trotz heftiger Kritik von der kaufmännischen Leitung kam im Frühsommer der Kaufvertrag zwischen der EDV-Firma Planet und Schmidt & Meyer zu Stande. Ein großer Schritt im Firmengeschehen. Dies bedeutete eine enorme zusätzliche Verantwortung für mich. Nach der einwöchigen Schulung hatte ich von einem Tag auf den anderen die kaufmännische Leitung in meinen Händen. Firma S&M war im neuen Jahrtausend angekommen. Eine Kundendatei versorgte die Angebote und Aufträge mit Daten. Der Auftrag wurde sekundenschnell im System abgerechnet. Kunden konnte man vom PC aus anrufen. Ludwig und Albert, die firmigsten Urgesteine, wurden durch die Einführung der neuen EDV von der Auftragsbearbeitung entbunden. Die beiden hatten schließlich keinen PC. Sie kommunizierten mit dem Computer über die Diktiergeräte. Ihre Angebote, Aufträge und Rechnungen wurden durch Marianne in Excel geschrieben.

Erst lief alles nach Plan. Ludwig regte sich einmal arg über die Einstellungen der Zahlungsziele auf. Die Tage für die Fristen, Skonto, Netto-Kasse wurden in den Rechnungen falsch angegeben. Eine berechtigte Kritik, deren Ursache mir hätte auffallen müssen. Die größten Steine – oder für unsere Branche besser: die längsten Bretter – legte uns Hermann in den Weg. Die komplette Materialwirtschaft wurde mit der Einführung des

Programmes spontan durch ihn nicht aktiviert. Auch das integrierte Mahnwesen war Ludwig textmäßig nicht korrekt genug und kam wieder auf das Abstellgleis. Na ja, ein vollgetanktes Auto war das nicht. Ich versuchte über die Hotline, die einzelnen Module zu retten beziehungsweise zu stunden. Dies gelang mir. Meine Erfahrung mit dem Programm war zu gering, der Druck der Chefs aus der »Schreibmaschinen-Generation« war zu hoch. Die gerühmte Flexibilität des neuen Programmes war eher sensibel statt flexibel. Die EDV-Ära fing sehr holprig an, mit vielen Problemen, welche noch gelöst werden wollten.

Trotzdem sorgte ich mit dem neuen Programm auftragstechnisch für Schnelligkeit und Professionalität. Neben diesen internen Anstrengungen kam eine externe, quälende Sparte hinzu: die Fensterbänke. Diese konnten wir mit keinem der Computerprogramme erfassen.

Eine Fensterbank-Firma hatte vor drei Monaten Insolvenz angemeldet. Von einer anderen hörte man ähnliche »Zukunftspläne«. Die Baumärkte hatten seit Jahren dieses Produkt für sich vereinnahmt. Nun sollte ich eine Wende auf dem Markt herbeiführen?

Was war hier los? Statt Bilanz-Kennzahlen auszuwerten, teilte man mir umsatzsenkende Gebiete zu. Ludwigs Kleinkrämerei bekam unbeschreibliche Ausmaße. Die Standpauken an der Türklinke wurden ausgedehnt. Wenn er mich wenigsten selbst hätte agieren lassen, wäre ich vielleicht kreativer geworden. Ein Budget für Werbung, Schaumaterial oder ein neuer Musterständer für die Ausstellung, und das Arbeiten in diesem Bereich hätte wenigstens Spaß gemacht.

Privat bekamen wir ebenfalls ein großes Problem. Alexander wurde tatsächlich schwer krank. Er hatte was! Im Herbst überkam ihn hohes Fieber. Caro kümmerte sich liebevoll um ihn. Je länger die hohe Temperatur anhielt, umso mehr nahm sie die medizinische Betreuung in Anspruch. Ich stand hinter Caro.

An einem Dienstag rief Caro im Büro an: »Ich war heute Morgen mit Alexander noch einmal beim Arzt. Die sagen, dass wir zur Vorsicht Alexander ins Kinderkrankenhaus nach Steisen bringen sollen, wegen des anhaltenden hohen Fiebers.«

»Pack zusammen, ich komme nach Hause und dann fahren wir!«, gab ich ohne zu überlegen zurück. Wir waren uns bezüglich Alexander wieder einig. Wir hatten beide große Sorge um den Kleinen. Caro selbst schien psychisch geschwächt. Obwohl ich sofort reagierte und wir ins Krankenhaus gefahren waren, trotz der Besuche im Krankenhaus, wies mich Caro ziemlich schroff ab. Was hatte ich ihr getan? ›Sie wird Angst um Alex haben. Ihr Bruder ist in dem Alter an einer Viruserkrankung gestorben. Die fing auch mit hohem Fieber an. Ich halte zu meiner Caro, zu meinem Oski.‹, schwor ich mir selbst auf dem Weg zurück vom Krankenhaus.

Egal wie ich agierte, privat oder beruflich: Es wurde mir sehr schwer gemacht, etwas richtig zu machen. In der Firma wurde ich eher gemobbt als getoppt.

Erstaunlicherweise machte ich mir keine Sorgen bezüglich der Firmenzukunft. Das Ganze würde halt ein paar Jahre länger dauern.

Oder hatte jemand die Zeit zum Stillstand gebracht?

Irgendwann würde der Tag X kommen. In Oberhof schaute man etwas neidisch auf meine berufliche Entwicklung. Meine Freunde stellten es sich einfach vor, Chef zu werden. Ich sah es anders. Für mich war dies eine verantwortungsvolle und harte Aufgabe. Hermann hatte mich einige Jahre zuvor gefragt: »Hast du eigentlich keine Angst?« Nein, Angst war nie da. Für mich waren es mehrere Faktoren, welche für eine kontinuierliche Auftragslage verantwortlich waren: eine stabile Währung und Wirtschaftslage sowie eine anhaltende Wirtschaftskraft. Weiterhin war es wichtig, dass man den Marktanteil sicherte, indem man besonders die Stammkunden pflegte. Hochwertige Naturholzböden waren auf lange Sicht gefragt. Die Zukunftsaussichten sahen nicht schlecht aus. »Wenn man den Markt im Blick hat, sollte es gelingen«, davon war ich überzeugt. Der Markt war verteilt, wir waren bedient, hatten circa 80 Prozent Stammkundschaft. Es erfüllte mich mit ein wenig Stolz, die Firma Schmidt und Meyer in die zweite Generation führen zu dürfen. Wir hatten keine finanziellen Sorgen, waren eine glückliche, kleine Familie. Caro würde wieder aus ihrer Krise herauskommen. Alex würde wieder gesund werden. Da ich beruflich nicht gefordert und privat nicht so benötigt wurde, traf ich mich öfter mit meinen Freunden. Ich gönnte mir eine Pause nach den Anstrengungen der härtesten Bauphase. Nach wie vor arbeitete ich jeden Samstag auf unserer Baustelle. Das braune Gesims vom Bicht strichen meine Gesellenhände in einen Grauton um. Allein diese Arbeit ging über Monate. Alle Fenster bekamen Natursteinfensterbänke und die vielen Löcher in den Wänden mussten wieder verputzt werden. Das komplette Haus bekam als Krönung einen neuen modernen Oberputz. Erst gegen 23 Uhr zog ich samstags immer los.

Das Wirken im Theaterverein nahm meine freie Zeit immer mehr in Anspruch. Das ewige Unterwegssein wurde mir nach kurzer Zeit zu viel. Bei der letzten Aufführung fing ich mir eine böse Erkältung mit einer fieberbegleiteten Mandelentzündung ein. Eine Mandelentzündung war für mich das Notsignal meines Körpers: Ich überstrapazierte ihn. ›Langsam wieder auf die Bremse treten!‹

Dasselbe dachten bereits zwei Damen. »Du warst zwölf Samstage hintereinander raus«, warf mir Caro vor. Wir diskutierten. »Ja, du gehst ja gar nicht mehr raus. Von den Samstagen sind sechs für die Theaterproben und Aufführungen draufgegangen. Und Anfang des Jahres sind die ganzen Versammlungen der Dorfvereine. Da habe ich nicht jedes Mal was getrunken. Und zieh endlich mal wieder vernünftige Klamotten an.« Caro lief immer noch in den ausgefransten, ausgeleierten

Schwangerschaftsklamotten herum. Sie pflegte sich wenig. Ihre Haare waren zottelig.

Sie ließ sich einfach hängen – und ich sollte mich ändern.

Ständig bekam ich Rüffel. In der Firma, im eigenen Zuhause! Über Monate waren sie an mir dran. Dieser schwer umschreibbare Druck steigerte sich von Woche zu Woche.

Abends im Bad stritten wir uns: Sie reizte mich. »Du arbeitest nur noch und am Wochenende gehst du raus.« Das waren fast exakt die gleichen Worte, die mir Bertha in unregelmäßigen Abständen über ihren Ehemann vermeldete.

»Und du? Du machst überhaupt nichts – *du Vieh.*« Mir reichte es. Wir waren zuvor bei ihren Eltern gewesen. Auf der Rückfahrt kamen wir immer an einer Weide vorbei, auf der gemütlich und träge Bisons grasten. Die Viecher standen auf der Weide, mit ihren zotteligen Mähnen. Der Vergleich war ironisch gemeint. Er war treffend zugleich. Sie stand oft einfach nur da, schaute in Leere und hatte zottelige Haare. Ob ich Caro damit helfen würde, aus ihrem Tief zu kommen, war eher fraglich. Aber immer nur angekotzt zu werden, hält selbst der stärkste Mann nicht aus.

Ich spürte deutlich, dass es Caroline schlecht ging. Ich wusste zwar nicht, was sie hatte, aber ich nahm mir vor, sie mit Liebe und Geduld aufzubauen. Mit Feiern und flotten Sprüchen kamen wir nicht weiter.

»Caro, wir schaffen das, wir sind doch die Oskis. Ich habe heute mit der Regie gesprochen und gesagt, dass ich meine Aktivitäten im Theaterverein einstellen werde. Mir wird das alles zu viel.«

»Ja, aber beim nächsten Mal sagst du wieder ja.«

»Nein, ich verspreche dir, dass ich aufhöre.«

Caro weinte öfter abends oder in der Mittagspause. Jedes Mal habe ich sie getröstet, ihr zugehört oder sie fest in den Arm genommen. Ich war überzeugt, dass sie spätestens im Sommer ihre Krise überstanden haben würde. Caro schien im Ansatz auf den richtigen Weg zu kommen. »Das ist halt unser verflixtes siebtes Ehejahr.« Sie begann wieder, zu flachsen und zu lachen.

In der Firma sprach mich Ludwig an, dass Caro nicht glücklich sei. »Das bekommen wir hin – lasst uns mal machen«, beruhigte ich ihn.

Nur ein paar Tage später: »Die Caro war gestern wieder bei uns, was ist denn bei euch los?«

»Caro ist irgendwie in einer Depri-Phase. Eigentlich haben wir kein Problem. Eigentlich geht es uns richtig gut. Wir werden das schon wieder hinbekommen. Ich bleibe heute Nachmittag zu Hause und wir reden noch einmal miteinander.«

Also saßen wir zusammen und redeten. Caro wurde wieder lockerer. So langsam bekam ich meinen alten Oski wieder. Es kostete mich eine enorme Kraft, sie wieder hochzubekommen. Es schien, als müsste ich gegen eine andere Kraft ankommen. Mühevoll Aufgebautes schien am nächsten Tag wieder vollkommen zerstört. Es ging hin und her. Ludwig erzählte mir, Caro ginge es schlecht, ich setzte mich mit ihr hin und es ging ihr besser. Bis Ludwig …

Oder wurde die Lage künstlich aufgebauscht? Warum kamen wir nicht weiter? Ich wollte meiner Frau helfen. Doch es sollte mir einfach nicht gelingen. So sehr ich mich auch mühte. Sagte ich: »Caro geht es gut«, sagte Bertha oder Ludwig: »Caro geht es schlecht!«

Ich kam pünktlich um sechs mit frischen Brötchen zum Abendbrot. Seit einigen Wochen frühstückten wir samstags gemeinsam in aller Ruhe. Ich ging selten mit Freunden raus. Aber mein Schwiegervater sagte, Caro ginge es schlecht. Von meinen Eltern oder unseren Freunden hörte ich nichts – gar nichts. Selbst von Caro selbst hörte ich nichts. Kein Anzeichen, dass es Caroline Schneider schlecht gehen würde.

Caroline war schon seit vielen Wochen wieder gut drauf. Ludwig sagte auch nichts mehr. Die Krise schien entschärft. Wir waren wieder die Oskis. »Ich freu mich schon so, wenn wir nächsten Dienstag wieder shoppen fahren. Das mache ich doch am liebsten: Mit meinem Oski einkaufen fahren.«

Es war Freitag, der 1. September. ›Was will die hier? Hat sie sich in der Uhrzeit vertan? Sollte es eine Überraschung werden? Ist heute etwas Besonderes?‹ Ihre schmalen Heelsabsätze verrieten sie sofort. ›Habe ich einen wichtigen Termin vergessen?‹

Wir mussten uns beeilen. Marianne und ich wollten nach Nürnberg zur Modulschulung Zeiterfassung. Wollte sie auch mit?

Das Klackern der Designer-Stöckelschühchen wurde mit jedem Schritt lauter. Dann war wieder Ruhe. Der Drucker fing an zu schnurren. Ich hatte mir die Route nach Nürnberg zur Sicherheit ausgedruckt. Diese Übersicherheit hatte mir Ludwig eingebläut. »Mach dir eine Kopie. So ein Navigationsgerät kann auch mal ausfallen.«

Fünf Uhr 45: Die Klinke schoss nach unten.

»*Guten Morgen mein Lieber – na alles klar bei euch zuhause?*« Bertha kam schnaufend herein. Spontan dachte ich: ›Na endlich sind dieses seltsame Empfinden und die fast unerträgliche Spannung weg.‹ Bevor ich ihr ebenfalls einen guten Morgen wünschen konnte, zürnte sie weiter:

»*Es ist nämlich überhaupt nichts klar! Und was meinst du, wer dafür gesorgt hat, dass unser Theo aus der Firma geflogen ist?*

Und was meinst du, wie schnell wir dich wieder los sind – mein Freund!«

Blitze schossen durch Kopf und Herz. ›Was ist denn jetzt los?‹ Wie ferngesteuert drückte mein Zeigefinger auf die

Powertaste des PCs und ließ diesen runterfahren. »*Das hab' ich nicht nötig*«, erwiderte ich nüchtern. Ich stand auf, schaute sie einmal kurz an. Sie stand an der Schrankwand. Ihr Blick schwenkte schnell an mir vorbei durch das Fenster. Meine zitternden Beine schritten an ihr vorbei, verließen das Büro. Marianne kam mir entgegen, kreidebleich:

»*Was sollte das denn jetzt?*«

Meine bibbernden Knochen, mein rasendes Herz, meine blinden Augen taumelten zum Ausgang. Meine Hand hielt den Chip an die Stempeluhr. Es piepte. Es piepte grell. Es piepte schrill wie nie zuvor. Es piepte, es schrillte! Ein langes, warnendes Dröhnen!

Auf der Fahrt nach Hause, wieder unterm Möchtsteinberg her schossen tausend Gedanken in meinem Kopf: ›Es ist doch alles gut. Die Krise des siebten Ehejahres lag hinter uns. Wir sind glücklich in unserem Traumhaus mit dem schönen Wintergarten und den beiden süßen Oskis. Was sollte denn nicht in Ordnung sein? Warum will man mich plötzlich aus der Firma werfen? Ich fasse dort doch gerade Fuß.‹ Ich hatte damit begonnen, sie zu modernisieren, hatte ein erstklassiges Programm angeschafft. Ich war nicht einen Tag krank gewesen. Endlich konnte ich zeigen, dass ich Führungsqualität und Weitsicht besaß. Und dann wird so etwas abgezogen?

Warum platzte Bertha mit einer unrühmlichen Abmahnung in mein Büro und nicht Ludwig?

Mein Gemüt fing sich wieder. Ich hatte mir nichts vorzuwerfen! Ich setzte mich mit allen Kräften ein, in Familie und Firma. Ich kämpfte für das Gerechte, für das Gute. Mein Gemüt fing sich wieder sehr schnell. Es war fast unmöglich, mit mir Streit zu bekommen. Wer aber Streit mit mir haben wollte, würde ihn auch bekommen.

»Papa ist da. Papa ist da.« Der kleine Jan kam auf mich zu gelaufen. »Du bist ja schon da. Ich dachte, du müsstest zur Schulung.« Ich erzählte Caro nichts von dem Auftritt ihrer Mutter. Konnte man das ernst nehmen? In meinem Unterbewusstsein brannte sich dieser Satz ein: »Und was meinst du, wie schnell wir dich wieder los sind.« Ich war ja froh, dass Caro sich gefangen hatte. Sie pflegte sich wieder, zog schicke Sachen an und trainierte im Fitnessstudio. Allerdings machte sie sich abermals Sorgen um Alexander. »Ich möchte Alexander nur noch einmal in der Steisener Kinderklinik untersuchen lassen – nur noch einmal.«
Mir kam sofort der Wahnsinn mit Jans Ausschlag in den Sinn. Nochmal so ein Horrorszenario konnte ich beim besten Willen nicht stemmen. »Nein, wir machen erst mal gar nichts. Der Junge ist mehrmals untersucht worden und der ist gesund. Dieses Mal setze ich mich durch!«
   »Du hast ja recht. Wir waren ja letzte Woche erst beim Kinderarzt. Aber ich mache mir immer solche

Sorgen um den Kleinen.« Ich nahm sie fest in den Arm. »Ach, mein kleiner Oski! Mach dich nicht verrückt. Wir beiden schaffen das schon. Wir halten zusammen.«

»Mama versucht mir immer einzureden,

ich würde mich hier nicht wohlfühlen.«

›Sollst du es ihr sagen, was in der Firma abging? Ach, lass es! Das bringt nur Unruhe. Vielleicht macht Bertha extra diese Spielchen, um Unruhe zu stiften. Fall nicht darauf rein!‹

Ich ging runter zu meinen Eltern. Meine Eltern stellten Hausmacherwurst her.

»Wer hat Bertha denn gestochen?«,

donnert meine Mutter sofort los. »Wieso, woher weiß du denn …«

»Ja, die war eben hier.

Du wärst ein Alkoholiker

und wir würden sowieso nur den Kopf in den Sand stecken,

wenn es Probleme gibt, hat sie uns gesagt und dann ist sie wieder gefahren.«

Mein Vater kam mit seiner Fleischerschürze in die Küche und keifte mit verschränkten Armen: »Euer Sohn ist ein Alkoholiker!« Er redete wieder normal. »So stand sie vor mir. Was ist denn los bei euch?« ›Was sag' ich denn nun? Was hat Bertha vor?‹ Spontan nahm ich Caros Angst um Alexander als Grund für die berthalische Doppelnummer. Ich verschwieg den Auftritt in der Firma. »Caro will andauernd Alexander untersuchen lassen und sie sagt immer: »Der hat was.« Wir waren schon so oft weg. Sie macht sich total verrückt. Zurzeit ist es wieder extrem.«

»Ja dann lass' sie doch machen. Die jungen Weiber sind halt hysterisch!«, bollerte mein Vater los. »Nein!«, bollerte ich noch intensiver zurück. »Dieses Mal nicht! Die kennt überhaupt kein Maß. Man kann auch Kinder krank untersuchen. Das hat der Frauenarzt damals auch zu ihr gesagt. Da war Alex noch gar nicht auf der Welt. Diesmal setze ich mich durch. Damals, bei Jans Ausschlag, hast du mir gesagt, tu mir den Gefallen und gib noch einmal nach. »Nur noch dieses eine Mal!«, hast du gesagt. Das habe ich auch gemacht. Jetzt muss sie nachgeben. Den ganzen Wahnsinn hätten wir uns damals sparen können. Jan hat seine Zähne bekommen, mehr nicht. Wir haben Alex mehrmals untersucht. Im Emmericher Krankenhaus sagte man der ungläubigen Caro:

Fahren Sie nach Hause, Sie haben ein gesundes Kind.«

War das scheußliche Phänomen »Bei Bertha weint sie und bei mir lacht sie« endlich vernichtet? Irgendwie wurde ich das Gefühl nicht los, dass Bertha sich wieder intensiv in unsere Beziehung einmischte. Was wollte sie? Warum war ihr daran gelegen, Caro unglücklich zu machen? Was sollte der Wahnsinn in der Firma? Würde sie sich nicht ständig einmischen, könnten wir wieder unsere geliebte Zweisamkeit, unser Familienleben genießen. Selbst Ludwig ermahnte sie öfter:

»Bertha! Bertha, nun halt dich doch da raus!«.

»Du bist ein Alkoholiker.« Wie viele Menschen werden durch solche Aussagen tatsächlich zum Abhängigen?

Ist man erst mal abhängig, interessiert es keinen mehr, wer dazu beitrug. Dann ist man ein Suffkopp, dann ist man ein Penner. »Der hat den Druck nicht ausgehalten.« Den Druck einer Gesellschaft, den Druck einer Arbeitswelt, den Druck einer Familiendynastie, den Druck von irgendwelchen Intrigenschweinen …

»Euer Sohn ist ein Alkoholiker.« Was für eine Behauptung! Ein Mann, welcher alle zwei Wochen vier Weizen trinkt, ist also ein Alkoholiker! Ein Familienvater, der nach dem Rasenmähen einen kalten Himbeersaft statt ein Fläschchen Bier genießt, ist also ein Alkoholiker. Was mögen dann die vielen anderen Männer in diesem Land sein? Bis zum 25. Lebensjahr hatte ich keinen Tropfen Alkohol genossen. Dann hatte mich ihre eigene Tochter an den Alkohol geführt. Diese Behauptung konnte man nicht ernst nehmen!

»Ich habe trotzdem einen neuen Termin für Alexander gemacht«, sagte Caroline ein paar Tage später, abends im Bett. Ich sagte nichts. ›Was machst du jetzt?‹ Den Termin morgen canceln? Ausflippen? In die Kneipe gehen und mich zulaufen lassen? Mich unten auf das Sofa legen? Ausziehen? Caro verlassen? Wie sollte ich ihr beibringen, dass sie auch mal nachgeben musste? Dass sie auch mal eine Sache durchziehen musste, von der sie nicht so viel hielt.

Wie oft war ich ihr entgegengekommen? Hatte Sachen mitgemacht, hinter denen ich absolut nicht stand.

Ich stand auf, zog mir eine Jeans an und einen Pulli über und ging raus. ›Ja, was machen? Auswandern?‹ Ich musste selbst über den spontanen Gedanken lachen. Aber vielleicht mal für vier Wochen abhauen? Vielleicht wird sie dann wach? Ich ging hinterm Dorf durch die Lüttmecke, ein kleines Seitental. ›Oh Mann, was ist jetzt die richtige Reaktion?‹ Ich konnte doch nicht immer alles einfach mitmachen. Ich wollte ihr ja helfen, aber wie? Ich ging sofort die erste Abzweigung wieder zurück ins Dorf, kam beim Voss vorbei. Dort brannte noch Licht. Vielleicht doch ein Bier? Nein! Sorgen im Alk zu ertränken, war nie mein Ding gewesen.

Dann kam die Lösung:

Für eine halbe Stunde wegbleiben,

mal sehen, was passiert. Ich ging unten durchs Dorf und die Abkürzung über den Friedhof. Ich schaute kurz am Grab meiner Großmutter vorbei. »Oma, bei uns ist was los. Mag mol watt!« Meine Omma hatte früher oft plattdeutsch gesprochen. Besonders, wenn sie verärgert war. Langsam und nachdenklich ging ich entlang dem Panoramaweg über dem Dorf, von dem man ganz Oberhof überblicken konnte. Unser Haus stand mitten im Neubaugebiet. Noch war es von Sträuchern, welche am Wegrand standen, verdeckt. Ich stellte mir vor, dass unser Haus hell erleuchtet wäre. ›Bertha und Ludwig sind da, meine Eltern, die Polizei, Feuerwehr – vielleicht noch ein Heli? Flimmernd kreisendes Blaulicht lässt die Nachbarhäuser auf und ab blinken.‹ Meine Phantasie ging mal wieder mit mir durch.

Es war nichts zu sehen. Durch den Wintergarten konnte man genau den Flur im Obergeschoss mit den Schlafzimmertüren sehen. Er war schwach beleuchtet, damit die Kinder keine Angst bekämen, wenn sie aufwachen würden. Alles wie immer, keine Reaktionen zu sehen. Ich ging durch das Oberdorf zurück nach Hause, zog mich wieder aus und legte mich schlafen. Caro schlief, zumindest tat sie so.

Es war keiner da gewesen? Die Polizei war nicht da, die Feuerwehr auch nicht.

Kapitel 18 Tsychoterror

In der Firma war Ludwigs übermäßiges Türenknallen überaus verdächtig. Es war viel geschehen in der letzten Nacht.

»Oh, oh! Es ist wieder soweit. Unser Chef hat wieder hinten die Haare hoch. Ich trau mich gar nicht, reinzugehen und mir meine Mappe zu holen.« Marianne brachte den Kaffee. »Karsten hat schon einen mitbekommen und am Telefon muss er wohl auch etwas ungenießbar sein. Der Waldner rief eben an und fragte, was denn mit unserem Herrn Schmidt los wäre.«

»Ja, was hat er denn? Die Türen knallten schon am frühen Morgen. Also ich habe ihm nichts getan. Hüpft er denn schon?« Marianne erwiderte lachend: »Ja – und wie! Dann könnte ich mich ja immer wegschreien. *Der kann sich aber manchmal über die Fliege an der Wand aufregen.*«

Dieses besagte Hüpfen auf dem Stuhl war allen bekannt. Marianne und ich fanden es am lustigsten. Wie ein rot angelaufenes Teufelchen strapazierte er seine Chefsesselfeder aufs Äußerste.

Doch wir beide schätzten Ludwig. Er hatte ja auch andere Seiten. Aber manchmal war er wirklich unausstehlich! »Dann kann der ja aus der Haut fahren«, erzählte sie weiter. »Ich glaube, das Meiste bekomme ich als Schwiegersohn ab«, warf ich ein. »Ach – der war früher noch viel schlimmer! Das hat sich deutlich gelegt. Wobei heute – das ist tatsächlich fast schon so wie früher. Einmal war er so in Rage und warf einen Kugelschreiber hinter mir her. Da dachte ich aber auch, jetzt wird's mir hier zu bunt! Er hat sich hinterher dafür entschuldigt.«

Warum war er so? Wenn er bei mir diese Attacken bekam, sagte er später, meistens abends, wenn wir gemeinsam die Firma verließen: »Ich halte das manchmal nicht aus hier. Das darfst du nicht so ernst nehmen. Das meine ich dann nicht so. Früher konnte ich auch mehr aushalten.«

Die Schattenseiten des goldenen Unternehmerlebens zeigten sich immer mehr. Der Zeitdruck, die Mitarbeiter, die schlecht zahlenden Kunden, die vielen Arbeitsstunden, das Telefon, die ständige Erreichbarkeit. All das sah keiner, wenn man mit einem schönen Auto durch das Dorf fuhr oder wenn man in der Kneipe eine spontane Lokalrunde ausgab. Wenn die Väter aus der Nachbarschaft um 16 Uhr zuhause waren, sahen sie meistens nicht, dass ich erst um 18 Uhr nach Hause kam. Dass man samstags bis mittags am Arbeiten war, sah keiner. ›Wer weiß, wie ich drauf bin, wenn ich in Ludwigs Alter komme. Wenn ich den immer größer werdenden psychischen Druck nach vielen Jahren über mich ergehen lassen musste. Ich darf gar nicht dran denken.‹ Für Ludwigs Attacken brachte ich nach wie vor Verständnis auf. Wobei es mich immer interessierte, aus welchem Grund solcher Allüren zu Stande kamen.

Marianne kam und sammelte die leeren Kaffeetassen ein. »Hast du denn nichts mehr für mich zu tun? Also ich trau mich da echt nicht rein. Heut steht scheinbar wieder ein rotes Menneken im Kalender.«

»Ich schau mal. Vielleicht kannst du schon mal erste Vorarbeiten für unsere neue Preisliste machen.«

Selbst Hermann bemerkte, dass Ludwig ungenießbar war. »Was ist mit dem denn los?«

»Keine Ahnung, vielleicht war ja gestern bei seinen Yachtkollegen Hochseeabend und die harten Seemänner sind etwas nass von innen geworden.« Wir beide lachten. Hermann lachte wieder besonders dreckig.

Ich hatte Ludwig den ganzen Morgen nicht gesehen – nur gehört. Kurz vor Mittag kam er in mein Büro: »Wir wollen euch heute Abend besuchen kommen.«

»Könnt ihr gerne machen, heute Abend kommt Adler im Fernsehen. Das wollte ich gucken. Das können wir ja zusammen schauen.«

Die Firma Adler fertigt hochwertige Handschuhe. Das Unternehmen wurde vor über hundert Jahren in Neukirchen gegründet. Ende des 19. Jahrhunderts nähte Franz Adler-Rohen in den langen Wintermonaten in der Nachbarschaft Lederhandschuhe. Im Sommer stand er auf den Schieferdächern im Oberstaufenwald. Er war Dachdecker.

Der Hauptsitz der Firma ist immer noch in Neukirchen. Adler-Handschuhe werden in der ganzen Welt getragen. Prinz Charles trug sie. In vielen Metropolen gibt es Adler-Shops, in denen man mittlerweile auch Funktionsunterwäsche und Socken kaufen kann.

Ludwig sagte immer: »Nach den Handschuhen kommen in Neukirchen sofort die Holzdielen.« Das traditionsreiche Unternehmen Adler war die größte Firma vor Ort. Zusammen mit der Tischlerei Albers und dem Parketthersteller Pieper, die ebenfalls auf Holzfußböden spezialisiert waren, stand man zu dritt auf Platz drei. Den zweiten Platz belegte das Bauunternehmen Barns. Der ganz alte Barns, der Firmengründer, wohnte auch in Münchhausen, in der Nachbarschaft von Schmidts.

Ich sah Ludwig an, dass er eigentlich keine Lust verspürte, uns Anfang der Woche besuchen zu kommen. Montags ging er immer in den Wald. War er deswegen so ungenießbar?

»Deine Eltern möchten heute Abend zu Besuch kommen«, erzählte ich Caro beim Mittagessen. »Und was wollen die?«

»Keine Ahnung, sie wollen wohl einfach mal vorbeischauen, ist doch nett. Adler kommt heute Abend im ZDF. Wir können es ja zusammen schauen. Haben wir noch Wein da?«

»Ja!«

Jan fragte leise: »Mama, würdet ihr euch scheiden lassen?« Erschrocken schauten wir ihn beide an. »Nein! Das würden wir niemals machen! Papa und Mama haben sich richtig gern. Und wir haben uns immer zwei Kinder gewünscht. Wie kommst du denn darauf?«

»Das fänd' ich auch richtig doof! Und dann wäre ich ganz traurig!«

Es sollte kein gemütlicher Fernsehabend werden. Der Wein reifte weiter im Keller. Es war auch keine betriebliche Besprechung von Schwiegervater zu Schwiegersohn – auch kein allgemeines Plaudern über gemeinsame Urlaubspläne oder die Organisation eines Geburtstages. War es ein Abriss? War es eine Lachnummer? War es eine billige und dumme Vorabendshow?

Unser vertrautes Neukirchen und die bekannten Facetten der Altstadt flimmerten über den Flachbildschirm. Das Feuer knisterte im Kachelofen. Die Schwiegereltern nahmen ohne zu zögern Platz im Wohnzimmer. Bertha fing direkt an: »Michael, so geht das nicht weiter. Wir machen uns solche Sorgen. Ich habe nächtelang nicht geschlafen. In Zukunft muss sich gewaltig etwas ändern ...« Ich stand mitten im Wohnzimmer. Der Ton des Fernsehers war abgestellt. Ich musste mein Verhalten der letzten Wochen begründen, verteidigen. Ich musste mich rechtfertigen.

Von mir aus gesehen links saß Bertha auf dem Hocker, auf der langen Couch weilte Caro, die Beine angewinkelt, die Hände oft durch die Haare streifend. Ludwig saß auf der kürzeren Couchseite, welche rechtwinklig mit der Langen verbunden war.

Da stand ich. Beobachter durch die Fenster hätten meinen können, der übt für eine Wahlkampf- oder für eine Büttenrede. Ich versuchte, den Anwesenden zu erklären, dass eine Krise in unserer Familie ausgestanden war. Ich war jeden Tag um 18 Uhr, pünktlich und mit frischen Brötchen sowie Aufschnitt, zuhause. Meine Aktivitäten im Theaterverein hatte ich eingestellt.

Aber Caro? Was war mit Caro? Was war mit meinem geliebten Oski los? Bei mir zeigte sie Optimismus und Fröhlichkeit, bei Bertha Tränen und Trübsal. Das soll einer ... nein, das konnte keiner verstehen. Sie saß da wie ein kleines Mädchen, wie ein Töchterchen. Sie schaute mich an, mal bewundernd, mal nüchtern. Ich erzählte sehr viel aus unserer Partnerschaft.

Die meisten Zwischenrufe aus der »Opposition« kamen natürlich von Bertha: *»Ich höre immer nur »ich«!«*

»Ja was soll ich denn sonst sagen? Der Herr Michael? Der Ehemann? Der Herr Schneider? Wenn ich mich selbst verteidige, muss ich doch wohl von »ich« sprechen!«

Und dann kam's: Bertha teilte aus. »Und gestern Abend, das war Ps, Ps ...«, im dritten Anlauf mit T am Anfang funktionierte es dann: »...*Tsychoterror!«*

Sie erfand ein neues Wort:

Tsychoterror!

»Was denn für ein Psychoterror?«, fragte ich verdutzt. ›Was hat die denn jetzt vor?‹ »Ja gestern Abend – *das war Ps, Psy, Tsychoterror. Wir haben uns solche Sorgen gemacht!«*

»Ich musste einfach mal an die frische Luft.«

»Wir waren gestern Abend hier. Wir dachten, weiß Gott, was du dir antust. Michael, so geht das nicht ...«

Mit einem schallenden Lachen unterbrach ich ihre überproportionierte Leidensgeschichte. »Ich war doch nur eine halbe Stunde weg.«

»Ach nur eine halbe Stunde!«, fiel Ludwig aus allen Wolken und gab mir von da an Rückendeckung. »Ja, nur eine halbe Stunde. Caro macht einfach nur, was sie will. Das geht nicht. Alexander ist nicht krank, das haben die Ärzte oft genug bestätigt. *»Gehen Sie nach Hause. Sie haben ein gesundes Kind«*, hat die letzte Ärztin zu uns gesagt. Und dann muss Caro auch mal aufhören, ständig Termine mit Ärzten und Therapeuten zu machen. Sie muss sich jetzt mal ändern. Nicht immer nur ich, so funktioniert eine Ehe nicht.«

Bertha schwieg, alle schwiegen. Ruhe! Durch die Tatsache, dass ich nur eine halbe Stunde frische Luft geschnappt hatte, platzte Berthas übergroße Hysterieblase. Ich setze nach: »Caro kann sich nicht einfach hängen lassen und immer nur fordern und fordern.« Bertha: »Du hast für unsere Caroline mal »Du Vieh« gesagt. Du hast ...« Ich schnitt ihr das Wort ab: »Das war einmal. Und warum habe ich das gesagt? Außerdem ist das schon wochenlang her. Die sah aus wie die Bisons von Birkenfeld mit den zerfetzten Sachen und den zotteligen Haaren.« Ludwig warf ein: *»Ja, das muss ich auch sagen, da sahst du wirklich unmöglich aus. Das wollte ich dir auch immer mal gesagt haben!«*

»Alexander ist jetzt über ein Jahr alt und du hast hier im Haus immer noch deine Schwangerschaftssachen an.

Wir fahren jetzt mal nach Frankfurt und kleiden uns neu ein ...«

»*Man muss eine Frau auf Händen tragen!*«, pflegte sich Bertha obermütterlich ins Gespräch ein. »Dann muss man sich aber auch wie eine Frau verhalten!«, knallte ich sofort zurück.

Bertha Schmidt versuchte immer noch, mich schlecht dastehen zu lassen. Je mehr sie dies versuchte, desto mehr erzählte ich unperfekte Einzelheiten von Caros Verhalten, so dass die werten Schwiegereltern nach kurzer Zeit genug Realität gehört hatten. Sie traten die Flucht nach vorne an und hatten es auf einmal recht eilig, nach Hause zu kommen. Ich begleitete die beiden zur Tür.

Caro und ich unterhielten uns noch ein wenig. »*Ach ich weiß es doch auch nicht*«, sagte sie wie so oft. Das sagte sie immer, wenn sie unsicher war.

Die Wogen schienen sich wieder zu glätten. Es war ein Sonntagabend, ich lag auf der Couch. Die Woche war hart gewesen. Ich brauchte ein wenig Ruhe. Es tat gut, zwei Stunden allein zu sein. Caro kam vom gemeinsamen Abendessen mit den Kindern und ihren Eltern zurück. Jan kam auf mich zu gerannt und sprang auf meinem Bauch. Alexander kam später. Er hatte noch etwas Schwierigkeiten, die »hohe« Couch zu bezwingen. »Na, ihr Räuber! Hat es euch geschmeckt?« Caro stellte sich neben mich.

»Marion kommt jetzt aber doch in die Firma!«

»Dann geh ich«,

gab ich zur Antwort, ohne eine Sekunde nachzudenken.

Äußerlich nicht sichtbar, kochte ich innerlich vor Wut. ›Was soll das? Wie soll ich denn jetzt schon wieder reagieren? Warum gehen die Informationen immer diese seltsamen Wege? Was ist mit: »Du kannst so tun, als ob das deine Firma ist?« Warum steht Caro nicht hinter mir? Was wird hier gespielt? Haben die dich gekauft? Haben die von Anfang an einen Lückenbüßer für ihre Bretterbude gesucht? Wird aus der Betriebslüge eine Lebenslüge?...‹

Tausend Fragen, tausend Rätsel, tausend Seltsamkeiten – und ich mittendrin! Was für mich von der ersten Sekunde an nicht in Frage kam, war, dass die Geschäftsführung im Büro, die kaufmännische Leitung mit einer Doppelspitze besetzt würde.

»Dann geh ich.« war nicht einfach so dahingesagt. Nein! Es war vom ersten Moment an mein klarer Verstand und mein unternehmerisches Denken nach dem Fallen des Satzes: »Die Marion kommt jetzt doch in die Firma.«

›Von mir aus geh ich. Von mir aus setzen sie mich als Lückenbüßer ein und als Lückenbüßer wieder aus. Von mir aus geh ich wieder in das Malerhandwerk oder in die Jugendhilfe. Niemals werde ich ein Büro mit fünf

Angestellten mit einer doppelten Geschäftsführung leiten.‹ Das war und das ist für mich betriebswirtschaftlich nicht zu verantworten.

Marions Höhenflug ins Ausland war von nur kurzer Dauer gewesen. Es war nur wenige Monate her, als sie bei uns auf der Terrasse gesessen und sich verabschiedet hatte: »Michael, du trägst immer schöne Schuhe.« Sie wollte nun doch keine Ausländerin werden.

Ich verlangte ein klärendes Gespräch bezüglich dieser verschleierten Firmenangelegenheit. Es kam ein paar Tage später zu Stande. Ludwig fand als eigentlicher Gesprächsführer nicht die richtigen Worte. »*Wir arbeiten als Team*«, sagte Marion. Ludwig schaute mich nicht an. »Du, du übernimmst den kompletten Verkauf. Alles, was mit den Kunden zu tun hat.« Er räusperte sich. »Du, du kennst nun alle Kunden. Und, und ich bin überzeugt davon, dass man mit dem Musteranhänger jede Woche mindesten zwei Aufträge reinholen kann, wenn man mit dem durch die Wohnsiedlungen fährt.« Sein Wunschdenken war mir bestens bekannt. Ludwig war in seinem selbst gesetzen Renteneintrittsalter. Was er sich vornahm, wurde nicht mehr realisiert. Wo waren seine deklarierten klaren Strukturen? Vergaß er sie, oder gab er sie auf? Er konnte nicht mehr klar sagen, wie der Generationswechsel abgewickelt werden sollte. Hatte er überhaupt was zu sagen? ›Wo ist der Ludwig Schmidt hin, der als Unternehmer erfolgreich über 25 Jahre ein

Unternehmen geleitet und vorbildlich sowie sorgfältig den Wechsel seiner Person vorbereitet hat? Wo ist der Ludwig Schmidt, zu dem ich aufgeschaut habe?‹

Das Töchterchen! Ja, das Töchterchen wusste, wie es ging. »Wir müssen auf dem Weltmarkt schauen. China oder so. Da kann man voll günstig einkaufen, Globalisierung und so.«

»Wir sind reiner Senko-Verarbeiter und können eigentlich nur bei Senko einkaufen«, fügte ich sachlich hinzu. Marion schaute nach unten. Ihre rote Locke fiel ins Gesicht. Ludwig konnte sich ein kleines Lächeln nicht verkneifen. Mir reichten die Eiertänzchen. Mir reichte der Smalltalk. Der heiße Brei kühlte ab. Mein klarer Verstand verlangte Fakten: *»Was machen wir mit der Geschäftsführung?«*, fragte ich Ludwig. Der alte Mann rückte sich auf seinem schwarzen Chefsessel zurecht. Er räusperte sich erneut. *»Ja was ist denn damit?«* Beim eifrigen Drehen des S&M-Kugelschreibers mit beiden Händen suchte er scheinbar nach den richtigen Worten. *»Wir sind ein Team!«*, warf Marion erneut ein. Ein Team? Schwammig, dehnbar, unbrauchbar war für mich diese Äußerung, welche ich nicht als Antwort akzeptierte. Nicht, weil sie schwammig war. Sondern weil sie nicht vom Chef kam. Ich schaute nur zu Ludwig. Er war der Boss.

»Ich möchte, dass es nur einen Teamleiter gibt und die Geschäftsführung entweder nur von Marion oder nur von mir ausgeübt wird.«

»Ach, die Geschäftsführung! Die kannst du von mir aus schon Morgen haben«, gab Ludwig lächelnd und flapsig zurück.

Caro warf ein: *»Ich will nur, dass es keinen Streit gibt.«*

Ich wollte auch keinen Streit. Eine klare und vernünftige »Firmen- und Familienpolitik« war mir wichtig. Die Antwort: »Die Marion wird morgen Geschäftsführerin«, wäre ebenfalls von mir akzeptiert worden. Ein Wortbruch und eine erneute berufliche Veränderung wären für mich kein Problem gewesen. Caro und ich wollten keinen Streit!

Der Tag drauf:

»Die Marion, der Andreas und du – ihr müsst die Firma leiten.

Der Andreas und die Marion, das geht nicht. Stell dir das mal vor. Der Andreas ist einfach nur dumm. Du musst auf jeden Fall dabei. Die Anteile bekommt dann natürlich die Marion. Unsere Caroline bekommt dann das Haus in Münchhausen. Da kann dann Jan demnächst wohnen.« Das Telefon schellte: »Firma Schmidt und Meyer, Schneider ...«

»Einen schönen guten Morgen, Herr Schneider, gehen Sie mal bitte zu Ihrem stets freundlichen Herrn Meyer und sagen Sie ihm, wenn ich die Böden bis 14 Uhr nicht habe, bestelle ich woanders. Was erlaubt sich der Heini eigentlich da hinten?« Ich konnte mir ein Prusten nicht verkneifen. »Ne! Ehrlich jetzt! Der kann nicht machen, was er will. Wir haben fest vereinbart, dass die Böden am Montag diese Woche kommen. Ihr habt mir einen Festtermin bestätigt. Wir haben Mittwoch! Andauernd ändert der Meyer die Liefertermine. Also! Sagen Sie ihm das.« Er legte auf. Ich ging in die Fertigung. Das mit Marion, Andreas und mir hatte ich ja mit Ludwig, mit dem Chef, geklärt. Auf dem Weg zum »Heini« äffte ich sie innerlich nach: »Der Ludwig, der hat zuhause nichts zu sagen. Der Ludwig ist in der Firma Chef und ich zuhause.«

Im Herbst fuhren wir gemeinsam mit den Kindern in unseren ersten längeren Urlaub, eine Woche nach Oberstdorf. »Wir fahren einfach drauflos und suchen uns da unten was Nettes.«

In aller Frühe rollte unser vollbepackter Wagen durch die Gassen von Oberstdorf. Die Morgensonne begrüßte uns beim Frühstücken auf dem Marktplatz. Anschließend gingen wir rüber zur Touristik-Information. »I' druck' erna drei Varianten aus.«

Die erste Variante bei Frau Leitner gefiel uns schon. Es war eine kleine Ferienwohnung mit einem herrlichen Blick auf Oberstdorf. »Das ist ja genau so schön wie in Oberhof«, staunte Jan. »Na, dess isch Oberstdorf.« Wir lachten. »Der Kleine meinte unseren Heimatort. Wir kommen aus Oberhof. Das liegt im Herzen von Deutschland«, informierte ich die liebe alte Frau. Caro waren die Berge vertraut. Schmidts fuhren einmal im Jahr

Anfang Juni nach Südtirol. Mein Herz schlug seit meinem siebten Lebensjahr für die Berge. Mit sieben war ich mit meinen Eltern zum ersten Mal in Südtirol gewesen. Mit einem Freund fuhr ich zweimal mit dem Zug nach Brixen und wir zogen durch die Berge und legten uns nachmittags auf die Wiese im Freibad von Klausen.

Bei herrlichem Spätsommerwetter erkundeten wir zu viert die deutsche alpine Bergwelt, meistens zu Fuß, aber auch mal mit einer Bergbahn oder mit der Gondel. Abends genossen wir die bayerische Koch- und Braukunst.

Das größte Highlight war das allmorgendliche Frühstück auf der Terrasse. Vor sechs kam der kleine Jan zu mir ins Bett. »Papa, sollen wir wieder Brötchen holen?«

»Ja, gleich, lass uns noch ein bisschen schlafen.« Durch das Fenster grüßten von Weitem die Berggipfel im Morgenrot. Meine Augen fielen entspannt wieder zu. Um sechs Uhr läuteten die ersten Glocken. »Papa, sollen wir jetzt?« Caro und Alexander in seinem Reisebettchen träumten tief und fest von den schönen hohen Bergen, welche nun hell und stolz durch die kleinen Holzfenster zu sehen waren.

Mit dem Cityroller sausten wir zwei hinunter zur Bäckerei. »Seid's wieder do, mett dem kleinen Fahrradal?«, begrüßte uns die Verkäuferin am dritten Tag. Zurück gingen wir durch Gässchen oder durch die Parkanlage.

Caro war wie ausgewechselt. Wir lachten sehr viel.

»Unser verflixtes siebte Ehejahr ist zu Ende!«,

scherzte sie am letzten Frühstücksmorgen. Der kleine Alexander lief im Strampler herum. Der große Bruder Jan hütete ihn liebevoll. In einem Augenblick der Unachtsamkeit machte sich Alexander auf seinen Beinchen um die Hausecke und kam mit einer Tomate wieder, welche er von den Sträuchern an der Hauswand gemopst hatte.

Mein Handy zeigte an: »3 Anrufe in Abwesenheit, Ludwig«. »Oh, dein Pappi hat schon drei Mal angerufen. Den muss ich gleich mal eben zurückrufen, sonst steht er gleich vor uns.« Caro schmunzelte. »Quatschkopf-Oski!«

»Ich kenne deinen Vater mittlerweile besser als du. Wie bei euch zuhause ist der in dem Laden lange nicht. Das sind zwei Personen! Ein Chef und ein Schwiegervater. Ein guter Schwiegervater, zu dem man respektvoll aufschaut, und ein Choleriker, den man manchmal am liebsten erwürgen würde.« Caro lachte. »Mein Oski macht das schon. Komm, lass uns wieder nach Hause fahren. Da haben wir es so schön.« Caro sprang auf und räumte den Tisch ab.

Wir hätten uns auch ein Hotel leisten können. Finanziell ging es uns gut. Doch wir brauchten keinen Luxus. Wir waren gesund und glücklich. Zu Beginn des nächsten Jahres planten Caro und ich die Rückzahlung des zinslosen Kredites von Ludwig und Bertha.

Seitdem unser Traumhaus fertig war, kühlte sich die Beziehung zwischen Caro und Schwägerin Kerstin ab. Ein, zwei Mal kam sie zu uns in den Garten. Auf dem großen Holztisch baute Caro immer ein nettes Nachmittagsbuffet mit frischem Kuchen, Plätzchen, Limonade und Kaffee auf. Samstagnachmittag war Garten- und Familienzeit. Caro sorgte gern für eine gemütliche Atmosphäre. »Bei uns ist jeder willkommen. Die anderen Kinder aus dem Dorf bekommen bei uns auch was zu trinken oder mal ein Stück Kuchen«, pflegte sie zu sagen. Für uns waren es die schönsten Stunden der Woche.

Mein Bruder Matthias stand immer unter Strom. Kerstin und er saßen nie in aller Ruhe beim Frühstück oder samstags in der Sonne.

Kerstin war anders als sonst. Sie freundete sich mit Britta, einer Nachbarin von uns, an und ließ Caroline über Wochen links liegen. Sie konnte sich befreunden, mit wem sie wollte. Aber Britta war genau das Gegenteil von Caroline. In nur ein paar Wochen zerstörte Kerstin eine tiefe Freundschaft. »Die wird nie mehr meine beste Freundin. Das werde ich ihr nicht vergessen.« Caro tat mir leid. Ich nahm sie in den Arm. »Wir Oskis halten zusammen. Du hast doch auch noch andere Freundinnen.«

»Ja, das stimmt.« Das Vertrauen zu Kerstin war zerrüttet. »Es wird nie mehr so werden, wie es mal war.«

Familie Matthias und Kerstin Schneider entschieden sich für die Hauptschule. Für die Tochter stand im Folgejahr der Schulwechsel an.

»Unsere Kinder stehen demnächst

zwischen Realschule und Gymnasium!«

»Caro, wir waren auch nicht die Oberstreber in der Schule, *zwischen Haupt- und Realschule reicht auch.«*

»Nein, zwischen Realschule und Gymnasium, Hauptschule geht gar nicht!«

»Okay, einigen wir uns auf Realschule.«

»Okay, Oski!«

»Aber dann müssen wir auch Gas geben.«

»Machen wir. Hilfst du mir denn dabei?«

»Klar! Ich hab' dir doch immer geholfen, und du konntest dich immer auf mich verlassen.«

»Stimmt! Das konnte ich.«

Alexander kam in den Kindergarten. Für Mutter und Kind ein riesiger Einschnitt. Caro war einerseits etwas traurig, weil der kleine Alexander morgens nicht mehr bei ihr war, anderseits glücklich, weil sie den Morgen frei gestalten konnte. Sie begann zu joggen, probierte neue Rezepte aus und dachte über eine Rückkehr ins Berufsleben nach.

Alexander ging gerne in den Kindergarten. Er war in Schüttkirchen. Das Schönste für den Kleinen war die Busfahrt. Die ersten Tage ging Caro mit ihm zur

Bushaltestelle. In den ersten Wochen war er mittags sehr müde und schlief beim Mittagessen ein. »Der Kleinste!«

»Leg' ihn doch nochmal ins Bett. Er braucht noch seinen Mittagsschlaf.«

»Mache ich auch. Kerstin und Britta lästern zwar drüber, aber das ist mit egal!«

»Ach, lass die labern! Aber ich würde ihn nach einer Stunde wieder wecken.«

In den Büroräumen der Firma Schmidt und Meyer sprach man anders als noch vor einigen Jahren. Jede Woche schilderte Ludwig mir mein Aufgabengebiet der Zukunft.

»Du musst den kompletten Verkauf übernehmen.

Alles, was damit zu tun hat. Den kompletten Verkauf!«

»Ja, das werde ich. Das machst du doch auch. Du kümmerst dich doch auch als Geschäftsführer um die komplette Kundenbetreuung, verkaufst in der Ausstellung Böden. Das macht mir Spaß.«

Der zuständige Gebietsmanager unseres Systemgebers sagte mal zu Ludwig und mir: »Der Michael ist ein guter Verkäufer. Der kommt gut bei den Kunden an.«

Bertha schwärmte: *»Bei dir würde ich auch einen neuen Fußboden kaufen.«* Bertha schwärmte aber nach dem drastisch verkürzten Kanada-Trip noch viel mehr von ihrer Tochter Marion. »Die Marion macht gute Arbeit. Die ist perfekt. Und die ist hübsch. Die kann das. Die macht das. *Die Marion, der Andreas und du – ihr müsst die Firma demnächst weitermachen.*«

›Lassen wir sie mal reden. Das ist alles mit Ludwig, Marion und Caro besprochen worden. Der Ludwig ist der Chef in der Firma.‹

Beruflich konnte ich jetzt richtig Gas geben. Ich dachte mich intensiv in unsere beiden Programme hinein. Ludwig versuchte, mich auszubremsen. Wobei ich auch manchmal zu euphorisch und zu leichtsinnig an dieses Mammutprojekt heranging. Ludwig zeigte Qualität in der Endkontrolle. Dort, wo meine Computerdaten in Form von Schrift und Verkaufspreis auf einem Blatt Papier erschienen. In der Sparte waren Ludwig und ich ein Team. Wir arbeiteten zusammen. Mal lebhaft, mal impulsiv, mal fachlich, mal sehr produktiv! Parallel waren wir wie zwei rangelnde Hirsche, alt und jung, die um das Revier der kaufmännischen Leitung kämpften.

Und die Herren Meyer? Andreas Meyer zeigte absolut kein Interesse an Computerwirtschaft. Er wollte lieber wie sein Vater mit Kugelschreiber und Siebenfachdurchschreibpapier arbeiten. »Das ist eure Sache, das muss das Büro machen.« So einfach war seine Auffassung. Eines der größten Module des Programmes war die Lagerwirtschaft.

»80 Prozent der Lagerwirtschaft können Sie mit unserem Programm erschlagen, die anderen 20 Prozent müssen Sie nach wie vor »zu Fuß« erledigen«, so der

Projektleiter, welcher uns zwei Wochen lang für die Lagerwirtschaft schulte.

Hermann Meyer war der Erste, welcher in seinem Unternehmerstammtisch und in der Oberstaufenwälder Gegend damit prahlte, dass sein Unternehmen fast alles mit Computer machte. »Eine Rechnung ist bei uns nur noch ein Mausklick!« Hermann Meyer war auch der, der nach der Schulung zu Andreas und mir sagte: »Jetzt lass ich euch beiden mal drei Monate mit eurem Programm alleine. Jetzt zeigt mal, wie gut ihr seid.«

Aus den 80 Prozent wurden noch nicht einmal 0,8 Promille. Aus den drei Monaten wurden nicht mal drei Tage!

Nach drei Stunden hatte Hermann Meyer wieder fest das Fertigungszepter in der Hand. Erste Bestell- und Lagerlisten von Andreas wurden vor seinen Augen zerrissen und in den Papierkorb geworfen. Andreas bat mich, direkt mit Hermann zu sprechen.

»Kommt! Lasst mich mit eurer Scheiße in Ruhe!

Ich muss was tun.«

Die Zeit schien stillzustehen. Privat waren wir im Schlaraffenland. Es waren schöne Jahre. Doch die Tage wurden bereits dunkler. Caro blühte auf. Sie kaufte sich schicke, hochwertige Sportschuhe und begann, intensiv zu joggen. »Mir geht es total gut. Ich genieße das Leben.« Sie zauberte uns die schönsten Gerichte und hatte immer neue, kreative Ideen für unser schönes Eigenheim. »Ich überlege, als Trainerin im Fitnessstudio anzufangen. Nächste Woche frage ich dort mal.«

Ich hatte eine Powerfrau. Das war wieder ganz meine Caro. Genauso war sie in unseren ersten verliebten Monaten gewesen, nachdem ich sie aus der »Tiefkühlabteilung« ihre Mutter herausgenommen und liebevoll aufgetaut hatte. Sie war frech, sexy und selbstbewusst.

Doch wer klopfte da ständig an die Tür unseres Traumhauses?

»Mama versuchte mir gestern wieder einzureden,

ich würde mich in Oberhof nicht wohlfühlen!

Dabei bin ich total glücklich hier!«

Wir saßen auf einer Bank über dem Dorf, die Kinder waren schon zu meinen Eltern gelaufen. Es war einer der letzten warmen Tage. Es war ein schöner Herbstabend. Die Birkenzweige über uns pendelten im letzten zarten Grün im Abendwind.

»Ich wollte immer im Dorf wohnen! *Ich bin eine richtige Hoferin! Mama hat sich in Münchhausen noch nie wohlgefühlt. Die hasst Münchhausen.* Das hat sie selbst gesagt. Da wäre ja überhaupt nichts los. Und in den Wald geht sie ja nicht gerne. Die will später in ein Altenheim, irgendwo in einer größeren Stadt. Aber Papa will das nicht. Papa kann einem schon mal leidtun. Aber ich bin hier glücklich. Ich war immer schon ein Dorfkind. Hier habe ich viele Freunde gefunden ...«

Ich setzte mich ein Stück näher an sie heran, nahm sie fest in den Arm und wir schauten über unser Dorf. Wir schauten über unsere Berge und auch über unsere Berge hinaus. Wir schwärmten ein Weilchen über die schöne Zeit vor den Kindern, mit den Kindern und über die Zeit nach den Kindern. »... Wenn unsere Kinder größer sind, haben wir wieder ganz viel Zeit füreinander.«

»Dann machen wir unsere Fahrradtour durch Deutschland.«

Wir waren eine glückliche Familie. Wir unternahmen viel zu viert. Wir waren beide der Ansicht, mit den Kindern die Freizeit und auch die Urlaubszeiten aktiv zu verbringen. Einfach die Kinder abzugeben – Hauptsache weg, Hauptsache Ruhe – war nicht unser Ding. Wir liebten die Eigeninitiative und Action in der Familie.

Wir brauchten ein neues Auto. Mein Polo hatte die Bauzeit nicht überlebt. Caros Polo war zu klein für uns vier plus Kinderwagen. Wir hatten ein bisschen Geld für einen neunen Wagen gespart. Einen Kredit dafür aufnehmen wollten wir nicht. Wir schauten uns auch in Großwiesen bei einem Audi-Händler um. Da stand ein

Audi A-4 Kombi mit einer nicht enden wollenden Liste an Sonderausstattungen.

Drei Wochen später fuhr ich mit der neuen Karosse auf den Parkplatz der Firma. Albert schaute aus dem Fenster. Er stand auf. Er ging an die Scheibe. Er nickte mit großen Augen. Er staunte. Ich ging in die Ausstellung. Albert stand in seiner Bürotür. »Heu, heu, heu! Jetzt wird es aber nobel.« Ich lachte. »Na ja, die alte Möhre ging ja gar nicht mehr.«

»Wo hast du den her?«

»Von Audi-Schlegel in Großwiesen. Der hat eine Riesenauswahl.« Ich ging in mein Büro.

312

Kapitel 19 »Uns geht es gut.«

»Uns geht es gut«, sagte ich zu Bertha, die fleißig auf der Schreibmaschine tippte.

»Das bleibt auch so. Wenn ihr immer das macht ...«, sie stockte, *»... was man von euch erwartet!«* Sie grinste listig. »Dann bleibt das immer so.«

Bertha saß an ihrem Tisch. Sie aktualisierte die Telefonbücher von Ludwig, Albert und Hermann. Einmal im Monat bekam sie verschiedenste Visitenkarten, Zettel und Gekrakel von den drei Herren. Die Telefonnummern trug sie mit der Schreibmaschine in die herausnehmbaren Seiten der DIN-A5-Ringbücher ein. Es war eine mühselige Arbeit.

›Was soll das denn heißen? Will die mich tatsächlich kaufen? Verteilt sie immer das Geld?‹ Ich machte mir meine Gedanken. ›Mach dich nicht abhängig.‹

Es ging auf Weihnachten zu. Ich kam zur Haustür rein. Es duftete nach frisch gebackenen Plätzchen. Jan kam in meine Arme gelaufen. »Na, Kleiner? Was macht ihr Schönes?«

»Wir backen.«

»Das riecht aber auch lecker hier.« Alex lugte mit einem Keks im Mund durch die Küchentür. Er winkte mir zu. Auf dem Sideboard stand eine große, rote Kerze in einem Gesteck mit groben Aluminiumspänen und weiß gestrichenen Ästen. Darin steckten noch drei Tannenzweige mit Zapfen dran. Einer davon war tiefrot angestrichen. Caros Deko, Caros Ideen waren grandios. Wir gingen in die Küche. Die Herdinsel mit den acht Kochstellen war übersät mit den schönsten Weihnachtsplätzchen. Meine Hand griff wahllos in die Menge und zog ein Spritzgebäck heraus. Caro schaute frech von der Seite: »Wer nascht da?«

»Mmh! Das ist ja einfach himmlisch.« Im chaotischen Auswahlverfahren zogen Zeigefinger und Daumen den nächsten Kandidaten aus der Menge: einen Zimtstern. Geräuschlos versanken meine Schneidezähne in dem Gebäck. Der volle Mund nahm zur Kenntnis, dass der Backware die richtige Süße fehlte. »Da fehlt Zucker und es ist zu weich.«

Das dritte, vierte und fünfte Probierplätzchen schmeckten ausgezeichnet. Caro rollte Teig aus. Ich stellte mich hinter sie. »Das ist ja der absolute Wahnsinn! Die könnte ich alle wegnaschen, samt der Bäckerin.« Caro lachte und rollte stolz weiter. Meine Hände griffen durch ihre Arme nach einem Spekulatius. »Oh! Der ist auch gut. Der ist der Oberhammer.«

Am nächsten Feierabend zog wieder ein verlockender Duft umher. Ich stellte meine Arbeitstasche unter die Garderobe und betrat den Wohnbereich.

»Natürlich schmecken die Plätzchen. Du spinnst wohl!«

314

Schwiegermutter saß auf dem roten Kissen der Schieferbank des Kachelofens. »Guten Abend zusammen!« Ich legte die frischen Brötchen auf den Tisch. Er war gedeckt und aufgehübscht mit einem kleinen Adventsgesteck. In einer Wurzel stand eine weiße Kerze, welche in Sternchenmoos gebettet war.

»Unsere Caroline kann backen. Und die Plätzchen schmecken. Ich bin extra hierhingekommen und hab' die probiert.«

»Bertha, die Plätzchen schmecken ja auch, bis auf die Zimtsterne. Die sind mir zu weich und nicht süß genug.« Sie schwieg. Sie schaute sich um. »Ihr habt es richtig gemütlich. Das muss man ja sagen. Vertragt euch.«

Am nächsten Morgen in der Firma naschte ich im Frühstücksraum von Mariannes Plätzchen. Diese kam mit drei Tassen in der Hand hinzu. »Die sind ja zu köstlich.«

»Schön, wenn sie dir schmecken. Plätzchen gehören in der Vorweihnachtszeit einfach dazu.« Bertha betrat den Raum. »Unsere Caroline hat fünf Sorten gebacken. Und die schmecken alle, auch die Zimtsterne.«

»Mir sind die zu weich und nicht süß genug. Aber das ist ja Geschmacksache.«

»Ein Plätzchen muss doch nicht hart sein«, ergänzte Bertha.

»Zimtsterne müssen für mich hart sein.« Marianne brachte sich in die Debatte ein: »Der Guss sollte hart sein. Aber das Gebäck selbst darf etwas weicher sein.«

»Siehst du. Jetzt weißt du es.« Mir wurde es zu albern. Ich nahm mir noch eines der Köstlichkeiten und ging an den beiden Damen vorbei zur Tür, Richtung Bürotrakt. Schwiegermutti schaute mir nach. »Und Carolines Zimtsterne schmecken auch.«

Wir gingen unserer Arbeit nach. Sie ging ihre Arbeit nach. Ich versuchte, meiner Arbeit nachzugehen.

»Gestern ist unser Daniel gestorben, genau auf Nikolaus. Das ist jetzt 25 Jahre her.« Sie tat mir leid. ›Wie schlimm muss es sein, wenn ein Kind stirbt, das eigene Fleisch und Blut? Wie schlimm muss es sein, wenn ein Kind aus der Familie gerissen wird?‹

»Da habt ihr ja einen mitgemacht.«

»Das kannst du wohl sagen. Da erholt man sich nur ganz langsam von. Und für den Tod konnte keiner was. Eine Viruserkrankung! Keiner stirbt heute mehr an einer Viruserkrankung. Aber damals war die Medizin noch nicht so weit. Deswegen: Keiner konnte was für den Tod von Daniel.«

Ich schwieg. Mir fielen keine neuen Worte mehr ein. Schon oft hatten wir über den Tod gesprochen. Es musste grausam sein, ein kleines Kind, einen lieben Menschen zu verlieren. Oft unterbrach ich meine Arbeit, drehte mich zu ihr um und wir sprachen über Tod und Leben, über Daniel, über Jan und Alex. Gemeinsam in der Familie haben wir ihr Leiden lindern können. Die Tage wurden dunkler. Der Tod ihres Sohnes war präsent: »Mir kommt es vor, als sei gestern das Sechswochenamt gewesen.« Der

Tod von Daniel lag 25 Jahre zurück. Das war eine Generation. Sie bohrte seltsam nach. Als wenn sie fordern wollte, dass man ihr doch einen Teil der Schuld gab. »Nein, nein – da kann keiner was für.«

»Das Geld, das euch Ludwig für das Haus gegeben hat, braucht ihr nicht mehr zurückbezahlen. *Das schenken wir euch. Uns geht es gut. Wir haben so viel Geld. Das können wir gar nicht mehr alles ausgeben. Ich gebe es lieber mit warmer Hand.* Und die Plätzchen von der Caroline schmecken. Schluss, Ende! Ich gewinne jeden Streit. So, ich muss nach Hause. Der Ludwig will gleich was Anständiges auf dem Tisch haben.«

›Die immer mit ihrer warmen Hand. Sie schenken uns das Geld. Ich wäre ja blöd, wenn ich jetzt sage, dass ich das nicht geschenkt haben will.‹ Ein bisschen unheimlich wurde mir dabei aber schon. Der Hausumbau war vollzogen. ›Irgendwann hast du einen Firmenwagen. Es wird wohl nun auch das letzte Mal gewesen sein, dass wir so verwöhnt werden. Genieß es. So ganz einfach ist das Zusammenleben mit dem lieben Berthaleinchen und dem cholerischen Schmidt in der Firma ja auch nicht. Aber warum sagt es mir Ludwig nicht selbst, dass er das Geld nicht zurückhaben möchte?‹ Je länger man Bertha kannte, umso mehr Fragen tauchten auf. ›Na ja, ich werde schon mit der fertig. Die wird ja auch nicht jünger.‹ Das Telefon schellte: »Büro Ludwig,«

»Ja?«

»Du musst mal eben kommen.« Ich ging rüber.

Ich betrat gut gelaunt sein Büro:

»Wir müssten eigentlich jeden Morgen wie junge Rehe aus dem Bett springen.«

Ludwig freute sich.

»Uns geht es richtig gut.«

»Wenn's euch gut geht, geht es uns auch gut«,

gab er zufrieden zurück. »Hier! Du musst noch einmal im Computer nachgucken. Bei den Kunden stimmen die Rechtsformen noch nicht. Ich habe es dir markiert, wo es noch nicht passt.« In Seelenruhe zeigte er mir seine Aufzeichnungen. »Schön, dass es euch gut geht. *Wer viel arbeitet, dem muss es auch gut gehen«,* fügte er noch hinzu.

Wie in den meisten Betrieben wird das Jahr mit einer Weihnachtsfeier abgeschlossen. Firma S&M machte im Anschluss drei Wochen Betriebsferien. Günther, eigentlich Günther Maria, machte den Vorschlag, vor der Feier eine kleine Jahresabschlusswanderung durchzuführen. Mit fast zwanzig Teilnehmern kehrten wir im Gasthof Hubertus in Geißenberg ein. Das Essen wurde serviert. Günther saß allein an einem Tisch. Ich setzte mich zu ihm. »Das wollte ich aber auch gemeint haben«, sagte er zu mir und unterstrich seinen Einsatz in der Firma für einen guten Zusammenhalt. Nach dem Essen setzte ich mich zu einigen anderen Menschen in der gut gefüllten Wirtsstube. Nach drei, vier Stühlen gesellte ich mich auch zum Organisten aus meiner Messdienerzeit. Dieser wohnte in Geißenberg. Mit lockerer Zunge sprach ich den alten Mann an. »Sie haben bei uns in der Kirche vor vielen Jahren die Orgel gespielt.«

»Woher kommst du denn?«

»Aus Oberhof.«

»Ach ja, das stimmt, da habe ich mal ein paar Jahre gespielt. Das ist aber schon sehr lange her.« Wir stießen an. »Und was verschlägt dich hier nach Geißenberg?«

»Wir haben Weihnachtsfeier.«

Wir sprachen über vergangene Zeiten. Ludwig sah, wie wir uns angenehm unterhielten. Immer wieder schaute er zu uns rüber. Den Organisten schaute er nicht an, obwohl er in seinem Alter war.

»Das ist mein Schwiegervater.«

»Der kommt doch aus Münchhausen.«

»Ja, genau, da habe ich eingeheiratet.«

»Dann kennst du doch bestimmt auch

diese Schmidt!«

Missbilligender hätte man das Wort Schmidt nicht aussprechen können.

»Ja, das ist meine Schwiegermutter.«

»Oh Herr!« Er schaute vor sich, schwieg eine Weile, trank aus und ging. Ich setzte mich an den nächsten Tisch. Es wurde ein langer, geselliger Abend.

Dann war sie da, die XXL-Bescherung: Es war zu viel des Guten: Die Fünfmeter-Couch war vollbeladen wie einst der große Dampfer von Bischof Nikolaus. Eine Unzahl von Geschenken – nur für Jan. Alexanders Geschenke stapelten sich auf der zwei Meter langen Designerliege. Jan bekam für seine Modelleisenbahn einen ICE, zehn Stadtgebäude, ein Krankenhaus, 30 Modellautos. Zusätzlich gab es ein Lexikon, eine neue Schultasche, ein ferngesteuertes Auto und ein neues Kettcar. »Es ist ja schön, wenn ihr unseren Kindern etwas schenken möchtet. Aber das ist einfach zu viel. Die Kinder haben ja überhaupt kein Gefühl mehr für das Besondere. Nächstes Jahr wird reduziert. So geht es nicht weiter.«

Ludwig kam andächtig, wie ein Messdiener auf mich zu und drückte mir einen Umschlag in die Hand. Ein dickes Bündel Geld war direkt zu ertasten.

Alle sechs Kronleuchter erhellten den Raum, ließen ihn wie einen großen Saal erscheinen. Die unzähligen Kristalle, die vielen aufwendigen goldenen Arme reflektierten das grelle Licht.

Jan bemerkte nicht, wie Omi Bertha fünf Geschenke wegnahm. Während der Rücknahme sprach sie zu sich oder zu uns leise: »Ich hab' doch noch drei Geschenke als Überraschung im Keller.«

Mit einem seltsamen Blick, mit einer fremden Mimik kam sie wieder zu uns. Sie blieb stehen. »Unsere Mutter war schlecht. Die hat uns nie was geschenkt und ihren Enkelkindern auch nicht.« Sie schaute zu den Kindern runter. »Und? Jan, freust du dich auch?«

»Ja, Oma!« Und schon riss er das nächste Päckchen auf.

»Sei immer schön lieb. Dann bleibt das so.«

»Oma, ich bin doch immer lieb.«

»Ja, das bist du. Du bist mein lieber Junge.« Man hörte das Reißen des Papieres. Jan und Alex rissen Papier auf. Wir Erwachsenen standen verteilt, schauten nach unten. Dann war es einen langen Moment still.

»Unser Daniel bekam in dem einen Jahr 100 Mark. Jetzt wäre er 25 Jahre alt.« Wieder herrschte Stille, nur das lange Ziehen des Papieres von Alex war zu hören. Alle schauten, wie er geschickt den großen, bunten Geschenkpapierbogen immer länger zog. Jan staunte: »Cool, Alex, du bastelst dir ja gerade eine Passstraße.« Die beiden Jungs kicherten. »... wie in Obi«, fügte der erstgeborene Enkel an. »Obi« war für die Beiden der »Kosename« für Oberstdorf. Ich war mächtig stolz auf meine kreativen Jungs da unten auf dem Luxusboden von Frau Bertha Schmidt.

»Bist du mit deinen Geschenken zufrieden, Jan?« Er nickte. Bertha setzte ein Lächeln auf. »*Geld allein macht nicht glücklich, aber es beruhigt.*« Sie schmunzelte vor sich hin. *»Es beruhigt ganz schön.«*

Sie machte den Fernseher an. »Ich muss ja noch Denver-Clan aufnehmen. Alle Folgen werden wiederholt. Ich habe bis jetzt alle Folgen aufgenommen. Heute kommt eine der Besten. Heute macht Alexis ihren Ex richtig fertig. Und keiner kann es ihr beweisen! Das ist meine Lieblingsfolge.«

Alex brummte anhaltend. Mit dem Zeigefinger „fuhr" er die Passstraße runter.

„Wir fahren im März auch wieder in die Berge, in die Schweiz, mit Ludwigs Geschwistern. Früher sind wir mal mit Theo und Hannelore gefahren. Aber seit dem Testamentsstreit fahren wir mit Ludwigs Geschwistern. Unseren Theo habe ich jetzt noch gesehen. Der sieht schlecht aus. Wenn unser Gisbert damals nicht ..."

Am Montag nach Drei Könige sagte sie in unserm Büro: »Du hattest ja recht. Es war zu viel. Ich sehe es ein, lieber Schwiegersohn.« Ein verlegenes Kichern brachte sie über die Lippen. »In den drei Päckchen waren noch zwei ferngesteuerte Autos und ein Ball. Ich dachte, wenn er mit seinen Freunden spielt, haben die auch ein Fahrzeug. Ich glaube, dann wärst du ausgerastet. Ich habe sie ja weggetan. Jan hat es ja nicht bemerkt.« Sie kicherte wieder verlegen. »Verzeihst du mir noch einmal?«

»Es ist jetzt gut. Dieses Jahr gibt es deutlich weniger.« Ich verließ das Büro. ›Einerseits wundert es mich ja wirklich, dass sie auf mich hörte, dass die sich von mir kritisieren ließ.‹ Andererseits war es tatsächlich zu viel gewesen. Da musste man als Vater einschreiten. Caroline sagte nichts zu dem Geschenkewahn.

Das hatte Bertha immer gerne. Geschenke machen und viele wissen lassen, dass sie es ist, die das Geld »beim Alten« locker macht. Oder war sie die dominante Frau, welche grundsätzlich das Sagen hatte? Wie aus einem verstaubten Dreiakter, wo alle Fäden immer bei »der Alten« zusammenkommen? Als Gegenleistung musste ich ja genug Launen ertragen.

Kapitel 20 Stürmische Zeiten

Marion war noch nicht in der Firma. Bertha lobte sie bei jeder Gelegenheit in den Himmel. »Die kann das. Die ist gut. Die ist perfekt!«

›Na lassen wir sie erst mal starten.‹, dachte ich leise für mich. Manchmal, bei Bertha öfter, war es klüger, keine Antwort auszusprechen. Ich wartete eher auf eine klärende Begründung, warum aus dem Vertrag von früher, »Du kannst so tun, als wenn es deine Firma ist. Die Marion fängt hier auf gar keinen Fall an«, nichts wurde. Kein Wort! Keine Begründung! Es war eben so. Aber Marion als perfekte Managerin zu loben, das war zu viel des Guten. Ich hatte nichts dagegen, dass sie im eigenen Unternehmen anfangen wollte. Ob es gutging, dass eine Gesellschafterin einen Fremdgeschäftsführer anstellte, sollte die Zukunft zeigen. Sauberer gelöst gewesen wäre es in unserer eingeschlagenen Variante, dass Caro die Firmenanteile bekommen hätte. Oder eine zweite Variante: Auf Marion wären die Anteile überschrieben worden und sie wäre Geschäftsführerin geworden. Bei dieser Möglichkeit wäre ein Michael Schneider in der Firma niemals in Erscheinung getreten. Man hatte aber die Schneider-Variante gewählt.

Alles war sonnenklar, zumindest dort, wo die Sonne hinkam.

Ich machte mich daran, die neue Preisliste zu erstellen, welche längst überfällig war. Ludwig trieb mich immer an und fragte, wann diese denn fertig sei. Ich sagte, sie sei zu

Beginn des neuen Geschäftsjahres fertig. Die Kalkulation wurde kritisch von Ludwig in Augenschein genommen. Zugeben will ich hier, dass ich das Ausmaß der neuen Kalkulation auf EDV-Basis unterschätzte. Es tauchten in meiner Berechnung Arbeitszeiten mit Minuswerten auf, welcher sich an anderer Stelle wieder aufhoben. Das konnte er nicht verstehen. »Druck mir das aus. Dann kontrolliere ich das.«

»Das kann man nicht ausdrucken, das sind Eingaben im System ...« Wie so oft konnte ich nicht ausreden und Ludwigs Tonlage verschärfte sich, er wurde deutlich lauter. Marianne schaute ab und zu durch die Glaswand, schaute mich an, zog die Augenbrauen hoch oder arbeitete mit einem von der Seite erkennbaren Grinsen weiter. »Und, und ...« Das Telefon schellte. »... und dieses Telefon! Ich dreh hier noch durch. *Ich weiß gar nicht, was ich noch alles machen soll!* Schmidt! Wer ist dort bitte? – Ach so! Ja, nein – ja hier ist Schmidt und Meyer, wen wollen Sie denn sprechen? – Herrn Meyer – ach so! Ja! Ja ich verbinde.

Michael, druck' mir das aus und, und ...«

»Das kann man nicht ausdrucken!« Nun unterbrach ich ihn in unserem »Kampf« junger gegen alten Hirsch. Nach fünf Jahren Betriebszugehörigkeit wurde ich immer frecher. Hermann hatte selbst gesagt: »Der Michael muss frecher werden.« Nun war ich frech: »Das kann man nicht ausdrucken. Da sind viele Eingaben, die im Gesamten die Kalkulation ergeben. Wir haben keine Erfahrungswerte und sind eine der ersten Firmen, welche eine Kalkulation hinter die PC-Eingabe hängen. Und wir können nicht alles so eingeben, wie wir denken. Wir müssen uns an deren Vorgaben richten. Das ist halt mit der EDV so.« Ich verließ das Büro, machte mich wieder an die Arbeit. Ich versuchte, die Arbeitszeiten der einzelnen Dielenbearbeitung möglichst genau an die Arbeitszeiten anzupassen, welche ich von Hermann bekam. Wobei da gesagt werden muss, dass Hermann die Werte grob schätzte und auf volle Viertelstunden abrundete. Die wichtigste Messlatte war die Preisliste eines Mitbewerbers, welcher ein ähnliches Bodensortiment wie wir führte. Wir waren bei der Herstellung der Dielen flexibler und hatten deutlich bessere Lieferzeiten.

Und immer wieder dieses Telefon! »Schneider!«

»Ja, juten Tach Herr Schneider, hier ist Päffgen aus Köln-Kalk. Es jeht sich noch einmal ume dad Holz mit dem joldfarbenden Zierleistschen.« Herr Päffgen, das Original! Michael Schneider bekam gute Laune. »Et iss jo och schon ener do jewesen. Aber isch wes nitt mi, ob et de Schmidt oder de Meiyer jewesen is'. Er hätt' nur jesät, kenn Zick, kenn Zick.« ›Na wer das wohl war?‹ Originaler ging es nicht. Ich versprach Herrn Päffgen, mich um die Angelegenheit zu kümmern, und machte mir auf einem Block Notizen, eher um mir das Döneken als den Reklamationsvorgang zu merken.

Dann ging es weiter in der Kalkulation: Ich versuchte, bei den geläufigsten Artikeln unter den Mitstreiterpreisen zu bleiben. Das war eine Arbeit für mehrere Monate. In der Fertigung ging ich zu den

Mitarbeitern und fragte sie, wie lange sie für ihre Arbeitsschritte brauchten. Sie fragten mich auch: »Warum steigt die Marion jetzt doch in die Firma ein?«

»Und die Kurze soll jetzt auch kommen?« Man schaute mir tief in die Augen bei den Fragen. War da Mitleid zu sehen? Wussten sie mehr als ich? Oder freuten sie sich auf die neue Generation? Ich gab immer nur knappe Antworten: »Die macht die Buchhaltung.« »Wir werden uns schon einig.« Für Ferdi, der auch aus Münchhausen kam, sagte ich: »Familienunternehmen und so!« Er zwinkerte mich an, schmunzelte vor sich hin, grundierte weiter die Eichendiele und wiederholte: »Familienunternehmen und so – ja, ja«. In meinem Magen herrschte Unbehagen. War »Das ist deine Firma.« eine Totgeburt? Oder waren das die üblichen Wechseljahre einer Firmengeschichte? Die Belegschaft akzeptierte mich als Nachfolger von Ludwig. Wir waren ein Team. Wenn ich nach den Arbeitszeiten fragte, schrie mich keiner an: »Du bist wie der Alte. Immer schneller! Am besten stellst du dich mit der Stoppuhr hinter mich.« Nein: Ich war die zweite Generation, in der man miteinander durch die Arbeitswelt ging. Ich rannte nicht in den Pausen zu ihnen oder scheuchte sie morgens beim Ertönen der Startsirene von den Werkbänken.

Meine Kernarbeit war die Kalkulation. Je genauer ich die Arbeitszeiten hinter die Materialien stellte, um so schärfere Preise konnten wir aufbauen. Mit Mariannes Hilfe wurde parallel zu der EDV-Kalkulation eine

Handpreisliste erstellt. Auch sie fragte kurz nach Marion. Ein ehrgeiziges Projekt!

Hätte Caro doch auch ein Projekt gehabt. Ihre euphorischen Pläne schob sie immer weiter in die Zukunft. Sie strebte eine Stelle als Köchin im Neukirchener Hof an. Sie wollte wieder reiten. Doch tatsächlich stand sie auf einmal wieder auf der Bremse.

Während ich den ersten Druck meiner späteren Verantwortung zu spüren bekam, spürte Caro den Druck des heutigen Lehrsystems. Jan hatte öfter Konzentrationsprobleme. Der Mathematiklehrer war streng. Die Kinder bekamen immer sehr viele Hausaufgaben auf. Jan kam so eben mit. Caro gab sich Mühe, ihn zu unterstützen, was ihr aber zunehmend schwerfiel. Am Wochenende oder vor Klassenarbeiten übernahm ich die Nachhilfe. Jan versuchte mit der Zeit, sich vor diesen Einheiten zu drücken. Ich ging deutlich strenger vor als Caro. Der Kleine schimpfte. Manchmal weinte er. Wenn wir in die Aufgaben vertieft waren, ging er aber ab. Er hatte Erfolgserlebnisse.

Beim zweiten Sohn war der Erfolg nicht so klar definierbar. Zahlen geben klare Werte ab. Die Probleme von Alex waren unsichtbar, psychologischer Natur. War es überhaupt ein Problem? Wenn eine Mutter davon überzeugt ist, dass ihr Kind was hat, dann nimmt ein Kindergarten sich dieser Sorge an. Die junge, unerfahrene

Gruppenleiterin wollte sich profilieren. Papa Michael sah keine Notwendigkeit für externe Frühförderung.

Mir schoss direkt der Therapiewahn mit Jans Zähnen in den Kopf. Die Kindergärtnerin und Caro wollten mit mir reden. Sie wollten mich überreden. Mit mir kann man über alles reden. »Vielleicht sollte man Alexanders Augen und Ohren noch einmal checken lassen«, regte die Gruppenleiterin an.

»Na klar – das kann nicht schaden. Das kann eine Ursache für Alexanders Verhalten sein.« Er war noch immer sehr ruhig und zurückhaltend in der Gruppe. »Wobei ich fest davon überzeugt bin, dass er der klassische Spätzünder ist, wie ich es war und meine Frau übrigens auch.«

Nach einer sachlichen Diskussion einigten wir uns darauf, dass ich die Therapien übernehmen und Alexander weiter unterstützen würde. Caro versuchte, Alexander in Watte zu packen. Ich zeigte Alexander seine Grenzen, was er durfte und was nicht. Alexander bekam zunächst eher Angst vor mir und klammerte sich an seine Mutter. Von ihr bekam er schließlich selten »Schimpfe«.

Mein Verhältnis zu Alex wurde aber trotz strengeren Auftretens immer besser. Er bekam von mir glasklare Grenzen aufgezeigt.

Süß, aber fordernd zugleich fragte er immer nach, wenn ich eine klare Regel aussprach: »*Und was passiert, wenn ich das nicht mache?*«

Diese Frage war ein klarer Beweis. Jan fragte so etwas nie. Er wollte nicht anecken. Er fügte sich meistens freiwillig und wusste, dass, wenn er lieb war, er keine großen Schwierigkeiten bekommen würde. Alex war das genaue Gegenteil. »Ihr wollt Harmonie? Dann zeigt mir erst mal, wo die aufhört. Wo ist die Grenze?«

Alexander brauchte eine klare Richtung. Diese bekam er von mir. Er bekam aber auch Lob und Anerkennung. Ich erkannte, dass sich Jan in den Vordergrund stellte. Er wollte die Aufmerksamkeit für sich allein, so wie es vor der Entstehung von Alex gewesen war. Er redete – ob beim Frühstück oder beim Mittag- oder Abendessen. Und der kleine, genügsame Alexander hielt sich zurück – bekam Aufmerksamkeit, indem er langsam aß. Beide Kinder verhielten sich unbewusst. Mein Verhalten veränderte sich bewusst: Ich ging vermehrt mit Alexander allein im Wald spazieren oder wir beide arbeiteten im Garten. Es entstand ein gutes Vater-Sohn-Verhältnis. »Schaffe ich keine nennenswerten Verbesserungen, können wir sofort mit externen Hilfen beginnen.« So lautete die Abmachung mit dem Kindergarten.

»Der kann nicht malen«, sagte Caro eines Abends zu mir. Ich machte mich daran, ohne zu denken, dass es ihre Aufgabe war, sich als Mutter um den Jungen zu kümmern, mit dem Kleinen zu malen. Ich sah es optimistisch. So hatte ich was von der schönen Zeit. So konnte ich die Entwicklung der Kinder miterleben, mitgestalten, mitgenießen.

Das erste Bild bestand aus drei zaghaften Strichen. Er hatte Schwierigkeiten, den Stift zu halten. Nach dem dritten Strich legte er den Stift hin. »So, fertig!« Wir hatten schon mehrere Versuche gestartet, zu malen. Wir hatten bereits mehrere Abende zusammengesessen und es versucht. Alexander weigerte sich. »Ich kann das nicht.« oder »Ich will das nicht.« Nun aber waren drei Striche auf dem Blatt, zwei schwarze und ein kurzer blauer Strich. Sehr dünne, zaghafte Striche. »Hey, schön hast du das gemacht! Na, siehst du – du kannst doch malen. Möchtest du nicht doch noch weitermalen?« Ein schnelles und ein zügiges Kopfschütteln waren die Antwort. »Morgen malen wir weiter – der Papa hilft dir wieder.« Mit viel Fingerspitzengefühl brachte ich meinem Sohn das Malen bei. Nicht der Kindergarten, nicht die Mutter – nein, der Vater, welcher oft einen 10-Stunden-Arbeitstag hinter sich hatte, brachte seinem Sohn das Malen bei. Und wie die Zeit es ergab, begann sein Händchen sich malerisch zu betätigen. Alexander malte zu Anfang keine Strichmännchen oder Blumen. Nein, er ging abstrakt vor. Es war gewöhnungsbedürftig. Ich ließ ihn. Ich ließ ihn malen, wie er wollte. Ich war der Erste, der ihn hatte malen lassen, wie er wollte. Nur wir beide sahen, wie die Bilder entstanden. Keine lachenden Kinder: Alexander, was ist das denn? Der Alexander malt blöd. Der Alexander krickelt. Nein – Alexander durfte es machen, wie er wollte.

Nach nur drei Monaten war eine ganze Bildermappe voll. Aus den drei Strichen wurden Männchen, Häuser, Bäume, Blumen, eine Sonne, Wolken und sonstige altersentsprechenden Figuren. Auch das Ausmalen von Bildern war für Alexander kein Problem mehr. Am liebsten malte er Wasserleitungen. Schnell erkannte dies der Papa und machte es sich zu Nutze: »Erst malst Du das, was ich dir sage, und dann darfst du malen, was du möchtest.« Wir zwei waren ein klasse Team und wir hatten einen Riesenspaß dabei.

Mein Arbeiten in der Firma wurde zu einem Selbstläufer. Endlich saß ich im Sattel und konnte losgaloppieren. Der Nebel der Anfangszeit war verzogen. Hier und da lösten sich die letzten Schwaden auf. Kollege Jens grinste mich beim Prüfen der Baupläne für die Chefetage der Firma Adler an. »Jetzt hast du es geschafft. Das braucht alles seine Zeit. Irgendwann wird es zur Routine. Wenn man sich erst mal eingeschossen hat.«

»Wo wird geschossen?« Bertha kam in Jens Büro mit einer Tasse Kaffee. Sie lächelte. »Ich schieße auch schon mal.« Unsanft donnerte die Untertasse auf den Tisch. Bertha ging wieder. »Ich gewinne jeden Krieg.« Bertha kicherte. Jens schaute ihr nach. »Frauleute! Mit Ludwig wollte ich auch nicht tauschen. Kommst du klar mit ihr?«

»Kann mich nicht beklagen. Sie hat halt ihre Macken, aber wer hat die nicht?«

»Stimmt auch wieder!«

»Die anderen Kinder können schon ihren Namen schreiben«, sorgte sich Caro. In einer Glanzzeit von nur drei Tagen schrieb Alexander seinen Namen. Wieder musste er sich auf den gepolsterten Rollwagen neben mich setzen:

»Alexander, schreib mal deinen Namen.«

»Das kann ich nicht.«

»Ich schreibe es dir hier auf den Computer.« Ich schrieb in Großbuchstaben »Alexander« auf den Bildschirm. Da saß der kleine Alexander, welcher noch nicht mal in der Vorschule war, wie ein I-Männeken auf dem Rollcontainer meines Schreibtisches und schrieb einen Buchstaben nach dem anderen auf. »Super gemacht! Mensch toll! Das hast du ja richtig schön gemacht. Das zeig mal schnell der Mama.« Alexander ging aber nicht zu ihr. »Caro, komm mal. Alexander hat seinen Namen ganz alleine geschrieben.«

Nach einer Weile kam sie mit einem Stapel Badetücher auf dem Arm am Schreibtisch vorbei und schaute beiläufig auf das Blatt. »Na ja – schön«, kam ihr leise und beinahe enttäuscht über die Lippen.

»Wie haben Sie das denn geschafft?« Die Leiterin des Kindergartens war ganz aus dem Häuschen. Sie blätterte in den Bildern und Schreibübungen von Alex. »Jetzt müssen wir es nur noch schaffen, dass Alexander es im Kindergarten genauso macht.«

Caro ließ sich nicht von unserem Optimismus überzeugen, im Gegenteil. Sie ließ sich immer weiter hängen. Warum? Einen Nachmittag rief sie mich im Büro an. *»Jetzt sag' ihm gefälligst, dass er seinen Hausaufgaben* *machen soll!*« Ein weinender Jan war im Hintergrund zu hören.

Was war mit meiner Caro los? Meinen Aufgaben in der Firma war ich gewachsen. War Caro ihren Aufgaben als Mutter gewachsen? Oder durfte sie nicht Mutter sein? An den Wochenenden oder in den Urlauben schaffte ich es immer, sie aufzubauen. Wenn sie ganz unten, oder, wie sie es ausdrückte, »im Loch ohne Boden« war, dann war sie da nur schwer wieder wegzuholen. Aber ich würde es schaffen. Ich hatte meine Caro schon oft von unten rausgeholt. Ich würde es auch dieses Mal schaffen. Noch vor Monaten war sie top drauf gewesen und dann wieder diese Zweischläfrigkeit wie zu Anfang der Kennenlernphase.

Obwohl ich noch kein Geschäftsführer war, bekam ich deutlich mehr Verantwortung. Wir waren mitten im Generationswechsel. Für beide Generationen eine stürmische, eine turbulente Zeit. Der Abschluss meines vorerst letzten Großprojektes, der S&M-Preisliste, war nah. In dem Projekt steckten zwei Jahre harte Arbeit, die immer neben dem turbulenten Alltagsgeschäft erledigt werden musste. Die Fertigstellung der Preisliste war über ein Jahr überfällig. Viele Kunden warteten auf diesen Ordner und setzten mich unter Druck. Auch unsere Außendienstler setzten mich arg unter Dampf. Es verging kein Monat, in dem er nicht mindestens zweimal nach dem Stand der Dinge fragte. Es gab einen, der noch nerviger, noch penetranter drängelte.

»Wann wird die denn endlich fertig?«

»Du musst dir ein Ziel setzten.«

»Die hätte längst fertig sein können!«

Ludwig wurde sehr ekelig. Auf der anderen Seite waren eine Frau und zwei Kinder. Die wollten mich auch haben. Und an den Grundsätzen, abends um 18 Uhr zuhause zu sein, samstags schön zu frühstücken und um Punkt 12 Schluss, hielt ich nach wie vor fest. Das hatte ich Caro versprochen.

Die Online-Verbindung zur Firma machte es möglich, dass ich zirka eine Stunde pro Tag hinzugewann. Was nicht heißen soll, dass ich jeden Abend am Computer saß. Es waren im Durchschnitt circa drei Abende pro Woche. Unser neuer Fernseher, mit dem man einen Film aufnehmen konnte, ermöglichte es mir, eine halbe Stunde pro Heimarbeitseinheit hinzuzubekommen. Wir nahmen einen Film auf und konnten die Werbung vorspulen. Wenn wir gegen Ende des Filmes diesen wieder »einholten«, löschten wir ihn.

Wenn das Pensum über einer Stunde war, stempelte ich die Zeit ab, bekam sie bezahlt. Nur so war es möglich, dass die Preisliste in den beiden auftragsreichen Jahren fertiggestellt werden konnte. Es wurden ja alle bestens bedient. Betrieb und Familie – als Mitteldreißigjähriger hat man unendliche Energie.

Zum Ende setzten mich alle Außendienstler erneut unter Druck. Sie wollten die neue Preisliste schnellstens unter der Kundschaft verteilen. Gemeinsam mit Marianne setzte ich mich ausnahmsweise vier Samstagnachmittage hin. Wir vollendeten das Werk. Endlich konnte das Zahlenwerk gedruckt werden.

Und Ludwig? Was macht der liebe Ludwig? Ich fing an, diese Art an ihm zu hassen. Caro erzählte ich oft von Ludwigs Allüren. Die anderen Mitarbeiter behandelte er in ähnlicher Form. Den meisten Dreck bekam aber ich ab. Was hatte der Mann für ein Problem? Zuhause spielt er den herzallerliebsten Opi und großzügigen Schwiegervater und in der Firma ließ er seinen Frust ab?

›Will er gar nicht aufhören?‹ Meine Gedanken fuhren wieder Achterbahn. Nur schwer konnte ich meiner Arbeit nachgehen. ›Muss er hier schlechte Stimmung verbreiten, damit man sagen kann: »Du schaffst das nicht. Die Marion kann das besser?« Oder: »Das schaffst du nur mit der Marion?«

›Will er mir demonstrieren, dass man in der Form, wie er es macht, ein Unternehmen leitet?‹ Dabei stand für mich längst fest, dass ich es nicht so machen würde wie er. Ich würde nicht vor Arbeitsbeginn in die Fertigung gehen und die Montagen besprechen oder mit dem Ertönen der Hupe hinten reingehen und Druck ausüben. Oder in der Mittagspause betriebliche Dinge klären. Das waren für mich längst ausgelatschte Führungsstrategien. Das ging gar nicht.

Und was waren das nun für Töne? Endlich war die Preisliste druckreif. Und Ludwig Schmidt? »Ich, ich, ich weiß gar nicht, warum du es auf einmal so eilig hast!« Ich traute meinen Ohren nicht.

»Warum muss die denn jetzt auf einmal fertig werden?«

»Wir können die im Sommer in Ruhe fertigmachen.«

»Jetzt haben wir doch überhaupt keine Zeit.«

Ich ließ ihn reden und brachte mein Projekt zu Ende. Mit jeder Menge Stolz beladen fuhr ich unsere besten Stammkunden an, um mich für die angenehme Zusammenarbeit für das sich dem Ende zuneigende Jahr zu bedanken. Neben den netten Präsentkörbchen mit Wein und Christstollen überreichte ich den Kunden unsere komplett überarbeitete Preisliste. Die zehn Besten bekamen eine Besonderheit: In dem Jahr war das ein originaler Oberstaufenwälder Knochenschinken aus Schüttkirchen. Die Kundenpflege bei S&M war professionell, ganz in meinem Sinne. Unsere Außendienstler halfen mit, die Kundschaft zu versorgen.

Die Preisliste kam gut an. Die Kunden konnten sich schnell einen Preis für verschiedenste Böden und deren Zubehör selbst ausrechnen. Die Fax- und Mail-Anfragen nahmen deutlich ab. Einige bemerkten, dass die Preise ordentlich angezogen hatten. Zwischen alter und neuer Preisliste lagen 8 Jahre. Wir kalkulierten seit Jahren mit

Teuerungszuschlägen. Die marktüblichen Preiserhöhungen konnte man sich leicht anhand der Zubehörpreise errechnen. Die deutlichen Erhöhungen in den Rasterpreislisten für die Holzdielen-Sets bemerkte niemand. Noch nicht mal einer unserer besten Kunden, der Waldner einen Ort weiter. Es waren marktübliche Preise, etwas unter den Preisen unseres größten Mitstreiters.

Die Liste war draußen und das neue Jahr fing an. Die Aufträge blieben aus. Hermann und Ludwig fluchten um die Wette, wetterten gegen mich.

»Wir kriegen keine Aufträge mehr!«

»Du hast die Preise zu hoch angesetzt!«

»Wir müssen die Listen noch einmal überarbeiten.«

War ich womöglich gar nicht fähig zu einem kaufmännischen Beruf? Was hatte ich da angestellt? Konnte ich eigentlich irgendetwas? Tagelang plagten mich Vorwürfe. Hätten wir doch noch gewartet. Ludwig war ein alter Hase. Warum hatte ich nicht auf den gehört? Nächtelang visionierte ich dunkel in der Zukunft: Firma S&M pleite. Firma S&M pleite aus Geldgier. Schmidt und Meyer insolvent, weil Schwiegersohn nicht kalkulieren konnte!

Am frühen Montagmorgen tobte Hermann in Ludwigs Büro. Einer Praktikantin erklärte ich in der Ausstellung die Unterschiede unserer Holzdielen. Ludwigs Bürotür flog auf. Hermann war außer sich. *»Mann, ist das immer alles eine Scheiße!«* Die Tür schlug zu.

Kapitel 21   Das schallende Lachen

»Herr Meyer sagte mir heute Morgen am Telefon, das an den Preisen noch etwas gemacht wird. Stimmt das?«, fragte der Waldner am Telefon. »Die Rabatte für die Großmengen werden wir noch ein wenig anpassen«, gab ich zur Antwort, um nicht ganz mein Gesicht zu verlieren.

Die Lage spitzte sich zu. Die Aufträge blieben weiterhin aus, über Wochen. Es war Montagmorgen um halb neun. Mit einer Flasche Wasser in der Hand ging ich durch die Ausstellung. Die Tür des Konferenzraumes stand offen. Im Vorbeigehen sah ich, wie Marianne Gläser stellte. Auf dem Tisch standen ein großer, bunter Blumenstrauß und ein Teller mit ofenwarm duftenden Brötchen. Es roch nach frisch aufgebrühtem Kaffee. Ludwig eilte mit vier Preislisten unter dem Arm an mir vorbei. Die Eingangstür öffnete sich. Herr Rutz und unser Gebietsmanager Herr Henning kamen auf mich zu. »Guten Morgen, Herr Schneider!«

»Oh, die Firma Senko schon so früh auf den Beinen«, scherzte ich. Der Hauptlieferant, der Systemgeber kam zu Besuch. Herr Rutz war in der Geschäftsleitung, welcher auch Herr Sennemeier, der Gründer der Firma, angehörte. Die Firma Senko beschäftigte mittlerweile 16000 Mitarbeiter. Wobei sie nur das Knowhow vermarktete. Die Senko Rohholzdielen, das Kerngeschäft, wurden von den Partnerfirmen wie S&M weiterverarbeitet. Sie gingen an mir vorbei. Kein Smalltalk, kein »Wie ist die

Auftragslage?«, kein »Und? Wie iss er heut' so drauf?«
Herr Henning und ich unterhielten uns immer sehr
angeregt. Dieses Mal nicht! Wortkarg gingen sie an mir
vorbei.

Beim Betreten meines Büros fiel mir ein, dass ich die
Lieferung für den Waldner klären musste. Der wartete auf
einen Rückruf. Ich ging rüber in die Fertigung und
schaute, ob die Ware fertig im Versand stand. Grimmig
und vorwurfsvoll dreinschauend kam Hermann mir
entgegen. Ohne ein »Guten Morgen« ging er in den
Konferenzraum. Die Tür knallte zu.

Andreas stellte in der Fertigung Rohhölzer für die
Veredlung zusammen. ›Ah, der ist auch nicht mit dabei.
Dann bin ich ja etwas beruhigt.‹ Andreas war nun seit drei
Jahren dabei. Eigene Ideen hatte er nicht. Am besten
konnte er seinem Vater nachplappern oder über diesen bei
den anderen Mitarbeitern, am liebsten in der
Mittagspause, herziehen. Andreas und ich verstanden uns.
Aus dem kaufmännischen Bereich hielt er sich komplett
raus. Das war klar geregelt. Den technischen Bereich
würde er mit Hermann gemeinsam leiten. Hermann
würde nicht mit Ludwig in Rente gehen.

Beim Zurückgehen vorbei am Konferenzraum hörte
ich, wie Herr Rutz laut auflachte. Sein Lachen war
markant und ansteckend. Dieser Mann war eine
Führungs-, eine Respektsperson. Ging es nicht um die
Preisliste? Steigerte ich mich da in etwas hinein? Oder
erzählt Hermann ihm: »Was meinen Sie, was ich mit dem
mache? Den mache ich erst mal ein Kopf kürzer. Der ist ja

einfach nur unfähig! Ludwig, du hast den angeschleppt, diesen Vollpfosten.«

Das Projekt Preisliste kostete mich viel Kraft. Aber die Arbeit hatte mir sehr viel Spaß gemacht. Erst hatte Karsten die Kalkulation im System fertigstellen wollen, welche das Herzstück der Preisliste war. Dann wollte sich Frank darum kümmern, dann Jens. Jahrelang tat sich nichts. Ich sah mich in der Verantwortung, als zukünftiger Chef, dieses Herzstück der Firma fertigzustellen. Die Kalkulation stand. Sie stand auf die Minute genau. Das hatte keiner. Wir waren Pioniere. Wir waren Vorreiter. War meine feinabgestimmte Kalkulation ein einziger Bretterhaufen?

Das Telefon schellte. »Konferenzraum ruft an.« ›Jetzt bist du fällig! Motorsägen-Hermann macht den Vollpfosten nun einen Kopf kürzer.‹ »Ja, Schneider!«

»Komm mal eben hier rein.« Hermann legte wieder auf. »Ja, ich komme.« ›Oh Mist! Jetzt kommt die große Abrechnung.‹ Herr Rutz konnte ungemütlich werden. Er war ein Kalkulations-Genie. Ein Blick über eine Fußbodenberechnung und er konnte eine Schätzung abgeben, wie viel bei dem Auftrag an Gewinn oder Verlust zu erwarten war.

Mit weichen Knien, mit hochschlagendem Herzen ging ich über den Flur. Von Weitem war ein grölendes Gelächter aus dem Sitzungszimmer zu hören. ›Was geht da denn ab? Die machen dich fertig!‹

Mit zartem, zitterndem Griff öffnete ich die Tür. Ein Kaffeeduft mit leichter Note von Leder, Schweiß und

Luxusparfüm kam mir entgegen. Sie strahlten: Ludwig, Hermann, Herr Rutz und Herr Henning strahlten wie die Hirten in der Heiligen Nacht.

»Sie hätten Ihre Preise ruhig etwas höher ansetzen können.

Wir sind Marktführer«,

sagte Herr Rutz freundlich zu mir. Herr Henning ergänzte: »Diesen Bonus müssen Sie sich als Partner-Unternehmen zu Nutze machen.«

Die hohen Herren standen auf. Mit einem festen Händedruck und einem respektvollen Blick würdigte Herr Rutz auf besondere Art mein Zahlenwerk. Das war das größte Kompliment für die zwei Jahre harte Arbeit.

Mit einem breiten, zufriedenen Lächeln liefen unsere Seniorchefs wochenlang umher. So waren unsere Chefs. Hätten sie einen Hut aufgehabt, sie hätten sich meine lange, bunte Senko-Feder daran gesteckt, neben den vielen anderen Federn von manch anderen Pionieren der Firma.

Der Frühling kam. Die Wirtschaft nahm Schwung auf. Wir erlebten eine noch nie da gewesene Auftragswelle. Ein Ende war nicht in Sicht. Und das mit den neuen lukrativen Preisen! Die Preisliste war ein Erfolg.

»Da ist Lorenz Lahme.« Orientierungslos bewegten wir uns im Eingangsbereich der Baumesse in Nürnberg.

Ludwig, Kasten und ich betraten die Halle für die Holzspezialisten. Das kirschrote Senko-Logo in schwarzen Lettern thronte hoch am Hallenhimmel und war von allen Seiten, von jedem Standort aus zu sehen. »Ich glaub', da war eben Lorenz Lahme.«

»Wo? Wo war der?«, fragte Ludwig neugierig. »Im Eingangsbereich – ich bin mir ziemlich sicher, dass er es war.«

»Warum hast du mir das nicht gesagt, dass der Lahme hier ist?«

»Ich war mir nicht ganz sicher. Aber der Gang und die Haare, das kann nur Herr Lahme gewesen sein.«

»Wir bekommen ja noch Geld von dem. Das weißt du.«

Wir betraten die edlen, dunkelbraun geölten Eichendielen der Firma Senko. Bildhübsche Damen in sehr kurzen kirschroten Kleidchen lächelten uns an. Sie stachen hervor. Die kahlen weißen Wände lenkten die Blicke auf die Damen, die hohen schwarzen Stiefel auf die Böden. Zumindest war dies die Marketingidee. Hier ging es um Böden.

Herr Rutz unterhielt sich an der Bar. Er sah uns. Er lächelte uns an. Er kam auf uns zu. »Die Firma Schmidt und Meyer aus dem Oberstaufenwald, wie war Ihre Anreise?«

»Wir sind ganz gut durchgekommen,« gab Ludwig zur Antwort. »Herr Schneider, der Herr Henning hat noch was für Sie.« Er schaute durch die Menge. »Na, wo ist er denn? Der läuft irgendwo hier rum.« Wir gingen in die Lounge. Herr Rutz war bestens gelaunt. »Ihre aktuellen Umsatzzahlen können sich ja sehen lassen. Selbst Herr Sengemeier war begeistert. Da haben Sie ja einen würdigen und sehr fähigen Nachfolger gefunden, Herr Schmidt.« Er schaute zu mir. »Mit solchen Leuten arbeiten wir gern zusammen. Sie sind die erste Partnerfirma, welche die Kalkulation im Hintergrund mit Arbeitszeiten belegt hat. Das war bestimmt nicht einfach?«

»Es waren sehr viele Pionierstunden nötig. Aber es hat sehr viel Spaß gemacht. Stichprobenweise haben wir mal die Echtzeit gemessen. Die meisten Messungen passten, bis auf ein paar Minuten rauf oder runter.«

»Sehr gut!«, fügte er hinzu. »Die Eingabe der Farbtönungen, die müssten Sie vielleicht mal etwas verbessern. Man kann die nur im Block eingeben, also ohne Zwischenspeichern. Da ging mal ein Samstagnachmittag bei drauf. Ich hatte zirka 30 Tönungen mit je 20 Preisstaffelungen eingegeben. Das waren ungefähr vier Stunden. Dann ist das Programm abgestürzt und alle Daten waren weg. Ich habe herumgeschimpft: So ein Mist, so ein verfluchter Mist! Gleich schmeiße ich diese Kiste aus dem Fenster. Am Montagmorgen war das Bürofenster wieder offen. Ich hörte von draußen die Putzfrau von der Firma gegenüber, wie sie erzählte: Und dann diese Mann immer ganz laut: Eine Miest, eine Miest, alles aus die Fenster!« Herr Rutz haute sich auf den Oberschenkel. Sein Lachen schallte durch die Halle.

Ich fühlte mich wohl. Meine Zeit sollte nun kommen. Dank der Preisliste hatte ich mir den nötigen Respekt erarbeitet. Es war mein Höhepunkt, meine Hochzeit in der Firma Schmidt & Meyer.

Meine Rolle als Zugpferd der 2. Generation wurde mir zugeteilt: Relaxt wie noch nie zuvor saß Hermann in der Kantine. Ein beiger Briefumschlag im quadratischen Format lag vor ihm. »Da ist Post für dich.« Ich stellte meine Kaffeetasse in die Spülmaschine. »Für mich?«

»Für dich und Andreas. Da könnt ihr mal hingehen. Ich hab' da keine Zeit für. Wir haben so viel zu tun. Der Ludwig, der macht das eh nicht. Der lässt sich nirgendwo blicken im Stadtgebiet. Das musst du anders machen. Du muss unsere Firma vor Ort präsentieren. Du kannst das.«

Ich öffnete den Brief. »100 Jahre Bauunternehmung Barn – in der fünften Generation, feiern Sie mit uns in der Stadthalle in Neukirchen.«

»100 Jahre! Das ist schon was.«

»Oh ja! Wir haben grad mal über 25 Jahre.«

Die Stadthalle von Neukirchen war in die Jahre gekommen. Andreas und ich trauten unseren Augen nicht. Die Wände und die Decke waren mit backsteinrotem Stoff abgehangen. An der Kopfseite stand in großen dunkelgrauen Lettern »100 Jahre Barn«. Im ersten Drittel standen Stehtische mit dunkelgrauem Stoff überzogen. In der gleichen Farbe waren die Tischdecken der festlich geschmückten langen Tafeln gehalten. »Der alte Barn hat extra diese grauen Stühle angeschafft, 500 Stück. Die hat er der Stadt gespendet«, hörte ich jemand neben uns sagen.

Andreas und ich waren mit Abstand die Jüngsten. Obwohl es ein Bauunternehmen war, bewegte sich die Mehrzahl der männlichen Gäste im Anzug auf dem Festparkett. Andreas hatte ein blauweiß kariertes Hemd, eine schwarze Jeans und Sportschuhe an. Ich trug ein weißes Slimfit-Hemd, eine Bluejeans mit glänzenden braunen Lederschuhen und mein dunkelblaues Jackett. Man schaute uns an.

»Der Schumacher vom Land ist ja auch hier.«

»Wer?«

»Doktor Karl Schumacher, der ist doch im Landtag. Der kommt aus Neukirchen.«

»Kenne ich nicht.« Für Andreas war es eine trockene, unangenehme Pflichtveranstaltung. Für mich war es das lebendigste Handwerkerleben. Hier war man unter sich auf einer riesigen Bühne und konnte sich stolz neben die Firma Barn stellen, welche wie keine andere Firma aus dem Oberstaufenwald Moderne und Tradition vereinte. Ludwig drückte sich immer gekonnt vor heimischen Auftritten: »Das soll mal der Hermann machen. Ich habe genug mit den Kunden im weiteren Umland zu tun.«

Karl Schumacher kam auf uns zu. »Diese beiden Jungunternehmer möchte ich aber persönlich begrüßen.« Wir reichten uns die Hände. Er zwinkerte mir zu. »Du warst doch damals mit in Düsseldorf, wo wir den Landtag besucht haben.«

»Ja, war ich.«

»Wo kommst du noch mal her?«

»Aus Oberhof.«

»Ach aus Oberhof! Kennst du denn den Witz über das weltberühmte Oberhof?«

»Nein.«

»Nie gehört.«

»Dann will ich euch den mal eben noch schnell erzählen: Da sitzt ein Mann im Taxi in Tokio. Fragt der Fahrer: »Wo darf ich Sie hinfahren?« Sagt der Mann: »Nach Paris.« Sagt der Fahrer: »Kenne ich nicht.« »Dann fahren Sie mich nach Moskau.« »Sagt mir gar nichts.« »Dann eben nach Hof.« »Wo möchten Sie denn da hin? Nach Nieder-, Mittel- oder Oberhof?«« Doktor Karl Schumacher fing zu lachen an. Ich musste auch lachen. Andreas konnte nicht ganz folgen. Er wusste nicht, dass es im Rhenostal auch ein Mittelhof gab. Orte mit »Ober« oder mit »Nieder« gab es oft in Deutschland. Aber ein »Mittel« gab es nur in unserem schönen Oberstaufenwald. Der erste urkundlich erwähnte Hof stand vermutlich in Oberhof – daher der Name.

Einer der Barns-Enkel ging zum Rednerpult. »Sehr verehrte Gäste, wir begrüßen Sie zu unserem Fest. Bitte nehmen Sie Platz an den Tischreihen.« Er ging wieder zu den anderen auf der Bühne. Barns Senior klopfte ihm auf die Schulter.

Wenige Minuten später verdunkelte sich der Festsaal. Das »100 Jahre Barn« leuchtete in einem sanften Grauton auf. Der Bühnenbereich erhellte sich stimmungsvoll. Der

349

alte Herr Barn ging an das Mikrofon. Alle Gäste erhoben sich von ihren Plätzen. Ein andauernder Applaus begrüßte den Seniorchef. Noch während des tosendenden Beifalles begrüßte er die Gäste, die Ehrengäste, besonders den Landtagsabgeordneten Karl Schumacher. Es wurde ruhig im Saal. Er gab Einblicke in die lange Firmengeschichte. Nach einer Weile herrschte eine andächtige Stille. »... und, meine sehr verehrten Gäste, diesen jahrhundertelangen Erfolg haben wir nicht nur den Geschäftsführern, nicht nur unserer fleißigen, tatkräftigen und leistungsfähigen Belegschaft zu verdanken. Nein! Zu dieser langen Firmengeschichte gehört auch eine ganz große Portion Glück. Und eine wichtige Komponente: Die Mittelgeneration ist prägend, besonders in der Geschäftsführung ...«

Viele Worte von Herrn Barn nahm ich mit – mit in mein Denken, mit in die Firma, mit nach Hause. Das Wort Mittelgeneration kannte ich aus der »Kölschen Zick«, aus der Schule für Sozialpädagogik. Dort hieß es: »Die Mittelgeneration ist die führende Generation.« Ein Satz, der sich in meiner Denkweise fest verwurzelte.

An einem herrlichen Frühlingstag waren wir alle in unserem Garten, in unserem kleinen Paradies. Jan und Alex spielten mit ihren Freunden auf der Wiese. Caroline und ich saßen in unseren neuen Gartenstühlen. Ich schwärmte von dem Erlebnis in der Stadthalle. »Die Firma Barns ist ein steinaltes Unternehmen. Ob S&M wohl auch mal so alt wird?«

»Vielleicht schon. Jetzt wird ja erst mal mein Oski Chef. Und ich sorge dafür, dass er immer chic gekleidet ist.«

»Der alte Barns sagte: »Die Mittelgeneration ist prägend.« Da hat er recht. Wir leiten jetzt die Familie, ziehen die Kinder groß und sorgen uns um unsere Eltern, wenn sie alt werden.«

Ludwig, Hermann und die anderen Mitarbeiter zeigten mir in den heißen Monaten der 110-prozentigen Vollbeschäftigung Anerkennung. Hermanns zufriedenes Dauergrinsen war ein Dankeschön. Nicht zu vergessen, dass ich die vielen Projektstunden bezahlt bekam. Weitere Früchte meiner Arbeit würde ich in Zukunft mit einer guten Gewinnbeteiligung ernten. Diese Preise sorgten für mehr Umsatz und für eine deutlich größere Gewinnspanne. Wir waren bestens für die Zukunft aufgestellt. Wir waren in der gesamten Region EDV-technisch Spitzenreiter.

Niemals wären wir da hingekommen, wenn ich auf Ludwig gehört hätte. Der junge Hirsch hatte dem Alten gehörig die Hörner gestutzt. Ich fragte mich öfter, was diese Attacken bewirken sollten. Im Sommer sollte Marion kommen. Hätte sie die Preisliste machen sollen? Grün hinter den Ohren, aber direkt eine Preisliste aufbauen, in branchenspezifischer Software hinterlegt. Das sollte sie machen?

Ich ließ ihn reden und ließ mich machen. Kalkulation war und würde eines meiner größten Aufgabengebiete sein. In ein paar Monaten sollte ich die Verantwortung übernehmen. Endlich war es soweit. Es war immer klar, dass die Kalkulation von mir geleitet werden würde, vor, während und nach dem Generationswechsel.

Ludwigs Bäumchenwechseldich-Spielchen nahmen enorm zu. War er in den Wechseljahren? »Der ist ja wieder wie vor zwanzig Jahren. Wenn nicht sogar noch schlimmer!« Mal nahmen wir es gelassen, mal fanden wir es lustig, mal machten wir uns Sorgen, mal schoben wir es auf sein Alter, mal schoben wir es auf seine Alte.

Kapitel 22   Die mahnende Christel

Das krönende Spielchen »Die mahnende Christel« zeigte Ludwigs miese Inkonsequenz in den letzten Monaten seiner geschäftsführenden Tätigkeit am deutlichsten: Er war wieder in Rage. Der bald scheidende Chef raste durch die Büros und kommandierte, als wenn er die nächste Firmengeneration für die Zukunft fit machen müsste. Wie ein neu bestellter, arbeitswütiger Geschäftsführer heizte er der Belegschaft ein. Zuletzt kam er zu mir, seinem Nachfolger. »Auch dir sag' ich's: Ihr müsst alle Papiere rumdrehen. Ich will hier kein Papier mehr sehen, das nach oben liegt. Auch in euern Fächern will ich die Papiere auf dem Rücken sehen. Da musst du drauf achten. Es braucht nur mal der Karl-Heinz hier reinkommen. Der braucht nichts zu wissen von unseren Dokumenten.«

»Wo hat er das denn schon wieder weg?«, fragte ich mich leise schmunzelnd.

Einen Tag drauf sah ich, wie Karsten am frühen Morgen eine AutoCAD-Zeichnung auf die Verkaufstheke in der Ausstellung legte. Die lag im Kopierer. Wer die Kopie vergessen hatte, konnte die sich wegnehmen. Wenig später kam ich aus meinem Büro und sah, wie Ludwig sich das Papier wie ein ausgemergelter Steinadler krallte und wutentbrannt in sein Büro eilte. Das ging nicht ohne einen deftigen Türenzuschlag. Ich wollte zu ihm, traute mich aber eigentlich nicht in sein Büro. Mein pflichtbewusster Ehrgeiz trieb mich an. ›Egal – ich will weiterkommen. Da muss ich jetzt durch.‹ Ich wollte mit der Internetseitengestaltung weiterkommen und die überarbeiteten Entwürfe zu der Firmenhistorie mit Ludwig besprechen. Der Umbau der Online-Präsentation war lange überfällig. Kasten, unser EDV-Spezialist, nahm sich dieser Aufgabe nicht an. Nach zwei Jahren Stillstand versprach Frank, sich darum zu kümmern. Wieder verging ein Jahr. Auf der Internetseite veränderte sich nichts, ähnlich wie bei der Preisliste. Ich nahm die Sache selbst in die Hand. Es musste vorangehen. Es war produktiver, die Techniker mit Aufträgen und Anfragen zu beschäftigen. Ich sollte ja den kompletten Verkauf übernehmen. Die Internetpräsenz war ein Herzstück des Vertriebs.

Ich ging zu Ludwigs Büro. Ich wollte grade zur Türklinke des Büros greifen, welche mir dann allerdings zunächst nach unten und anschließend recht windig in Laufrichtung entfloh. Aus der Gegenrichtung kam mir Ludwig Schmidt entgegengeeilt. Er überrannte mich beinah. »Hier, hier! Schon wieder!« Er rannte fluchend zurück zu seinem Schreibtisch. »Das, das habe ich gerade am Kopierer gefunden. Ich, ich werd' hier noch bekloppt! Wie oft muss ich das denn noch sagen? Ihr sollt die Papiere umdrehen.«

Das Papier zeigte einen Verlegeplan für ein Wohnzimmer mit Datum und den Namen Schauerte. »Da steht doch nur Schauerte drauf«, versuchte ich ihn runterzuholen. Wie immer kam er noch mehr in Fahrt. »Und wenn da nur ein Strich drauf ist. Ich will, dass hier grundsätzlich jedes Papier umgedreht wird. Das ist doch nicht so schwer.«

»Grundsätzlich finde ich immer gut. Aber hier geht es mal so oder mal so. Wie grade Hermanns oder deine Laune ist. Grundsätze finde ich immer gut und die wird es auch ab dem nächsten Jahr geben«, gab ich ihm nun bestimmend und selbstbewusst zurück.

Er merkte, dass er wieder maßlos über das Ziel hinausschoss. Es war nur eine Skizze, kein wichtiges Dokument. Es war kein Papier von mir. Ich nahm mir das Blatt. »Ich gehe zu Frank Schauerte und werde es ihm noch einmal sagen. Diese Regel gilt ja erst seit gestern. Da wird man es ja wohl noch einmal falsch machen dürfen. Ich fand's jetzt nicht so schlimm. Aber klare Regeln find ich immer gut. Und ich werde auch dafür sorgen, dass diese Regel eingehalten wird. Und das eine weiß ich jetzt schon: Dieses Rumgeschreie und dieses »Heute so, morgen so« wird es ab dem nächsten Jahr nicht mehr geben.« Ich ging. Er merkte, dass er peinlichst überzogen hatte.

»Ja sag' es ihm in Ruhe. Ihr müsst aufpassen. Ich halte das auch nicht mehr aus hier. Wenn du hier nicht alles kontrollierst, dann, dann ...«

Ich ging, ließ ihn weiterreden. Die restlichen 30 Sätze waren mir mehr als bekannt.

Ludwigs Anfall hatte die Firma 70 Minuten gekostet, wenn man alle Minuten zusammenrechnete: 20 Minuten Ludwig, 15 Minuten Frank und 35 Minuten Michael. Doch das Seitenumdrehdrama war noch nicht zu Ende. Es war noch deutlich steigerbar.

Ich wagte einen zweiten Versuch, an Ludwig heranzukommen. Und schon donnerte es wieder: »Ich hab' jetzt keine Zeit. Die Mahnungen müssen raus. Ich hab' hier noch 20 Angebote liegen. Ich, ich weiß nicht, was ich hier zuerst machen soll. Lasst mich mal eine Stunde ...« »bli-bli-bli-blit« »... und geht mal einer an das Telefon!«

Mit einer Hand klopfte er hastig an die Glaswand zum Nachbarbüro. »Das Telefon schellt. Geh'n Sie mal ran!«, brüllte er Christel zu. Paradoxerweise griff er zeitgleich mit der anderen Hand hektisch zum Telefonhörer, den er unglücklich fallen ließ, wodurch das Gespräch beendet wurde.

»Ich, ich krieg' hier noch zu viel!« Das Telefon schellte nur einmal. Er ging sofort hoch. Es lag ein kleiner Stapel Schmierpapier vor ihm. Er hatte sich scheinbar einiges vorgenommen. Ich rechnete mir schlechte Chancen aus, mit ihm an dem Tag zusammenzukommen. »Ich weiß gar nicht, wie ich das alles schaffen soll. Was macht die da vorne eigentlich den ganzen Tag? Geh mal zu der hin. Die soll mir die Mahnungen bringen.«

Ich ging zu Christel. Christel arbeitete seit einigen Monaten nachmittags als Sekretärin bei uns. Sie saß etwas eingeschüchtert und verkrampft am PC. »Hast du die Mahnungen fertig?«

»Ja, ja, die sind fertig. Der ist heute aber ganz schön in Rage. Das Telefon hatte gar nicht bei mir geschellt. Das war ein Durchwahlgespräch für Herrn Schmidt. Es hatte auch nur seine Lampe am Telefon geleuchtet. Eigentlich hätte er das sehen müssen, aber egal. Die Mahnungen habe ich schon vor einer Stunde bei Herrn Schmidt auf den Tisch gelegt.«

»Okay, dann sage ich's ihm. Der ist aber auch wieder drauf.«

»Christel sagt, sie hätte dir die Mahnungen auf den Tisch gelegt.«

»Wo, wo? Ich, ich seh' keine. Wo sind die denn?« Er fuhr hoch auf 180. »Ich, ich werd' hier noch irre! Die soll mir mal sagen, wo die sind. Hier sind keine.« Christel war der Ausraster mit Händen und Füßen nicht entgangen, sie kam zu uns geeilt. »Ich habe die Mahnungen sofort als Erstes fertiggemacht und Ihnen auf den Tisch gelegt.« Sie zeigte auf den runden Besprechungstisch. Ludwig lief rot an. »Da sind aber keine.«

»Das gibt es doch nicht. Hat die denn wohl hinten Herr Meyer?«, versuchte Christel, das Phänomen zu erklären. »Was, was soll der Meyer denn damit? Hier werden die Mahnungen geschrieben, hier im Büro.«

Am rechten Ende seines Schreibtisches war ein großer Stapel Papiere und Akten. Ich blätterte durch die obersten Dokumente. »Da brauchst du erst gar nicht gucken«, bellte er mich an. »Nein! Da habe ich sie ja auch nicht hingelegt. Ich habe sie auf den Besprechungstisch gelegt, wo ich sie immer hinlege. Ich wusste ja, dass die heute ...« Ludwig fiel ihr ins Wort. »Hier sind aber keine!

Die, die können sich doch nicht in Luft auflösen ...« Wie immer, wenn er richtig in Rage kam, kramte er wild in den auf dem Schreibtisch liegenden Blättern. Eins davon fiel auf den Boden.

Ich stand am Fenster. So etwas konnte man nicht mehr ernstnehmen. Einerseits war diese filmreife Szene zum Schreien, andererseits taten mir beide leid. Christel, wie sie da nach Strich und Faden zusammengefaltet wurde. Ja, und Ludwig! Ludwig tat mir noch mehr leid. Er stand scheinbar unter einem enormen Druck. ›Noch ein paar Monate und du hast es geschafft. Dann kannst du den ganzen Tag Schwiegervater, Opa und Segler sein. Dann kommst du runter und machst dir schöne Jahre. Ich werde deinen Laden schon schaukeln.‹ An der Heizung lehnend konnte ich auf dem Blatt, das vor meinem Schuh ruhte, lesen: »Zweite Mahnung«. »Hier sind sie ja.« Er wurde verlegen, weil auf manchen Mahnungen rückseitig sein Kalkulationsgekrickele stand. Christel hatte, wie einen Tag zuvor strengstens verordnet, die Mahnungen, welche ja recht vertrauensvoll zu behandelnde Dokumente waren, mit der Blanko-Rückseite auf den Besprechungstisch gelegt. Der emsige, aus der Mittagspause herbeigehastete Ludwig hatte sich wohl den Papierstapel gekrallt und auf den Schreibtisch gelegt. Dann wird ihn jemand gestört haben. Nach der Störung wird er sich an die Angebote gemacht haben und fing an, die Mahnungsrückseiten vollzuschmieren.

Das traurige und unrühmliche Ende »der mahnenden Christel« nahte: Der Seniorchef tobte. Nein – er entschuldigte sich nicht bei Christel für seine groben Worte. Nein – er gab nicht zu, dass er seine eigene aufgestellte Regel aufs Lächerlichste missachtet hatte. Nein – er setzte sich aufs zwei Stockwerk hohe Unternehmerross und verkündete: »Wenn Papier mit der Rückseite nach oben liegt, dann ist das für mich Schmierpapier.«

Christel war geknickt. Sie fühlte sich zu Recht unfair behandelt. Der Abriss für Franks falsch herum gelegtes Blatt, den ich ja deutlich abgemildert hatte, war ja, wenn auch deutlich und hysterisch überzogen, berechtigt gewesen. Doch sie hatte alles richtig gemacht.

Hier sei angefügt: Was machte Christel, wenn sie Mahnungen bearbeitete? Sie musste in die Vergangenheit. Sie musste fünf Schritte zurückgehen, zurück in die Achtziger. Das Modul Mahnwesen lag brach. Dem Seniorchef passte die Aufteilung des Blattes nicht. »Da darf keine Auftragsnummer draufstehen.« Die Mahnungen kamen wieder, wie vor der Einführung des neuen Programmes, aus dem Steuerberater-Büro. Auf den Dokumenten fehlte bei allen B-Kunden die Adresse im Briefkopf. Das waren viele. Christel musste jede Woche mühevoll mit der Schreibmaschine die Adressen nachtragen.

Das alles erledigte Christel gewissenhaft und legte die Dokumente dem Chef vorschriftsmäßig auf den Tisch, bevor dieser aus der Mittagspause zurück war. Sie hätte ein Lob verdient gehabt. »Das gefällt mir. Ich komme aus der Pause und kann sofort die Mahnungen unterschreiben.«

Viele Stunden waren durch dieses Verhalten unproduktiv verstrichen. Christel erzählte vielen von dieser unfairen Behandlung. Den Tag wird sie nie vergessen. Immer wieder kam die Angelegenheit zur Sprache.

Stunden, ja viele Tage sind durch diese Verhaltensweisen wieder unproduktiv verstrichen. Warum war dieser Mann so? Wer hetzte ihn so durchs Leben? Warum machte ihm der lange Arbeitstag so wenig Spaß? An mir konnte es nicht liegen. In den ersten Jahren erzählten mir fast alle Mitarbeiter, teilweise die Lieferanten, dass er früher teils unausstehlich gewesen war. »Besonders in den letzten Monaten ist er fast wieder wie früher«, sagte ein Kollege aus der Fertigung. Marianne fiel es ja auch auf.

Warum war der Millionär Ludwig Schmidt so unzufrieden?

Was waren die Ursachen für sein derartiges Verhalten?

Als Ludwig den neugeborenen Daniel einfach auf Berthas lupenreinen Treppenstein stellte, »*Da hast du ihn.*« und wieder in die Firma fuhr, hätte sie sich beinahe von ihm getrennt. Als junger Ehemann hatte sich Ludwig mal in den frisch geschmückten Weihnachtsbaum übergeben müssen. Da wollte sie ihn rausschmeißen. Auf einer

Weihnachtsfeier hatte sie in der Runde der Mitarbeiter gestanden und damit geprahlt, dass sie sich von Ludwig trennen wollte, weil es im Bett nicht mehr klappen würde.

Bertha hatte keine Scham, diese intimen und peinlichen Wortbeiträge in die Öffentlichkeit zu bringen. Sie erzählte es auf der Weihnachtsfeier oder an der Fleischtheke.

Für mich war das keine perfekte Ehe. Das wäre für mich der blanke Horror gewesen. Hielt er das nicht aus? Machte das Verhalten seiner Frau ihn so wütend? Als Schwiegersohn behielt ich diese intimen Geschichten für mich. Schwieg, wenn man mir davon erzählte. Wir waren eine Familie.

»In der Firma wird es noch gewaltig krachen. Privat wird nichts passieren. Unsere Ehe ist ja perfekt«, sprach meine spitze Zunge zu mir. »Und wir dürfen uns ja auch nicht scheiden lassen.«

Ich stellte mich auf eine turbulente berufliche Zeit ein. Berthas, Ludwigs und Hermanns Verhalten ließ nichts Gutes erahnen. Dennoch war ich fest davon überzeugt, dass wir in ein, zwei Jahren ganz ruhiges Fahrwasser genießen würden.

Kapitel 23   Krieg?

»Unsere Marion ist perfekt. Und die ist hübsch.« Meine Telefonanlage blinkte auf. »Firma Schmidt und Meyer, Schneider!«

»Hallo Michael, hier ist Eric. Sag mal, hast du dem Oberhirten in der Fertigung heute Morgen was in den Tee gestreut?« Ich musste lachen. Bertha schaute zu mir rüber. »Der war gestern bei Frau Doktor Adelmann, einer meiner besten Kundinnen, und hat dort die Reklamation angeschaut. Da war ja ein Kratzer direkt hinter der Haustür, also man sah ihn beim Rein- und Rausgehen. Da sagt der doch allen Ernstes zu der Frau Doktor: »Stellen Sie sich nicht so an. In spätestens drei Wochen hat so ein dummer Köter einen Kratzer dabei gemacht. Dann fällt der gar nicht mehr auf.« Sag mal, hat der Hirni sie nicht mehr alle?«

»Oh no! Das geht ja überhaupt nicht.« Bertha schaute erneut. »Ich regle das mit Herrn Meyer. Die Diele wird jedenfalls ausgetauscht und wenn irgendein Köter einen weiteren Kratzer in eine Diele macht, tauschen wir die mit aus. Du kannst dich auf mich verlassen.«

»Super! Dann sage ich das Frau Doktor Adelmann. Dank' dir! Mach's gut.«

»Ja, du auch.«

»Die macht das gut. Die hat studiert und die war im Ausland. Was die anfängt, das schafft die. Wenn ich daran denke, wie ich angefangen habe. In der Zeit hatten Frauen noch nichts zu sagen. Aber ich hab' mir einiges von Alexis abgeguckt.« Bertha kicherte. »Und der Andreas ist dumm.«

Es war eine seltsame und aufgekratzte Stimmung. Sie babbelte und babbelte.

»Die Marion, der Andreas und du, ihr müsst die Firma weitermachen. Die Marion und der Andreas schaffen das nicht. *Der Andreas ist dumm.* Der hat mit Ach und Krach die Hauptschule geschafft. Der ist dumm! Stell dir mal vor: die Marion und der Andreas. Das geht nicht. Das schafft die Marion auch nicht. Nein! Nein! Du muss dabei sein.«

Mit einer Hand fuchtelte sie laut in der mittleren Schublade ihres Schreibtisches. Sie kramte und kramte. Endlich schob sie die Schublade wieder zu.

»Wie der hier rumläuft. Der wird mal genauso wie unser Hermann. *Die Marion, der Andreas und du, ihr müsst die Firma weitermachen.*

Den Hermann bekomme ich auch noch hier raus.

Ich schaffe das!«

Sie wühlte in der untersten Schublade. Mit lautem Schnaufen kramte sie und kramte sie. »Das darf doch nicht wahr sein.«

Sie murmelte, fluchte vor sich hin. »Wie kann man nur!«

Sie war nervös. Hat sie sich das bei Ludwig abgeguckt? »...
nicht immer aus den Vollen schöpfen!«

Was suchte sie überhaupt? »*Die Marion, der Andreas und
du, ihr müsst die Firma weitermachen.*«

Ich ging stumm an ihr vorbei in die Ausstellung. Für mich
zählte das, was Ludwig sagte. Sie hatte ja in der Firma
nichts zu sagen. Das waren schließlich ihre eigenen Worte
gewesen. Oder doch?

Im Nebensatz fragte ich Ludwig, wie seine
Firmennachfolge geregelt werden solle. »Na, so wie wir es
von Anfang an besprochen haben. Was, was – was hast du
denn? Ich denke, dass wir die Formalien bis Anfang des
Jahres abgeschlossen haben. Das will ich auch. Ich will das
jetzt fertig haben.«

Beruhigt ging ich meinem Tagewerk wieder nach und
ließ mich von den immer seltsamer werdenden
Auffälligkeiten nicht beirren. »Mach dich nicht verrückt.
Man kann sich auch in solche Sachen reinsteigern.«

In dem Achtparteienhaus »Alter Bahnhof«, in bester
Wohnlage von Neukirchen, wo die Mietpreise am
lukrativsten waren – in dem Ludwig und Bertha eine
Eigentumswohnung hatten –, gab es Ärger. In Ludwig und
Berthas Eigentum wohnte eine junge Langzeit-Studentin,
daneben Hermanns Exfrau Brigitte. Für den Ärger sorgte
die nicht dort wohnende Bertha. Wenn man zur

Wohnung von Brigitte ging, musste man in die sechste Etage, dann oben links in den Flur. Im Flur rechts war ihre Wohnung, links eine größere freie Fläche vor einer Glasfassade. Brigitte hatte sich darangemacht, diese Ecke schön zu gestalten. Sie hängte eine Gardine auf und stellte dort eine Bank auf. Sie dekorierte alles recht nett. Auch die anderen Bewohner gestalteten ihre Eingänge etwas freundlicher. Der Hausverwalter, ein Bekannter von mir, hatte nichts dagegen. Die Hausverwaltung nicht – aber Bertha!

Bertha war total dagegen. In meinen Augen regte sie sich künstlich auf. Was hatte sie damit zu tun? Als Büronachbar und Schwiegersohn weihte sie mich in alle Details ein. Ich war in Alberts Büro umgezogen. Bertha war nun durch eine Glastür von mir getrennt. Wenn ich über meinen Bildschirm schaute, hatte ich sie genau im Blick. Albert war unrühmlich von Hermann in Rente gefeuert worden.

»Die spinnt wohl! Das ganze Haus verliert an Wert. Da kann doch nicht jeder machen, was er will ...«

Wie immer ließ ich's über mich ergehen. Ab und zu kam von mir ein Nicken, ab und zu ein »Ja, ja«, »Jo, jo« oder ein unterstützendes leichtes Kopfschütteln. Ernste Themen besprach ich vernünftig mit ihr. Die Geschichten um ihr ehrenwertes Haus waren nicht ernst, die waren Kindergarten oder Hausfrauenterror.

»Die Bilder, die komische Gardine, die Bank, das muss alles weg. Wie sieht das denn aus in dem Haus? Der Flur muss ordentlich sein«, keifte sie vor sich hin.

Der Flur hatte es ihr scheinbar angetan. In jeder Arbeitseinheit wurde organisiert und strapaziert, immer per Telefon. Nie per Fax oder Schreiben – nein, wenn geschrieben wurde, machten das andere. Meistens die Hausverwaltung, wobei Schwiegermutti auch schon von einem Anwalt sprach. Sie selbst redete nur oder mischte im Hintergrund mit.

›Oh, oh, mit der könnten wir aber noch Spaß bekommen, wenn die mal älter wird.‹, dachte ich mir, ohne mir ein Szenario auszumalen, in welchem ich selbst vorkommen könnte. Mit ihr war ich immer gut Freund gewesen. Na ja … war ich das? Das Brot damals auf dem Martinsmarkt. »Was meinst du, wie schnell wir dich wieder los sind.« und die vielen anderen Einmischungen in Caros und meine Privatsphäre? Im Vergleich mit den Streitereien, welche sie mit anderen pflegte, war das nichts, war das harmlos. Die Zwischenrufe verschärften sich:

»Die unterhält immer zwei Brandherde: Einen in der Familie und einen in der Bekanntschaft.«
»Die Schmidt ist streitsüchtig.«
»Etwas unbefriedigt, die Alte!«

Mit ihrer »Flurbereinigung« ging sie mir auf den Nerv. Es war Frühling und es war Hochkonjunktur. Auf meinem Schreibtisch stapelten sich die Aufträge.

Voller Stolz betrat sie an einem düsteren 20. April das Büro. Sie strahlte wie Cäsar im Triumphbogen von Rom. Ein Erfolg? Hatte sie ein aufregendes Wochenende gehabt? Ein schönes Erlebnis? Eine Reise gewonnen? Hatte sich Ludwig ein neues Auto gekauft? Was war denn geschehen? Warum zog die werte Frau Schwiegermutter so beschwingt über den Teppich? Selbst ihr In-den-Bürostuhl-Plumpsen sah an dem Tag elegant aus.

»Marianne!« Es folgte keine Antwort. »Marianne, komm mal hierhin.« Marianne kam. »Guten Morgen, was hast du denn?«

»Ich habe mal wieder den Krieg gewonnen!« Ich schaute kurz zu ihr, Bertha grinste mich an. Marianne stand auf der anderen Seite neben ihr. ›Was hat die denn vor?‹, dachte ich vor mich hin und arbeitete weiter, wobei ich dem Geschehen von da an mit einem halben Ohr zuhören musste. ›Was geht denn jetzt ab?‹

»Wo ist Krieg?«,

fragte Marianne verdutzt! *»Ich habe mal wieder einen Krieg gewonnen – ich gewinne doch jeden Krieg.«* Marianne konnte ihr nicht folgen. »Was denn für einen Krieg?« Bertha schaute mich an. Marianne wird wohl gedacht haben, dass sie mit mir sprechen würde. Ich tat, als wenn ich die Wiederholung des »Siegestriumphes« nicht mitbekommen hätte. Bertha schaute die ganze Zeit zu mir. Marianne runzelte die Stirn. Sie schüttelte den Kopf. Sie schaute ebenfalls öfter zu mir rüber. Sie machte

Anzeichen, Berthas Büro zu verlassen. Die Katze kam aus dem Sack: »Die Brigitte, die hat doch gemeint, sie müsse das ganze Haus da unten dekorieren ...«

»Welches Haus denn?«

»Na, den exklusiven Neubau, in dem wir eine Eigentumswohnung haben.«

»Ach das, ja, ja – jetzt kann ich dir folgen.« Marianne gab sich allergrößte Mühe, Interesse zu zeigen.

»Ja genau. Und jetzt hab' ich den Krieg gewonnen – du weißt doch, ich gewinne immer.«

›Was hat die denn immer mit ihrem blöden Krieg?‹

»Das geht nicht, die kann nicht einfach machen, was sie will.«

»Ach und jetzt muss Brigitte alles wieder wegräumen?« Bertha kicherte fies, laut, künstlich und überheblich. »Ja, genau!«

Marianne ging wieder in ihr Büro. Marianne war nicht nur eine gute und fleißige Arbeitskollegin, sie hatte auch eine sehr vernünftige und gerechte Einstellung. Es war ihr anzumerken, dass sie die Aktion von Bertha deutlich als übertrieben bewertete. Sie sagte es nicht. Aber sie zeigte es. Bertha tippte in ihre Tasten.

»Wichert ruft an«, zeigte mein Telefondisplay an. An meiner neuen Telefonanlage konnte man den Hörer liegen lassen und das Gespräch über den Lautsprecher annehmen. Das gefiel mir. »Schmidt und Meier, Schneider!« Wichert, Jürgen Wichert, war unser bester Außendienstler. Der hatte immer ganz nette Dönekes auf Lager. Jürgen, Ludwig und Bertha, Hermann und ich waren vor Monaten mit ihm geschäftlich essen gewesen. Da hatte sie ihn persönlich kennengelernt. Jürgen erzählte und erzählte. Bertha wollte auch mal was sagen. Jürgen würgte sie ab mit einem frechen »Hier! Hör zu!« Das erzählte ich beiläufig Marianne. »Hier! Hör zu!« Sie lachte sich ausgelassen »Das Gesicht von Bertha hätte ich ja zu gern mal gesehen.«

»Moin Michael, Jürgen hier! Hör mal – ich war grad bei Firma athlete. Was ist denn schon wieder mit dem Meyer los? Mit dem wirst du es aber später auch nicht einfach haben.« Ich ahnte schon, was kommen würde, unterstützte aber Jürgen in seiner Rolle als Sensationsjäger. »Was hat unser freundlicher Herr Meyer denn angestellt?« Bertha schaute fragend in mein Büro.

»Der war letzte Woche bei Frau Adelmann, also bei Frau Doktor Adelmann. Das ist eine ganz reiche, vornehme Frau. Die kenne ich persönlich aus dem Golfclub. Der Eric hatte wohl bei Meyer eine Reklamation angemeldet. Reklamationen musst du demnächst machen. Den Meyer dürft ihr nicht auf die Menschheit loslassen! Frau Adelmann hat ihren kompletten Eingangsbereich neu gemacht. Eine flammneue Haustüre aus Aluminium, allein die hat schon über zehntausend Euro gekostet. Und direkt hinter dieser noblen Tür ist ein fetter Kratzer auf eurem Boden. Der Meyer muss sich das wohl letzte Woche angeschaut haben. Und weißt du, was er der Grande Dame gesagt hat?«

»Nein, was denn?« Ich schaute zu Bertha. Bertha schaute zu mir, blitzschnell wich sie meinem scharfen Blick aus und kramte verlegen in ihrer Handtasche.

»Stellen Sie sich nicht so an. In spätestens drei Wochen kommt da so ein blöder Köter her und macht einen weiteren Kratzer in den Boden.«

Bertha schaute auf meine Telefonanlage, zog ihre Augenbrauen hoch, atmete einmal schwer durch die Nase. »Der kann dieser A-Kundin doch nicht sagen, dass ein Köter noch einen Kratzer reinmacht und damit die Reklamation erledigt ist. Die Frau hat zwei Hunde. Die nimmt sie immer mit auf den Golfplatz. Das sind ihre Kinder. Ich bin heute bei Frau Adelmann gewesen und habe mir die Sache angeschaut. Die Reklamation ist berechtigt. Du gehst zur Tür rein und siehst sofort die große Schramme in dem Boden. Ich hab' ihr gesagt, dass Hermann Meyer ein Monteur von euch ist.« Bertha schüttelte den Kopf. »Das hat sie mir zum Glück abgenommen. Gott sei Dank läuft der immer in euren Blaumännern rum.« Er lachte. »Hab' euch mal wieder den Popo gerettet. Sie sagte noch, an dem Pullover hätte Meyer gestanden. Da konnte ich mich noch rausreden. Ich sagte, dass im Oberstaufenwald alle Meyer heißen und der noch nicht mal verwandt oder verschwägert sei mit dem stets freundlichem Herrn Meyer.« Wir beide lachten. Bertha schaute zu mir rüber.

»Und, wie löppt es sonst so?« Wir tauschten uns aus. Unsere Geschäftsfreundschaft wurde immer intensiver. Ein Telefonat mit Jürgen dauerte mindestens 20 Minuten.

Bertha brachte sich direkt im Anschluss wieder in Szene. Sie rollte den Stuhl zurück und lugte durch die Ganzglastür. »Ich gewinne jeden Krieg.« Ihre Stimme klang unsicher. Was wollte sie mir denn unbedingt mit auf den Weg geben? Das Telefongespräch hatte den Spannungsbogen, die Botschaft, den Knalleffekt deutlich geschwächt.

Ich machte mir erst Notizen zu der Reklamation Adelmann. Dann wollte ich mich aus Höflichkeit erkundigen, wo denn Krieg sei. Dies erübrigte sich. Ohne Nachfrage, ohne ein Wort von mir, schoss es wie aus der Pistole aus ihr heraus – wie im richtigen, totalen Krieg. »Brigitte muss unten im Haus alles wieder wegräumen. Und im Flur kommen sechs Bilder vom alten Neukirchener Krankenhaus hin. An der Stelle stand doch das erste Krankenhaus. Dann ist der Flur wieder fertig. Das ging ja auch so nicht. Und deswegen:

Leg dich bloß nicht mit mir an!

Ich gewinne jeden Krieg!«

»Das habe ich doch gar nicht vor.«
»Ja genau!«

Sie verließ das Büro. Nach kurzer Zeit kam sie zurückgeschossen: »Ich bin Alexis. Ich gewinne immer!«

Das war mir zu albern. Mir reichte es. Ich hatte keine Lust mehr auf Berthas Kriegsspiel. Wollte sie mir etwas anderes mitteilen? Dann hätte sie es einfach sagen können. Ich sprang ruckartig vom Stuhl. »Ach ja! Der Köter, Hermann, fast hätt' ich ihn vergessen.« Ohne die geringste Beachtung ging ich eilig mit meinem Notizzettel an ihr vorbei.

Hermann stand an der Hobelmaschine. Es war der schlechteste Moment für ein ernstes Fachgespräch. Ich ging hinten durch die Fertigung zu meinem Auto und fuhr in die Mittagspause. Am Nachmittag beim Kaffeetrinken war die Gelegenheit. Er saß allein im Pausenraum und grinste vor sich hin. »Hermann, der Wichert hat mich heute Morgen angerufen.«

»Was will die alte Labertasche denn schon wieder?«

»Der hat sich über dich beschwert.«

Hermann lachte auf. »Ja? Was hat er denn?«

»Du hättest für Frau Adelmann gesagt, dass ein Köter in drei Wochen noch einen Kratzer in ihren Boden macht.« Hermann Meyer lachte überheblich. »Ja, das habe ich auch. Und das stimmt doch auch. Die blöde Kuh soll sich mal nicht so anstellen!«

»Hermann! Der Boden hat über 8000 € gekostet.«

»Na und! Trotzdem macht ein Köter oder so eine dumme Pissblage da noch mehr Schrammen rein. Ist doch wahr!«

Eine halbe Stunde später war Montagebesprechung. Mit einem festen Faustschlag auf den Tisch wetterte er während der Besprechung: »Weil der Schneider die Versiegelung nicht bestellt hatte!«

»Es läuft alles nach Plan. Wir können die vierzig Quadratmeter Lärchenboden, wie mit dem Kunden vereinbart, am Dienstag ausliefern«, erwiderte ich als Schneider.

»Die Oberflächenversiegelung ist aber nicht da!«, wetterte er zurück und haute noch drei, vier Mal wie ein erboster Schimpanse auf den Tisch. Das frische Blumengesteck von Marianne mitsamt den Kugelschreibern und Textmarkern sprang in die Luft.

»Hermann!«, ich blieb gefasst, wurde bestimmend. »Die Versiegelung kommt heute, bis zwölf Uhr. Dann haben wir noch den ganzen Nachmittag Zeit, sie aufzutragen.«

»Warum bestellt ihr die Versiegelungen nicht. Mann – ist das immer eine Scheiße!«

»Sie ist bestellt«, fiel ich ihm ins Wort. »Und sie wird pünktlich da sein. Jetzt krieg dich wieder ein. Was ist denn heute los?« Ich machte eine kleine Pause, keiner traute sich, etwas zu sagen. »Just in time – also ich nenne das Organisieren.« Die anderen lachten. Mit Esprit den Herrn Meyer geschlagen. Was sollte dieser künstliche Anfall? Was hatte der denn vor? Ein Standard-Wutanfall? Hauptsache auf irgendeinen draufhauen? Das war schon eher ein XL-Wutanfall. ›Nimm's nicht persönlich!‹, dachte ich. Das dachte ich aber nicht mehr lange.

»So einen Geschäftsführer, den, den wird man doch ganz schnell wieder los! Oder?«

Das war Hermanns nächste Attacke während der Besprechung mit dem Steuerberater am gleichen Tag. »Nein, nein!«, so der Steuerfachmann. »Wenn sich Ihr Geschäftsführer nichts zu Schulden kommen lässt und gute Arbeit abliefert, werden Sie den nicht so schnell wieder los.«

Was war das?

Was war das alles?

Waren dies Meyerspielchen?

Die Reklamation Adelmann wurde zur vollsten Zufriedenheit der Kundin behoben. Trotz dieser miesen Spielchen hielt ich mein Wort, erledigte zuverlässig meine Arbeit.

Kapitel 24   Schön war die Zeit.

Der Urlaub im Sommer 2013, wieder in Oberstdorf, brachte uns Erholung und Freude. Es war unser erster Urlaub in einem Fünfsternehotel. Das Jahr davor waren wir in der Ferienwohnung von Frau Leitner gewesen. Dieses Mal gönnten wir uns ein Nobelhotel. Wir bogen in die Straße ein. Das stattliche Hotel mit den vielen hölzernen Balkonen grüßte schon von Weitem. Langsam rollte unser vollbepackter Wagen auf einen der Stellplätze vor der Rezeption. In der Empfangshalle begrüßte uns Frau Obermayr höchstpersönlich. Im schicken Dirndl ging sie in der fünften Etage vor uns her. »Sie bekommen unser schönstes Zimmer, die Familiensuite im Turm.« Wir betraten das großzügige Zimmer und waren begeistert. Nur der kleine Alexander schmiss sich auf den Boden und begann zu weinen. Caro ging zu ihm hin. »Hey Kleiner, was hast du denn?« Er schaute hoch, blickte noch einmal prüfend in den Raum und schrie. *»Das ist nicht unseres Urlaub.«* Frau Obermayr schaute nüchtern. Caroline und ich lachten fröhlich. Wir mussten die feine, hübsche Hotelierin schnellstens aufklären: »Letztes Jahr waren wir auf der anderen Seite des Tales in einer Ferienwohnung. Da fand er es so schön. Er dachte, wir fahren wieder zu der Ferienwohnung, also in den gleichen Urlaub.« Frau Obermayr lachte herzlich.

Wir amüsierten uns ebenfalls, als er an dem Regentag, als wir für Bertha einen geschnitzten Hirten in St. Martin abholten und er in einem Baustellenstau drei

Quads sah. Er fragte: »Mama können Quätter auch rückwärtsfahren?«

Das war der einzige Regentag. Die anderen waren sommerlich warm. Wir lagen am Pool, gingen in die Schwimmbäder oder in die Berge.

Wir streiften unbeschwert über eine ausladende Alm. Mit ausgestreckten Armen schnurrte Alex um uns rum. Er war ein LKW und brummte und brummte. Er zeigte uns: Seht, ich bin ein ganz normaler Junge. Seht, ich kann ganz schön schnell und ausdauernd laufen. Nehmt mich, wie ich bin. Ich sagte zu Caro: »Schau nur! Der Junge hat gar nichts.« Caro und ich konnten viel reden, viel diskutieren. Sie erzählte mir, dass sie langsam lockerer würde.

»Ich mache mir halt immer Sorgen um Alexander.

Er hat ja scheinbar tatsächlich nichts.

Gib mir noch ein bisschen Zeit.«

Letztes Jahr habe sie Angst um Alexander gehabt, weil er noch so klein war. Es würde immer einfacher werden. »Wir müssen einfach zusammenhalten.« Wir malten uns bei den Wanderungen ober abends bei einem Glas Wein die nächsten Jahre aus. »Nächstes Jahr besuchen wir Judith in Holland mit den Kindern.« Judith war eine ehemalige Schulkollegin von Caro. »Und ein Jahr später fliegen wir nach Mallorca.« Caro kam ins Schwärmen. »Wenn wir wieder zuhause sind, fahr ich ins Fitnessstudio und frag', ob ich Trainerin werden kann.

Die Kurse sind ja abends oder morgens, wenn die Kinder nicht im Haus sind.«

Das gefiel mir sehr. Caro wurde wieder lockerer. Sie bekam noch andere Ideen, wie sie ihre Freizeit gestalten könnte. Sie wollte Kochkurse geben, ein Buch über ihre ausgefallenen Kochkünste schreiben oder in der Schule Hauswirtschaft unterrichten. Sie war eine der besten Köchinnen weit und breit.

Wenn wir erst den turbulenten Generationswechsel hinter uns gelassen hätten, sollten wir es geschafft haben. Dann sollte wieder eine große Lebenshürde genommen sein. Wir freuten uns auf die vor uns liegenden Jahre.

Unsere Zeit im Sonnenhof verging wie im Flug. Ja die Sonne! Hier kam sie hin, hier war Sonne, hier war Liebe, hier war Wärme. Auf der Rückfahrt schlief Caro eine Zeit lang, die Kinder auch. Ich schaute sie an. ›Es ist so schön mit uns, mein kleiner Oski.‹ Mit Power fuhr ich zufrieden nach Hause, zufrieden in die Zukunft.

Mit vollen Batterien gingen wir in den Alltag. Mit voller Batterie in die Firma, mit voller Batterie auf's Schützenfest. Ein paar Tage später sollte Marion in der Firma anfangen. Die Konstellation war in meinen Augen nicht gerade perfekt. Sie war theoretisch in Ordnung, praktisch aber nicht erprobt. Darauf kam es an: auf die reale Verträglichkeit.

Mit voller Batterie stand ich Samstagabend in der Schützenhalle an unserer berühmten »langen Theke«. Unsere Gläser waren leer und ich versuchte, volle zu bekommen. Links neben mir bemerkte ich zwei recht hübsche Damen. Mal tuschelten sie, mal schauten sie mich an. »Einen angenehmen Aufenthalt den holden Damen hier auf dem Schüttkirchener Schützenfest.« Zwei schöne, große blaue Augen klimperten mich an. Nach der etwas überzogenen Begrüßung konnte ich der Dame ein bezauberndes Lächeln entlocken. Die schönen Augen schauten auf die Flasche Sekt, welche zwischen uns stand. »Oh! Die Damen trinken Sekt.« Auf charmante Art gelang es mir, ein Sektchen mit den Damen zu trinken. Es blieb nicht bei einem. In bester Laune musste ich zur Toilette. Die Liveband spielte gute Popmusik. Ich machte einen größeren Bogen durch die Halle. Erstaunt traf ich Schwägerin Marion. Die war nie auf unserem Schützenfest gewesen. Sie stand dort mit ein paar Mädels zusammen. Ich begrüßte diese ebenso mit einem geschwollenen Aufsatz. »Guten Abend den Damen! Willkommen auf dem Schützenfest! Na? Wollt ihr erst mal nach hübschen Jungs Ausschau halten?« Ich wollte weitergehen, in meiner beschwingten Laune. Ich war nicht übermäßig besoffen, sondern lustig und redselig, so wie die meisten mich kannten – vielleicht eine Spur verrückter.

»Du spinnst wohl. Ich hab' nicht umsonst studiert. Ich will Karriere machen!«, kam es von oben herab mit einem überdurchschnittlichen Unterton von der circa zwei Köpfe kleineren und 12 Jahre jüngeren, vollkommen nüchternen angeheirateten Gesprächspartnerin. Sie schaute mich an, frech, provozierend. Angemerkt sei hier, dass sie eine Bachelor-Arbeit mit durchschnittlichem Erfolg geschrieben hatte. Sie fühlte sich stark. Die anderen Mädels schauten uns zu. Sie wartete auf eine Antwort. Nun kam auf ihre Initiative das Gespräch zu Stande, auf welches ich drei Jahre gewartet hatte, welches drei Jahre über meiner Familie schwebte. Es kam wieder nicht von Seiten der Senior-Schmidts. Ich wünschte mir, was bis heute nicht in Erfüllung gegangen war, dass man einmal zu mir sagt: »Michael, wir müssen noch einmal mit dir über die Firmennachfolge sprechen. Da hat sich etwas geändert. Wir haben dir ja fest zugesichert, dass du Ludwigs Part als Geschäftsführer übernehmen sollst, die Caro die Anteile bekommt und dass die Marion niemals in der Firma anfängt. Die Marion möchte jetzt doch aktiv in der Firma mitarbeiten – was hältst du davon?« Sie wurde einfach dazugestellt.

»Du willst Karriere machen. Bist du denn dann bei Schmidt und Meyer richtig? Du hast mir 2008 gesagt, dass du nicht dort anfangen willst und dass du mit Hermann nicht klarkommen würdest.«

»2008? Da war ich gerade mal 16.«

»Was hat das denn mit dem Alter zu tun?« In einem besonders abwertenden Unterton, mit Blickkontakt zu ihren Freundinnen:

»Was warst du denn mit 16?

Die Damen kicherten verlegen und künstlich – ein Studentenwitz?

Ich versuchte, ruhig zu bleiben. Mein Temperament hielt sich in Grenzen. »Muss ich mir so etwas bieten lassen? *Okay – ich habe ein paar Bier getrunken ...«*, sie unterbrach *»Vielleicht auch eins zu viel!«* Die Damen amüsieren sich, lächelten, grinsten freundlich oder kicherten anständig und wohlerzogen mit vor den Mund gehaltenen feinen Händchen. Ich wurde etwas lauter. *»Von mir aus auch eins zu viel!* Wir sind seit vier Uhr am Feiern, ich war zwischenzeitlich zuhause und hab' mich frisch gemacht. Ich meine, noch in guter Verfassung zu sein, und ich meine, dass ich mir diesen unverschämten Ton nicht gefallen lassen muss ...« Ein, zwei Mädels brachten sich frech in das Gespräch ein. Auch sie hatten kein Interesse, einfach ein bisschen zu flachsen. Nein! Auch sie brachten sich in die Hartkost mit ein. Auch sie zeigten klar: Wir machen Karriere. Wir saufen nicht. Wir nippen.

Es gingen immer mehr Oberhofer an uns vorbei. Mirek aus der Firma stellte sich zu uns. Mirek hatte ich abends auch noch nie in der Halle gesehen. Er hasste Schützenfeste. Er ging lieber in Clubs. Er schmierte lieber an und um die Damen rum. Daher nannten ihn fast alle Schmierek. Ich kam eigentlich ganz gut mit ihm klar, obwohl ich mit der Frau verheiratet war, die er viele Jahre umschwärmt hatte. Mirek fragte, ob es Probleme gäbe, erkannte die gereizte Stimmung und verschwand wieder. Auch Caro kam vorbei, stellte fest, dass sie nichts bewirken konnte, und verließ den »Ring«. Caroline war, wie ich, angeheitert. Wir wollten feiern. »Ich komme gleich zu dir.« Die Stimmung im »Studentinnen-Viertel« wurde gereizter. Marions provokantes Verhalten zeigte bei mir gute Wirkung.

»Ich habe gemerkt, dass Kanada nicht mein Fall ist und deshalb fange ich in unserer Firma an, Familienunternehmen und so.«

»Weißt du eigentlich, dass du ohne mich eigentlich gar nicht in der Firma hättest anfangen können?«

»Wieso das denn nicht? Das ist die Firma meines Vaters.«

»Wenn ich da nicht angefangen hätte – hätte dein Vater die Firma verkauft.«

»Oh – und was soll ich jetzt sagen?

Danke Michael!

Soll ich mich jetzt jeden Tag bei dir bedanken?«

Ich hatte genug. Es ging nicht ums Feiern, nicht um eine gute Unterhaltung, nicht darum gesellig zu sein. Es ging um reines Provozieren. Noch ein paar Sprüchlein hörte ich mir von den Karriere-Girlies an, dann bewegte ich mich mit schnellen, großen Schritten Richtung Ausgang.

Caroline kam mir entgegen. »*So etwas brauche ich mir nicht gefallen zu lassen!*«

»Wieso? Was ist denn passiert?«

»Erzähl ich dir im Taxi! Komm, lass uns fahren.« Caro zeigte sich eher neutral. Sie hört mir zwar zu und meinte, dass man dieses Thema ohne Alkohol lösen sollte. »Genau der Meinung bin ich auch. Deshalb bin ich ja auch da weggegangen. Was wollte die denn überhaupt auf dem Fest? Die war noch nie hier.« Zuhause angekommen war ich unten. Wir unterhielten uns ein wenig. Caro hatte Recht. Sie wollte keinen Streit. Wir wollten keinen Streit.

»Muss man denn auf Schützenfest damit anfangen?«

»Nein! Das hätte sie sich sparen können. Schade, dass wir gefahren sind. Wir hatten so einen Spaß.«

Marion hatte mit dem Thema angefangen. Marion hatte provoziert. Marion war nüchtern gewesen! War das geplant?

Egal, ob es geplant war oder nicht, ich nahm mir vor, mich am nächsten Tag bei Marion zu entschuldigen, um wieder eine vernünftige Basis für die berufliche Zukunft zu gewährleisten. Sie schlief in der Nacht bei uns im Gästezimmer.

Es war seltsam: Provozierte ich, sagte man mir, wenn man jemand provoziert, könne man sich ja wenigstens entschuldigen. Wurde ich provoziert, entschuldigte ich mich für mein Verhalten.

Vor dem Antreten der Schützen trat ich meinen Reuegang zu Marion an. Sie wollte fahren. Wir hatten nicht zusammen gefrühstückt. Ein flüchtiges »Guten Morgen!« war unser einziger Dialog an dem morgendlichen Schützenfestsonntag.

Sie saß im Auto, der Motor lief. Ich ging auf ihren Wagen zu. Sie sah mich an der Fahrerseite und kurbelte das Fenster runter. »Marion, lass uns einfach die halbe Stunde von gestern Abend vergessen. Das war wohl nicht unser Tag. Ich war ein bisschen schräg drauf. Bitte entschuldige, dass ich etwas lauter geworden bin.«

»Am Ende hast du zu meiner Freundin gesagt, sie soll nach Hause gehen und Kinder kriegen«, zitierte sie frech grinsend, drückte etwas unsanft den Rückwärtsgang rein, schaute ruckartig nach hinten und rollte vom Platz. Mit einem höflichen Lächeln schaute ich ihr nach, ging ins Haus und zog mir ein frisches weißes Hemd an.

Als es Caro noch nicht in meinem Leben gegeben hatte, bügelte ich selbst. Ein Jahr war ich mit meiner ersten Freundin im Hofstaat. Für einen schwarzen Anzug fehlte mir das Geld. Der alte Hochzeitsanzug meines Vaters musste herhalten. Die Schützenfesttage waren ungewöhnlich nass und kühl, aber auch vorteilhaft: Ich bügelte nur den Kragen, die ersten Zentimeter der Ärmel und eine Bügeleisenbreite an der Knopfleiste entlang. Mit dem Königswalzer kam endlich die Sommerhitze wieder. Alle zogen ihre Jacketts aus, nur Michael Schneider nicht.

Über meine Freunde lüftete ich allmählich mein Bügel-Geheimnis.

Caro bügelte mit Falte, mit Knick, wie Bertha es nannte. Bereits das erste Schützenfest, als sie mir das Biertrinken beibrachte, zog sie mir das Hemd am Bügelbrett aus den Händen und formte es wieder geschickt mit dem heißen Eisen. Es sah aus wie neu. Ab dem Tag sahen alle Hemden so aus. Für Oma Klara, für Bertha Schmidt, für Caroline Schneider war Bügeln Frauensache.

Beim Schützen-Hauptmann und bei den Offizieren hatten sogar die weißen Hosen eine Bügelfalte.

Bei der Kranzniederlegung am herrlichen Sommermorgen war mein linker Arm horizontal angewinkelt und hielt das Fähnchen, das »Gewehr«, vertikal in Reih' und Glied. Leise und bedacht erklang das Lied vom alten Kameraden: »Ich hat' einen Kameraden, einen bess'ren find'st du nicht ...«, sang Meinolf, der achtzigjährige Schütze rechts neben mir, leise mit. Meine Augen schauten geradeaus auf die weiße Hose mit Knick des ersten Vorsitzenden, welcher auf erhöhter Nebenstraße bereitstand für seine Ansprache. Hinter ihm wehten gemächlich zwei weißblaue Fahnen vor dem prächtigen Ehrenmal aus heimischem Naturstein. Dahinter lugte die Friedhofskapelle hervor. Der laue Wind wehte in die Birken, ließ das blauweiße Fähnchen vor meinem rechten Auge flattern.

Die Musik verstummte. Wie ruhig es war. Gedanken blitzten auf: »Eine von meinen ist die deinen.« »... die Mittelgeneration ...« »... fahr nach Hause und krieg Kinder.«

»Eine von meinen ist die deinen«, sagte meine Oma vor 25 Jahren zu mir: »Auf dem Schüttkirchener Friedhof steht am Eingang eine Schiefertafel mit einer Uhr. Die hat keinen Zeiger und darüber steht: »Eine von den meinen ist die deinen.«« Dieser Satz beschäftigte mich viele Wochen als kleiner Junge. Immer wieder ging ich zu ihr und fragte nach dieser besonderen Uhr. »Auf welcher Zahl stehen denn die Zeiger?«

»Die Uhr hat keine Zeiger.«

Nach der Ansprache des ersten Vorsitzenden setzte sich der Zug unter den Klängen des Neukirchener Spielmannszug wieder in Bewegung. Die Kirchenglocken fingen zu läuten an. An der Kreuzung hinter Jostes machte der Zug eine Kehrtwende. In Jostes Haus war meine Oma Kindermädchen gewesen.

Die Ersten kamen uns wieder entgegen. Wir schritten aneinander vorbei, Jung und Alt, von 16 bis 80, alle im gleichen Schritt und Tritt. Bei Schmies setzte der Spielmannszug der Freiwilligen Feuerwehr Illeringhausen wieder ein. Die Instrumente ertönten weit durch das Tal. Zackig und voller Begeisterung folgten die Musiker dem Taktstab, den ich durch die vielen Fähnchen und Schützenhüte schwingen sah. Der Marsch war so lebendig, so kraftvoll. Die Gäste am Straßenrand, welche sich an dem frühen Sonntagmorgen an den Klängen erfreuten, genossen diese satten, schmetternden Klänge aus den rund 80 Instrumenten. Auch die Schützen schritten, befangen von den gewählten Tönen, voran. Es fiel kein Wort, keine einzige Bemerkung, noch nicht mal ein leises Mitpfeifen.

Der feine Metallstab des Dirigenten schwang zackig nach oben und verharrte für eine Sekunde in der Stellung. Ruhe, absolute Ruhe. Von Weitem klangen die Glocken. Was für eine Stimmung. War das so einstudiert? War der Marsch zu Ende? Nein: Klarinetten, Trompeten und Posaunen spielten ein paar Noten alleine und dann donnerte der komplette Spielmannszug mit einem unbeschreiblichen Sound den Refrain zu Ende.

Die zweite Strophe wurde gespielt. Ich schaute nach rechts. Mit stolzgeschwellter Brust marschierte Meinolf aus Schüttkirchen an meiner Seite. Seine Augen glänzten. Er erwiderte meinen Blick und sang: »Haltet aus. Haltet aus. Lasset hoch das Banner weh'n.« Er lächelte mich herzlich an: »Das haben unsere Väter im Ersten Weltkrieg gesungen.«

Mir kam kurz dieses seltsame »Ich gewinne jeden Krieg.« in den Sinn. Was wollte mir Bertha an dem Morgen mitteilen? Meine Gedanken schweiften wieder zurück zum Fest.

An der Kreuzung zum Gasthof Ober drängten sich viele Schaulustige und Musikbegeisterte. Das Schüttkirchener Schützenfest zog viele Menschen an, nicht nur, weil es in der Stadt Neukirchen das letzte Schützenfest im Jahreskreis war.

Der Schüttkirchener Spielmannszug übernahm wieder die Klänge. Sie waren nur leise zu hören, da dieser schon in die Kirchstraße eingebogen war. Die Glocken schwangen langsam aus. Das Rieten hielt noch an. Bei dem Rieten ziehen zwei Männer bei einer Glocke den Klöppel am Rand entlang. Dadurch entsteht dieser besondere Klang. Das Rieten ist nur zu feierlichen Anlässen zu hören. Das Schüttkirchener Schützenfest – eine Spur festlicher!

Am Montagmorgen sah ich den Einzug der Schützen in die Halle aus der Vogelperspektive. Das Geckschießen war erfolgreich beendet, der Paradenmarsch auf dem Schulhof war abgehalten. Alex saß auf meiner Schulter, Jan stand stolz neben mir. Es sah beeindruckend aus, wie die Hundertschaften sich rechtwinklig laufend formierten.

Unten rechts standen die Oberhofer Frauen. Caro winkte zu uns hoch. Die anderen Frauen, unsere Nachbarinnen, Schwägerin Kerstin schauten zu uns. Wir Oskis hielten zusammen.

Aus bisher unerklärlichen Gründen sagte Frau Bertha Schmidt vor Jahren zu ihrer Tochter: »Sonntagabend kannst du die Kinder wieder mitnehmen. Dann hast du ja wohl genug Schützenfest gefeiert.« Meine Eltern gingen selbst noch gern zum Schützenfest. Sie saßen unten an einem der langen Tische. Caro strahlte mich an. Nach dem Einzug schauten wir drei noch kurz bei den Hofern vorbei, hier und da hielt ich noch ein kurzes Gespräch mit Bekannten und Freunden aus Schüttkirchen. Die Seniorinnen um Lehrer Reiner drei Tische weiter winkten mir freudig zu. Auch zu denen ging ich kurz: »Nächstes Jahr komme ich wieder zu euch. Heute habe ich Kinderdienst.« Schmitten Mutter hielt mich am Arm: »Das muss du uns aber auch versprechen, wir haben doch immer so einen Spaß!«

Es war kaum möglich, aus der Halle herauszukommen. Doch die eiserne Regel meiner Oma Walburga »Schützenfest-Montag haben kleine Kinder in der Halle nichts zu suchen« wollte ich einhalten und bewegte mich, wenn auch zögerlich, Richtung Ausgang.

Ein paar Tage nach dem Volksfest fing Marion in der Firma an. Für uns beide nichts Neues. Sie hatte bereits ein Praktikum absolviert und einzelne Tage gearbeitet. Sie bekam einen Schreibtisch im Büro von Ludwig.

Marion nahm direkt alle eintreffenden Faxe an sich. Für gerade angefangen und ohne Absprache war das ein bisschen dreist. Ludwig und ich hatten abgemacht, dass ich der »Herr des Faxes« werde. Er war »amtsmüde« und sichtlich erleichtert, dass ich die Aufgabe an mich nahm. Irgendwie musste er langsam kürzertreten. Das war für ihn nicht leicht. Der »Herr des Faxes« war automatisch für die Verteilung der Büroarbeit zuständig. Die meisten Bestellungen und Anfragen kamen per Fax. Alle liefen über meinen Tisch und von diesem auf die Tische der

Techniker oder blieben auf meinem, um weiter bearbeitet zu werden.

Marion konnte ich es abgewöhnen, dem alten Hasen nicht. Wenn dieser am Fax vorbeiging, bekam er »klebrige Hände« und die Papiere wurden magisch zu ihm hingezogen. Nein, am Fax vorbeigehen, ohne die Papiere mitzunehmen, das ging nicht – nicht nach 30 Jahren. Das war in ihm drin. Mein mehrmaliges Nerven: »Wo ist die Anfrage vom Waldner hin? Der wollte die sofort faxen«, brachte nur mäßige Änderung beim Seniorchef. Er rückte diese verlegen raus oder sagte mir, dass er sie ja bearbeiten könne. Respektvoll nahm ich dann die »abgeluchsten« Papiere an mich oder stimmte ihm zu. Er war für mich immer eine Person gewesen, zu der man aufschauen musste, vor der man Achtung zu haben hatte, der Seniorchef, welcher diese Firma aufbaute. Niemals wäre ich auf die Idee gekommen, ihm diese nicht abstellbare Gewohnheit vorzuhalten: »Lass die Finger davon. Wie oft soll ich dir noch sagen, dass ich die Faxe erst alle einmal sehen will.«

Nein! Kein Vorhalten, kein Abriss, kein Türenknallen! Er war Seniorchef und ich wollte es ja anders machen. Man konnte sich auf mich verlassen.

An einem warmen Spätsommerabend fuhr ich den Wagen in die Garage. Caroline und die Kinder waren im Garten. Ich begrüßte die drei. Caro schaute mich an. Sie schaute gern auf den schick gekleideten Nachfolger ihres Vaters.

»Alex, du kannst schon mal reingehen und dich ausziehen. Ihr müsst noch in die Badewanne.« Der Kleine ging ein paar Schritte auf sie zu und trat ihr vor das Schienbein.

»Das mache ich nicht. Du doofe Mama!«

Caroline schaute zu ihm runter. Sie lächelte ihn an. Ich ging auf die beiden zu und gab dem kleinen Rotzlöffel einen Klaps auf den Po. *»Und das machst du doch. So redest du nicht mit deiner Mutter.«* Laut weinend rannte Alex zur Terrassentür und zog sich für die Wanne aus.

»Caro! Das darfst du dir doch nicht gefallen lassen. Der Kurze tanzt dir ja auf dem Kopf rum.«

»Ja, du hast ja recht. Da muss ich mich ändern.«

Ein paar Tage später zündeten wir zum ersten Mal wieder den Kachelofen an. Die Tage wurden wieder kälter.

Die Kinder waren im Bett. Wir saßen vor den lodernden Flammen. Der Raum füllte sich mit dem wohlriechenden Duft unseres Lieblingstees »Waldfrucht«. Wir schauten in das Feuer. »Caro, das mit Alex, da musst du an dir arbeiten. Du musst ihm klare Grenzen aufzeigen.«

»Ja, ich weiß, aber ich habe den Kleinen so gerne. Und wenn er mich dann so anschaut, mit seinem treuen Hundeblick, dann kann ich einfach nicht mit ihm schimpfen.«

»Ja, aber genau das ist das Gefährliche. Da musst du echt aufpassen. Der spielt mit dir.«

»Ja, ich weiß. Ich muss da noch an mir arbeiten.« Wir saßen Rücken an Rücken auf dem Boden. »Ach, das wird schon. Wir zwei schaffen das, mein kleiner Oski. Meistens sind wir Papas ja strenger zu den Kindern.«

»Für den kleinen Alex hat sich der liebe Gott besonders geduldige Eltern ausgesucht!«

In den letzten Tagen, bevor die Firma in die Winterpause ging, kam Ludwig noch einmal zu mir. Er sorgte für gute Stimmung: »Wir haben den Geschäftsführervertrag noch einmal überarbeitet. Du hattest ja auch noch zwei Änderungen. Lies ihn dir noch einmal in Ruhe durch.« Er setzt sich an meinen Besuchertisch, machte eine kurze Pause. »Ja, wenn du damals nicht gewesen wärst!

Wir hätten den Laden verkauft!

Wir hatten ja schon einen Interessenten. Gut, dass wir es so gemacht haben.« Er schaute mich an und lächelte zufrieden.

»Jetzt sind wir die Mittelgeneration«, sagte ich zu ihm.

Das Jahr, die Ära Ludwig Schmidt neigte sich dem Ende zu und ich sah gelassen in die Firmenzukunft. Ich war für alle Möglichkeiten bereit.

Caroline, der kleine Alexander, Jan und ich genossen das Familienleben. An den langen Winterabenden zündeten wir Kerzen an. Caro nahm ein Märchenbuch. Wir lasen uns vor dem knisternden Kachelofen Märchen und Geschichten vor. Jan las immer flüssiger. Es war Caros Idee, Lesenachhilfe mit Gemütlichkeit zu verbinden. Wenn die Kinder im Bett waren, tranken wir gemütlich Tee oder auch mal ein Glas Wein. Wir schwärmten gemeinsam von 2014 und von der zukünftigen Zeit. Wir waren glücklich. Wir feilten gemeinsam weiter an Caros Berufsplänen. Ihr Favorit war Fitnesstrainerin.

Meine Idee, in dem Kellerraum unter unserem Wohnzimmer eine Profiküche aus Edelstahl einzurichten, fand sie nicht schlecht. »Dann biete ich Kochkurse an.«

»Ja, und dann bringst du allen bei, wie man einen Caroliner Schweinebraten herrichtet.« Caro lachte beherzt. »Nur dein berühmter Brokkoli-Auflauf, der bleibt geheim.« Am besten gefiel ihr die Idee, in der alten leerstehenden Mühle vor den alten Buchen am Ende unserer Siedlung ein Café einzurichten. »Der Josef würde uns das leerstehende Gebäude verpachten.« Den Gedanken hatten wir schon länger. Das Café sollte nicht jeden Tag geöffnet haben. Es sollten hauptsächlich einzelne Events stattfinden. »Abends strahlen wir das Fachwerk an. Die Mühle ist über 250 Jahre alt. Das steinerne Erdgeschoss ist noch älter. In der urigen Remise können wir im Sommer an die 20 Gäste bewirten. Aber erst einmal muss die ganze Bude restauriert werden.«

»Klingt gut! Dann musst du mir helfen.«

»Das mache ich gerne. Ich wollte immer mal ein altes Fachwerkhaus unterhalten.«

»Auch bei der Organisation!«

»Klar helfe ich auch dabei. Wir müssen ein Gewerbe anmelden. Gisela aus er Firma kann die Buchhaltung machen. Die ist echt gut.«

»Lass es uns in Ruhe angehen. Vielleicht reicht mir ja schon eine halbe Stelle im Fitnessstudio oder oben im Landgasthof.«

»Na klar, Oski! Wir machen es so, wie du es möchtest.«

»Danke schön, Oski!«

Sie hasste Papierkram. Daher war es ihr umso wichtiger, dass ich sie dabei unterstützte. Früher hatte Ludwig alle Papierangelegenheiten für sie erledigt. Als mir die Arbeit mit der Firma und dem Umbau zu viel wurde, bat ich Caro, eine Zeit lang die Rechnungen zu bezahlen. »Das kann ich nicht.«

»Wie, das kannst du nicht? Da ist nichts bei. Ich rechne dir die zu zahlende Summe aus.« Generell handelte ich 3 bis 5 Prozent Skonto bei den Firmen aus. »Und dann brauchst du nur noch einen Überweisungsträger ausfüllen.« Ich war erstaunt, als sie mir zu Antwort gab: »So was hab' ich noch nie ausgefüllt.« Sie war zur Unselbstständigkeit erzogen worden. Ich setzte mich mit ihr hin und wir füllten gemeinsam zwei Träger aus. ›Ich habe es nicht geschafft, meine Tochter zu erziehen. Das ist jetzt deine Aufgabe, deine Lebensaufgabe.‹, ging mir durch den Kopf. »Siehst du. So einfach ist das.«

»Da ist ja tatsächlich nichts bei.«

Meine Caro und ich! Wir waren ein Team.

Ein weiteres gemeinsames Ziel war, Jan realschulreif zu bekommen. Caro wollte ihn zwischen Realschule und Gymnasium haben. Ich saß öfter abends am PC, links von mir Alex, der Bilder malte, rechts von mir Jan, der Lesen oder Rechnen trainierte. Ich war ein recht strenger Nachhilfelehrer. Ich konnte Jans Schwächen deutlich verbessern, im Lesen, ganz besonders im Nacherzählen von gelesenen Texten. Die Lerneinheiten dauerten höchstens eine Schulstunde, also fünfundvierzig Minuten. Beide Jungs wurden immer schneller. Zum Schluss las Jan fünf Seiten in »Michel aus Lönneberga« in zehn Minuten.

Ende Zweitausenddreizehn sagte ich nach einer halben Stunde zu meinen fleißigen Jungs: »So, für heute ist das genug.«

»Papa, aber ich muss dir doch noch erzählen, was ich gelesen habe.«

»Nein, das brauchst du nicht mehr. Du kannst das jetzt. Du machst das super. Weiß du noch, wie wir angefangen haben?«

»Mit einer halben Seite!«

»Für die hast du eine ganze Stunde gebraucht. Und du hast Rotz und Wasser geheult. Papa, ich kann das nicht. Ich kann das nicht.«

Ich hielt mich an die damalige Abmachung und half meiner Caro. Ich machte es gerne.

»Jetzt sind erst mal Ferien. Jungs, ihr habt genug geübt. Jetzt habt ihr erst mal frei und wir feiern Weihnachten. Ihr wart beide sehr fleißig!« Die Jungs freuten sich.

Am Heiligen Abend kam ich um 12 Uhr nach Hause. Für Caroline legte ich das Fleisch auf den Küchentisch, welches sie vorbestellt hatte. »Jetzt feiern wir wieder schön Weihnachten.« Caro kam auf mich zu. Wir nahmen uns in die Arme. Die Jungs strahlten uns an. Wir tranken gemütlich Kaffee und Kakao, und dann ging es los: Familie Caroline und Michael Schneider kochte für das Fest. Chefköchin Caro brutzelte alleine vor sich hin. »Nee, viele Köche verderben den Brei. Das ist so«, scherzte sie mich an.

Eine alte Tradition in meiner Familie war die Klößchensuppe meiner Oma. »Die hat Opa Josef schon gegessen und Großtante Josi in Görlitz auch.« Die Jungs wussten, was zu tun war. Mit der uralten Zwiebackreibe meiner Oma mussten 20 Zwiebäcke gemahlen werden, jeder durfte 10 übernehmen. Wir naschten heimlich an dem Klößchenteig und bekamen Schimpfe von der Küchenchefin. »Hey, hey, das dürft ihr nicht essen, da sind rohe Eier drin.« Ich drückte leicht ein Auge zu und schüttelte unauffällig mit dem Kopf. »Ich hab's gesehen, Oski.«

Den Nachtisch zauberte ich ebenfalls mit den Jungs. So ganz schlecht war mein Kochtalent auch nicht. Die vorangeschrittene Zeit und der sich breitmachende Duft des Weihnachtsmenüs verführten uns drei immer wieder, eine gutgefüllte Zeigefinger-Portion aus der Rührschüssel zu entwenden. Die Menge schwand ungemein. Als Zweitchef ordnete ich an: »Für die Orangencreme aus frischen Orangen nehmen wir die kleinen Schälchen, die ganz kleinen.« Caro grinste.

Der Dreimeterbaum stand schon am Vorabend im Wintergarten. Dem Brauchtum in meiner Familie nach schmückten wir den Baum am Heiligen Abend. Jan stand stolz auf der Treppenleiter. Er war der Oberschmücker. Alex baute die Krippe auf. Ein Schaf versteckte sich im Stall. Der Esel schrie, ritt hoch bis zum hintersten Couch-Gipfel und schrie erneut über das ganze Heilige Land. Das Christkind wurde mit dem Playmobil-Krankenwagen angeliefert.

Caro kam mit einem Tablett zu uns, mit warmen Getränken und leckerem Weihnachtsgebäck. Alex holte seine wiesengrüne Kuscheldecke, auf der alle 20 Schafe und alle vier Schneiders Platz fanden. Wir saßen mit den Hirten auf dem Feld. Von meiner Großmutter kannte ich die Ordnung in und vor der Krippe. Nur widerwillig, mit lustigen, aber auch weihnachtlichen Geschichten, konnten wir Alex überreden, Maria und Josef, die Hirten, Ochs und Esel auf die Plätze zu stellen, auf denen sie schon seit Jahrhunderten standen.

Mit einem stimmungsvollen, sehr langsam gespielten »Stille Nacht« begann bei uns Schneiders die Bescherung. Jans Profi-Teleskop und Alex' Bauernhof standen hübsch verpackt unter dem leuchtenden Weihnachtsbaum. Überall standen Kerzen, nur über dem Tisch der großen Tafel schien ein gedämmtes Elektrolicht.

Unzählige Stunden aßen wir gemütlich und gemeinsam mit der Familie. Das Abendessen am Heiligen Abend war das Highlight des Jahres.

Es war eine sehr schöne Zeit!

Kapitel 25 verdammt schnell!

Zum 01.01.2014 wurde ich zum Geschäftsführer bestellt. Es folgte kein Donnerwetter, kein Unwetter und auch kein »Den wird man doch ganz schnell wieder los.« Marion fügte sich in das Büroteam ein. Wir setzten uns zusammen und teilten die Aufgabengebiete einvernehmlich und unternehmerisch sinnvoll ein. Indem wir Kompetenzen und Aufgabengebiete klar abgrenzten, war ein effektives Arbeiten möglich.

»Guten Morgen, Herr Geschäftsführer Schneider!«, begrüßte mich Kunde Bursch am ersten Arbeitstag im Januar.

Ich stapelte tief, erzählte niemandem von meinem beruflichen Aufstieg. Wenn mich jemand fragte, gab ich sachlich ein paar Informationen heraus. Damals, als es geheißen hatte, dass ich bei S&M anfangen und die Firma in die zweite Generation führen würde, hatte man viel über uns gesprochen. Mein Einsatz in der Firma und der frühe Arbeitsbeginn formten über die Jahre automatisch und stufenlos einen Geschäftsführer aus mir. »Da wächst man rein«, sagten Bertha, Ludwig und Hermann.

Der Neid war verblasst. Unser Traumhaus war fünf Jahre alt. Es gab nur eine kleine optische Veränderung: Ich fuhr Ludwigs Firmenwagen. Aber den fuhr ich auch oft vor dem 01.01.2014.

In unserem schönen Eigenheim veränderte sich seit Anfang 2014 etwas. Montagabend war arbeitsfrei. Caro und ich machten es uns nach dem Abendessen gemütlich. »Wenn ich 40 bin, werde ich um acht Uhr anfangen. Dann muss im Durchschnitt ein Neun-Stundentag ausreichen. Vielleicht lege ich ab 50 die Geschäftsführung wieder ab. Dann könnte Marion weitermachen, wenn sie möchte.«

»Oder schon Jan!«

»Oder schon Jan! Da wird es viele Möglichkeiten geben. Erstmal ist die zweite Generation gesichert. Die überfälligen Umstrukturierungen sind abgeschlossen. Ich freu' mich so auf die nächsten Jahre.«

»Ich mich auch!«

In der Fachwelt, bei unseren Lieferanten und Kunden, war das anders. Diese wurden Anfang des Jahres mit einem netten Anschreiben von Ludwig informiert.

»Jetzt können Sie ja endlich mal dem Oberstaufenwälder Luzifer ...«, so nannte Kunde Bursch unseren liebenswerten Hermann, »... in seine Schranken weisen. Was der manchmal von sich gibt, geht gar nicht. Letzte Woche bekamen wir einen Eichenboden geliefert. Direkt auf der ersten Diele war eine fette Macke. Ich habe Luzifer sofort angerufen. Und wissen Sie, was der zu mir sagte?«

»Nein!«

»Stellen Sie sich nicht so an, Herr Bursch. Die Diele verlegen Sie einfach unter einem Heizkörper oder in die hinterste Ecke.

Das merkt kein Schwein!«

Herr Bursch lachte. Ich lachte mit. »Also, sowas geht gar nicht. Das ist auch eigentlich gar nicht zum Lachen. Aber wir wissen ja, wie man den nehmen muss.«

Wie viele dieser Anrufe es nun schon gab.

»Ich sprech' noch mal mit ihm. So kann der nicht mit den Kunden reden.«

　　»Stellt dem doch das Telefon ab.«

Mit vielen Kunden pflegte ich mittlerweile eine gute und lockere Geschäftsfreundschaft. Mit einigen war ich sogar per du. Obwohl Kunde Bursch nur ein paar Jahre älter war als ich, trauten wir uns beide nicht, uns ein Du anzubieten. Öfter war ich mit Herrn Bursch auf Aufmaß, oder wir gingen bei größeren Gemeinschaftsprojekten zusammen zum Architekten oder Bauplaner.

　　Andreas Bursch schüttete mir sein Herz aus: »Na ja und meine erste Holde hat den ganzen alltäglichen Selbstständigenwahnsinn nicht mehr ertragen. Die hat mich dann verlassen.«

　　»Meine Frau kommt zum Glück aus einer Unternehmerfamilie, die ist das von früher alles gewohnt. Für die ist klar, dass ich mehr arbeite als ein normaler Angestellter ...«

2014: Dann wird es ruhiger. Genau so fing es an. Die ersten vier Wochen waren vorüber. In der Firma herrschte eine zufriedene Basisstimmung. Alles lief wie geplant. Scheinbar hatte ich mich zu sehr in diesen Generationswechsel hineingesteigert. Es war für uns alle ja vollkommenes Neuland.

Doch genau zu der Zeit fing das Drama an: Nicht in der Firma und auch nicht zwischen Caro und mir!

Wir planten unseren Urlaub in Holland. Caro war zunehmend mit Jans Erstkommunion beschäftigt. Für den Wintergarten suchten wir uns neue Möbel aus. Der alte Eichentisch mit den vier Stühlen war noch von meiner Oma. Caros Entscheidungsfreudigkeit reduzierte sich wieder auf die der Zeit unseres Kennenlernens. Aber aus dem »Meinste?« und »Ich weiß nicht« wurden kurze, patzige Nebensätze:

»Das wär' doch was für die Oskis.«

»Nee!«

»Schau mal hier!«

»Geht gar nicht!«

»Vielleicht etwas klobiger?«

»Auf keinen Fall!«

›Dann lass sie mal in Ruhe schauen‹, dachte ich.

Wir schlenderten durch die Riesenauswahl. Ich nahm ihr die Kinder ab, damit sie in Ruhe schauen konnte. Wir kreuzten uns wieder. »Na, du bist mir ja eine Hilfe. Du könntest auch mal sagen, was dir gefällt. Alles muss ich machen.«

Nach zwölf Wochen sah ich Bertha zum ersten Mal wieder. Unsere Steuerfachgehilfin feierte ihren 50. Geburtstag im Gasthof Vogt in Schüttkirchen. Gisela lud die Gesellschafter und Geschäftsführer mit Partnerinnen ein.

»*Da sitzt der neuer Ludwig Schmidt.*« Die aufgedonnerte Bertha schmachtete ihre Marion an. Scheinbar hörte ihr keiner so richtig zu. Wobei Marion, welche mir mit Andreas gegenübersaß, schon verlegen schaute. Am Nachbartisch erzählte Bertha von den Veränderungen in der Firma. Wieder ertönte es etwas lauter: »Da hinten sitzt der neue Ludwig Schmidt. Wir haben jetzt ganz viel Zeit. Wir gehen jetzt Eis essen und lassen es uns richtig gut gehen.« An ihrem Tisch sprach man über die Jagd und über den Urlaub auf Sylt im vergangenen Jahr.

Zum dritten Mal krähte es durch den Saal:

»*Da hinten sitzt der neue Ludwig Schmidt!*

Den Alten gibt es nicht mehr.«

Endlich erbarmte sich meine mir gegenübersitzende Schwägerin, sich Berthas Slogan anzunehmen. »*Der Michael gehört aber eigentlich auch dazu.*« Marions

schüchterne Bemerkung vernahm nur ich. »Tja –
eigentlich schon!«, antwortete ich ihr ebenso nüchtern.
›Was hat Bertha vor?‹ Am Senioren- und am
Juniorentisch kam keine Stimmung auf, kam Berthas
Thema nicht zur Sprache. Caro war an dem Tag total
mies drauf. Wir redeten nicht viel miteinander. Keine
Ahnung, was sie hatte.

Ich ging zur Toilette. Auf dem Rückweg rief Alfons,
der Mann von Gisela: »Kumm, Wer drinken eismol
ennen.« So geschah es. Ich saß in bester Gesellschaft. Wir
tranken nicht nur einen. Wir hatten einen Riesenspaß.
Wir erzählten uns von längst verstorbenen, höchst
originalen Personen aus Schüttkirchen, über die wir sogar
irgendwie miteinander verwandt waren. Nach dem circa
zweiten oder dritten »Tässchen« Wein kamen dann auch
schon Ludwig, Bertha, Marion und meine Caro an uns
vorbei, genau in aufgezählter Reihenfolge. Es war recht
früh. Ludwig blieb kurz bei mir stehen. Seine Anhängsel
bremsten ab. Sie standen ebenso. »Du willst bestimmt
noch nicht nach Hause.« Roland, der mit uns am Tisch
saß, antwortete für mich. »Ne, ne, wir wollen alle noch
nicht nach Hause.« Der ganze Tisch lachte. Ludwig
schaute mich an. Er zwinkerte mir zu. Er grinste. Die ganz
neue Bertha machte mich für einen Moment wieder
hellwach. Den ganzen Abend herrschte eine drückende
Stimmung, solange man in ihrer Nähe war. So
beobachtete ich diesen »Vorbeimarsch« präzise: Ludwig
war der Freundlichste. »Kumm Ludwig, setz dich bei de’
Onkels«, lud Giselas Mann ein. Er bekam einen

Handschub von hinten. Er winkte lächelnd ab und ging Richtung Ausgang. Bertha folgte, würdigte mich keines Blickes, schien voller Gift und starrte verkrampft auf des Ehemanns Pläte. Roland schmunzelte und war kurz vor einem Lachanfall. Mit seinem Ellenbogen gab er mir einen Hieb in die Seite. Roland flüsterte mir ins Ohr: »Guck mal! Die Kleine geht genauso daher wie die Alte.« Tatsächlich ging Marion im Gleichschritt hinter Bertha her, starrte genau so, im gleichen Winkel in die Höhe, »schenkte« mir ebenfalls keinen Augenblick. »Wenn die jetzt noch synchron hierhinschauen, dann schrei ich mich weg.«

Zum Schluss marschierte meine Caro an uns vorbei. Sie schaute mich an. Sie hatte einen aufgesetzten grimmigen Blick, aus dem schnell ein freches Lächeln wurde. Sie konnte meinem verschmitzten Blick nicht widerstehen. Es fehlte nicht viel und sie hätte sich zu uns gesetzt. Der Zugzwang der schweigenden, vor ihr herschreitenden Menge war jedoch stärker.

›Was hatte die denn auf dem Geburtstag vor?‹, fragte ich mich einen Tag später. Gibt es Krieg? Oder waren meine Alarmorgane wieder zu sensibel eingestellt?

Mir fiel das seltsame Geschehen am Tag vor dem Geburtstag ein. Wir hatten die letzten Formalien in der Firma unterzeichnet. Bertha musste auch unterschreiben: Bei den Gesellschafter-Angelegenheiten war ich nicht dabei. Damit hatte ich ja nichts zu tun. Rechtsanwalt und

Notar Beule verließ den »Saal«, den Speisesaal der Firma. Ich holte mir eine neue Flasche Wasser und stellte meine Kaffeetasse in die Spülmaschine. Die Schmidts Damen saßen noch am Tisch. »Warum musst du denn nicht die Geburtstagskarte für die Gisela unterschreiben?«, hörte ich Bertha Marion fragen. »Weil ich nicht in der Geschäftsführung bin ...«

Hatte sie den Krieg nicht gewonnen?

Hatte ich den Krieg gewonnen?

Hatte sie an dem Tag den Krieg begonnen?

Ich wurde das Gefühl nicht los, dass sich da doch irgendetwas zusammenbraute. Berthas Verhalten gefiel mir gar nicht. Hatte sie an dem Nachmittag tatsächlich erst erfahren, dass Marion nicht Teil der Geschäftsführung sein würde? Hatte ihr Ludwig vorher nie davon erzählt? Hatte sie meinen Chefsessel schon angesägt?

Sie war weder in der Firma noch bei uns zuhause zu sehen. Was führte sie im Schilde? Wenn man bedenkt, dass sie es gewohnt war, dass man ihre Pläne generell bedingungslos umsetzte, musste ich das Schlimmste in der Firma erwarten. Es war alles reibungslos über die Bühne gegangen. Oder sollte da noch was kommen? Ich blieb wachsam.

Caro stürzte sich extrem in die Kommunionvorbereitung. Sie war fast jeden Tag für den hohen heiligen Tag unterwegs.

Alexander ging gerne in den Kindergarten. Erzieherin Eva war von ihm begeistert. Sie arbeitete in dem Kindergarten seit über 20 Jahre. Sie war beliebt, bei den Kindern, bei den Eltern. Wir kannten uns außerhalb des Kindergartens. Ich merkte Eva an, dass sie die zaghaften und unsicheren Einschätzungen der jungen Gruppenleiterin bezüglich Alex nicht teilte. Für sie war Alexander ein normales Kind. Sie hielt sich an die goldene Regel. »Ich gehe erst mal davon aus, dass jedes Kind gesund ist.« Für mich war dies Realität. Alex war noch nicht schulreif. Das war auch Realität. Ohne drüber nachzudenken, warum er nicht fit für die Schule war, strebten Caro und ich eine Verlängerung der Kindergartenzeit an. Gemeinsam gingen wir zur Einschulungsuntersuchung im Kreishaus in Hennstätt. Alexander bekam seit Monaten Ergotherapie. Davon wusste ich nichts. Die Einheiten wurden von einmal im Monat auf alle zwei Wochen erhöht. Zehn Einheiten Logopädie wurden veranschlagt. Die konnten ja nicht schaden. Zusätzlich sollte Alex einmal im Monat einer Kinderpsychologin vorgestellt werden. Man schaute mich an.

Caro schwieg. Alle schwiegen. Das zusätzliche Jahr war für Alexander genau das, was er brauchte. Caro steckte erneut in einer Dauerkrise. Wenn ich an die anderen Mütter dachte, wie die ihre Kinder unterstützten.

Die setzten sich hin. Sie übten mit den Kindern. Wo war Caros Power? Sie war wieder wie weggezaubert. Ich musste ihr anders helfen. Eine Eilnachricht von Herz an Gehirn: ›Komm Schneiderlein, gib dir einen Ruck, spring über deinen Schatten, deinem Oski zuliebe.‹

»Gut, wir machen diese Therapien.«

»Das wollte ich von Ihnen hören – sonst wäre der Antrag auf Kindergartenjahr-Verlängerung abgelehnt worden.

Es lag nur an Ihnen, Herr Schneider!«

Puh! Was war das? Hatte ich meinem Sohn, meiner Frau nun tatsächlich geholfen? Oder akzeptierte ich, dass der Kleine krank war? Machte ich ihn mit meiner Frau und den Fachleuten krank? ›Mein Sohn ist nicht krank.‹

Wurde an dem Tag die weiße Garde mobil gemacht?

Caro war deutlich erleichtert. Wir gingen wieder zum Auto. Sie freute sich sehr über den Ausgang des Gespräches. *»Danke schön, Oski!«*

Gutgelaunt fuhren wir wieder nach Hause. Schon lange saß sie nicht mehr so glücklich neben mir wie an diesem Tag.

»Ich hab' dir doch versprochen, dass ich ein weiteres Kindergartenjahr mittrage. Aber er hätte fast die Schulreife erreicht. Der Kindergarten sagte selbst, er würde zurzeit gute Fortschritte machen. Ich sprach gestern noch mit der Leiterin des Kindergartens.«

»Ja, das sagte sie mir auch, als ich unsern Kleinsten am Montag abgeholt hatte. Jetzt schaffen es die Oskis. Ach, ich freu mich so.«

»Dear Darlin'« lief im Radio. Wie immer drehten wir bei unserem Lieblingssong die Lautstärke auf und wir fuhren ein wenig zügiger. Nach dem Song war das Radio wieder auf Zimmerlautstärke:

»Aber jetzt mache ich alle Therapien mit Alex.«

»Caro, du weißt doch, wenn ich etwas zusage, dann kann man sich zu 100 Prozent darauf verlassen. Wegen mir fahr ich ihn auch mal irgendwo hin.«

»Danke schön, Oski!«

Caros Freude schien grenzenlos. Ich gab nach, ich unterstützte meine Caro. »Du muss aber auch mal ein bisschen lockerer werden. Das mit dem Ans-Bein-Treten, das ging gar nicht. Caro, das darfst du dir doch nicht gefallen lassen. Du bist die Mutter. Der darf dich doch nicht treten. Du musst ihm klare Grenzen zeigen.«

»Ja, dann mach ich das auch mal.«

Die Kommunion kam näher. Ein Fest für die ganze Familie. Wir alle freuten uns. Bis zum Hochfest waren es nur noch wenige Tage. Carolines plötzlicher Putzwahn fand keine Grenzen. Ihre immer schlechter werdende Laune leider auch nicht. Die Mütterriege machte seit Monaten ein ausschweifendes Programm. »Jesus ist in unserer Mitte«. Der Aufruf des Pfarrers: »Mama ist mal in unserer Kirche«, fand keinen Anklang. Selbst Weihnachten und Ostern hatte sie es nicht geschafft. Ich war deswegen weder sauer noch beleidigt. Ich fand's schade.

Zehn Tage vor der Kommunion wurde der lange Tisch mit den zwölf Designer-Stühlen von Möbel Kaiser geliefert und aufgestellt. Abends war die Kommuniontafel gedeckt. Ja! Sie war detailgetreu aufgebaut worden, zehn Tage zuvor. Das fand ich irgendwie süß.

Acht Tage vor dem hohen christlichen Feiertag: Kundenbesuch in der Firma, Samstag 11.40 Uhr: »Es ist doch noch nicht zu spät, oder? Wir wollten eigentlich schon viel früher da sein. Aber wir haben so lange gefrühstückt. Und dann der lange Weg! Es war viel Verkehr. Aber wir haben es ja geschafft.« Das glückliche Ehepaar lachte. »Nein, wir haben fast rund um die Uhr geöffnet«, gab ich dem Besuch, welcher sich für 10.00 Uhr angemeldet hatte, freundlich zurück. ›Na super, wie gut, dass ich immer funktionieren muss.‹ Die Leute waren recht nett und entscheidungsfreudig. Gegen kurz nach 12 verließen sie wieder die Ausstellung. Ich ging an meinen Schreibtisch und fuhr den Rechner runter. Das Telefon klingelte. »Der auch noch!« ›Geh besser dran! Der versucht sonst den ganzen Nachmittag, dich über Handy zu erreichen.‹

»Hallo Michael, Jürgen hier! Hör mal, nur ganz kurz, der Geisler, der hat auch noch 90 Quadratmeter für uns. Da kommt noch was, da bin ich dran. Dat lööpt. Weißte ja

– auf mich is' Verlass … ne, ne, Bangemachen gilt nicht. … und, und, und, … hat der Altmeier bezahlt?«

»Hat er.«

»Na siehst'e. Hab' dir ja gesagt. Der kommt wieder. Kannst noch was von einem alten Hasen lernen. Nicht immer sofort mit der Tür ins Haus fallen wie euer Herr Meyer. Letzte Woche hatte sich der Strickler bei mir beschwert. Also, das, was der Meyer da immer abzieht. Also, das ist echt ein Kundenschreck, der Mann …«

Kurz vor halb eins wünschten wir uns gegenseitig ein angenehmes Wochenende. Ich legte auf. Das Telefon schellte wieder. »*Wo bleibst du denn? Und bring gefälligst Pommes mit! Wir haben Hunger.*«

»Ich bin jetzt seit fünf Stunden am Arbeiten. Ich bringe noch Bockwürstchen und Brötchen mit, ich hab' keine Lust, noch im Schnellimbiss anzustehen.«

Genervt und erschrocken zugleich legte ich wieder auf. »War das Caro oder Bertha? So hab' ich die ja noch nie erlebt! Was für Töne schlägt die denn auf einmal an? Die wird ja immer frecher und unverschämter«, schimpfte ich vor mich hin.

Nachdem ich die Mittagszutaten gekauft hatte, was ja einer Mutter, welche den ganzen Tag zuhause weilte und einen Zweitwagen besaß, eigentlich zuzutrauen war, fuhr ich eiligst nach Hause. Caro verhielt sich immer seltsamer. Ich erkannte meine eigene Frau nicht wieder. War sie meine älteste Tochter, welche keinerlei Tischmanieren mehr zeigte, oder war sie eine Bertha-Kopie?

Zuhause angekommen, patzte ich zurück. Meine Mutter war zu Besuch. Sie kritisierte mich, weil ich so aufbrausend war.

Ich erzählte meiner Mutter, in welchem Ton Caroline mich angerufen hatte. Danach konnte sie mein kurzes Aufbrausen verstehen.

Während wir zu dritt ein paar Details über die Kommunion besprachen, putzte Caro weiter. Sie reinigte gründlich die Küche. »Mensch Caroline, jetzt übertreibst du aber.« Meine Mutter lachte dabei. Caro putzte eine leere Schütte gründlich ab. Selbst die Plastikumhüllungen der Backpulverpäckchen, welche in der Schütte lagerten, wurden sorgfältig abgewischt.

»Von mir aus fängt man schon auf Drei Könige an mit putzen. Aber bitte mit mehr Freude und nicht immer so patzig.«

In den Tagen half ich Caro beim Reinigen. Das Büro putzte ich komplett alleine. Es gefiel mir, dass alles grundgereinigt wurde. Caros Ordnung hatte zuvor stark nachgelassen.

Früher, im Haus von Karl-Dieter Habicht, vor dem Umbau, war mir das egal gewesen. Caroline sagte damals: »Wenn wir erst mal alles neu haben, ist bei uns immer alles strack.« Der Putzfimmel ihrer Mutter wäre mir lieber gewesen als die sich ausbreitende Sauerei. Den Höhepunkt erreichte die neue ungewohnte häusliche Ordnung im März: Wenn ich abends von der Arbeit kam, musste ich zunächst über die sandigen Sachen der Kinder im Flur stolpern, auf dem Küchentisch standen nicht selten die

Teller vom Mittagessen. Caro und die Kinder schauten fern. Der quietschgelbe Staubsauger stand, wie mittlerweile selbstverständlich, unterm Fernseher, mitten in unserer schönen, modernen Wohnung. Ich ging dann hoch zur Toilette. Auf dem Bürotisch lag Caros Nagel-Set mit ein paar Tüchern. In beiden Kinderzimmern brannte das Licht. Alexanders Spielzeug lag generell überall verstreut – tagelang. Bei Jan lief der CD-Player. Nachdem ich dann wieder runterkam, holte ich Holz für den Kachelofen. Keine Frau kam auf die Idee, den Tisch für das Abendbrot zu decken. Nach einem Zehn- bis Elfstundentag verspürte ich Hunger. Die gute Wurst, die duftenden Brötchen, die ich ja jeden Abend mitbrachte, welche auf dem Tisch zwischen dreckigen Tellern lagen und Gefahr liefen, den Rest Ketchup aufzunehmen, ließen nicht nur das Hungergefühl steigen, sondern auch die Wut.

Später fuhr ich den Staubsauger an Ort und Stelle. Im Brass war mir einmal der Stecker ausgerutscht und hatte ein kleines Loch in der Wand verursacht. Die Höchstleistung der Provokation war erreicht, wenn ich den Tisch geräumt, gewischt und gedeckt hatte und dann den Fernseher ausmachte. Da wurde sie bockig. Dann reichte es mir: »Du benimmst dich nicht wie eine Ehefrau und Mutter, du benimmst dich eher wie meine älteste Tochter.«

Beim gemütlichen Abendessen verflogen die Launen dieser Spielereien. Die Kinder machten sich fertig für das

Bett. Wir saßen noch am Tisch. »Caro, du musst dich auch mal ändern.«

»Ja, ja - dann mach ich das auch mal.«

Das klang wie das »Ich werde versuchen, mein Verhalten zu bessern« eines Systemsprengers, der aus einer Bewährungshaft entlassen wurde. Allein die Ruhe, mit der dieser Psychosatz ausgesprochen wurde, erzeugte bei mir eine negative Gänsehaut.

Ab und zu riss mir der Geduldsfaden. Der Wahnsinn in der Firma, der Druck, Aufträge zu bekommen, der Preiskampf, die Allüren von Hermann, die Allüren von Ludwig. Das war Extremsport für meine Nerven. Ich bin lauter, niemals ausfallend geworden. Ob leise bei einer Tasse Tee oder laut neben dem Staubsauger unterm Fernseher, es änderte sich nichts. Es war die Zeit der Devolution.

Ihre Tischmanieren entwickelten sich zurück in die späten 80er. Das aufgerissene Knie lehnte an der Tischkante. Sie gähnte ohne Hand vor dem Mund. »Ach, unsere Älteste wieder!« Sie schaute mich an. Ich schielte zu den Kindern. Sie schaute mich an. »Oh, ja, ja!« Das Knie rutschte von der Tischkante. Sie rückte an den Tisch. Sie war wieder Mutter. Was war nur mit ihr los?

Kapitel 26   Unser Leben sei ein Fest.

Lag es an der Kommunion? »Das wird ein schönes Fest. Aber ich bin auch froh, wenn wir es geschafft haben. Dann muss ich mich erst mal erholen«, sagte Caro. In meinen Gedanken sah ich eines der vielen schönen Abendessen: Ich komme nach Hause, das Haus war sauber – ein OP-reines Haus verlangte ich niemals. Caro hatte Kerzen und den Kachelofen angemacht. Der Tisch war liebevoll gedeckt. Die Kinder hatten den Schlafanzug an und durften, bis Papa kam, fernsehen. Kein Staubsauger, keine Nudeln vom Mittagessen zu sehen. Ich brauchte nur die frischen Brötchen und den Aufschnitt auf den gedeckten Tisch zu legen. Unzählige Abende genossen wir in einer liebevollen Atmosphäre. So würde es wieder werden nach der Kommunion.

Am Freitagnachmittag, vor dem großen Fest, reisten bereits Josi und Thomas an. Caro war bei der Kommunionvorbereitung der »Chefoski«. Aus meiner Sicht hätten die beiden nicht kommen brauchen. Nicht, weil ich die beiden auf der Feier nicht sehen wollte, sondern der Regel halber, dass zur Kommunion Tante und Onkel eingeladen wurden. Josi war meine Tante, Jans Großtante. Das Haus war für Josephine und Thomas »Sperrgebiet«, weil Caro noch so viel erledigen wollte. Samstagnachmittag trank ich mit den beiden Kaffee vor unserer Gartenhütte. Es war einer der ersten warmen Frühlingstage. Das Summen der Bienen über den

Krokussen und Gänseblümchen fügte sich harmonisch in den Gesang der Amsel hoch oben in unserer Trauerweide, welche wie ein Feuerwerk ihr erstes Grün über uns herabließ. Es roch angenehm nach Frühling und nach guter Laune. Caroline kam zu uns. Sie brachte noch zwei Flaschen Wasser. Sie setzte sich kurz. »Dies ist mein neuer Lieblingsplatz!«

»Ja – ihr habt es wirklich sehr schön«, schwärmte Josephine mit ihr.

Alexander kam mit seinem Trampeltrecker über die Wiese gefahren. Er zog das vollbeladene Güllefass hinter sich her. »Ich muss gießen.« Schon plätscherte ein dicker Wasserstrahl auf das frische Grün und drückte die blauen Krokusköpfe zu Boden. Brummend fuhr er ein Stück vor. Dann setzte er den Trecker mit einem dröhnenden »Piep, piep, piep« fachgerecht zurück, bis der Wasserstrahl in den Teich plätscherte.

»Alexander, du musst was essen.« Der Kleine schaute zu seiner Mutter. Er schüttelte den Kopf und versank wieder in seiner gärtnerischen Tätigkeit. »Na ja, ich geh dann wieder. Ich muss noch so viel machen. Wir sehen uns ja morgen.«

Josephine, Thomas und ich schauten noch dem Bewässerer zu. Das Fass war leer. Alexander setzte sich auf den Trecker. Er schaute sich um: »Thomas soll mich schieben.«

»Ja, dann musst du ihn fragen.«

»Thomas, kannst du mich bitte schieben?« Er stand auf. »Mache ich.« Er ging auf den Kleinen zu. »Ich muss sowieso auf Toilette. Das Geplätscher hat meinen Harndrang aktiviert.« Wir lachten.

»Was hat der Thomas gesagt, Papa?«

»Der Thomas muss Pipi.«

Ich setzte mich wieder zu Josi: »Da hast du ja richtig was mitgemacht.«

»Das kannst du aber annehmen, Michael. Ich dachte, ich sterbe. Ich dachte, das war es jetzt.« Josephine war zuvor mehrere Monate krank gewesen. Sie hatte am ganzen Körper eitrige Ekzeme bekommen. Zwei Mal bekam sie während der Arbeit einen Allergieschock. Sie lag mehrere Tage im Krankenhaus. Kein Arzt konnte ihr helfen.

»Wir haben nicht mehr an Heilung geglaubt. Der Vereinskollege von Thomas, der hat uns dann geholfen. Die einfachsten Mittel helfen oft am meisten. Und deine Worte haben mir sehr viel Kraft gegeben. Den Brief habe ich zu meinen allerwichtigsten Dokumenten geheftet.«

Wir saßen eine ganze Weile zu zweit. Ihr Mann Thomas kam über die Wiese. Der kleine Alexander rief ihn. Die beiden beobachteten das Frühlingserwachen am und im Schwimmteich. Josi hatte mich durch die ganze Kindheit begleitet. Wenn mich als Heranwachsender Probleme plagten, hatte sie mir zugehört. Sie konnte mir helfen. Jetzt konnte ich ihr guttun. Da war ich stolz drauf. Thomas kam auf uns zu. »Josi, wir müssen los.«

Ich begleitete die beiden aus dem Garten. Josi sagte: *»So, nun geh ins Haus und helf' deiner Frau, die Tafel herzurichten.«*

»Die Tafel ist seit 10 Tagen gedeckt.«

»Nein?«

»Doch, doch, die hält hier alles ganz genau.«

»Lass sie machen – es könnte schlimmer sein.«

»Ja, das mache ich ja auch – bis morgen vor der Kirche.«

Der große Tag brach an: Ein bisschen Aufregung, ein bisschen Hektik gehörten dazu. Fräulein Carolinchen allerdings brach wieder alle Rekorde. »Reiß dich zusammen, lass es noch einen Tag über dich ergehen«, redete ich mir vor dem Spiegel im Bad beruhigend zu. Im Auto nur ein Gemotze, Gezicke und Gekeife. Jan, Alex und ich – wir konnten einfach nichts richtigmachen. Wir fuhren los. Es wurde weiter gewettert. Nach 200 Metern hielt ich ruckartig vor der Kapelle in Oberhof an: »Noch ein dummes Wort und ich steig aus, dann könnt ihr ohne mich feiern. Du verdirbst dem Jungen ja den ganzen Tag mit deiner miesen Laune!«

Zunächst Ruhe, dann Entspannung, die ersten freundlichen Kurzgespräche. Wir trafen uns mit den anderen Eltern und es wurde eine schöne und harmonische Feier der Erstkommunion in der Pfarrkirche St. Gertrudis zu Schüttkirchen. 1984 hatte uns hier der alte Pfarrer Heinrich zur heiligen Speise geführt, nun machte es der Pfarrer Brandt.

Beim Mittagessen unterhielt ich mich mit Josephine. Sie wollte ihren sechzigsten Geburtstag nachfeiern. Sie war so glücklich. Sie lachte viel. Sie hatte sich schon im Rollstuhl sitzen sehen. Keine Bewegung, kein Sport mehr! Für Josephine wäre das ein Graus gewesen. »Ich möchte am liebsten alle meine und Thomas seine Geschwister mit Anhängen nach Görlitz einladen.«

»Das ist doch eine tolle Idee. Ein richtiges Familienfest!«

»Vielleicht kommen wir auch in den Oberstaufenwald. Für Wolfgang ist es zu weit bis Görlitz. Der fährt nicht mehr gern so weit. Und in Görlitz bekommt er nicht seine Staufenkruste.« Wir scherzten über Onkel Wolfgangs eingefahrene Gewohnheiten. Er war schon über achtzig. »Wir hatten schon nach einer geeigneten Räumlichkeit geschaut, vielleicht in Neukirchen im Rittersaal.«

»Josi! Das wird sowie nichts. Du bekommst da nicht alle zusammen«, bremste Thomas ihren Optimismus. »Mal schauen, vielleicht schaffe ich es ja doch. Ich habe mit keinem meiner Geschwister Streit. Das soll auch so bleiben.«

Anschließend führte sie mit der Gemeindereferentin ein längeres Gespräch. »Ich kann mir vorstellen, nach dem Berufsleben auch wieder regelmäßig an den heiligen Messen teilzunehmen. Ich bin nach wie vor sehr gläubig. Wir wurden sehr christlich erzogen. Wie das halt früher so war ...«

Meine Mutter plagten arge Rückenschmerzen und sie blieb der Andacht am Nachmittag fern. Sie besuchte wie mein Vater und Ludwig regelmäßig die Gottesdienste. Josephine äußerte sich darüber etwas überheblich, dass meine Mutter der Andacht fernblieb. »Das gehört sich aber nicht. Caro und Michael und die Schmidts legen da höchsten Wert drauf.«

Frau Schmidt verhielt sich wieder sehr abweisend mir gegenüber. Seit Wochen hatten wir uns nicht mehr gesehen, selbst Ostern nicht, weil sie angeblich den Besuch ihrer Freundin vorbereiten musste. Wir saßen nachmittags in der Andacht nebeneinander in der Kirchenbank. Sie hatte kein Liederheft dabei. Die uralte Kirchenorgel donnerte los: eine stimmungsvolle Einleitung. Ich hielt mein Heft so, dass wir beide daraus lesen konnten. Ein tiefer Seufzer aus Berthas Mund – er war bestimmt in mehreren Bänken zu hören –, da ausgerechnet, als Bertha demonstrativ ihre Unlust zu singen ausatmete, die Orgel kurz verstummte, um das eigentliche Lied zu spielen. Sie starrte das große Gemälde rechts an der Kirchenwand an. Es zeigte Jesus, wie er von Judas auf die Wange geküsst wurde. Der Vater vom alten Pfarrer Heinrich hatte es vor vielen Jahren gemalt. ›Ich glaubt's ja nicht.‹ Mein Puls überschlug sich.

Berthas Kuss! Meine Gedanken schweiften ab: »Verzeihst Du mir?«, hatte sie mich an dem Abend sieben Mal gefragt. Sie war angeheitert gewesen – das einzige Mal in unserer gemeinsamen Zeit. Lange, viel zu lange hatte ich diese Gedanken, diese Erinnerungen verdrängt.

Meine Gedanken waren mitten in der Erinnerung des Hochzeitsabends von Caros Cousin Robin, dem Mittleren von Theo Meyers Söhnen, hoch oben auf der Festung Ehrenbreitstein in Koblenz. Wir waren eingeladen. Sogar Ludwig und Bertha waren eingeladen. An der massiven Bruchsteinbrüstung unterhielt ich mich mit Julius, einem weiteren Cousin von Caro. Von der Festung aus hatte man einen herrlichen Blick auf das Deutsche Eck und die Altstadt. Caro amüsierte sich prächtig mit Marion und Karin weiter hinten auf der großen Hoffläche.

Mit Julius verstand ich mich vom Meyer-Clan am besten. Es war ein schöner, warmer Sommerabend. Wir genossen den Ausblick. Der alte Kaiser Wilhelm unten am Deutschen Eck, hoch zu Ross, schaute streng zu uns herauf. Des Kaisers ruhmvoller Sieg gegen die Franzosen lag schon viele Generationen zurück. »Ich gewinne jeden Krieg.« Bertha marschierte auf. Julius sah sie auf uns zukommen: »Oh nein! Nicht die!« Ich drehte mich ebenfalls Richtung Hof. Bertha hatte schon leichte Mühe, mit ihren Pumps den Kurs auf uns zu halten. Lag es an den Schuhen? An der sandigen, unebenen Bodenbeschaffenheit des historischen Burghofes? An ihren Hühneraugen, welche durch jahrelange Schmerzen schon an eine längst überfällige Operation erinnerten? Oder lag es daran, dass die Grande Dame schon ziemlich einen im Tee hatte?

Noch nicht unser »Sendegebiet« betretend, sprach Julius: »Die ist einfach nur anstrengend. Das ist die falscheste Schlange in unserer ganzen Familie, wenn nicht sogar in der ganzen Republik.«

»Hey! Langsam! So schlimm ist sie auch wieder nicht«, unterbrach ich ihn, solange sie noch außer Hörweite war. »Glaub' mir, das ist sie. Ich habe schon einige Schoten von der gehört und auch manche live erlebt. Mit Onkel Theo hatte die jahrzehntelang Zoff, wegen irgendwelchen Erbgeschichten. Ich weiß, wovon ich spreche. Wie hältst du die nur aus?« Spontan und trocken sprach ich: »Na ja! Schwiegermütter!« Julius lachte laut auf. Einige schauten lächelnd und gut gelaunt zu uns rüber.

»Verzeihst du mir?«

Schwankend und grinsend, mit weit aufgerissenen Augen kam sie mit ein, zwei ausgeschlagenen Haken auf mich zugewankt. Julius' Lachen verstummte, sein Mund und seine Augen blieben geöffnet. Leise und staunend frage er: »Was kommt denn jetzt?«

Bertha kam ganz nah an mich ran wie manch stark angetrunkene Ü60-Damen auf dem Schützenfest. Sie kam sehr dicht an mich heran. Zum Glück blieb sie ein paar Millimeter auf Distanz. Sie schaute mir tief in die Augen.

»Ob du mir verzeihst?« Ich wusste immer noch nicht, was ich verzeihen sollte. Aber damit dieses schmachtende Flehen ein Ende bekam, verzieh ich ihr. Es konnte eigentlich von den unzähligen, nervenaufreibenden Einmischungen in mein Berufs- oder Privatleben nur der

Oberkracher »*Und was meinst du, wie schnell wir dich wieder los sind, mein Freund.*« sein. Und tatsächlich: Ohne zu fragen, begann ihre lockere Zunge von selbst die zu verzeihende Schandtat vorzutragen. Da Julius weiterhin mit offenen Augen und offenem Mund, bestimmt auch mit sehr offenen Ohren als Zaungast zugegen war, berichtete sie sehr allgemein. Ich wusste nach dem zweiten Satz, wovon sie sprach. »Bitte verzeih mir. Was ich damals zu dir im Büro gesagt habe. Das tut mir leid. Das wollte ich nicht. Du bist der beste Schwiegersohn, den wir uns wünschen können.«

Sie kicherte künstlich. »Verzeihst du mir?«

»Ja, ich verzeihe dir.«

Sie umarmte mich, drückte mich fest an sich und gab mir einen Kuss auf die Wange.

Sofort fiel mir dieses Bild in der Kirche ein, welches wir Kinder im Schulgottesdienst bestaunt hatten, das uns der alte Pfarrer Heinrich so oft erklärte.

Sie schaute nicht mehr da hin. Sie schaute nach vorne, doch sie verfolgte nicht der Kinder schönstes Fest. Sie war abwesend – hatte ganz andere Gedanken. Dies zeigte schon ihr zeitversetztes Hinsetzen oder Aufstehen.

Der Nachmittag war sehr gemütlich. Dass Bertha unser Haus nicht im Vollrausch verlassen musste, verdankte sie unserem schlecht gewordenen Wein. Wir öffneten drei Flaschen – alle Essig. Danach verließ sie der Durst. Kinder und Betrunkene sagen die Wahrheit. Die lallende Bertha quasselte wie ein Buch. Ich hörte ihr gar nicht zu. Sie saß am Tisch und quasselte. An der Treppe packten Caro und ich mit Jan und den anderen Kindern die Geschenke aus. Ich notierte die Geschenke auf einer Liste. Marion wollte dies unbedingt übernehmen. Caro hasste schreiben. Bertha quasselte und quasselte: »... hat er euch das noch nicht erzählt? Der verdient jetzt richtig gut. ... Unsere Marion war auf der Titelseite ... *Nachhilfe haben wir jetzt auch durchbekommen ...*«

Wieder am Tisch überlegte ich tatsächlich, ihr noch weitere Spirituosen anzubieten. Einen süßen Ramazzotti oder einen cremigen Eierlikör? ›Vielleicht plaudert sie dann noch ein wenig von dem neuen Ludwig Schmidt.‹

Doch dann dachte ich wieder an meinen schicken Jan. Er sollte doch einen schönen Tag haben. Er war im Mittelpunkt, nicht Bertha. Nein, heute drehte es sich ausnahmsweise nicht um die unwahrscheinliche eiserne Lady. ›Mit der werde ich schon fertig.‹

Wir erzählten uns noch lustige Sachen, redeten über Dinge aus vergangenen Jahren und genossen abends Caros Kochkünste.

Unser Jani! Abends lag er im Bett und war ein bisschen traurig, weil doch der schöne Tag zu Ende war. Caro und ich setzten uns noch zu ihm auf die Bettkante. Wir konnten ihn schnell trösten und verbrachten gemeinsam die letzten Minuten des wirklich sehr schönen

Tages. Der kleine Alex konnte auch noch nicht schlafen und sprang zwischen uns in Jans Bett.

Es war der letzte schöne Tag!

»So, jetzt aber alle schlafen.« Die Mama rief zur Bettruhe. Caro blieb noch ein Weilchen bei Jan, ich schnappte mir den kleinen, weichen Alexander. So machten wir es oft. Wir brachten gemeinsam die Kinder in die Abendruhe – mit Gutenachtgeschichten, kleinen Erzählungen oder auch mal mit einem Gebet. Wir genossen unser gemeinsames Glück. Viele schöne Stunden! Diese wundervollen Stunden wird mir keiner nehmen.

Der Nachbarschaftskaffee einen Tag drauf konnte als Pflichtveranstaltung durchgewunken werden. Herausragend, zugleich verwunderlich war für die Nachbarinnen, dass die Tafel komplett mit neuen Kuchen eingedeckt wurde. Üblich war, dass »die Reste« verzehrt wurden. Für mich ragte ganz besonders der Satz heraus: *»Brauchst gar nicht zu gucken! Es war alles perfekt.«* Bertha wetterte, während ich die Reste des Nachbarschaftskaffees begutachtete.

›Frau! Was habe ich dir eigentlich getan?‹

Die nächste Hoffnung auf Besserung von Caros Dauerdown waren unsere neuen Autos. Wir beide bekamen brandneue Fahrzeuge. Für unsere beiden alten Autos bekam Caro einen schicken neuen Polo. Wir hatten uns zwei andere Marken angeschaut. Caro war sehr entscheidungsfreudig. Das war neu. Sie war fast schon so schlagkräftig wie ihre Mutter. Aber sie freute sich nicht groß. Ich dagegen freute mich riesig über den schicken Wagen. Noch mehr freute ich mich über den neuen Audi A 4 – den Firmenwagen. Ich war kein großer Autofan. Eigentlich reichte es mir, von A nach B zu kommen. Aber für den ganzen beruflichen Stress war das »Profifahrzeug« angemessen.

Ludwig gönnte sich seinen Jugendtraum: einen schwarzen Mercedes-Oldtimer. Es war ein Schmuckstück. Die gleiche Baureihe wie der legendäre Adenauer-Mercedes.

Am folgenden Wochenende, am Wochenende nach der Kommunion, lud uns Bertha zum Essen in Haus Hummeske ein, in dem sie auch gern ihren Schützenfest-Kaffee einnahm. Eine Freundin von ihr kam mit ihrer Familie. Caro musste eine Torte backen. Caro war sehr genervt. Wenn ich Caro gewesen wäre, hätte ich gesagt: »Mutter, das ist deine Freundin, sie kann ja gerne kommen, wir brauchen erst einmal ein Wochenende für uns.« Aber ich war ja nicht Caro. Und Caro war auch nicht mehr Caro! ›Warum müssen wir dahin?‹ Ich meldete mich zwei Wochen vorher, also noch vor der Kommunion, vorsorglich fürs Kaffeetrinken ab. Wenn Caroline nicht den Mumm hatte, sich Freiraum zu schaffen, konnte ich ihr auch nicht helfen. Wobei sie es doch beinahe schaffte, dass sie den Tag und bestimmt

428

noch ein paar Tage im Krankenhaus oder in einer Nervenklinik verbringen sollte: Auf dem Hinweg die gleiche Prozedur wie auf dem Weg zur Kirche eine Woche zu vor. Nach einem kurzen Platzkonzert meinerseits ging es dann wieder, bis wir in Münchhausen ankamen. Der meisterlich hergestellte Kuchen sollte noch vorab in Berthas Kühlschrank gestellt werden. Wir fuhren auf den Hof, Jan fragte, ob er tragen helfen sollte. »Nein – ihr bleibt alle drin«, patzte Caro laut. In der linken Hand den Kuchen, versuchte sie mit der rechten, die Tür aufzuschließen. Dies funktionierte nicht. Laut schrie sie auf dem Treppenstein:

»Ich flipp' hier gleich aus!«

›Wo landet denn jetzt wohl der Kuchen?‹, dachte ich halb fürchtend und halb schmunzelnd. Der Kuchen wurde abgestellt, um die Tür zu öffnen. Die zwanzigminütige Fahrt nach Haus Hummeske war dann logischerweise etwas schweigsam.

Das Essen schmeckte sehr gut. Der Enkel von Berthas Freundin spielte mit unseren beiden Jungs.

Da ich mich ja von der Veranstaltung nach dem Mittagessen abgemeldet hatte, fuhr ich nach Hause.

»Der Junge hat sich unmöglich benommen, als du weg warst, den ganzen Nachmittag«, wetterte Bertha abends am Telefon.

Die Stimmung war immer noch sehr gereizt. Caros Laune verbesserte sich nicht im Geringsten.

Aber jetzt sollte unser schönes Leben beginnen. Die Sommerferien waren schon geplant: 14 Tage Holland. Wir hatten alles, was wir brauchten. Nein! Wir hatten deutlich mehr. Ein abbezahltes Haus, zwei nagelneue Autos, zwei gesunde Kinder. Wie viele beneideten uns darum.

»Ich hab' jetzt Jan doch zur Nachhilfe angemeldet.«
»Einfach so? Einfach mal wieder so!? Caro, wir haben immer alles gemeinsam bei den Kindern gemacht. Und das gefiel dir immer sehr gut, dass ich dich unterstützt habe. Warum bist du so? Warum bist du auf einmal so anders? Du hältst dich an keine Absprachen mehr, machst einfach, was du willst.

Dann mach' ich mit Jan doppelt so viel Nachhilfe wie bisher. Dann wird's wohl auf jeden Fall klappen mit dem Gymnasium.«

»So geht es nicht mehr weiter.«

So die letzten Worte einer schönen Zeit. Die letzten Worte als richtige Oskis. Die letzten Minuten, in denen zwei Menschen gemeinsam dachten, gemeinsam lachten – gemeinsam stark waren und an das Gute glaubten.

Kapitel 27 Mobilmachung

Es war nicht sofort spürbar. Nein, dieser Vernichtungsprozess war schleichend. Wie bei jeder Seuche. Es kam schleichend und vernichtete erbarmungslos, ohne Waffen, ohne Gas.

Eine Liebe wurde erstickt – ermordet.

Das Böse machte sich breit – skrupellos und unaufhaltsam. Wer Liebe in sich trug, musste quälend mit ansehen, wie seine lieben Mitmenschen sich der »Entliebung« unterwarfen.

Wie ein Fluch, wie ein böser Zauber oder wie ein Virus setzte sich die Lieblosigkeit in den Herzen der vertrauten Menschen fest.

Der Fluch eines Toten? Der Zauber eines Magiers? Oder die Verwünschung einer Hexe? Die Wirkung einer fanatischen Terroreinheit? Der Hass eines Volkes? Nein! Die ganzen Feinde unseres Volkes sind längst gute Freunde, ein vereintes Europa. In der DDR war der Feind oft in der Nachbarschaft, niemals in der eigenen Familie. Wer war es dann? Das Böse? Der Teufel? Eine Teufelin? Man kann es nennen, wie man möchte. Das Böse war da! Es war da und es zerstörte – brutal und lieblos.

Am anderen Tag kam ich mittags nach Hause. Keiner war da. Die Küche war kalt. Nirgendwo lag eine Nachricht. Hatte ich einen Termin vergessen? Ich schaute auf den Kalender an der Wand. Die ganze Woche war leer.

»Ist die abgehauen?«

Da ich nie gleich an das Schlimmste dachte, machte ich mir eine Kleinigkeit zu essen und legte mich wie gewohnt kurz schlafen. Der Schulbus war zu hören. ›Jan wird jetzt kommen.‹ Es kam aber kein Jan. Ich ging hoch und schaute in den Kinderzimmern nach. Bei Jan war das Oberbett nicht mehr da, bei Alexander auch nicht. ›Es gibt doch überhaupt keinen Grund für ein Abhauen. Die schlafen bestimmt bei Ricarda. Warum auch immer!‹ Ricarda war Caros beste Freundin aus Kindertagen. Sie hatten eigentlich nicht mehr so viel miteinander zu tun. Ricarda wohnte in Münchhausen. Ich stempelte die ganze Angelegenheit als Weiberkram ab und legte mich erneut hin. Mein Herz pochte. ›Was wird denn hier gespielt? Ich fühlte mich unwohl. Ich fühlte mich mit einem Mal so klein, so hilflos. Erinnerungen kamen hoch: »Leg dich bloß nicht mit mir an!« ›Gibt es Krieg in der Familie? Weil Marion keine Geschäftsführerin ist?‹ Ich drehte mich auf die Seite. ›Du steigerst dich da in was rein.‹ »Lasst euch bloß nicht scheiden!« ›Sollte Bertha etwa ...‹

Ich stand wieder auf. Schlafen war nicht möglich. Ich fuhr in die Firma und ging in die Fertigung.

»Na, ist dir erst mal die Caro abgehauen?«

Mit einem breiten Grinsen schaute mich Hermann kurz an und zerschnippelte mit einem Cuttermesser ein Schüco-Kartönchen auf der grünen Mülltonne. *»Das hab'* *ich als Affentheater abgestempelt – die kommt schon wieder«*, reagierte ich spontan, ohne mir auch nur das Geringste anmerken zu lassen. »Fahren wir Morgen nach Ölschläger, Niederdorla?«, fragte ich ihn. Mit einem kurzen und zügigen Nicken bestätigt mir Hermann, dass wir dorthin fahren würden und dass ihm die Sache mit Caro recht unwichtig war. Auf dem Weg zurück in mein Büro war eine helle Aufruhe in meinem Kopf: ›Woher weiß der, dass die weg ist? Woher weiß der, wo die ist? Und vor allem: Warum weiß er das vor mir? Hier stimmt doch was nicht.‹ Es fiel mir schwer, mich für den Rest des Tages zu konzentrieren.

Abends fuhr ich wie gewohnt nach Hause und war mir sicher, dass alle wieder da sein würden. ›Sie darf Therapien mit Alexander machen. Der ist doch nun dreimal die Woche unterwegs. Was will die denn noch? Wenn ich dies blockiert hätte, könnte ich es ja verstehen, aber so?‹

War sie abgehauen, weil ich mit Jan Nachhilfe mache? Sowas könnte man nicht ernst nehmen. Ich bog in die Straße zu unserem Haus ein. Jan und Alexander spielten oft auf der Straße mit den anderen Dorfkindern. Es war schönes Wetter, aber heute spielte kein Kind draußen. Ich ging ins Haus und dachte, vielleicht hätten sie sich alle versteckt und wollten mich überraschen. So sehr ich auch grübelte, mir fiel kein sinnvoller Grund für diese Maßnahme ein. Aber sie waren scheinbar immer noch irgendwo anders. Um das viel zu überzogene Werk der Öffentlichkeit vorzuenthalten, ließ ich mir nichts anmerken und bewegte mich abends wie gewohnt um das traute Heim. Auch meine Eltern ließ ich noch nichts wissen. Generell war ich eher der Typ, der nicht sofort alles herausposaunte.

Mit ein, zwei geschickten Fragen bekam ich am nächsten Tag über Hermann raus, wo sich Caro mit den Kindern »verschanzte«. Erleichtert und seufzend zugleich ging ich nun meiner Arbeit weiter nach. Sie war bei ihren Eltern – nicht gerade eine starke Leistung. Okay – zu den Eltern konnte man ja fahren, wenn man sich gestritten hatte – aber stritten wir?

Donnerstagabend rief ich sie auf dem Handy an. »Caro, komm einfach wieder nach Hause, bis jetzt hat noch keiner etwas mitbekommen.«

»Lass mich einfach ein paar Tage, ich denke, dass wir am Sonntag wieder da sind.«

So ging ich beruhigt ins Wochenende. Sonntag wären alle Oskis wieder vereint.

Der Sonntag nahte. Samstagabend bekam ich eine SMS: »Hallo Michael. Ich möchte morgen mit dir etwas besprechen. Kannst du nach Münchhausen kommen? Caro.«

Im Bett kam ich ein wenig ins Grübeln: »Erst sagt sie, Sonntag sind wir wieder da, dann soll ich nach Münchhausen kommen.« Dennoch schlief ich recht schnell ein und freute mich auf den nächsten Tag, auf Caro, Jan und Alexander.

In Vorfreude kochte ich mir in der Küche am Sonntagmorgen eine Tasse Kaffee, wie immer mit einem

Porzellanfilter. Plötzlich kam mein Bruder zur Seitentür herein. »Moin!«

»Moin, was kann ich denn für Sie tun?«, fragte ich ihn scherzend.

Mein Bruder und ich waren von Geburt an grundverschieden. Wir spielten zwar als Kinder öfter im Haus oder im Dorf zusammen. Wir kochten ja auch gern mal mit Unterstützung von Oma, wenn unsere Eltern nicht zuhause waren. Aber mit zunehmendem Alter bauten wir uns getrennte Cliquen auf. Wir gingen grundverschieden Hobbys nach, mein Bruder war heißer Fußballfan und brauchte immer Freunde um sich herum. Ich hasste Fußball und unternahm auch gern mal etwas allein oder auch mal nur mit einem Freund. »Was ist denn bei euch los?«

»Wieso? Was soll denn los sein – ein bisschen Weiberallüren, aber sonst jesund«, scherzte ich weiter und dachte für mich: ›Woher weiß der denn, dass bei uns was los ist?‹

»Puh, bin bis vier Uhr raus gewesen. Es war eine anstrengende Nacht.«

»Möchtest du was trinken?« Es schellte. Es war elf Uhr.

Nun kam die größte Lachnummer des ganzen Dramas!

Es dauerte eine Weile, bis ich merkte, dass es ihm todernst war. Ich kannte ihn immer gut gelaunt, immer mit einem lockeren Spruch. Aber dies war schon ein hartes Stück.

Dies war ein großes Stück Unverschämtheit. Ich sah ihn durch den kleinen, quadratischen Lichtausschnitt in der Haustür. Ich war sehr verwundert, dass er Sonntagmorgen als Wirt bei bester Frühschoppenwitterung vor unserer Tür stand. ›Der kommt rein und klopft dir auf die Schulter ...‹ Er konnte kräftig klopfen. ›... und sagt, »Ker, watt iss bei euch denn los?«‹ Meistens in einem etwas gekünsteltem Norddeutsch – oder sollte das oberstaufenwälder Platt sein? Wobei? Woher sollte er wissen, dass Caro weg war? Ich öffnete die Tür. Da stand er: Wie so oft das Kinn etwas erhöht, den Kopf leicht zur Seite geneigt – für Outsider etwas arrogant wirkend. Mit einem ordentlichen Händedruck begrüßten wir uns, ohne Schulterklopfen. Andächtigen Schrittes betrat er vornehm unser Haus und sprach wie einst der Bischof aus Myra mit einer überdurchschnittlich tiefen Stimme, jedes Wort langziehend und betonend, leicht mahnend:

»Man hat mich gerufen, um zu helfen. Und wenn man mich ruft, dann komme ich!«

›Was ist los? Was will der? Wer hat ihn gerufen?‹ Ich schritt hinter ihm her. Er ging sehr langsam, schaute wieder prüfend nach links, nach rechts. Noch ahnte ich nicht, was gespielt wurde. Ambrosius, Caros Onkel, setzte sich an den Tisch und sprach weiter zu uns Brüdern: »Mit Bedauern ...« Die Wortwahl und auch die Tonlage waren scheinbar eine eingeübte, schlecht rübergebrachte Mischparodie zwischen Helmut Schmidt und Willi

Brandt mit einer Prise Gerhard Schröder, »... muss ich feststellen, dass du meiner Einladung nicht gefolgt bist und nicht Manns genug bist, nach Münchhausen zu kommen. Also komme ich zu dir.«

»Moment, Moment! Wir wollen aber doch bei der Wahrheit bleiben«, unterbrach ich ihn. »Was denn für eine Einladung?« Er sagte, Caro hätte mir eine SMS geschrieben, dass ein Gespräch stattfinden sollte, bei dem er die Funktion eines Mediators übernehmen werde. Ich suchte mein Handy, lief schnell ins Wohnzimmer an meinen Schreibtisch. Während des Gangs zurück zum Küchentisch fand ich Caros Nachricht vom Vortag. In dem Text stand kein Wort über Ambrosius oder einen Super-Mediator. Ich las ihm die Nachricht vor. »Und dann habe ich geantwortet: Hallo Caro, du hast mir versprochen, Sonntag wieder hier zu sein. Dann können wir in Ruhe sprechen.« Er wurde verlegen. Er schien in seinem Konzept deutlich verunsichert. Nun war mir klar, dass diese seltsame Talkrunde am Sonntagmorgen kein zufälliges Ereignis war.

Diese angebliche Einladung war die erste nachweisbare Intrige.

»Ich gebe dir zehn Minuten für die Mitteilungen, welche du mir überbringen sollst, und ich sage dir von vornherein,
das Problem sitzt nicht hier, sondern in Münchhausen.«

Nach langer Verlegenheitspause schien er sich in seiner Rolle als Nikolaus oder Beichtvater wiedergefunden zu haben. Er stellte seine Stimme wieder deutlich tiefer:

»Michael! *Weißt du eigentlich, dass deine Frau eine Seele hat?«*

»Natürlich! Jeder Mensch hat eine Seele.«

»Sehr röchtig!« Oh – er wich von den politischen Persönlichkeiten ab – hörte sich eher an wie der Chemie-Professor Crey aus der »Feuerzangenbowle« – »Sehr röchtig, junger Mann!« Scheinbar war er immer noch nicht ganz in seiner Rolle. »Die Seele deiner Frau wurde sehr verletzt. Sie wurde von dir verletzt. Und zwar trampelst du ...«, er schlug abwechselnd mit den Handflächen feste auf die massive Eichentischplatte, »... ständig auf der Seele deiner Frau herum.

Du benutzt sie wie eine Fußmatte!

Wie auf einer Fußmatte trampelst du auf ihr herum.« ›Oh Gott, was hat man dem denn gegeben?‹

Der Trommler brachte seine Rakete wieder zum Stehen. Im Kindergarten hatten wir auch dieses Klatschen mit den Handflächen auf den Tischen gemacht. Eine Rakete für das Geburtstagskind!

»Weißt du noch, was du bei deiner Hochzeitsrede gesagt hast?«

»Nach deinen bisher gesprochenen Worten und auf Anhieb kann ich das nicht sofort sagen.« Er lieferte aber auch schon direkt die Antwort: »Du hast sehr viel

Gewicht auf Tradition und Ehre gelegt. Das imponierte mir damals sehr. Und nun höre ich solche Taten?

Was bist du nur für ein Mensch? Du hast deine Frau sehr schlecht behandelt ...« Mein Bruder stimmte mit einem »Ja genau!« und mehrmaligem zaghaftem Nicken während des Monologes des »Herrn geistlichen Rates Ambrosius, der da kam vom heiligen Kröserberge« zu.

Da mir klar war, dass die Nummer von einer gewissen Dark Lady initiiert war, blieb ich cool und gelassen und lauschte noch ein wenig den Unverschämtheiten.

Das war ein Gruß von Alexis.

Das waren Meyerspielchen.

Das war die klare Handschrift dieser Schmidt. Aufgespürt, ausgewählt und instrumentalisiert kamen hier unangekündigt ein Bruder, ein Onkel, ein Schwiegerväterchen angetanzt und versuchten, mich mit verlogenen Worten auf den Boden zu drücken.

»Das hätt' ich nicht von dir gedacht! ... Du bist im Schützenverein, stellst dich nach außen recht anständig dar, aber deine eigene Frau behandelst du wie ein Stück Dreck!« Ich schnitt ihm das Wort ab:

»Ambrosius, was erlaubst du dir eigentlich? *Kommst hier am Sonntagmorgen unangemeldet in unser Haus geplatzt und wirfst mir diese Unverschämtheiten an den Kopf, ohne auch nur ein Wort von mir gehört zu haben!* Ich sage dir nur eins: Ich weiß nicht, was hier gespielt wird. Die Caro wollte heute wiederkommen ...«

Es schellte. Wie selbstverständlich ging mein Bruder zum Eingang und öffnete die Tür.

»... Ich habe meine Frau niemals verletzt.

Wir hatten vor vier Jahren schon mal so einen selbst gestrickten Streit, da wurde verlangt, dass ich mich ändere, was ich auch gemacht habe. Jetzt muss sich Caro mal ...«

»Darf, darf – darf ich – darf ich auch mal was dazu sagen?« Schwiegervater Ludwig kam in die Küche gestürzt, gefolgt von meinem Bruder. »Die, die Caro, die kam letzte Woche nach uns und dann hat sie gesagt, sie könnte nicht mehr ...«

»Das hab' ich auch schon länger gemerkt, dass sie Probleme hat. Sie hat Probleme mit Jans Hausaufgaben, mit Alexanders Sozialverhalten. Sie hat Probleme mit sich selbst und ganz besonders mit ihrer Mutter! Wir sind an einem Punkt, wo sie sich nun ändern muss. Wo wir ihr helfen müssen.«

»Ihr müsst euch beide ändern«, schmiss mein Bruder rein. »Nein, diesmal muss sie sich ändern. Das wir allerhöchste Zeit!«

»Ihr müsst ...«

»Schluss hier! Es muss sich gewaltig was ändern und ich helfe ihr dabei und ihr haltet euch daraus. Ich hab' schon zu Ambrosius gesagt, das Problem sitzt in Münchhausen, nämlich deine Frau, Ludwig! Die mischt sich andauernd ein.«

»Ja, aber wenn die Caro zu uns kommt, dann ...«

»Ludwig! Die Frau ist Mitte 30.

Und ich glaube auch nicht, dass die von sich aus kommt, sondern dass die gekommen wird.

Die wird von ihrer Mutter drangsaliert.

Wir beenden das hier. Ich lass mich nicht von drei Personen auf einmal so blöd anmachen. Ich lass mich nicht von euch drei Windhunden mit irgendwelchen Lügen einfach so anprangern! Ich darf euch nun alle bitten, das Haus zu verlassen. Alle drei habt ihr jeder für sich genug eigenen Dreck am Stecken. Lasst erst mal euren eigenen verseuchten Sondermüll vor euren Türen entsorgen, ihr lieben Saubermänner.«

Sie schauten alle zu Boden. Sie schwiegen. Was für Männer! Wie stinkendes Vieh trieb ich sie zur Haustür. Noch einmal schlüpft Ambrosius in seine Rolle als begnadeter Gesandter der immerwährenden Hilfe: »Michael! Und ich sage dir ...« Ich würgte ihn ab:

»Schweigt einfach! Sonst packe ich mal aus!«

Mein Gemüt fing sich wieder. Meine Hand öffnete die Tür und ich verabschiedete die Herren: »*Danke für dein Kommen, Ambrosius, aber so richtig geholfen hast du uns ehrlich gesagt nicht.* Ludwig, sag' bitte Caro, dass sie heute wiederkommen wollte.«

Die Haustür fiel bestimmt ins Schloss. »Dem fehlte doch nur noch die Bischofsmütze. Was sollte denn die Veranstaltung?« Mein Bruder saß noch am Tisch: »Ja, du muss dich aber auch ändern.«

»Ich finde ja toll, wenn ihr uns helfen wollt, obwohl ich niemanden gerufen oder dazugebeten habe. Und obwohl wir überhaupt kein Problem haben! Das hier ist eine Angelegenheit zwischen Caro und mir, besser gesagt, ein Problem von Bertha. Aber: Wenn ihr unbedingt helfen wollt, dann bitte, bitte. Dann fair und – und:

Hört euch beide Versionen an!

Dann hört euch auch mal meine Version an und plärrt nicht einfach so drauflos. So Gutmenschen wie Ambrosius helfen nicht. Diesen ganzen Kram hat meine herzallerliebste Schwiegermutti ihm ins Schädelchen gehämmert.«

»Doch Ambrosius hat recht. So bist du. Du meinst, du hättest immer recht. Das hat der Rechtsanwalt Beule auch gesagt, als er bei Winkmanns im Hotel war:

Wenn ihr Bruder als Geisterfahrer auf der Autobahn ist, meint er, alle anderen fahren falsch.«

Mein Bruder arbeitete im Hotel Winkmann, einem Hotel in Deihausen. Ich hörte ihm gar nicht mehr zu.

›Beule, Falschfahrer? Warum redet mein Bruder mit einem Rechtsanwalt ausgiebig über meine Privatsphäre? Warum sind die beiden sich einig, dass ich ein so dermaßener Hochstapler bin?‹

Die ersten Sonnenstrahlen zogen durch die Fenster. Es war ein schöner Frühlingsmorgen. Aber aus dem Lenz wurden immer mehr Turbo-Lenzen.

»Also, es gibt jetzt zwei Möglichkeiten: Entweder du verlässt das Haus, so wie die beiden Herren zuvor, oder ich hol dir was gegen deinen Nachdurst und du hörst dir einfach mal in Ruhe meine Version an.«

Er blieb sitzen und nahm einen kräftigen Schluck aus der Flasche. Dann schüttete er sich ein Glas voll und trank ebenfalls hieraus zügig eine Menge. Ich lehnte mal an der Arbeitsplatte, mal saß ich auch am Tisch.

»Für Caro war die Grundschulzeit ein Horror. Sie wurde schreibtechnisch von links auf rechts gepolt, sie wurde von ihrem Lehrer oft vorgeführt. Der Lehrer, ihre Oma, aber auch ein Teil der Meyers sagten ihr oft, sie sei dumm. In ihrer Kindheit ist ihr kleiner Bruder gestorben. Das ist bestimmt auch nicht einfach gewesen – für die ganze Familie. Caro will immer Alex therapieren. In ihrer Kindheit wurde gar nicht therapiert. Vielleicht brauchte sie eine Therapie. ... Die Firma lief immer besser. Statt zu therapieren, wurden die Probleme mit Geldscheinen eingekleistert ... Als Jan die Zähne bekam, hat er doch in den Gelenken diesen Ausschlag bekommen. Caro zog alle Register und die Alte immer vorneweg. »Dem Kind muss es gut geh'n«, sagte sie immer ...«

Ich erzählte ihm den kompletten Therapiewahn. »Dann hab' ich mal drei, vier Monate die übliche Biermenge eines Deutschen getrunken. Da ist Bertha extra zu unseren gefahren und hat dort gesagt, ich sei ein Alkoholiker und unsere Eltern würden eh nur den Kopf in den Sand stecken. In der Firma wurde ich ständig hin und her geschubst und dumm angemacht.

Zuhause hatte ich eine Frau, die sich phasenweise einfach hängen ließ. Dann setzte ich mich mit Caro abends hin und wir haben über unsere Probleme gesprochen: Ich habe aufgehört im Karnevalsverein, bin jeden Abend um sechs nach Hause gekommen. Sie wollte unbedingt, dass ich abends früher da bin, also habe ich abends von zuhause noch eine Stunde gearbeitet ...«

Er unterbrach: »Ich dachte immer, du hättest darauf bestanden, dass abends gemeinsam gegessen wird.«

»Nein, das wollte sie. Okay, wir finden es beide wichtig, dass man mindestens eine Mahlzeit am Tag gemeinsam einnimmt. Ich habe mich verändert und das Unternehmertöchterchen ließ sich weiter hängen, hängen, hängen.

Ludwig kam dann in mein Büro und sagte mir: »Der Caro geht es schlecht.« Ich habe mir abends und vor allem an den Wochenenden Zeit für sie genommen und sie aufgemuntert – sie abgelenkt und zum Lachen gebracht. Bis eines Tages die Alte in mein Büro reingeschossen ...«

Er unterbrach noch einmal:

»Die Alte? Der Alte! Du meinst den Alten.«

»Nein, nein: die Alte!

Die Alte kam und begrüßte mich mit: Na, alles klar bei euch? Es ist nämlich nichts klar. Und was meinst du, wer dafür gesorgt hat, dass unser Theo aus der Firma geflogen ist? Und was meinst du, wie schnell wir dich wieder los sind – mein Freund.«

Sein Mund öffnete sich und er neigte sich etwas nach vorne, dann blieb er eine Weile in der Pose. Ich erzählte ihm die Geschichte mit Tsychoterror bei uns im Wohnzimmer, die Schote mit dem zurückzulegenden Brot. Ich erzähle ihm, dass man an mir immer herumkritisiert hatte und ich mich immer wieder ändern sollte und Caro grundsätzlich ihren Willen bekam, egal, ob richtig oder falsch. Ich machte ihm klar, dass immer Bertha im Hinter- oder Untergrund mitgemischte.

»Auch mit Josephine und Thomas – ich komme echt gut mit denen aus, aber auf Jans Kommunion hatten die in meinen Augen nichts zu suchen.«

»Und ich war fest davon überzeugt, dass die wegen dir gekommen sind, weil du ja immer am meisten bei denen warst.«

»Nein, auch da habe ich wieder nachgegeben.«

»Und warum erzählt die dann, dass sie bei dir nie was durfte?«, fragte er erstaunt nach.

»Keine Ahnung, aber jetzt scheinst du im Ansatz mitzubekommen, was bei uns wirklich abgegangen ist.«

»Jetzt muss ich mir erst mal ein komplett neues Bild machen.

Ich muss erst mal an die frische Luft.« Er stand auf, schüttelte sich. »Oh Mann!« Galt das seinem Ramm oder meinem Problem?

»Ich bin bis jetzt der Einzige, der der Alten mal Kontra gegeben hat. Caro und auch Ludwig kommen gegen die nicht an.«

»Umnieten!«

Wir beiden lachten laut auf. Er nahm seinen flapsigen Kommentar wieder zurück. »Danke fürs Zuhören, leg' dich erst mal hin.« Die Tür fiel wieder ins Schloss.

›Mmh, so tiefgründig und nachdenklich kenne ich den ja gar nicht. Wobei er schon noch sehr angeschlagen wirkte. Aber egal, der weiß zumindest jetzt Bescheid.‹ Ich deckte den Küchentisch ab.

Caro und die Kinder kamen nicht zurück, Sonntag nicht, Montag nicht und auch nicht Dienstag. Am Sonntag, nachdem mein Bruder weg war und ich einen ausgedehnten Spaziergang gemacht hatte, um meine Gedanken ein wenig zu ordnen, telefonierte ich länger mit Josi. Ich war erstaunt, dass auch sie schon wusste, dass Caro und die Kinder ein paar Tage weg waren. Josephine hatte schon eine längere Zeit »Einzel-Kontakt« mit Caro. Das fand ich nicht schlecht. ›Sie ist eine gute Stütze für Caro. Sie hat dir immer geholfen, sie wird Caro, sie wird uns helfen. Die »tickt« ja wie ich.‹

Am Ende der intensiven Unterhaltung überlegte ich, sie am ersten Mai besuchen zu kommen. Sie fand die Idee gut und bot mir zu jeder Uhrzeit Quartier. Am Montagmorgen in der Firma kam Ludwig in mein Büro: »Das ist eine gute Idee mit deiner Tante. Fahr da ruhig mal hin.«

Da zuhause keiner war, beschloss ich zu fahren. Am Abend vor dem geplanten Besuch kam mir ganz spontan der Gedanken, Caro eine SMS zu schreiben. SMS! Ich hasste SMS. Ich hatte noch nie eine SMS geschrieben. Aber ich wollte Kontakt zu Caro. An ihr Handy ging sie nicht und die Festnetznummer wurde hoheitlich von Bertha überwacht. Sobald sie meine Stimme hörte, legte sie einfach auf. Ich vermisste meine Caro mindestens genauso wie meinen Jani und meinen Alex.

»Sitze an der Neiße und vermisse euch«, war meine zweite SMS, am geschichtsträchtigen Fluss in Görlitz sitzend. Um drei war ich bei Josephine und Thomas angekündigt. Wie immer begrüßten wir uns gegenseitig freudig, gingen nach oben in das Kaminzimmer und begannen mit einem gemütlichen Kaffeetrinken.

447

»Aber Michael! Das eine schon vorweg.

Deine Schwiegereltern haben nichts mit dem Problem zu tun!

Ich habe gestern Abend noch ausführlich mit beiden gesprochen. ...«

Sie hatte vor Jans Kommunion noch nie mit meinen Schwiegereltern gesprochen. Mein Atem stand still. Josephine redete weiter und schaute mich streng und mitleidig zugleich an. Ich hörte ihre Worte nicht mehr, sah, wie der Kaffeedampf aus der Tasse vor ihren gestikulierenden Händen aufstieg. Die Flamme des Teelichtes im Stövchen flackerte unruhig hin und her. Es duftete nach bestem Bohnenkaffee und selbstgebackenem Kuchen. Thomas aß genüsslich seinen Erdbeerboden mit Sahne. Die alte Standuhr neben dem Kamin tickte gemütlich vor sich hin.

Wie ein greiser, murmelnder, verblendeter, lebensmüde gewordener Pfarrer sprach Josephine vor sich hin: »Ausführlich gesprochen ... haben nichts damit zu tun! ... Die wollen immer nur euer Bestes ...«

Mein Kreislauf drohte abzubauen. Ich saß wie versteinert auf der Bank.

Die Uhr! Die uralte, weise Uhr! Sie tickte anders.

Es war eine neue Zeit.

Wirre Gedanken schleuderten durch mein Gehirn.

›Ausführlich gesprochen!‹

›Fahr ruhig dahin!‹

›... nur euer Bestes.‹

Meine Gedanken fassten sich wieder. Aber sie pendelten hin und her – deutlich schneller als das Pendel der Uhr.

›Fahr wieder!‹

›Nein – reiß dich zusammen.‹

›Schmeiß den Tisch um und schlag alles kurz und klein.‹ ›Steiger' dich da nicht rein, da steckt die Alte hinter.‹

›Komm runter, lass dir nichts anmerken, tu, als ob du nichts gehört hättest.‹

Ich kam wieder auf den Boden. ›Erzähl' deine Version und schau, was passiert!‹ Ich begann zu erzählen. Zunächst über die aktuelle Situation, dass ich unter Tränen die SMS an Caro geschrieben hatte. »Na, das wäre aber auch schlimm, wenn du da nicht geheult hättest.« Josephine erzählte, wie Caro ihr ebenfalls mal einen Brief an mich am Telefon unter Tränen vorgelesen hatte. Ich las den beiden meine SMS vor. Thomas sagte gar nichts. Vorwurfsvoll und abwertend meinte Josephine:

»Und das soll sie berührt haben?«

›Das hat hier keinen Zweck! Die sind ja auch schon infiziert.

Hau ab hier!‹

Ich blieb sitzen. Ich blieb seelenruhig sitzen und erzählte wie meinem Bruder jede einzelne Gegebenheit.

Der Überfall des letzten Sonntages kam noch hinzu. Nach jeder vorgetragenen Szene brachten Josephine oder Thomas ein Beispiel aus ihren Bekanntenkreisen an. Ich bat die beiden nach dem dritten Beispiel, sich erst mal meine Variante komplett anzuhören. Sie hörten aufmerksam zu, stimmten mir zwischendurch zu.

»Also Ordnung muss man schon halten im Haushalt.«

»Wenn die so mit dem Jungen umgeht, muss sie sich deutlich ändern!«

»Ach, Caro hat dir das Biertrinken beigebracht?«

Meine Reise durch die Vergangenheit kam an der dunklen, abgrundtiefen Schlucht an: »Und was meinst du, wie schnell wir dich wieder los sind.« Josephine bekam Tränen in die Augen. Ihr Blick kam auf mich zugeflogen. Thomas staunte: »Wei! – Da hast du aber ganz schön einen mitgemacht!«

Das Ende der Geschichte war nicht in Sicht. Er ging zwischendurch weg. Josi hörte sich alles an. »Michael, fahr nach Hause. Deine Schwiegermutter rufe ich gleich zurück. Die kann sich was anhören! Was fällt der denn ein? Ich hatte mich sowieso gewundert, warum die hier anruft. Ich kenne die ja gar nicht. Wir haben uns einmal auf eurer Hochzeit gesehen und auf der Kommunion«, kam ihr nicht über die Lippen.

Auch kein: »Caroline muss geholfen werden. Vielleicht sollte sie mal eine Kur machen. Schön, dass du sie unterstützt, aber sie brauch professionelle Hilfe.«

Schade, dass Josephine und Thomas den Krach von 2010 nicht mitbekommen hatten, da hieß es, ich sollte mich ändern, nur ich. Ich hatte mich geändert. Marion bekam ihrem Wunsch gemäß einen Platz in der Firma, und alles war wieder gut.

Da hatte kein Einziger gesagt:

»Ihr beide müsst euch ändern.«

Da musste nur ich mich ändern.

Josephine schien um uns besorgt zu sein. »Da kommt ihr allein nicht mehr raus.«

Dass eine Mutter ihr Kind fest auf den Boden drückt und es anschreit: »Du putzt dir jetzt die Zähne«, schockte sie wenig.

»Ich bin dazugekommen und hab' zu Caro gesagt, dass es so bestimmt nicht gehe. Dann ist sie beleidigt und wütend aus dem Badezimmer gelaufen. Wir müssen ihm das spielerisch beibringen, versuchte ich, sie zu beruhigen.«

›Gleich sagt Josi bestimmt: Hör auf Michael! Was macht die denn da?‹

Es kam aber kein »Gleich«. Sie hörte mir zu, aufmerksam, aber kommentarlos. Es kam keine Zustimmung mehr zustande.

»Caroline schaffte es nicht, dass sich der Kleine fürs Bett fertigmachte. Jeden Abend fragte er von oben runter in die Küche: »Und was muss ich jetzt machen?« Diese süßen Wörtchen habe ich immer noch im Ohr. Ich nahm Alexander auf den Schoß und malte vier Symbole auf einen gelben Zettel. Zuerst ein Strichmännchen, welches auf der Toilette saß, dann ein Strichmännchen und einen Pullover mit einem vom Männchen abgehenden Pfeil fürs Ausziehen, dann fast das gleiche Bild mit einem Pfeil zum Kerlchen hin für Schlafanzug anziehen. Zuletzt ein Strichmännchen mit einem großen Gebiss für Zähneputzen und zwei »Strichhände« für Hände und Gesicht waschen. Diese Zeichensprache verstand er auf Anhieb. Er liebte Symbole und Zeichen. Alexander lachte über meine Männchen, die auf seinen Wunsch Haare bekamen. Wir klebten den Plan an die Dusche und von dem Tag an machte sich Alex alleine fürs Bett fertig. Einen Abend hatte ich frühzeitig geduscht und das Badetuch über die Duschtrennwand gehängt. Caro und ich saßen mit Jan noch in der Küche. Alexander schrie im Bad laut und weinte bitterlich. Nach mehrmaligen Fragen von uns kam keine Antwort. Da bin ich zu ihm hochgegangen und habe ihn gefragt, warum er denn weinen würde. Wie ein kleiner Teufel hüpfte er im Badezimmer herum und sagte, dass er doch seinen Plan nicht sehen könne. Das Badetuch hing darüber. Der kleine Mann konnte es noch nicht zur Seite schieben. Es hing zwei Handbreiten zu hoch. Da musste ich laut lachen. Ich nahm das Tuch beiseite. Er brauchte einfach nur eine klare Struktur.«

Josephine fand die Geschichte auch ganz lustig, aber Caros Problem fand sie nicht darin.

Ich war mir sicher, dass ich, wie bei meinem Bruder, alles sachlich und chronologisch wiedergab. Aber so sehr ich auch erzählte und es Argumente hagelte, die übliche Gleichgesinntheit zwischen Josi und mir war wie weggehext.

Der Abschied fiel mir diesmal nicht schwer. Vor der Tür wiederholte ich noch einmal, was ich bereits am Tisch gesagt hatte: »Und bitte: Haltet euch aus unserer Angelegenheit heraus. Auch wenn Caro oder Bertha wieder damit anfangen. Ihr habt jetzt beide Seiten gehört. Ich fand's gut, dass ihr neutral geblieben seid. Aber bitte: Ab jetzt ist das unser Eheproblem. Ihr hattet ja in den letzten Monaten noch viel größere Sorgen. Macht euch wieder ein schönes Leben.«

»Das machen wir auch, wir drücken euch die Daumen, fahr vorsichtig und wie immer: Drei Mal schellen lassen, wenn du angekommen bist.«

Auf der Rückfahrt reflektierte ich noch einmal die Aktion und stellte dieser einen dürftigen Erfolg aus. Aber was wäre gewesen, wenn ich nicht dorthin gefahren wäre? Sie hätten nur Berthas Version vor Augen gehabt. Nein! Es war gut, dass dies so gelaufen war. Die Lage wurde neutralisiert. Meinen Bruder, meine Tante, meinen Onkel hatte ich aus der Eheangelegenheit wieder herausbekommen. Der weise Oberlehrer Ambrosius hatte sich bestimmt auch wieder auf'm Kröserberg eingefunden. Ich musste selbst über meine spontanen Gedanken lachen. Der hatte ja gar nichts mit der Sache zu tun.

Es war ein Problem zweier Eheleute. Es war ein internes Problem. Aus meiner Sicht hatten wir kein Problem. Aber genau das war mein Problem.

Was andere Personen schon alles über uns wussten.

Woher bekamen sie die ganzen Informationen?

Ich fühlte mich teilweise wie nackt vor diesen Leuten,

oft auch schon wie verurteilt.

Du bist der Böse!

Du bist der Sündenbock.

Du bist an allem schuld.

Donnerstagmorgen, wieder in der Firma, konnte ich mich nur schwer auf die Arbeit konzentrieren. »Jetzt fahr ich einfach mal dahin und überrasche sie.« Gedacht, gemacht! Ich fuhr spontan nach Münchhausen und schellte an der Haustür. Bertha hatte eine neue Alu-Haustür mit einer Briefkasten-Anlage mit integrierter Klingel. Die nostalgische Türglocke war demontiert. Ich schellte noch einmal. Ich schellte ein fünftes, ein sechstes Mal. Ihr Auto war da, ich hörte im Haus einen Föhn.

Ich hörte einen Föhn. Ich bekam Tränen in die Augen. Wie beim ersten Date, vor vielen Jahren. Sommers Werner sagte mir damals über die Hecke, dass niemand da sei. »Aber da ist ein Föhn zu hören.«

Die Autos von Ludwig und Bertha waren weg. Ich ging durch den Rosenbogen in den Garten, setzte mich dort auf einen Stein und hoffte, dass sie einfach herauskommen würde. »Caro, mach bitte auf«, kam von mir per SMS. Zwei Minuten später die Antwort: »Ich kann nicht. Es ist so viel passiert. Lass uns heute Abend telefonieren.«

Was war denn vieles passiert?

Was war bloß mit dieser Frau los?

Wir wollten uns ein schönes Leben machen. Ich ging wieder zur Haustür. Ich schellte erneut mit wenig Hoffnung auf Öffnung. Ich fuhr wieder zurück nach Neukirchen, rief Caroline nochmals an. »... ja, dann komm.«

»Machst du denn dann auf?«

»Ja klar!« Sie lachte verlegen. Ich fuhr nach Münchhausen, stieg aus, schellte ein fünftes, schellte ein sechstes Mal. Keine einzige Tür, kein einziges Fenster öffnete sich, keine Caro weit und breit. Enttäuscht und sauer fuhr ich wieder ab. Mir reichten die Eiertänzchen.

Kapitel 28   Solange sie bei mir ist.

Ich kann mich nicht mehr daran erinnern, wie ich es geschafft hatte. Doch wir standen ein, zwei Tage später in Berthas und Ludwigs Schlafzimmer. Wir umarmten uns fest. ›Jetzt wird wieder alles gut.‹ Sie genoss ebenfalls die Umarmung, klammerte sich an mich.

Hatte ihr jemand den Stecker gezogen? Erlitt sie eine Muskelschwäche? Mit einem Mal hingen ihre Arme schlaff herunter. Sie stand regungslos vor mir.

Was sollte ich daraus deuten? Durfte sie mich nicht mehr gernhaben? Durfte sie mich nicht mehr lieben? Oder waren meine Gefühle zu sensibel eingestellt?

Leise Kinderstimmen waren in Caros ehemaligem Kinderzimmer zu hören. Das Grübeln ließ mich wieder los. Meine Hand drückte die Tür auf. »Papa!«

»Papa ist wieder da.« Sofort packten sie mich an den Händen und zogen mich hinter sich her. Sie zeigten mir, wo sie die letzten Nächte geschlafen hatten. Für die beiden war das Ganze eine Art Abenteuer. Ich stempelte die Aktion als »Berthas Abenteuerreisen« ab.

Was sie damit bezwecken wollte, war mir ein Rätsel. Der Spuk hatte ein Ende und Caro zog am folgenden Sonntag wieder zuhause ein.

Bevor unser Familienalltag wieder Fahrt aufnahm, ordnete man eine Aussprache an. Als Tagungsort wählte man unser Wohnzimmer, elf Uhr. Ludwig besuchte zuerst das Hochamt. Das war ihm wichtig. Als Hausmann und

Hauptangeklagter reinigte ich am Morgen das Haus. Als Hausfrau wollte Caro gegen zehn Uhr dreißig einreisen.

Beim Betreten des Wohnzimmers erblickte ich auf den schwarzen Marmorplatten neben dem Bein des ersten Stuhles Getränketropfen. Der warme Frühlingsmorgen erweckte beste Laune in mir. »Bertha hat es gern sauber.« Bei lauter Housemusik, mit zerrissener Jeans und freiem Oberkörper, zog ich den Wischer schwingend in Bahnen durch den Saal. Gegen zehn Uhr schwebten die ersten Sonnenstrahlen herein und berührten den reinen, den neutralen Boden. »Bertha wird zuerst auf diesen Boden schauen.« Ich sah in den Raum und war zufrieden mit meinem Werk. »Zwar nicht OP-steril wie bei ihr, aber für einen Mann nicht schlecht.« Mit dem »coolen« rechteckigen schwarzen Putzeimer in der Hand und der Moppstange auf der Schulter »dancte« ich einmal um den langen Tisch. Mein leicht verschwitzter Body spiegelte sich in der gläsernen, zwei Meter hohen Glasvitrine. ›Mmh! Da wird sich Caro aber freuen.‹ Bestens gelaunt tanzte ich weiter Richtung Besenkammer.

»Oh! Du bist ja schon da.« Caro stand grinsend in der Küche. Mit der Reisetasche an der Schulter ging sie hoch. »Soll ich Kaffee kochen?«

»Ja, das wäre gut.«

Während dem Aufsetzen schaute ich aus dem Fenster. Durch das Küchenfenster konnte man die Zufahrtsstraße bis zur Kreuzung, bis nach Klauken fünf Häuser weiter, einsehen. Ein schwarzer Mercedes bog in unsere Straße. Unverkennbar! Schon der erste Meter der

458

Luxuskarosse verriet ihn. Es war Ludwigs Adenauer-Mercedes. Langsam fuhr der Wagen durch die Straße. Es war ein schöner Anblick, wie der hochpolierte Oldtimer durch unsere Gasse rollte.

Ludwig saß alleine im Wagen. Es schellte an der Tür. Meine Eltern trafen ein. Es war eine seltsame Stimmung. Wortkarg betraten sie unser Haus. Mein Vater flüsterte: »Caro möchte erst ohne dich mit den Schmidts und uns sprechen.«

Ich wollte rhetorisch hochfahren. Mein Vater bremste mich. »Nun lass sie doch, gib' einfach nach. Gleich kommst du ja dazu. *Wir werden uns schon nicht unterkriegen lassen.*«

»Aber wir haben eigentlich kein Problem, dass man mit fünf Leuten besprechen muss.« Mein Vater winkte ab.

Meine Eltern, Ludwig und Caro saßen im Wohnzimmer. Ich stand wie ein straffällig gewordener Rotzbengel im Garten. ›Bertha ist nicht dabei. Was soll schon passieren?‹ Ich ging runter zu Jans Baumhaus. ›Wo ist die eigentlich?‹

Circa 15 Minuten wurde ohne mich agiert. Vom Garten aus konnte ich ab und zu einen Blick in die Runde werfen. Mein Vater und auch meine Mutter schüttelten öfter den Kopf, während Caro sich scheinbar zur Thematik äußerste. Sie hatte sich einen Zettel mit Stichpunkten gemacht. Ludwig saß wie ein kleiner Schuljunge neben Caroline.

Man winkte mich dazu. Ich nahm Platz an dem großen Tisch. Die Stichpunkte von Caro waren durchgestrichen. Wir unterhielten uns freundlich. Man sprach über den nassen Frühling. Man sprach über Jan und Alex. Man sprach über unsere Erdbeeren, welche noch in Überzahl an den Büschen hingen. »Müllers Gertrud will sich auch noch welche pflücken.«

»Es wäre schade, wenn sie verkommen.« Es wurde ruhig am Tisch.

Ich versuchte, Berthas Spielchen als Verursachung der Aktionen und heftigen Reaktionen der vergangenen Wochen auszulegen. Vom ersten Satz an war dieser Ansatz zum Scheitern verurteilt. »Die hat mir mal gesagt: »Ich gewinne jeden Krieg. Leg dich bloß nicht mit mir an!«« Ludwig lachte. »Die Bertha übertreibt gerne. Das müsstest du doch mittlerweile wissen.«

»Die mischt sich aber immer ein!«

»Ach Quatsch!«

»Wie kommst du denn da drauf?«

»Die will euch doch nur helfen ...«

Keiner nahm mich ernst. Keiner sah die Gefahr eines Krieges.

»Jetzt vertragt euch wieder. In jeder Ehe wird mal gestritten.« Ludwig stand auf, mein Vater auch: »Genau!« Man schaute mich an: »Ihr müsst euch beide ändern.« Spitz das »Beide« betonend gab ich zur Antwort: »Ja, ja – wir beide müssen uns ändern.«

»Wir wollen nicht noch einmal kommen.«

»Jetzt seht zu, dass ihr klarkommt«, klang es aus den Mündern der Väter.

War Krieg oder war kein Krieg? War nun Frieden?

Wir sollten an uns arbeiten, uns beide zusammenreißen. An uns arbeiten, an uns arbeiten. Was für mich hieß: nachgeben und nachgeben, schlucken und schlucken, erdulden und erdulden. Für mich hieß es fortan: kämpfen und kämpfen. Für das Gute!

Und das Böse wuchs und wuchs – und wurde immer mächtiger.

Caroline und ich gingen auf das Schlafzimmer. Ich massierte ihren Rücken. »Oh ja! Das tut gut.« Wir blieben länger im Schlafzimmer.

»Jetzt hole ich die keinen Oskis wieder.«

»Mach das! Ich freue mich so.« Sie zog sich an und fuhr nach Münchhausen.

›Solange sie bei mir ist, wird alles gut.‹

Am nächsten Abend kam ich gut gelaunt mit frischen Brötchen und Aufschnitt nach Hause. Meinen Oberkörper trainierte ich neuerdings unbemerkt vor dem Abendessen im Bad. Nach der Rückengymnastik und den zwanzig Liegestützen war ich ausgepowert.

Das regelmäßige Holzhauen wandelte negative in positive Energie um. Wo kamen sie her? Die negative Energie? Dieser unbeschreibliche Druck?

Der Staubsauger stand weiterhin unter dem Fernseher. Die Nudeln vom Mittagessen lagen abends unter dem Tisch oder klebten an den Socken. Es dauerte, bis der Tisch lieblos gedeckt wurde, bis die vier Brettchen, vier Messer und das kleine Tablett mit Margarine und

Marmelade auf den Tisch knallten. Ohne zu murren, holte ich uns Gläser und die Getränke. Caros aufgerissenen Gähnmund kommentierte ich nicht mehr. Dass spätestens nach der ersten Brötchenhälfte ein Knie von ihr an der Tischkante hing, war für mich das kleinste Übel. Wir beide wollten uns ja bessern. Ich versuchte, gute Laune zu verbreiten. Es gelang mir. Alexanders Essgewohnheiten ließen Übung zu. Sein Marmeladenbrot aß er am liebsten, wenn Mama oder Papa es kleinschnitten. Ich machte dies. Es sah aus wie ein Sprossenfenster, von dem ich die Hälfte wegaß. Zwei Stücke ohne Kruste, 20 mal 20 Millimeter groß, waren übrig. »Satt!«, sagte er und ließ den Kopf auf seine Hände am Tisch fallen. Caro: »Ja, dann geh ...«

»Nein, du isst erst die zwei Dinger da noch«, unterbrach ich sie. »Das sind nur zwei Häppchen. Die passen alle auf einmal in den Mund. Die schaffst du.« Er schaute mich mit seinem treuen Hundeblick an, schüttelte kurz den Kopf und schaute Caro an. »Aaalex!« Die richtige Tonlage und Lautstärke der väterlichen strengen, aber dennoch lieblichen Stimme veranlassten Alexander, die letzten Bissen zu verschlingen. Er grinste mich frech an und sauste auf sein Zimmer. Caro schaute ihm erstaunt hinterher. Ich sagte nichts. Wir sollten uns beide ändern.

Am Abend darauf fast die gleiche Gegebenheit: eine gemütliche Abendessenrunde mit dem Unterschied zum Vortag: Alexander hatte noch gar nicht in sein Brötchen gebissen. Er war kreidebleich.

»Dürfen wir aufstehen?«, fragte Jan. »Alexander, was ist denn mit dir los? Hast du keinen Hunger?«, fragte ich.

»Nein – ich hab' Aua-Bauch.«

»Na, dann kannst du hoch gehen.«

»Nein, er muss doch noch ...«

»Caro! Ob zwei kleine Häppchen Graubrot oder ein ganzes Brötchen, was er nicht einmal angerührt hat, kann man ja wohl nicht vergleichen.«

»Du hast ja recht. Dann darfst du aufstehen, Kleiner.«

Hoffnung lag in der Luft.

»Du hast dich da tatsächlich reingesteigert«, sprach ich zu mir selbst beim Eindecken des Frühstückstisches am Sonntagmorgen. Wie bei unserem ersten Frühstück in meiner alten Wohnung zauberte ich uns einen köstlichen Festschmaus, dieses Mal mit wilden Blumen aus dem eigenen Garten. Beim Stellen der Kaffeetassen hörte ich ein sanftes: *»Die nehmen immer die großen Tassen.«* von oben herunter. Diese bekannten Worte, diese vertraute Stimme berührten mein Herz, meine Seele. Sie taten gut. Wir beide lachten aus vollem Herzen. Der altbewährte Ludwig-Insider! Die schöne Erinnerung des ersten Frühstücks bei Schmidts in Münchhausen kam mir in den Sinn. »Und deine Mutter regte sich auf: Wer hat denn die großen Tassen gedeckt? Das sieht ja unmöglich aus. Die kommen sofort weg.«

Wir strahlten uns an. Die Sonne strahlte durch den Wintergarten. »Komm, wir frühstücken.« Nach einer kurzen Weile kam der kleine Alex im weichen Igel-Schlafanzug in Carolines Arme gelaufen. Jan kam hinterher, mit seinem Kuschelhasen im Arm. »Na, ihr Räuber, habt ihr schön geschlafen?«

»Papa! Wir sind doch keine Räuber.«

Alex lugte über die Tischplatte: »Oh, das ist aber schön!« Der liebevoll gedeckte Tisch sah wohl auch aus der Kinderperspektive sehr einladend aus.

»Das war das beste Frühstück, das ich je hatte«, schwärmte Caro und zwinkerte mir zu. »Weißt du noch damals? Unten auf der Wohnung. Das werde ich nie vergessen.« Wir erzählten den Kindern von unserem ersten gemeinsamen Frühstück in meiner Wohnung. Wir erzählten. Wir lachten.

Die Kinder durften aufstehen und wir zwei blieben lange sitzen. Wir unterhielten uns. Wir amüsierten uns. ›Wir schaffen das. Bald habe ich meine Caro wieder da, wo sie vor dem 01. Januar 2014 war, die Caro mit Power, Phantasie und Lebenslust. Wenn uns Bertha in Ruhe lässt, haben wir kein einziges Problem. Wir hatten uns ausgesprochen.

Nach dem erholsamen Wochenende konnten mir die griesgrämigen Sätze unseres stets »freundlichen« Herrn Meyer in der Firma nichts anhaben. Das haute mich schon lange nicht mehr um. Er ließ scheinbar ein weniger erfreuliches Wochenende hinter sich.

Nach getaner Arbeit bog ich in unsere Straße, winkte wie so oft Klauken Mutter zu. Zwei Autos standen vor dem Haus. Das von Ludwig und das der Eheleute Ludwig und Bertha Schmidt. ›Was wollen die denn schon wieder?‹

Ich ging rein, schaute um die Ecke. »Hallo!« Ludwig erwiderte direkt, laut und freundlich: »Hallo!« Ich ging in die Küche, riss die Papiertüte auf, schnitt angespannt zwei Brötchen auf. Mein Magen war leer.

»Michael, komm mal hierhin.« Ich weiß nicht, wer mich rief. Bertha war es nicht. Ich antwortete: »Für mich ist alles gesagt. *Wir haben uns letzte Woche ausführlich ausgesprochen, aber ihr könnt gern dasitzen und euch unterhalten.*« Ich nahm meine Brötchen und ging in den Garten. Es war ein schöner, warmer Abend Ende Mai. In unserem Gärtchen blühte und wucherte es. Die Blumen, ja, die ganze Natur, war, wie die alten Leute in Oberhof sagten »goil«. So etwas Ähnliches war ich auch. Aber ein weiblicher Liebestöter weilte auf meinem Lieblingsplatz.

›Was wollen die denn noch? Warum ist die Alte denn nicht letzte Woche dabeigewesen? Irgendwann möchten wir doch auch mal zur Ruhe kommen. Was wird denn hier abgezogen?‹

Die Neugierde hatte mich in ihren Bann gezogen. Also ging ich wieder rein, machte mir in der Küche etwas zu trinken. Caro und Ludwig versuchten zwei, drei Mal mich an den Tisch zu bekommen. Bertha schwieg, beziehungsweise sie murmelte zu den beiden. ›Was ist das bloß für eine falsche Schlange?‹ Wut baute sich auf! ›Du musst hier raus, die will dich provozieren.‹

Ein Fuß war auf den Pflastersteinen vor der Nebeneingangstür. »*Kommst du wohl jetzt mal hierhin! Wie kann man nur so stur sein*«, platze es aus dieser Schmidt heraus.

Mir platze der Kragen!

»Nun pass aber mal auf, mein Fräulein!«

Ich ging zielstrebig auf Bertha zu, welche direkt rechts an der Tischkante saß, wo vor einer Woche die Flecken auf dem Boden gewesen waren. Ich fing von vorne an: »Nun pass mal auf, meine liebste Schwiegermutter.

Deine linken Meyer-Spielchen sind mir nun leid. Ich werde mich ein Jahr lang mit dir nicht mehr an einen Tisch setzten. Irgendwann reicht es mir aber auch mal!«

Sie starrte mich mit großen Augen an, winselte leise: *»Was soll das denn jetzt?«*

　　»Nein! Die, die, die Caro, die ...«, stotterte Ludwig dazwischen und versuchte, mit einem verlegenen künstlichen und falschen Lächeln die Stimmung wieder zu heben. Die Caro sagte gar nichts. Ich verließ die Tischgruppe. Ich war schon an der Nebeneingangstür. Beim Öffnen hörte ich Ludwig:

»Die Caro, die, die will doch nur, dass du für ein paar Wochen das Haus verlässt.«

Meine Füße traten einen schweren Weg an. Einen steilen Weg nach unten! Viele Male waren sie diese Straße gegangen. Mein Weg aus dem Kindergarten, mein Weg aus der Schule waren an diesem Haus vorbeigegangen, in dem wir seit Jahren glückliche Stunden verbrachten. Die Füße meiner Kinder waren diesen Weg gegangen. Die Füße meines Vaters waren hier langgeschritten, von Kindheit an. Meine Füße bewegten sich wie ferngesteuert auf mein Elternhaus zu.

»Die sind schon wieder da!« Ich stand bei meiner Mutter in der Küche an der Terrassentür. »Wer ist schon wieder da?«

»Meine lieben Schwiegereltern!«

»Was wollen die denn schon wieder?«

»Die Caro, die, die will doch nur, dass ich für ein paar Wochen das Haus verlasse«, kam mir nicht über die Lippen.

»Keine Ahnung, ich bin einfach gegangen. Aus meiner Sicht war alles letzten Sonntag besprochen.« Mein leerer Blick schwenkte aus dem Fenster, auf den zurückgelegten Weg. »Jetzt kommt die auch noch hier runter.«

Bertha kam lahmend den schmalen, steilen Kopfsteinpflasterweg hinunter. Scheinbar schmerzte ihr Hühnerauge wieder, welches sie seit mehreren Jahren mal mehr, mal weniger plagte. Sie scheute sich vor einer Operation. Caro ging hinter ihr her. Ich wartete, bis sie an der Tür waren. Vielleicht wollten sie ja nicht zur Mutter. Mein unübertrefflicher Optimismus kam durch: ›Vielleicht gehen sie auf den Spielplatz, links abbiegend, oder spazieren.‹ Nein, sie bogen rechts ab. Bertha steuerte auf mich zu. Sie blickte nach unten. Vielleicht wollte sie ja erst mal zur Haustür meiner Eltern, links abbiegend. Sie stand auf Knigge, auf gute Manieren. ›Sie wird an der Haustür klingeln, meine Mutter begrüßen und freundlich um ein weiteres Gespräch bitten. Oder sie wird sich für ihr Fehlen letzte Woche entschuldigen.‹ Nein! Sie ging direkt auf die Terrassentür zu und öffnete diese, als wenn sie ihr eigenes Haus betreten würde.

Ich lehnte an der Wand. Um nicht eingequetscht zu werden, musste ich von dieser weichen. Sie sagte weder guten Abend noch guten Tag noch Hallo.

Sie kam einfach rein!

Ich ging raus.

Vor unserem Haus standen beide Autos. Ludwig war noch im Haus. So blieb mir nichts anders übrig, als einen kleinen Spaziergang zu machen. Was die Herrschaften planten, war mir nicht klar. Ich hatte nichts verbrochen, keinen geschlagen, keine betrogen. In der Familie und in der Firma konnte sich mein Wirken sehen lassen. »Was soll schon passieren?« Meine Knie wurden weich. ›Caro will für ein paar Wochen allein im Haus wohnen. Das wollen wir doch mal sehen. Caro will Hoferin sein. Sie ist total gern hier. Sie blüht wieder auf. Was hat sie sich gefreut, dass sie Alex therapieren lassen darf.‹

Es brummte in meiner Hose, ein Anruf von meiner Schwester Verena. »Ja!«

»Rena hier! Was ist denn bei Mama los? Ich sollte gefälligst wieder gehen.«

»Wie, wieder gehen?«

»Deine Schwiegermutter und Caro sitzen bei Mama in der Küche. Was machen die da? Die Alte hat mich einfach rausgeworfen!«

»Meyer-Spielchen! Das hat nichts zu bedeuten. Geh einfach wieder rein.« Eiligen Schrittes ging ich zu meinem Elternhaus. »Na warte, du falsche Schlange.«

Von weitem konnte man durch die Terrassentür in die Küche hineinschauen. »Was geht denn jetzt ab?« Mein Bruder und meine Schwägerin Kerstin saßen auch im »Saal«.

Bertha war nicht zu übersehen. Wie eine Geschichtenerzählerin saß sie in der Mitte und alle lagerten um sie herum. Noch ein paar Kerzen oder eine offene Holzofentür und die Romanik wäre perfekt gewesen: Eine liebe Omi sitzt hinter dem Fenster und erzählt Märchen in der Großfamilie. Beim Überschreiten der Türschwelle verwandelte sich die gute Stube in ein Gruselkabinett.

Man fühlt sich schlecht, wenn man einen Raum betritt, keiner was sagt und alle einen anstarren. Die Psyche heizte mein Denken weiter auf: Warum sind die alle hier? Wegen mir? Was wurde denen alles erzählt? Was haben die über mich geredet?

Ich kam mir vor wie ein Schwerverbrecher. Obwohl noch kein Wort gesprochen war, fühlte ich mich schuldig. Weiter hinten saß meine Schwester. Sie schwieg. Ich war verwundert und verwundet zu gleich. Reihte sie sich ein in die Riege der Verschwörer gegen mich?

›Was geht hier ab? Schafft die Alte es in ihrer grenzenlosen Falschheit, meine eigene Familie gegen mich aufzuhetzen?‹

Ich fühlte mich gedemütigt, versuchte aber, es mir nicht anmerken zu lassen.

Ich lehnte mich wieder an die Wand, wo ich vorher gestanden hatte, bevor die gesprächsdominierende Dame den Raum betreten hatte, in welchem Caro einst ihr bestes Frühstück serviert bekommen hatte. Eine ereignisreiche Räumlichkeit! Hier hatten meine Oma, ich und zu der Zeit meine Eltern gewohnt. Einst genossen Caro und ich hier Freiheit. Sie hatte sich von ihrer Mutter befreit, Liebe und Wärme mit mir genossen.

In den Minuten spürte ich in den vier Wänden Enge, Hass und eisige Kälte.

Alle saßen auf Stühlen. Nur Caro saß auf dem Boden, an die Wand gelehnt. Sie streifte sich ständig durchs Haar. ›Ja, und nun?‹ Man schwieg sich an. Eine andächtige Stille herrschte im Raum. Wie schnell sich so ein Blatt wenden kann. Erschlage deinen Feind mit den gleichen Waffen. Das eingeschüchterte Betreten des Raumes ohne einen Gruß wirkte auf die Insassen wie eine Wunderwaffe.

Mein plötzliches Eintreten in den Raum wirkte wie eine klare Strategie. Ich fühlte mich stark. Frech schaute ich von oben auf Berthas strengen Scheitel. ›Was hast du vor? Du Führerin der Unterwelt?‹ Mir war klar: ›Es geht um dich.‹ Die drückende Grabesstille bewies, dass über mich getratscht worden war und das Gespött abrupt verstümmelt wurde. Meine Anwesenheit war nicht erwünscht. Mein Besuch war nicht eingeplant. Ich hatte den Schneid,

nackt die lodernde Hölle zu betreten.

Wie die Lautlosigkeit den Unsinn dieses Treffens zum Ausdruck brachte. Holpernd lief die miserable Hetze gegen mich wieder an. »... Ja genau! Und das geht nicht. Und da hab' ich zu Caroline gesagt, ich helfe dir, ich bin ja deine Mutter. Ja genau! Und da hab' ich ihr gesagt, sie soll erst mal zu uns kommen. Genau! Und dann ...«

Sie trampelte auf der Stelle, wollte den Anwesenden erklären, dass ihr Traumschwiegersohn ein gefährlicher Psychopath sei.

Michael Schneider ist ein Tsychopath.

Sie fand keine Leichen in meinem Keller. Man hörte und staunte: Doch! Eine! Sie fand eine richtige Leiche, Tod ist Tod, Leiche ist Leiche. Wie groß sie ist, spielt keine Rolle. In unserem zweigeschossigen Kellerwerk fand sie unter dem hinterletzten Regal eine verstorbene Ameise: »Ja genau! Dann hat er den Staubsauger selber weggestellt und dabei mit dem Stecker in die Wand eine Macke gemacht. Eine richtige Macke! Was ist denn daran schlimm, wenn man mal den Staubsauger stehen lässt?«

»Der quietschgelbe Staubsauger stand grundsätzlich unter dem Fernseher.«

Ich machte eine kurze Pause und schaute in die Menge.

»Bei wem steht jeden Abend ein Staubsauger unter dem Fernseher?«

Keiner sagte etwas, keine schrie: »Hier bei mir!«, kein »In jedem deutschen Haushalt steht der Staubsauger unter dem Fernseher.«

»Wir brauchen hier nicht unsere Eheproblemchen vor allen breittrampeln.« Ich kam in Fahrt. Ich begann auszuteilen. »Sollen wir zur Abwechslung ein paar Problemchen von Matthias und Kerstin hören? Zum Beispiel euer Spülmaschinen-Problemchen?«

Mein Bruder war der Auffassung, dass eine Spülmaschine im Sommer täglich laufen müsse, mein Schwägerin Kerstin hielt dies nur für nötig, wenn die Maschine voll sei. Sie stritten sich über Wochen. Die beiden schauten mich regungslos an.

Sie hatten doch auch mal eine Ehekrise. Ich hatte ihnen geholfen. Mein Bruder kam von seinen Höhenflügen zurück. Caroline hatte gesagt. »Da muss ich Michael Recht geben. Eine Frau mit zwei Kindern verlässt man nicht einfach.« Sie hatten sich wieder zusammengerauft. Die Ehe, die Familie mit zwei Kindern war gerettet. Und nun? Sie saßen da wie ein Vorzeigeehepaar. ›Hätt' ich doch nicht eure Ehe gerettet. Hätt' ich ihn doch weiter funkelnde rosarote Sterne vom Himmel pflücken lassen.

Dann wäre Bertha jetzt schwächer!‹

»Ich lass mich von dir Obermütterchen doch nicht so blöd darstellen!« Das falsche Weib schaute zu Matthias. Dieser liebäugelte seine Ehefrau an.

Gott! Was hatte ich eine Wut!

»Ich halte mich da raus, ich wollte sowieso jetzt hoch«, so mein Bruder.

»Matthias! Bleib bitte! Bitte setzt dich wieder«, bettelte Bertha ihn an. Und das nicht nur einmal. Sie zog ihn am Ärmel, so lange, bis er wieder saß.

»Wir haben letzte Woche alles besprochen. Wir beide müssen uns ändern. Beide heißt, dass sich Caro nun auch langsam ändern muss. Lasst uns doch einfach in Ruhe. Ich weiß sowieso nicht, was ich verbrochen haben soll. Du, liebe Schwiegermutti, du heizt doch hier die ganze Sache künstlich auf. Wer bestellt eigentlich immer die ganzen Leute? Ich hab' doch den Therapien für Alexander zugestimmt. Jan bekommt Nachhilfe, obwohl ich nicht so viel davon halte und obwohl Caro den ganzen Tag zu Hause ist. Wenn ich dem nicht zugestimmt hätte. Wenn ich stur geblieben wäre, wenn ich es blockiert hätte, könnt' ich's vielleicht verstehen. Vielleicht!

Was willst du überhaupt?«

»Die Caro möchte mal allein für ein paar Wochen in dem Haus sein!«

»Warum sagt das Caro nicht selbst?«

Alle schauten auf den Boden. Caro wollte an den Fingernägeln kauen, ertappte sich früh genug.

»Na toll! Wie wär's, Caro, wenn du einfach mal deine eigene Meinung sagst und dich auch mal änderst?« Caroline Schneider schwieg.
Bertha nutze die Gelegenheit.

»Wenn eine Frau mit zwei Kindern einen Mann verlässt, dann muss man als Mann überlegen, warum die Frau abgehauen ist!«

Sie schielte durch die Runde und setzte einen drauf:

»Du hast die Caroline verletzt!«

Mir reichte es!

»Diese Frau ist nicht gegangen.
Sie ist von dir gegangen worden.
Du hast sie von mir losgerissen.
Und ich habe sie nie verletzt!
Das ist der absolute Schwachsinn!

Also wir machen diesem Wahnsinn jetzt hier mal ein Ende. *Caro, ich komme nun wieder auf dich zu:* Es bleibt alles so, wie wir letzten Sonntag besprochen haben. Wir genießen wieder unser schönes Leben mit den beiden Jungs. Wenn du nach Schützenfest, bis dahin sind es noch 40 Tage, meinst, dass es keinen Zweck hat,

verlasse ich für eine Zeit freiwillig das Haus.«

»Ja, dann machen wir das so«, gab Caro mit klaren Worten direkt als Antwort.

»Und das machen wir nicht!«

Direkt im Anschluss Bertha!

Wie bei einem Marktschreier schossen meine Hände in die Höhe und schwenkten in der Luft:

»Da! Habt ihr es alle gehört?

Die redet von »Wir!«

Die redet doch tatsächlich von »Wir«. Das ist ein Beweis, dass du mitten in unserem Problem sitzt. Vielleicht bist du sogar unser Problem! Für mich ist das ein sonnenklarer

Beweis, dass du dich immer einmischst, dass du die Unruhen anzettelst ...«

Alle schauten mich staunend an. Selbst Caro!

Der hat ja recht. Die mischt sich ja andauernd ein und versucht, auf hinterlistigste und brutalste Art die Ehe zu zerstören.

Für mich war die Veranstaltung beendet. Es herrschte Klarheit. Auf mein Wort war Verlass!

Ich wiederholte noch einmal vor Zeugen, dass ich mit der unmenschlichen Person mindestens ein Jahr nicht an einem Tisch sitzen wollte. Das ich immer Respekt vor ihr gehabt und immer zu meinen Schwiegereltern aufgeschaut hatte. Dass diese Verhaltensweisen von mir auf keinen Fall geduldet würden.

»Die Tatsachen haben wir also hiermit geklärt. So! Ich verlasse nun den Saal. Es ist alles mehrmals besprochen, in meinen Augen schon viel zu oft, mit viel zu vielen Leuten, welche eigentlich gar nichts damit zu tun haben. Am besten gehen jetzt alle.«

Mein Bruder machte Anzeichen. »Matthias! Bleib bitte!« Sie zog ihn wieder am Ärmel runter. Ich ging nach Hause. Die Kinder waren allein. Sie waren unbeaufsichtigt. Wo war Ludwig? Wir gingen ins Bad und die beiden Jungs machten sich fürs Bett fertig. Sie bekamen Gott sei Dank von dem Schwachsinn nichts mit.

Es wurde halb elf. Von Caro war weit und breit keine Spur. Das Auto von der Schmidt stand vor unserem Haus. Ich ging noch einmal zu meinen Eltern. Zu meinen

Eltern? War das die Wohnung meiner Eltern? War das mein Elternhaus?

Die Küche war grell erleuchtet. Es war das gleiche Bild wie vor vier Stunden. Seit 240 Minuten hielt Bertha einen Vortrag, abzüglich der erzwungen Redepause meinerseits. Wo war meine Mutter? Ihr Stammplatz links am Küchenfenster war leer. Ich betrat den Raum. Schweigen! Berthas Worte verstummten, welche ich durch die wärmegedämmte Zweifachverglasung draußen hörte.

Meine Schwester war nicht mehr da. »Wo sind meine Eltern?« Keiner antwortete. Ich ging ins Wohnzimmer. Mein Vater schlief, zumindest waren seine Augen geschlossen. Für ihn war alles gesagt. Er hielt sein Wort! Meine Eltern stellten uns früh auf eigene Füße. Wenn wir Hilfe brauchten, konnten wir drei Kinder jederzeit kommen. Sie wollten ihr Rentendasein genießen. Sich an den Enkelkindern erfreuen und helfen, wenn wir sie brauchten. Meine Mutter schaute mich hilflos an.

Wie schwache Flüchtlinge – im eigenen Haus! – versteckten sie sich im Wohnzimmer und hofften, dass das Böse bald vorüber, bald nach Hause ging.

»Mutter! Warum bist du nicht mehr in der Küche?«

»Wir können nicht mehr! Wir wollen nicht mehr reden. Wir haben doch alles besprochen.« Sie beugte vor und schaute mich mit weit aufgerissenen Augen an. *»Was will die denn noch?«*

Ich drehte mich auf dem Absatz rum und ging zurück in die Küche, stellte mich kurz vor die schweigende Menge. Mein Herz raste. Am liebsten hätte ich laut losgeschrien, getobt und diese schamlose Meute zusammengestaucht. Mein scharfer Blick war auf Bertha gerichtet, die sich nicht traute, mich anzuschauen. Verlegen, verlogen schaute sie auf den Steinfußboden. Einen kurzen Moment noch! Das drückende Schweigen zog alle Köpfe nach unten. Mochte man am liebsten unter den Steinplatten davonschleichen? Durch den Untergrund nach draußen kriechen? »Ich denke, wir sollten nun alle die Wohnung meiner Eltern verlassen«, empfahl ich den Anwesenden. Selbstbewusst ging ich an dem sprachlosen Pack vorbei, zog bestimmend die Terrassentür hinter mir zu.

Einen Tag später schloss man diese miese Nummer »offiziell« ab: Ich fuhr mittags auf den Hof. Ludwig war da und brachte Caro wieder. Beide grinsten mich merkwürdig an, nach dem Motto: »Das hast du davon.«

Sie waren beim Notar gewesen. Es ging ums Testament. Wurde ich enterbt, beziehungsweise der Verwaltung des Tochtererbes entmachtet? Mein Verdacht verstärkte sich durch Caros: »Ja, das war nicht besonders fair.« Sie druckste rum. Es konnte nur um Geld gegangen sein. Sie erzählte nichts Genaueres. Ich fragte nicht gezielt nach. Mir war es in unserer Beziehung nie um Geld gegangen. Schon gar nicht in den Stunden!

Enterbt? Verwaltung des Tochtererbes? Bertha hatte mir vor Jahren, vor ihrer USA-Reise, gesagt, dass sie mich eingesetzt hatten, Caros Erbe zu verwalten. Caro würde da nichts von verstehen. Das müsse der Mann machen.

Meine Schwester rief mich im Büro an. Sie war außer sich vor Wut und regte sich über Berthas Verhalten vom Vortag auf. Ich sagte, dass sie sich nicht in meine Krise hereinstürzen solle. Es ging nicht um meine Angelegenheit: »Nein, das soll ja auch eure Krise bleiben, aber ich lass mich von der Frau doch nicht wie ein kleines Kind behandeln.«

»Das hat sie doch gar nicht.« Sie fuhr dazwischen. *»Da warst du gar nicht dabei. Ich wollte mit Mama laufen und kam zuhause rein. Da saßen Mama und dein altes feines Schwiegermütterchen am Tisch, Caro aufm Boden angelehnt an der Wand vorm Herd. Ich sagte »Hallo« und bekam »Hallo« zurück. Auf meine Frage, ob da was sei, sagte keiner was. Mama guckte mich seltsam an und sagte dann: »Ich komme gleich.« Ich sah dann Caros graue Socken mit bunten Punkten und sagte: »Die sind von Tchibo, woll? Die hab' ich auch.« In dem Moment dreht sich die Alte um und meinte zu mir: »Komm! Du kannst hier eh nicht mitreden.«*

Und knallte mir die Tür meines Elternhauses vor der Nase zu.

Schmeißt mich raus! Ich bin total verwirrt in meine Wohnung gegangen und hab' dich angerufen. Du meintest, ich solle mir das nicht gefallen lassen und soll wieder rübergehen. Du kämest auch gleich.«

»Wie rausgeworfen?«

»*Die hat die Terrassentür aufgemacht und mich einfach rausgeschoben.*«

Sie lachte etwas dreckig. »*Ich ging wieder rüber, mit meinem Schlüssel an der dumm glotzenden Bertha vorbei, zur Haustür von Mama und Papa. In der Küche sagte ich dann zu der Hinterhältigen, dass sie mich nicht ein zweites Mal aus meinem Elternhaus schmeißt. Und dass ihr Probleme habt, aber die müsstet ihr sie ganz alleine lösen. Dann sagte ich ihr vor den Kopf:* »Das größte Problem bist aber du!« *Worauf als Antwort von dem hinterhältigen Weib kam:*

»*Halt du dich daraus, du dummes Blage. Du hast ja gar keine Ahnung.*««

»Das hat sie gesagt?«
       »*Ja! Genau das hat dieses Miststück gesagt. Das würde ich auch vor Gericht aussagen und unter einem Eid schwören. Die hat se doch nicht mehr alle. Wie kann man nur so dreist sein?*« Weiterhin war sie entsetzt darüber, dass Bertha gesagt hatte: »*Und das machen wir nicht.*«
       Da meine Schwester die Küche meiner Eltern auch frühzeitig verlassen hatte, konnte sie nicht wissen, dass ich die Herrschaften um halb elf aus der Küche unseres Elternhauses fortgeschickt hatte. Unser Bruder schaffte es nicht als Eigentümer, die Grande Dame aus seinem Haus zu jagen.

Abends ging ich noch einmal zu meiner Mutter. Sie war ebenfalls noch sehr aufgebracht. »Da sagt die doch tatsächlich zu mir:

»Bei uns läuft noch was im Bett.«

Auch diese Äußerung glaubte ich nicht auf Anhieb. »Wenn ich's dir sage.« Sie äffte Bertha nach: Bei uns läuft noch was im Bett, Auch noch nach vierzig Jahren. Was glaubst du denn?« Und dann lachte die noch so blöd. Was interessiert mich, ob bei der Person noch was im Bett läuft oder nicht ...«

Wie meiner Schwester sagte ich ihr, dass ich die Lage unter Kontrolle hätte und sich alle da heraushalten sollten.

Dass Bertha ein heißer Feger war, wussten unsere Eltern und meine Schwester. Ich bat diese, nicht mit andern darüber zu reden. Nein! Ich befahl es ihnen. »Wir wollen uns nicht auf so ein billiges Niveau herablassen. Haltet euch da raus, ich habe die Lage unter Kontrolle. *Solange Caro bei mir ist, ist alles gut.«*

Der stinkende Druck aus dem »Untergrund« stieg und stieg. Carolines provokantes Verhalten steigerte sich von Woche zu Woche. Ich schwieg, behielt meine Kommentare für mich. Liegestützen und Hanteln dämmten den wachsenden Frust ein. Caro hätte eine Kur machen müssen und wir wären wieder die Oskis gewesen. Machte sie aber nicht.

»Verrecken müsste sie! Auf der Stelle müsste dieses Intrigenweib verrecken.« Die Vorstellung meines Vaters wäre auch eine Lösung gewesen. Caro wäre zwar unter traurigen Umständen aus der Kneifzange gefallen. Aber sie wäre wieder frei gewesen.

War sie ihrer Mutter hörig? Wurde sie zur Tochter zurückgestuft?

Einen Abend massierte ich sie wieder gefühlvoll. Caro genoss jede Berührung. Öfter als sonst setzten wir uns zum Kaffee oder zum Tee hin. Ich hörte ihr zu oder munterte sie auf. Die Aufmunterungen hielten nie lange an. Sie kam nicht mehr in die Gänge. Am liebsten hätte ich auf den Tisch gehauen und ihr gesagt, dass sie sich deutlich ändern, dass sie sich wieder von ihrer Mutter losreißen müsse. Doch die Aktionen der Schwiegereltern, meines Bruders und Josephines, die Lachnummer von Ambrosius verunsicherten mich in meiner Wahrnehmung. ›Habe ich es nicht gemerkt, dass ich sie verletzt habe? Habe ich meine Frau zu grob behandelt?‹

Ich überlegte. Es fiel mir keine grobe Tat ein. Ich nahm einen Teil von dem an, was mir diese Personen überstülpten: Die inszenierten Handlungen mit den scharfen Worten machten mich eindeutig zum Generalschuldner. Der war's.

Weiterhin überlegte ich, warum so viele Leute über meine Alltagsproblemchen diskutierten. Ging das jemanden was an? Josephine und Thomas stritten, ob sie Rad fahren oder joggen sollten, Kerstin und Matthias am liebsten über Spülmaschine an, leer oder voll.

Über Ambrosius erzählte Bertha, dass er früher seine Finger nicht bei sich lassen konnte und trank. Warum redeten wir nicht mal darüber? Oder über Ludwig, wie er sich auf Heiligabend in den Weihnachtsbaum übergeben musste. ›Wir treffen uns jeden Sonntag um elf im Stuhlkreis. Nehmen einen Medizinball und schmeißen uns den gegenseitig zu. Wer den Ball hat, darf über ein Problemchen reden. Solange man diesen mit beiden Händen festhält. Mit dem Ball wirft man das Problem weg. Wenn alle ultimativ mitdiskutiert haben, gibt die Mediatorin Bertha nützliche Tipps für ausgiebige Nacht- und Nacktgeschichten.‹

Trotz Sarkasmus, trotz meines immer schwärzer werdenden Humors, war ich bereit für den Kampf. Ich war bereit für Berthas unfairen Kampf. Ich tanzte nicht nach ihrer Nase. Das kannte sie nicht. Das kannte sie nicht von Ludwig, nicht von Caro. Das kannte sie 40 Jahre lang nicht. Sie kannte es nur von mir.

Wenn ich Caro fragte: »Was habe ich eigentlich falsch gemacht?«, kam keine gescheite Antwort.

Es wurde rumgedruckst und allgemein beschlossen, dass ich diese Frau verletzt hatte. Dass ich ein unmöglicher Ehemann war, dass ich ein arroganter und abgehobener Geschäftsführer sei. War sie deshalb so wütend? Hasste sie mich deshalb so sprunghaft? Weil ich Geschäftsführer wurde und nicht ihre Tochter?

Ohne Gründe, ohne eine Stellungnahme meinerseits, ohne Geliebte, ohne Alkoholprobleme, ohne Schläge, ohne

Konflikte, wurde sich einfach ein Schurke zusammengeschustert.

Ich war Generalschuldner. Ich hätte durchs Dorf laufen können: »Leute, hört mal her! Habt ihr ein Problem? Gebt es mir. Gebt es mir. Ich bin schuld an euren Schulden, ich bin schuld, wenn ihr gestern einem hinten reingefahren seid, ich bin schuld, wenn euch die Suppe versalzen ist ...«

Auf meiner Stirn stand:

»Kotzt mich an!«

Für einen Spießrutenlauf waren schon genug Teilnehmer aus meiner eigenen Familie zusammen. Mir wurde schwindelig. Familie? Wurde der Schurke Michael nur im Stammbuch der Familie erwähnt oder auch schon in der Dorfchronik?

Auf meiner Stirn war ein Stempel, an meinem Ärmel war ein Abzeichen und vor 400 Jahren wäre ich verbrannt worden.

Bertha! Bertha war immer dabei! Egal, ob ich mit Caro, meinem Bruder, mit Ludwig, mit Josephine, mit Thomas, ja, selbst mit Ambrosius sprach: Bertha war immer schon da gewesen. Das kleine hinterlistige Igelchen war immer schon vor mir da.

Bertha hatte das Monster Michael Schneider schon längst in die Köpfe gehämmert.

Das nennt man Mobbing. Das war eiskaltes Mobbing, Extrem-Mobbing, Langzeit-Mobbing, vereint in einem Wort:

Tsychoterror!

Dennoch fühlte ich mich, wie Bertha Schmidt, stark und unbesiegbar. Auf beiden Seiten wurden Kräfte mobilisiert. In meiner Familie führte ich Berthas Kriegssprache ein. Ausführlich lehrte ich meine Eltern und meine Schwester die Aktionen dieses unmenschlichen Wesens. Es brauchte Zeit. Es klang alles unrealistisch, übertrieben.

Meine Eltern fragten mich, ob bei mir nicht doch irgendeine Leiche im Keller liegen würde. So waren sie. Sie standen hinter mir, fragen aber kritisch nach, warum so eine Ehe, so eine Familie wie die von Caro und mir, welche fest mit mindestens drei Beinen auf dem Boden stand, so stark ins Beben kommen konnte.

Seit dem 01.01.2014, spätestens nach Giselas Geburtstag, war unser quietschgelber Staubsauger über Wochen Stadtgespräch.

»Die Schmidt hat das erzählt.«

»Das hat diese Schmidt an der Fleischtheke ausposaunt.«

Meine Eltern wussten von nichts. Da die Schmidt meine Person, mein Ansehen und meinen Charakter durch metertiefen Schlamm zog, musste ich schonungslos

Schikane für Schikane auf dem Küchentisch servieren. Ich erzählte und erzählte. Nicht in vier Stunden am Stück wie bei Josi und Thomas. In vielen Einzeleinheiten und vielen Einzelstunden erzählte ich meinen Eltern nach und nach, was sich in der Firma Schmidt & Meyer, in den Familien Schmidt & Meyer & Schneider abgespielt hatte.

Ich holte keine Leiche aus meinem Keller. Ich holte einen ganzen Hauptfriedhof aus meiner Vergangenheit, viele Verletzungen, viele Gemeinheiten.

Meine Eltern wurden immer sprachloser. Bei meinem Vater wuchs die Wut über Bertha in einen unmessbaren Bereich. Das Entsetzen meiner Eltern rückte meine Wahrnehmung deutlich wieder in die richtige Richtung. Ihre Empörung, ihre Aufforderungen zum Handeln gaben mir Kraft.

Sie ruhig zu halten, wurde zunehmend schwierig. »Du musst dich wehren.«

»Ich habe die Lage unter Kontrolle. Solange Caro bei mir ist, kann nichts schiefgehen.«

Caro und ich verbrachten einige angenehme Tage. In der Firma waren die Aufgaben geregelt. Mit neuen Preisen und einer guten Auftragslage erwirtschafteten wir sehr gute Erträge. Zuhause neckten wir uns auch mal wieder. Auf mein spitzes »Dann fahr doch wieder zu deiner Mutter«, sagte sie überzeugend: »Das werde ich bestimmt nicht mehr machen.«

An einem Wochenende fuhren wir nach Köln, nur mit Alexander. Jan schlief bei einem Freund. Wir nahmen uns ein schickes Hotel. Samstagmorgens frühstückten wir gemütlich. Anschließend gingen wir shoppen. Caro liebte es.

Caro war in der Umkleide verschwunden. Alex auch! Wo war er? »Passt du auf den Kleinsten auf?«

»Ja, ja!« ›Wo ist der denn?‹ In der Damenabteilung war er nicht, auch nicht bei den Herren. Meine Augen erblickten einen kleinen, gut gelaunten Oberstaufenwälder auf der Rolltreppe. Meine Füße rollten 60 automatische Stufen nach unten. Dann verfolgten sie die hellblauen Sneaker. Wohlriechende Düfte lockten die Schühchen in die Parfümabteilung. Alex bestaunte die vielen glitzernden, bunten Glasfläschchen. Blätter wehten zur Tür herein. Alex rannte nach draußen. Er blieb stehen. So viele Beine gab es in Oberhof nicht. Hüpfend sprang das kleine Kerlchen zwischen den Menschen herum. Von weitem hörte man: »Ausverkauf!« Eine Taube pickte an einer Pommes. Nicht mehr lange! »Ich schnappe dich.« Die Jagd führte vorbei an unzähligen Beinen, Pflastersteinen und Einkaufstaschen. »Ausverkauf! Datt Kilo Appelsinen für nur zwei Euro. Leute! Da müssta doch zuschlagen.«

Mit genügend Sicherheitsabstand verfolgten die hochpolierten Vaterschuhe das unbeschwerte Treiben. Nichts entging den schützenden Adleraugen. Die wachsamen Ohren vernahmen die Melodie »Mein Vater war ein Wandersmann« aus einer Drehorgel. Alex blieb stehen. Im gemächlichen Schritt zog der freundliche, alte Mann im ausgebleichten Frack an meinem Sohn vorbei.

Lächelnd verneigte sich der Straßenkünstler. Ab und an zog er seinen Zylinder. Alex wurde kreidebleich. Er schaute sich um. Ich versteckte mich hinter einem Pfeiler. Der nächstbesten Frau zog er am Mantel. »*Weißt du, wo mein Papa ist?*« Ich lugte hinterm Pfeiler hervor. Die freundliche Dame schaute in die Runde und erkannte in mir schnell den Vater. »*Ich glaub, das ist dein Vater.*«

Der Kleine rannte auf mich zu. Die Frau nickte lachend und ging weiter.

Am Sonntagmorgen war der Kaffee unbeschreiblich gut, Caro ungenießbar. Sie war von Alexanders Verhalten am Tisch genervt. »Komm Alex, wir gehen an den Rhein.« Am liebsten hätte ich ihr mal meine Meinung gegeigt. Doch nein – ich tat's nicht, behielt mein Donnerwetter für mich.

›Immer ruhig bleiben!‹

Wir gingen los. Unser Hotel war direkt am Dom. Wir gingen an der berühmten christlichen Stätte vorbei, die rote Backsteintreppe runter zum guten alten Vater Rhein. Alexander schoss als »Dampflok« die behindertengerechte sich mehrmals schlängelnde Abfahrt runter. Unten angekommen hielten wir uns ein Weilchen an den Wasseranlagen auf, wo auch andere Kinder spielten. Alexander hüpfte über die kopfsteingepflasterten Hügelchen, welche von dem leicht fließenden Wasser umgeben waren. Es dauerte nicht lange, da tapste das erste

Sandäleken ins kalte Nass. Die Kräfte der Sonne halfen uns, das Söckchen auf dem kleinen Felsen wieder zu trocknen. Dies dauerte eine Weile. Caro hätte ja zum Rhein kommen können. Oder war sie froh, dass sie ein Weilchen länger für sich war? Wir betraten das Hotelzimmer unter einem vorwurfsvollen Geschnatter – also alles wieder falsch gemacht.

Zwei Wochen später fuhren wir nach Langeoog. Caro wollte immer mal mit mir dort hin. Sie war dort früher mit ihrer ehemaligen Clique, zu der auch Mirek und der schüchterne Lange gehörten, gewesen. Caroline hatte uns ein Appartement mit Blick aufs Meer organisiert. Wir schauten aufs Meer. »Das hast du schön ausgesucht.«.

Wir erlebten nette Tage an der Nordsee.

›Krieg? Du hast dich da in etwas reingesteigert.‹

Der letzte Abend war allerdings wieder verdächtig: Es war WM. Fußball war nicht meins. Jan war, wie seine Opas, wie sein Onkel Matthias, fußballbegeistert. Ach, der sture Michael! Nein, er war gar nicht so stur wie behauptet, schon gar nicht so stur, wie Bertha gelogen!

Tolerant, wie es mir selbst meine Eltern vorlebten, akzeptierte ich Jans Begeisterung für den Fußball. Meinem Land zuliebe schaute ich WM- oder EM-Spiele ab dem Achtelfinale. Gegen 20 Uhr stand ein wichtiges Spiel für unsere schöne Bundesrepublik an.

Bis zur Halbzeit nichts Spektakuläres. Ich wollte natürlich wie ein richtiger Fußballvater wirken. Mein erstes Weizenbier war leer. Jan wollte ebenfalls noch ein zweites Getränk. Alexander war in den gestählten Vatiärmchen eingeschlafen. In der Halbzeit bekam die zurückliegende Mannschaft einen Abriss. Ich bekam auch einen. Nicht, weil ich besoffen vom Hocker fiel, wie mancher Fan, welcher ab mittags Alkohol inhalierte. Nein, ich bekam einen Abriss, weil ich die Dreistheit besaß, mir ein zweites Weizen für die zweite Halbzeit zu bestellen. Hier war die eheliche Toleranzlinie deutlich überschritten beziehungsweise deutlich zu tief herabgesetzt.

Das bescheidene Ergebnis war ein Radler, von dem sie während der zweiten Halbzeit die Hälfte mittrank. Ich nahm es sportlich, konnte dieses ganze Verhalten nicht ernstnehmen. Meinen Bruder oder viele andere Fans hätte ich gern mal auf diesem Hocker zu dem Zeitpunkt sitzen sehen. Die meisten hätten sich wohl aus Trotz zwei Weizen und drei Klare bestellt.

Mein lustiges Balancieren mit den Jungs auf den Promenadenmäuerchen an der See entlang während des Rückwegs war dann auch nicht richtig. »Das nervt doch.«

›Puh! Ehemann, mach mal was richtig.‹

Das Flair, das Caro so liebte, hatte ich hergestellt. Der schöne Sommer half mir dabei. Eine wichtige Lehre nahm ich aus der Fußballwelt an:

Bei einem 7 : 0 Rückstand in der Nachspielzeit für den Sieg zu kämpfen.

Die Sonne kam wieder durch: Wir saßen auf unserer Terrasse, Caros Lieblingsplatz, hatten ausgiebig gefrühstückt und relaxten. Die Jungs waren mit Nachbarskindern auf der Straße. Wegen der andauernden Trockenheit stellte ich den Rasensprenger an. Alexander und Jo, ein Kind aus der Nachbarschaft, kamen jubelnd in den Garten geschossen und liefen wie kleine Indianer immer um den schwenkenden Sprenger herum. Im Zwanzigsekundentakt bekamen sie ein paar Tropfen Erfrischung ab und erlebten unbeschwerten Spaß dabei.

»Der hat gar nichts, Caro. Schau ihn dir einfach an. Er ist so ein lebendiges Kerlchen.« Sie sagte nichts, schaute den beiden fröhlich zu. Es kam kein »Der hat was.« oder irgendeine Schnauzerei. Ich wertete dies als kleinen Teilerfolg, in Berthas Kriegssprache ausgedrückt: »Leichte Gebietsrückgewinnung.«

Es fiel mir nicht schwer, mich so zu verhalten. Ich liebte meine kleine Familie über alles! Ich brauchte mich absolut nicht verstellen. Ich veränderte mich. Warum? Weil das wieder von mir verlangt wurde? Nein! Weil wir es immer sagten: 2014 wird alles einfacher: Unsere Großbaustellen Kleinkindalter, Hausumbau, die Großprojekte in der Firma, der Generationswechsel in der Firma – alles war gemeistert.

»Es wird ruhiger. Es wird eine sehr schöne Zeit ab 2014«, hatten wir beide im letzten Sommer geschwärmt.

Es wurde ruhiger. »Wenn Caroline bei mir war, war alles in Ordnung.« So war es.

Wenn sie bei mir war!

Kapitel 29   Der Totale Tsychoterror

Sie war aber nicht immer bei mir!

Man versprach mir, sich aus unseren Angelegenheiten herauszuhalten. In der realen Welt war auch kein Trübsal zu sehen. Bertha war auch nicht mehr zu sehen. Meine Eltern ahnten Schlimmes: »Der Alten trau ich alles zu – die gewinnt jeden Krieg. Gegen die kommst du nicht an.«

»Glaubt ihr, glaubt sie. Ich sage euch, solange Caro bei mir ist, gibt es nichts zu befürchten.« Meine zarten Erfolge bestärkten mich.

»Es gibt keine Anzeichen eines Sieges. Sie meint, sie wird den Krieg gewinnen. Doch sie steht wie festgefroren an der Front vor Moskau und meine Panzer fahren gerade über den Rhein«, sprach ich sarkastisch in Berthas Kriegssprache. Meine Eltern blieben skeptisch.

»Die will euch doch nur helfen,«, beteuerte mein Schwiegervater.

Caro plante schon länger eine »Entspannungstour« mit Schwägerin Kerstin. Auch das war ein Schritt in die richtige Richtung. Nach dem Wiedereinzug von Caro und den Kindern in das Elternhaus war fest unter den Eheleuten vereinbart, dass Jan und Alex während des mehrtägigen Damenaufenthaltes auf Ibiza bei mir sein würden. Ich informierte meine Eltern ebenfalls recht früh und fragte, ob sie mich unterstützen könnten. Meine

Eltern standen mir zur Seite und freuten sich auf die Kinder. »Dann backen wir erst mal Reibeplätzchen«, so mein Vater. »Müssen die Plätzchen auch in den Backofen?«

»Nein, die werden in der Pfanne gebraten.«

»Warum heißt das denn Reibe?«

»Weil die Kartoffeln gerieben werden.« Opa Josef zeigte Alex die Küchenreibe. »Tut das den Kartoffeln nicht weh?« Opa Josef musste dem Kleinen alles erklären. Caro konnte endlich mal ausgelassen feiern und wir planten ein richtiges »Männerwochenende«.

Die Nacht des Abfluges stand bevor. Am Vortag kam ich bereits um 17 Uhr nach Hause. Es war ein schöner, warmer Frühsommerabend.

Ich nahm mir etwas Arbeit mit nach Hause, ging an den Rechner und fuhr diesen hoch, schaute kurz in die Mails:

»Ihr bestelltes Buch »Ich liebe einen Narzissten« hat heute unser Versandlager verlassen ...«

»Caro, hast du ein Buch bestellt?«

»Ja! Habe ich!« Sie ging mit einem Wäschekorb nach oben.

»Und wer ist bei uns ein Narzisst?«

»Na du!«

»Psychologie ist ein sehr gefährliches Pflaster. Gehen Sie bloß nicht in die Einrichtungen und dichten den Kindern und Jugendlichen Krankheiten an.«

Mir fiel sofort dieser Satz unseres Dozenten Professor Doktor Doktor Jeschke aus Köln ein.

»Caro, weißt du eigentlich, wovon du da redest?« Sie grinste halb überheblich, halb naiv. »Ja, das weiß ich. Du bist ein Narzisst!

Geh zu einem Psychologen. Der wird es dir dann sagen.«

»Du hast weder einen Crashkurs in Psychologie noch irgendein Seminar in dieser Richtung besucht und du willst mir so eine schwere Krankheit diagnostizieren? Was willst du denn damit erreichen? Hat deine Mutter wieder gegoogelt, oder watt?«

Sie sagte nichts darauf.

›Schlucken! Michael! Schlucken! Es ist ein doppelt heißer Sommer. Da soll man viel schlucken.‹ Ich schluckte aber nicht nur Wasser!

Caro machte noch die Wäsche und begann, ihre Tasche zu packen. Ich bereitete meine Aufträge ein wenig vor und wollte danach noch in den Garten und träumte mich schon mal in den lauen Sommerabend: ›vielleicht setzen wir uns ja gleich noch auf die Terrasse und trinken ein Gläschen Wein. Ein wenig Alkohol ist gut gegen die plagenden »Bertha-Läuse«, welche in Caros Pelz immer öfter versuchten, sich sinnlos zu vermehren.‹

»Wo sind denn die Kinder?«

»Jan ist noch auf dem Fußballplatz. Um Alex brauchst du dich überhaupt nicht kümmern.«

Wie viele Väter sind froh, wenn sie »sturmfrei« bekommen. Die Bertha von früher, welche ihren Schwiegersohn vergöttert hatte, sagte immer: »Wenn Caroline wegfährt oder mal einen Ausflug macht, nehm' ich die Kinder, dann kannst du doch auch mal zum Voss gehen.«

Ich machte mir gern mal ein schönes Wochenende mit meinen beiden Kleinen, wenn Caro mit ihren Mädels feierte. Besonders, nachdem Bertha Caro auf Schützenfest so hängen ließ, verwahrte ich die Kinder, wenn es zeitlich passte. Die beiden Jungs waren in »meinem Alter«, jetzt konnte ich mit denen was anfangen.

»Und wann kommt Alex zurück?«

»Du brauchst gar nichts kochen, für euch habe ich noch Grünkohl im Kühlschrank. Ihr habt doch Samstag Stammtisch.«

Ich hasste so ein Verhalten: Vereinbare etwas mit deinem Partner und dann machst du, was du willst.

»Das ist ja alles gut und schön, aber wann kommt er denn?«

»Gar nicht!«

Mach es einfach. Zieh dein Ding durch. Ob richtig oder falsch – egal! Ob zum Wohle oder Unwohle der Kinder – egal! Zieh es einfach durch.

»Natürlich kommt der gleich, das ist seit Wochen klar, dass die Kinder hierbleiben.«

»Du musst arbeiten.«

»Das mache ich auch. Wenn die Kinder im Kindergarten und in der Schule sind. Außerdem werde ich abends von zuhause aus arbeiten. Das sind aber alles nicht deine Sorgen.«

»Dann hol ihn wieder, ich hab' keine Zeit mehr.«

Ich wurde lauter: »Kannst du mir eigentlich mal erzählen, was du hier vorhast? Du muss dich auch mal ändern, aber genau in die andere Richtung. Ich habe noch nie eine Vereinbarung zwischen uns gebrochen. Selbst an deine strenge Hausregel, nicht mit Schuhen im Haus zu laufen, habe ich mich immer gehalten, nur dass in den letzten Monaten immer mehr Nudeln, Reis und Erbsen unter meinen Socken kleben bleiben. Warum willst du mir das Wochenende mit den Jungs versauen?«

Sie ging gelassen und unbeeindruckt nach oben, um die Tasche zu Ende zu packen. Ich ging hinterher, um sie zu packen.

»Du kannst nicht immer dein verwöhntes, neureiches Unternehmertöchterchenköpfchen durchsetzen, Hier setze ich mich jetzt durch. Der Junge ist heute Abend hier, so wie seit Wochen vereinbart und besprochen.«

Caro kam aus dem Bad. Ich war auf dem Weg dorthin. »Ich hole ihn nicht«, patzte sie rum. Im Vorbeigehen griff ich vor ihr her zum Telefon, welches auf dem Sideboard lag. Caro zuckte zusammen und wich mir aus. Sie hielt sich schon die Arme vor das Gesicht. Niemals habe und niemals hätte ich sie geschlagen.

»Mir reicht's!

Jetzt wollen wir doch mal hören, was unsere Freunde und Helfer hierzu zu sagen haben.« Meine Gedanken waren schon ein paar Schritte weiter: Was ist, wenn ich da hinfahre und die liebe Omi den Kleinen nicht herausrückt? Ich ging runter zum Schreibtisch, zog das Telefonbuch aus der Schublade und wählte die Nummer der Polizeiwache. »Guten Abend, meine Frau hat mein Kind zu ihren Eltern gefahren. Sie fliegt nach Ibiza. Wir hatten abgemacht, dass die Kinder bei mir sind, während sie weg ist. Was mache ich, wenn die Schwiegereltern meine Kinder nicht rausgeben?«

»Sind Sie denn erziehungsberechtigt?«

»Ja, meine Frau und ich haben gemeinsames Sorgerecht.«

»Fahren Sie zu ihren Schwiegereltern und bitten Sie diese freundlich, dass Ihr Kind zu Ihnen kommen soll. Wenn Ihre Schwiegereltern dem nicht Folge leisten, rufen Sie uns noch einmal an und wir leisten Amtshilfe.«

Caro fragte direkt nach dem Gesprächsende: »Und? Was haben die gesagt?«

»Das braucht dich nicht zu interessieren. Ich hatte mir für heute Abend vorgestellt, dass wir zum Abschied ein Glas Wein auf der Terrasse trinken, damit du dich auf Ibiza einstimmen kannst. Aber tut mir leid, mir ist die

Lust vergangen. Alles lasse ich auch nicht mit mir machen. Dein Verhalten ist echt abartig.«

Ich rief in Münchhausen an, um die Lage zu peilen. Die Grande Dame des Hauses ging doch zufällig nicht ans Telefon. Ludwig musste ran. Ich schilderte ihm die Situation. Er zeigte sofort Verständnis, war entsetzt, dass Caro ihm nichts von der Wochenendregelung erzählt hatte. Er entschuldigte sich schon fast und sagte, dass er kurz etwas esse, aber dann Alexander sofort bringen würde.

Nachdem nun alle Kinder wieder da waren, wo sie hingehörten, versuchte ich noch einmal, mit Caroline zu sprechen. Die Stimmung blieb verhalten. »Die Kinder waren immer bei denen, wenn ich mit den Mädels auf Fahrt war.«

»Das war so, das kann auch wieder so werden,

wenn wieder Harmonie herrscht.

Aber nicht, wenn sich deine Mutter ewig hier in unsere Angelegenheiten einmischt.«

Nichts war, wie es mal gewesen war. Wenn ein Oski von einer Tour zurückkam, erzählte er dem anderen immer die lustigsten Geschichten der Reise. Sonntagabend erzählte Caro, Kerstin habe total die Panik bekommen – hätte für einen längeren Zeitraum einen Blackout gehabt. Kerstin und sie hätten sich auch mal gestritten. Sie selbst habe mit einem Kerl rumgemacht. Fand sie aber nicht so dramatisch. Sie sah das alles nicht mehr so eng. Sie zeigte keine Reue. Eine Entschuldigung kam auch nicht. Ihr Niveau war stark gesunken. Ich hielt es aber für unangemessen, einen weiteren Konflikt zu beginnen. Oder im kriegerischen Denken eine weitere Front aufzubauen. Caro war nicht mehr wiederzuerkennen.

Diese Frau hatte ich nicht geheiratet!

›Hat die was genommen?‹

Sie wirkte immer öfter total neben sich stehend. Das war nicht mehr meine Frau. So langsam wurde mir die ganze Sache etwas unheimlich.

Wenn mein eigenes Selbstbewusstsein in der Zeit nicht so angeknackst gewesen wäre, hätte ich Caro eine Kur empfohlen oder wäre mit ihr mal zum Arzt gegangen. Aber immer sofort zum Arzt? Liebe und Geduld waren meine Therapieansätze.

Musste sie sich von Bertha aus so verhalten? Bertha und Caro waren täglich in Kontakt und wöchentlich bekam ich eine neue provokante Schelle. Hatte ich das verdient? Warum wurde ich immer mieser behandelt?

Immer wieder gab es Lichtblicke, immer mal wieder kam die Sonne durch die dicken Wolken. Wir erlebten gemeinsame Stunden während den »Waffenruhen«. Doch diese Stunden wurden immer weniger.

Der Sommer war sehr sonnig und warm. Der Sommer, den wir uns wünschten. Der Sommer 2014, den wir in vollen Zügen genießen wollten.

Eine Wechselwirkung, welche sich immer mehr hochzuschaukeln drohte. Auf der einen Seite Licht und Sonne, auf der andere Seiten Dunkel und Untergrund! Hell und Dunkel: Den Sommer in vollen Zügen genießen. Ein langer, voller Zug, mit vielen Waggons, überfüllt mit Gemeinheiten, Bosheiten und Unmenschlichkeiten!

»Ich hab' für dich einen Termin beim Rechtsanwalt Beule gemacht, morgen früh um 10 Uhr«, sagte mir Caro eines Mittags. »Wofür das denn?«

»Das wird er dir dann schon sagen.«

Eine neue Woche, eine neue Schikane!

Sich aufregen? Nein!

Sich auch einen Anwalt nehmen? Nein!

Den Termin nicht wahrnehmen? Nein!

Für Caro einen Termin beim Anwalt machen? Nein!

Caro macht einen Termin für mich? Nein!

Den hat die liebe Omi Bertha gemacht.

Nicht erkennbar, nicht nachweisbar, aber spürbar! Ein Mann, welcher diese grausam werdende Frau 12 Jahre studieren konnte, spürte dies, kannte dieses Weib vielleicht besser als der eigene Ehemann oder dessen Tochter. Also was machen, wenn man sich nicht aufregen und sich nicht provozieren lassen möchte? Wie konnte man hier einen Schachzug zu seinem Vorteil nutzen?

Nachdenklich streifte ich durch den Wald über unserer Siedlung, ließ die Sonne durch die immer noch hellgrün leuchtenden Buchenblätter, durch meine Seele und meine Gedanken scheinen: ›Die liebe Schwiegermutti also! Sie ist bestimmt schon am Kofferpacken für die Mittelmeerkreuzfahrt. Vor jeder Reise das gleiche Prozedere: Friseur, Gesundheitscheck, Fensterputzen, Blumen gießen, Zeitung abbestellen, Überprüfung der Kontendeckung, alle Stecker rausziehen, Autos putzen, Testament prüfen ...

Jedes Mal machen die sich total verrückt vor dem Urlaub. Ludwig ist grundsätzlich die ersten fünf Tage im Urlaub krank. Dieses Jahr kommt noch ein Punkt mit auf die To-do-Liste: Termin für Schwiegersohn bei Beule machen. Alles noch hastig abarbeiten. Hey! Na klar! Ein genialer Schachzug ...‹

Ich eilte nach Hause, es war halb sechs. Anwalt Beule musste noch im Büro sein. Ich tippte hastig seine Nummer ein. »Der ist leider schon weg.«

»Ich habe morgen einen Termin bei Rechtsanwalt Beule.«

»Ah, ja hier steht es: zehn Uhr, Gespräch Herr Schneider, Oberhof.«

»Den müssen wir leider verschieben: Ich habe morgen viele Kundentermine.«

»Herr Beule hätte nächste Woche am Neunten Zeit.« Ich willigte ein, Hauptsache nicht mehr in dieser Woche.

Was auch immer an diesem Tag besprochen werden sollte. Eines hatte ich nun erreicht: Berthas Angelegenheiten wurden nicht vor ihrem Urlaub geklärt.

Caro erzählte ich nichts davon, dass ich den Termin um eine Woche verschoben hatte. Ich kam mittags nach Hause. Meine Ehefrau hatte ein neues Rezept ausprobiert. »Mmh! Das schmeckt aber lecker, Mama«, schwärmte Jan. »Das möchte ich jede Woche.«

»Es ist wirklich sehr, sehr lecker«, schlossen Alex und ich uns an.

Wir zwei verbrachten ein nettes Wochenende, wie schon seit Monaten nicht mehr. Die beiden Jungs waren mit ihren Freunden aus dem Dorf zelten. Gute Laune lag in der Luft.

Anfang der neuen Woche war Großputz angesagt. Caroline war voller Tatendrang. »Jetzt mache ich erst mal alles strack.«

Abends schaute ich im Internet nach Ausflugszielen in den Niederlanden. In vier Wochen stand unser Urlaub an. ›Dann haben wir unsere Krise hinter uns. Dann werde ich Caro überzeugen, wer uns das Leben schwermacht.‹, war ich mir sicher.

Dem Montag in der neuen Woche drauf war der Termin beim Rechtsanwalt. Es war ein sehr gutes Gespräch bei Herrn Beule, welcher mir als Firmenanwalt bekannt war.

»Ker, vertragt euch! Was ist denn los bei euch? Wenn es vor Gericht geht, verdienen nur wir Anwälte.«

»Ich will mich ja überhaupt nicht streiten. Aus meiner Sicht haben wir auch kein Problem.«

»Bei euch ist doch noch nicht alles kaputt.

Das seh' ich doch schon, wenn ihr zur Tür hereinkommt. Glauben se mir, da bekommt man Erfahrung drin, wenn man diesen Job über zwanzig Jahre macht.«

Aber was wollte er denn nun, der liebe Herr Beule?

Wir plauderten in den Tag. Er fand es auch störend und nervend, wenn sich eine Schwiegermutter ständig einmischte. Er zeigte sich sehr neutral, nicht als Anwalt der Gegenseite – vielmehr als Familienanwalt.

Aber er wurde einfach nicht konkreter. »Wie alt ist der Jan?«

»Er wird zehn.«

»Na seh'n se. Dann kommt er mit dem Fahrrad über den Berg. Lassen se doch ihrer Frau einfach mal ihre Auszeit. Ker!«

›Was redet der denn da? Auszeit? ... Über 'n Berg?‹ Anwalt Beule war ein recht angesehener Anwalt in Neukirchen. Manchmal trat er zwar etwas bollerig bis leicht cholerisch auf – aber er hatte eine gesunde Einstellung.

Vielleicht war genau das sein Problem. Er wollte helfen, er wollte schlichten. Doch er bekam scheinbar von Bertha unangenehme Inputs, welche er mir mitteilen sollte. Diese wollten ihm aber nicht über die Lippen springen. In dem Gespräch gingen mir die Augen auf: Bertha bediente sich aller Waffen!

Herr Beule erwähnte nochmals, dass bei uns doch noch nicht alles kaputt sei. »Sie wissen doch, wie die Frauen schon mal sind.« Und ich sollte doch einfach mal nachgeben. Darauf erwiderte ich, dass ich schon so oft nachgegeben hatte. Er kam einfach nicht auf den Punkt. Wo sollte ich denn nachgeben?

Der Sumpf wurde tiefer. Wir steckten schon mitten in Berthas Intrigen. Caro redete auch immer öfter um den heißen Brei herum, genau wie Herr Beule. Bertha hatte etwas vor, aber was?

Die falsche Schlange versteckte sich. Sie verkroch sich im Untergrund. Über ihre Tochter ließ sie ihre Maßnahmen verkünden. Doch die Tochter, die ich geheiratet hatte, war nicht verlogen und falsch. Sie spielte nicht mit. Also einen Anwalt ins Rennen bringen. »Der wird es dem schon zeigen.« Doch selbst der stets selbstsicher auftretende Herr Beule konnte mir nicht in einem persönlichen Gespräch unter Männern von Auge zu Auge erklären, was die Grande Dame im Schilde führte.

Ohne ein Ergebnis, ohne eine klare Aussage, ohne eine Unterschrift verließ ich das Büro Beule.

»Da bin ich ja gespannt, was sich die alte »Zertrümmerfrau« noch einfallen lässt.«

Ich machte mir schon viele Notizen zu den ganzen Gegebenheiten. Aber nun war mir klar, dass ich meine

Dokumentation professioneller gestalten musste. Die wichtigste Erkenntnis war: Das Einschalten eines Rechtsanwaltes war für mich neben den vielen Hinweisen und Vermutungen der zweite klare Beweis, dass hinter diesen ganzen abartigen Handlungen Bertha steckte. Mein dunkles Denken seit Giselas Geburtstag war Realität geworden. Hinfahren und ihr das sagen und sie nach Strich und Faden zusammenfalten, so wie es meine Eltern schon öfter vorgeschlagen hatten? Auf gar keinen Fall! Genau das wollte sie ja. Dass ich ausflippte und sie mich für geisteskrank erklären konnte.

Am Dienstagabend war Caro wieder verkrampft und gereizt. Sie wirkte leicht betäubt. Als wenn sie ständig irgendwelche Tabletten bekäme. Bertha rief an. Ich ging in den Garten.

Am Mittwoch, den 11.06.2014, wurde ich freundlich gefragt, ob ich pünktlich nach Hause kommen und mich um die Kinder kümmern könnte.

»Wir wollen bei Marion alkoholfreie Cocktails mixen. Ihre Freundinnen kommen auch.«

»Na, dann mixt mal schön!« So meine aufmunternde Antwort.

Cocktails mixen muss etwas sehr Anstrengendes sein. Vielleicht ist das Mixen vergleichbar mit einer Führerscheinprüfung oder der Herstellung eines Meisterstücks oder dem Verfassen einer Doktorarbeit.

Caro war sehr angespannt und sehr launisch. Aber ich brauchte Gott sei Dank nur wenig von ihrer Cocktailvorfreude genießen, denn kaum war ich da, war sie auch schon weg. Ich machte mir einen schönen Abend mit den Kindern und ging wie gewohnt gegen 22 Uhr ins Bett. Von Caro noch keine Spur.

›Die müssen ja ganz schön reinhauen – so alkoholfreie Cocktails.‹, dachte ich unbeschwert vor mich hin schmunzelnd. Bis halb drei ging die berauschende Cocktail-Nacht. Im Halbschlaf bemerkte ich, wie Caro um die Uhrzeit unser Schlafzimmer betrat.

Das war nicht meine Frau, die da ins Bett kam.

Die Frau hatte eher Ähnlichkeit mit Bertha. Sie ging daher wie Bertha Schmidt. Ihre Wortwahl, ihre Stimmlage, ihr ganzes Wesen ähnelten immer mehr dem Wesen ihrer Mutter.

»Wie war denn euer Cocktailabend?«, fragte ich Caro beim Mittagessen am Tag darauf. Die Kinder waren noch nicht da. Jan war noch in der Schule und Alexander blieb über Mittag im Kindergarten. »War okay!«

»Also, wenn da was hinter gewesen wäre, hinter euren Cocktails, würde ich dir ja das »Bis-halb-drei-Zaubern« abnehmen. Mit Rhabarber- und Tomatensaft hält man nicht so lange durch.«

Caro gefiel mal wieder mein überzogenes Gerede, aber ich merkte auch, dass sie mir etwas verschwieg. Also bohrte ich weiter. »Wer war denn alles beim Mixen?« Sie wurde verlegen »Ja, Marions Freundinnen und so.«

»So, so! Da mixt ihr also bis spät in die Nacht Vitaminbomben.«

»Ja – meine Eltern waren auch dabei.«

»Ach, deine Eltern! Na, jetzt wird es ja noch glaubwürdiger«, entgegnete ich ihr. »Deine Eltern, besonders dein Vater, mixen mit einer munteren Mädelschar Cocktails? Alles klar!«

»Ach, wir haben gar keine Cocktails gemixt.«

»Sondern?«

»Wir waren die ganze Zeit bei meinen Eltern.«

»Und da habt ihr natürlich kein Wort über uns gesprochen, sondern nur Cocktailrezepte ausgetauscht und Gardinenwaschmittel verglichen. Ihr habt doch über uns gesprochen.«

»Nein, haben wir nicht.« Sie konnte mich schon nicht mehr anschauen.

»Ehrlich nicht! Nur einmal ganz kurz!« Sie machte eine Pause. »Ich muss dir heute Abend auch noch was Wichtiges sagen.«

»Wie, was Wichtiges sagen?«

»Ich sag' es dir, wenn du heute Abend kommst.«

»Dann hättest du besser erst gar nichts davon erwähnt. Wir trinken jetzt einen Kaffee zusammen und reden.«

»Okay – von mir aus.«

Der heiße, duftende Kaffeedampf zog an meiner Nase vorbei – gute Laune verbreitete sich. Er regte auch meine

Gedanken an: ›Die macht es aber auch wieder spannend. Was hat sie mir denn wohl mitzuteilen? Hat sie doch heimlich den Urlaub gebucht und überrascht mich mit der Flugreise nach Mallorca, welche wir ja erst nächstes Jahr machen wollten? Oder hat sie das Kofferset bestellt, von dem sie immer so schwärmte? Oder hat sie sich endlich von Bertha losgerissen und es ist ihr klargeworden, dass sie uns auseinanderbringen will? »Ich muss was mit dir besprechen.« Das machte sie immer so. Man denkt, weiß Gott, was passiert sei und dann ist kein Kaffeepulver mehr da oder die Batterie der Wetterstation ist leer.‹ Der Kaffee war durch und ich setzte mich wieder.

»Na, dann schießen Sie mal los.« Aus Spaß siezten wir uns manchmal. Sie sagte aber nichts.

»Das kann doch nicht so was Schlimmes sein. Nun sag es doch einfach.«

»Ich werde dich verlassen.«

Der Kaffee blieb mir in der Speiseröhre stehen. Genauso mein Herz in der Brust, genauso die eingeatmete Luft in meiner Lunge. Gibt es so etwas? Einen Sekundenschock? Ähnlich wie einen Sekundenschlaf? Wenn nicht, dann habe ich den Sekundenschock an dem Tag erfunden.

»Ich werde dich verlassen.« Langsam bewegte sich die Tasse wieder auf den Tisch. Das konnte nur von Bertha kommen. So wie sie stundenlang in der Küche meiner Eltern gepredigt hatte, würde sie das auf dem

Cocktailabend auch gemacht haben. War das ihr Ziel? Eine Trennung? Sollte sie ihrem Ziel schon so nahe sein?

›Lasst euch bloß nicht scheiden!‹

»Was redest du da? Caro, was ist mit dir los? Man erkennt dich ja gar nicht mehr wieder. Erzähl mir mal einen triftigen Grund, warum du mich verlassen musst. Was habe ich dir denn eigentlich getan?«

»Du hast mich verletzt!«

»Wo oder wann habe ich dich bitte schön verletzt? Caro, wir wollten uns ein schönes Leben machen. Jetzt lass uns erst mal mit allen Oskis in den Urlaub fahren und dann wird das wieder.«

»Ich kann aber nicht mehr.«

»Das habe ich auch schon gemerkt, dass du irgendwie Probleme hast. Aber die kommen doch nicht von mir.«

»Ach, ich weiß es doch auch nicht«, Caro schaute mich kurz an, bekam Tränen in die Augen und schaute schnell zu Boden.

Es war wie so schon so oft, wenn Bertha mitmischte. Wie 2010 beim Tsychoterror, wie 2013 bei Andreas' Mutter mit den Bildern im Flur. Erst, wenn dieses Weib ihren Willen hatte, gab sie Ruhe!

Aber hier ging es nicht um ein Pöstchen in einer Firma. Nicht um Bilder.

Hier ging es um eine Familie, um die engsten Mitmenschen.

Was war das nur für ein Mensch?

Das war kein Mensch! Das war ein Monster.

Eine Vernichtungsmaschine!

Ich blieb zuhause. Ein Notfall! Meiner Frau ging es nicht gut. Wir blieben noch lange sitzen, sie weinte, dann lachte sie wieder, dann war sie wieder meine Caro. Wenigstens wieder für ein paar Minuten. Ich ahnte ja nicht, dass Bertha sie abends mit nur einem Anruf wieder auf den Boden drückte! Was für eine Frau!

Was für eine schlechte Mutter!

Ich musste raus. Gegen drei Uhr ging ich in die Garage, um mein Motorrad zu starten. Die Mistkarre sprang mal wieder nicht an. Meine Schwester kam aufgelöst und hysterisch zu mir: »Was ist denn bei euch schon wieder los?« Mit einem leichten Zittern in meiner Stimme und einem enormen Brass in meinem Bauch antwortete ich:

»Ich habe alles unter Kontrolle. Haltet euch alle da raus. Solange sie bei mir ist, ist alles gut.« Mir fiel es zunehmend selbst schwer, meinen Worten Glauben zu schenken.

»Mama und Papa sind total verzweifelt. Caro kam gerade eben bei denen den Weg runter. Sie ging erst vorbei, dann ging sie ein Stück zurück und sagte zu unseren Eltern: Ach, was ich euch noch sagen wollte: Ich verlasse den Michael. Der sitzt da oben und heult.« Ich lachte auf. Das Lachen war echt.

Es war mein letztes Lachen.

In meinem Körper machten sich große Angst und Zweifel breit.

Ich fühlte mich nicht mehr wie ein Kämpfer.

Der böse Bertha-Zauber, der Fluch über meine kleine Familie reihte mich immer öfter in die schweigende Menge.

»Da ist nichts.

Da kommt nichts.«

Betäubt schaute ich in die Zukunft.

Keiner konnte das Böse aufhalten.

Die Sonnenminuten schienen gezählt.

Ich beruhigte meine Schwester ein wenig und schickte sie wieder weg. Das Motorrad sprang an und ich fuhr in den Wald.

»Nur weil ihre Tochter keine Geschäftsführerin geworden ist,

kann man doch nicht so einen Terror veranstalten.

Einer muss dieses Weib aufhalten.«

Das Knattern der Maschine verstummte. Die Ruhe des Waldes mit den angenehmen Vogelklängen, die Sonnenstrahlen, welche durch die Buchenblätter schienen, stärkten mich, und der Optimist in mir kam wieder durch.

Zuhause angekommen, war von Verlassen nichts zu spüren. Wir genossen einen netten Abend im engsten Familienkreis. Caro schaute von der Terrasse aus zu mir. Ihre Blicke schweiften durch den schönen Garten. Selbst Bertha war auf der Kommunion ums Haus geschlichen und hatte zugegeben: »Schön angelegt hast du es ja, da draußen. Das muss ich ja schon sagen.« In ihrem schmalen Lob war ihre Verachtung mir gegenüber zu spüren gewesen, aber auch ihre Bewunderung aus vergangener Zeit. »Wenigsten das hat er gemacht« oder »Mist! Irgendwie ist er ja doch ein ziemlich perfekter Schwiegersohn und guter Ehemann für meine Tochter.« So was Dummes aber auch, dass dieser Mann sich nicht dem bedingungslosen Gehorsam unterwarf.

Auf der Kommunion hätte ich sie mir packen müssen.

Zu spät!

Die spionierenden Fakten waren: In der Familie glänzte er als guter Ehemann, in der Familie war er nach wie vor ihr Traumschwiegersohn. In der Familie war vorerst keine Landgewinnung in Sicht.

Befehl: »Truppenabzug von der Familienfront!

Truppenverstärkung an der Firmenfront!«

Angriff! »Seit 7 Uhr 32 wird wieder zurückgeschossen.« Berthas gehorsamste Soldatin wurde in die Schlacht geschickt. Sie kam direkt Freitagmorgen: Sie trug wieder die besonders harten Sohlen, mit denen sie sich wenigstens akustisch etwas Respekt verschaffen wollte. Schon draußen auf dem Pflaster waren ihre feldwebelartigen Schritte zu hören. Die zweiteilige Nebeneingangstür fiel bestimmt ins Schloss. Klock-kleck, klock-kleck – die zwölf Stufen in der Ausstellung hoch: Kleck-kleck- kleck-kleck-klock, das Postfach im Regal über dem Kopierer leeren und dann im winkeligen Stechschritt ins Büro. Dann zielstrebig an der Bürozeile entlang in mein Büro. Ohne eine angenehme Tageszeit zu wünschen:

»*Wegen gestern, du musst dich ordnungsgemäß abmelden. Keiner wusste, wo du warst.*«
      ›Das muss die gerade sagen. Die war doch auch am Mittwochabend bis halb drei dabei. Die weiß doch ganz genau, warum ich zuhause geblieben war. Das wird doch

jetzt auch so eine einstudierte falsche Nummer. Also bloß nicht provozieren lassen.‹

»So tragisch war das nun auch nicht. Das mache ich seit Jahren so. Wenn mir spontan etwas dazwischenkommt, bleibe ich zuhause und stemple nach. *Du konntest dir doch denken, wo ich war.* Der Hermann stempelt nie.«

Mein Haupt wandte sich wieder dem Bildschirm zu und meine Finger gingen fleißig ihrer Arbeit nach. Ich war über mich selbst erstaunt, welche gewählten Worte ich gefunden hatte. Auch die Argumente gefielen mir, wenn man bedachte, dass ich keine Zeit für eine Vorbereitung dieses Angriffes bekam. Ich war ebenfalls davon überzeugt, dass die unerfahrene und junge Kollegin gemerkt haben musste, dass sie eigentlich ein wenig zu sehr auf die Sahne gehauen hatte.

Wer aber weder Respekt noch Anstand anerzogen bekommen hatte und wer hinausgeschickt wurde, um bewusst ein Feuer zu entzünden, ließ sich mit Argumenten nicht abspeisen: »Der Hermann ist Inhaber. Das ist was ganz anderes.« Eine leichte Pulssteigerung konnte sie damit erzielen.

»Also ich denke, dass man als Geschäftsführer gewisse Freiheiten hat, außerdem war ich telefonisch erreichbar. Ja, und außerdem passiert mir so etwas äußerst selten. Der Hermann stempelt nie und bei Andreas fehlt jeden Tag die Anfangs- oder Endzeit.«

›Nun muss es aber doch genug sein, Unternehmertöchterchen.‹ Mir wurde warm. Das frisch aufgelegte Parfüm stieg in den Raum.

»Die sind nicht nur Geschäftsführer, sondern auch Inhaber. *Du bist ein Mitarbeiter wie die anderen auch!*

Andere Mitarbeiter bekommen dafür eine Abmahnung!«

Sie verließ mein Büro.

›Das hat die jetzt aber nicht gesagt, oder?‹ Wir sollten doch nach ihrer Vorstellung ein Team sein. Nicht im Traum wäre ich auf die Idee gekommen, ihr solche Sprüche an den Kopf zu knallen. Sie stempelte auch mal nicht ab oder war mal einen Nachmittag weg und keiner wusste, wo sie war. Niemals wäre mir so eine niveaulose Nummer eingefallen.

Sie hatte noch nie so etwas zu mir gesagt. Vielleicht, weil sie wusste, dass streng genommen ich ihr Vorgesetzter in ihrem eigenen Unternehmen war. Sie besaß zwar die Anteile, ich war aber als Geschäftsführer und für die kaufmännische Leitung bestellt worden. So wie es vor vielen, vielen Jahren besprochen worden war - vor märchenhaft langer Zeit. Damals hatte mir doch mal eine nette, freundliche, attraktive Lady vorausgesagt, dass ich mal eine Firma leiten würde. Ich könnte so tun, als wenn es meine Firma wäre und meine Ehefrau die Anteile bekommen würde. Da könnte ich mich 100 Prozent drauf verlassen. Wo war diese tolle Frau hin? Sie hatte Ähnlichkeit mit Bertha Schmidt im Jahre 2014. Aber sie war tausendmal schöner als diese. Das war einmal. Es war nur ein Märchen. Ein Traum! Ein Scherz!

Abends erzählte ich Caroline von der Glanzvorstellung ihrer Schwester. »Also ich finde, die nimmt sich ja schon ganz schön viel raus. Das muss ich mir mit Sicherheit nicht gefallen lassen, dass man mir wegen so einer lächerlichen Lappalie mit einer Abmahnung droht.«

»Boa! Hat die das ehrlich gesagt? Dann muss ich mal mit Marion sprechen. Das geht nicht.«

Caro hatte Verständnis für mich. In unserem seit Monaten anhaltenden familiären Aprilwetter schien mal wieder die Sonne.

Es waren die letzten Sonnenstrahlen für ein paar Sekunden.

Samstagabend hatten wir Stammtisch. So ging ich zum Voss mit der eisernen Regel, auf jeden Fall vor zwölf wieder zuhause zu sein. Meine Kumpels waren nicht da. Sie waren alle in der Freiwilligen Feuerwehr. An dem Abend war eine Übung. So setzte ich mich an die Theke, um mal die Dorfstimmung zu testen. Und siehe, es wurden Stimmen laut. »Was ist denn bei euch los.« Oder: »Hängt der Haussegen schief?« Locker und unbeeindruckt gab ich meinen Gesprächspartnern ein paar flotte Sprüche zurück. Dass Caro mal ein paar Tage bei ihren Eltern wohnte, konnte man in einem Dorf nicht verbergen.

Ich wollte das Lokal verlassen, da kam meine Mutter mit ihrer Freundin noch an die Theke. Gerda, die Freundin meiner Mutter, schnitt noch einmal meine private Krise an.

»Bei vielen kann ich mir ja vorstellen, dass man sich trennt – aber bei euch doch nicht!«

Die Gläser leerten sich. Es gab noch viel Zuversicht, die Krise zu meistern. Beim Abschied sagte Gerda einen Satz, der mich zum Nachdenken brachte, mich aber auch ein bisschen mit Stolz erfüllte, weil sie mein Wesen so nett beschrieb:

»Du tust mir manchmal leid, weil du oft unter Druck stehst, es allen rechtmachen zu wollen.«

Weitere Pluspunkte wurden gesammelt: Ich war vor 23 Uhr wieder zu Hause, schaute mit Caro noch ein wenig fern, und wir gingen gemeinsam ins Bett. Nach einer halben Stunde im Bett schliefen wir beide zufrieden ein.

So schwenkte der Pendel noch einmal auf die positive, lebensbejahende Seite.

Doch was nutzten dir gute Zeugnisse, was nutzten dir zahllose Beweise, dass du praktisch und menschlich gute Fähigkeiten besitzt, wenn deine Frau nicht mehr deine Frau sein durfte? Wenn sich irgendwo ein Wesen aufhielt,

das dich einfach nur vernichten wollte?

Da weit und breit für ein Verlassen kein Grund zu finden war und die Sonntagssonne auf uns schien, war wieder von morgens bis abends innerhalb unserer Familie eine ganz nette Stimmung. Wir gingen zu viert zum Willi auf die Hütte und tranken gemütlich Kaffee. Der ehemalige einzigartige Gastwirt aus Oberhof besserte auf der urigen Winkmanns-Hütte hoch über Deihausen seine Rente auf. »Heute habe ich Kirsch«, antwortete er knapp auf unsere Frage, welchen Kuchen er habe. Jan musste vor sich hin grinsen. Manchmal mochte er einfach keine langen Sätze. So auch an diesem Tag: Vornehme Gäste aus dem Fünf-Sterne-Hotel Winkmann kamen zur Tür herein. Der große, ältere Herr mit einem markanten Lächeln fragte: »Guten Tag, dürften wir die Speisekarte haben?«

»Nee, heute habe Erbse-Kartoffel-Möhren.« Das war wieder typisch Willi. Wer öfter in der Hütte einkehrte, konnte seine Steno-Sprache entschlüsseln: »Guten Tag die Herrschaften, willkommen auf der Winkmanns-Hütte, ich hoffe, Sie hatten einen angenehmen Aufstieg. Auf der Speisekarte haben wir heute eine Oberstaufenwälder-Erbsensuppe mit Mettenden oder einen deftigen Kartoffel-Möhren-Eintopf. Die Erbsensuppe kann ich Ihnen sehr empfehlen. Die wird jeden Tag unten im Hotel frisch zubereitet.«

Der Herr im langen Mantel lächelte freundlich: »Wir hätten aber trotzdem gern die Speisekarte.« Sofort schoss es aus Willi heraus: »Nee! Heute habe ich Erbse-Kartoffel-Möhren!« Caro schaute mich verschmitzt an. Der Herr ging hinter die Theke und holte sich eine Speisekarte vom Stapel im Regal.

Meine Patentante und mein Onkel waren auch auf der Hütte.

Man schaute uns seltsam an, war doch die Gerüchteküche im Dorf in drei Schichten mit Urlaubssperre rund um die Uhr besetzt.

Dass dieses Bäumchen-wechsel-Dich oder diese Stimmungspendelei nicht mehr lange gut gehen konnte, war zu befürchten. Aber meine Geduldsbatterie war noch gut geladen und bis zum gemeinsamen Urlaub waren es nur noch wenige Tage. Dann ist Schluss mit hoch und runter. Zehn Tage ohne Bertha, ohne Stress und Hektik die Familie genießen, dann wären wir, besonders Caro, über den Berg.

Es zog ein heftiges Unwetter auf. Eines, von dem noch keiner die Folgen abschätzen konnte.
Selbst die Unwettergöttin Bertha ahnte wohl nicht, was für eine Zerstörungskraft ihre wütend zusammengehexte Katastrophe herbeiführen würde.

Kapitel 30   Das Attentat vom 17. Juni

Direkt am Montagmorgen wurde das letzte Häufchen Menschlichkeit eiskalt im Morgengrau erschlagen.

Mit so viel Herzlosigkeit hatte ich nicht gerechnet!

Caro rief an: »Ich verlasse dich.«

»Caro, nun komm doch endlich zu Verstand! Nun mach doch nicht schon wieder voreilige Schritte. Ich komme jetzt hoch und ...«

»Nein, du brauchst nicht mehr kommen, es ist zu spät.

Mama steht schon draußen und wartet, dass ich rauskomme.«

Aufgelegt! Das war ein herber Schlag für mich.

Ein zweites Mal nahm man mir einfach Kinder und Frau.

Sie war nicht mehr bei mir!

Für einen guten und anständigen Mann war das eine lebensbedrohende Katastrophe.

Sofort rief ich zurück. Keiner ging dran. Noch einmal der gleiche Krampf wie vor ein paar Wochen?

In den Minuten schwor ich mir, für meine Familie zu kämpfen. Für Alex, für Jan und für meine Caro! »So schnell gebe ich nicht auf! Ich werde für meine Familie und für Gerechtigkeit kämpfen.«

Im Krieg herrscht Waffenruhe an hohen Festtagen. So hoffte ich, dass am Dienstag, den 17.06.2014, bei uns ebenfalls Schikanenruhe einkehren würde, da Alexander an dem Tag sieben Jahre alt wurde.

Der Kleinste hatte Geburtstag.

Diesen Tag werden Alexander, Jan und ich nie vergessen!

Es war ein traumhafter Sommertag. Die Vögel sangen ihre Sommerlieder. Amsel, Drossel, Fink und Star sangen dem kleinen siebenjährigem Alexander hinter den sieben Bergen die gleichen schönen Lieder wie zuhause seinem Vater, dem noch gar nicht so bewusst war, wie sinnlos das Leben ohne Kinder sein konnte, wenn man sich Kinder wünschte und zwei süße Jungs hatte.

Ich fuhr wie gewohnt früh morgens zur Arbeit, öffnete wie so oft das Fenster und schaute raus. Es war ein herrlicher Morgen. In der Firma herrschte Ruhe – bis 7 Uhr 31.

Die Taten in den Kalenderwochen 18 bis 24 brannten viele tiefe Wunden in viele Herzen und Seelen.

Schonungslos tobte das Unheil und hinterließ unvergessbare Spuren und Wunden! Jede Woche eine Schikane.

Diese 25. Kalenderwoche sollte scheinbar die entscheidende Woche werden. Die Schlacht der Schlachten. Da sollte der Feind fallen. Da sollte der einsame Krieger zu Grunde gehen.

Es tobte erbarmungslos der totale Blitzkrieg:

Schonen?
Feiertag?
Waffenruhe?
Geburtstag?
Schikanenruhe?

Nach der Abmahnung, nach dem Verlassen, nach einer dritten schlaflosen Nacht musste ich wieder arbeiten. Der Stress, das scheinbar nicht mehr schweigenwollende Telefon reizten mich aufs Äußerste. Ich musste Acht geben, dass ich unter diesem Druck nicht ausrastete.

Ich war gereizt. Die Arbeit war zwar eine gute Ablenkung der privaten Sorgen, aber es fiel mir unheimlich schwer, diese Sorgen einfach außerhalb der Berufswelt zu lassen.

In der Ausstellung war Hermann wieder in Aktion wegen der Auslieferung. Er kam in mein Büro gestürmt.

»Was ist denn jetzt mit Stein-Montagen? Fahren wir da nun hin oder nicht?«

»Natürlich fahren wir da hin. Macht euch nicht immer verrückt wegen Stein-Montagen. Die waren schon immer schlechte Zahler, aber seit Jahren gute Kunden. Den Laden gibt es schon in der fünften Generation. Das ist ein gesundes Unternehmen. Frau Stein hat mir fest versprochen, nächste Woche noch einmal 10000 € zu überweisen, und darauf kann man sich verlassen.«

Er wackelte wieder ab. Der Umgang mit den schlechtzahlenden Kunden hatte sich deutlich verändert. Immer wieder las und hörte ich in verschiedenen Vorträgen, wie man vorsichtig und mit Fingerspitzengefühl mit diesen Kunden durchaus lukrative Geschäfte betreiben konnte. Die wichtigste Regel war, dass ein Auftragsfluss im Gang war. Und der war 2014 bei Stein-Montagen deutlich im Gang. Ich bekam hierfür durchaus ein gutes Gespür über die Jahre und konnte die Kunden ganz gut einschätzen. Der rege Kontakt und die Tipps unserer Werksvertreter im Außendienst unterstützen mich dabei. Bei Stein-Montage hatte ich absolut keine Bedenken. Für Ludwig waren schlecht zahlende Kunden generell schwarze Scharfe und er konnte sich unbeherrschbar darüber aufregen.

Marion schlug den gleichen Weg wie die Seniorchefs ein. Sie war von dem Achtzigerjahre-Denken überzeugt. Was hat die nur in der Bachelorzeit gelehrt bekommen?

Marianne kam in mein Büro: »Fahren wir jetzt zu Stein-Montagen oder nicht? Hermann sagt ja, Marion sagt nein.«

Ich ging in das Büro von Marion und Ludwig. Ludwig schrieb Preise auf einem weißen Blatt aus der Preisliste heraus. Er saß wie gewohnt an seinem Schreibtisch am Fenster. Marion tippte hastig auf ihrer Laptop-Tastatur am Nebentisch. Ich erklärte ihr sachlich und fachlich die Hintergründe der Firma Stein-Montage, welche sie als recht neue Mitarbeiterin ja noch nicht kennen konnte.

»... und wenn ich sage, wir fahren da hin, dann braucht das nicht hinterfragt werden. Wir können nicht mit vier Leuten so einen Aufwand wegen zwanzig Quadratmeter Fichtenboden betreiben.«

»Wenn die so viel Geld offen haben, dann sag' ich was!«

»Das brauchst du aber nicht. Das hatte ich dir bereits vor vier Wochen gesagt. Bei Stein-Montagen gibt es keine Bedenken. Die gehören zu den A-Kunden. Ich kenne die Steins seit Jahren. Mit Frau Stein bin ich per du. Ich hab' doch immer die aktuellen Zahlen auf meinem PC. Es sind 6000 Euro überfällig – das ist für unsere Branche nicht viel.«

»Wenn Stein-Montagen pleitegehen, dann zieh ich dir die 28000 vom Gehalt ab!«

Und schon war das rote Löckchen wieder im Gesicht. Ludwig kratzte sich am Hinterkopf und riss den obersten Knopf seines Hemdes auf. Ich stand da und starrte sie an. Sie wurde noch ein bisschen verlegener. »Das kannst du ja machen«, kommentierte ich in einem gelassenen Ton.

Nervös mit der Maus herumfuchtelnd und mit unruhig herumstapfenden Beinen bekam sie, ohne mich anzuschauen, ein nicht mehr so selbstsicher wirkendes »Das mach ich auch.« heraus.

Ludwigs Blick schoss zu seiner Tochter rüber! ›Sag' was! Schrei sie an, wie du mich immer angeschrien hast! Sie hat es bitter nötig!‹

Ich ging zu meinem Mitgeschäftsführer Hermann und berichtete ihm von dieser Glanznummer.

»Die pack ich mir! Die setz ich vor die Tür!

Wir drei müssen zusammenhalten. Du, der Andreas und ich ...«

Sein Telefon schellte. »Meyer! ...« Ich ging wieder in mein Büro.

So gegen elf rief Caro mich im Büro an, ob ich mit ihr und den Kindern in der Stadt Eis essen gehen wolle. Allein die Frage! Mein Sohn hatte Geburtstag und es war perfektes Eisesswetter.

Wenn ich kein Narzisst gewesen, mir nicht der arrogante Nikolaus vom Kröserberge begegnet wäre. Wenn ich nicht bei unseren Freunden und Bekannten, besonders bei meinem Bruder und bei meiner Tante, als Seelenschänder dagestanden hätte. Wenn ich von meiner Frau nicht ständig angelogen, nicht von der Frau und deren Mutter ständig hintergangen worden wäre. Wenn ich nicht grundlos von der Frau verlassen worden wäre. Wenn ich nicht mit falschen Behauptungen in der Öffentlichkeit schlecht geredet worden wäre. Wenn man mir nicht zum zweiten Mal die Kinder entrissen hätte. Wenn ich nicht kurz vor einer Abmahnung gestanden hätte und mir nicht mit einer zigmonatigen Gehaltspfändung gedroht worden wäre,

dann wäre das bestimmt ein nettes Eisschlecken geworden.

Ich zählte ihr das aber nicht alles auf. Ich zeigte mich gelassen, ruhig und sachlich: »Nein, wir brauchen kein Eis essen. *Ich komme gleich kurz zum Gratulieren und dann fahr ich wieder.*«

Nach der Mittagspause hielt ich bei Kramers an, dem örtlichen Spielwarengeschäft. Nach kurzem Suchen fand ich einen weichen, kleinen Löwen zum Kuscheln. Ich achtete bewusst darauf, dass er keinen Knopf im Ohr hatte, damit Alexander immer wissen sollte, dass er auf keinen Fall von der Omi Bertha war.

Das Böse, das Scheusal, setzte alles auf eine Karte: vom Blitzkrieg bis zum totalen Krieg! Alle wurden hineingezogen in den Untergang. Selbst Kinder! Unschuldige Kinder!

Nichtsahnend fuhr ich zum schwiegerelterlichen Haus. Nachbar Werner grüßte wie gewohnt freundlich. Ich parkte das Auto auf dem Hof.

Ich stand auf einem Stein. Ich stand auf dem Treppenstein meiner Schwiegereltern und hatte bereits einmal geklingelt. Es war ein warmer Hochsommertag. Ein perfekter Rahmen für einen schönen Kindergeburtstag. Aber es waren keine bunten Luftballons aufgehängt worden. Vielleicht flog ein roter Ballon in die Höhe, ohne dass ich es sah. Es hing kein selbstgemaltes Schild über der massiven Eichentür. Es war alles wie geleckt – wie immer. Auf dem großen Vorplatz, welcher mit rechteckigen Natursteinplatten gelegt war, lagen weder Steinchen noch Stöckchen. Es traute sich wohl noch nicht mal eine Ameise, diesen penibel gereinigten Ort zu betreten. Die parallel zur Straße angeordneten Luxussteine boten den perfekten Untergrund für eine Militärparade. Dreimal täglich massierte meine Schwiegermutter Bertha die Oberfläche mit feinstem Borstenhaar. Sie hatte zwei Putzfrauen und einen Gärtner, aber die Reinigung ihres großzügig gepflasterten Vorgartens direkt an der Straße übernahm die Grande Dame höchstpersönlich.

›Warum ist denn an so einem schönen Tag keiner draußen?‹, fragte ich mich.

Ich klingelte ein zweites Mal. Nachbar Werner legte neue Betonplatten auf seiner Terrasse. War er tief in seiner Arbeit versunken? Sonst kam er doch immer sofort an die Hecke und hielt ein Schwätzchen.

Alexander öffnete die Tür.

»Na, Kleiner!«, rief ich ihm zu und ging rein, zog mir wie gewohnt die Schuhe aus und beugte mich erneut zu dem Geburtstagskind runter.

Caro kam dazu. »Komm, wir müssen nach draußen, du hast hier Hausverbot.« Sie grinste mich verlegen an. Es war ihr Verlegenheitsgrinsen. So grinste sie immer, wenn sie nicht wusste, was sie machen sollte. Oder wenn die liebe Omi Bertha mitspielte?

»Hausverbot? Okay – gehen wir nach draußen – wollte ja eh nur gratulieren.«

Ich zog meine Schuhe wieder an und wir gingen auf die große dunkelbraune Steinplatte vor dem Haus. Ich kniete vor meinem Sohn: »Hey Kleiner ...«

»Das ist unser Treppenstein! Geh runter da!«

Wie aus dem Nichts stand plötzlich Bertha Schmidt neben meinem Sohn. Ich sah nur ihre Beine in gewagten Stöckelschuhen. Schon lange hatte ich sie im Verdacht. Schon lange wusste ich, dass sie einen gezielten Anschlag plante. Einen psychischen Anschlag!

›Lass dir nichts anmerken.‹ Mein Herz raste. Meine Stärke, mein Selbstbewusstsein, wo waren die hin? Ich fühlte mich hilflos, verlassen. ›Lass dir nichts anmerken!‹

Ich stand wieder: »Ich will ihm doch nur eben gratulieren, dann bin ich wieder weg.«

»Du hast hier Hausverbot!«

Meinem Blick musste sie wohl entnommen haben, dass sie mit der spontanen Anordnung des Hausverbotes ihre Provokationsserie nicht wesentlich steigern konnte, da ich mich ja nicht mehr im Haus befand.

»Da hinten auf die Straße darfst du dich hinstellen.

Das hier ist unser Haus, das ist unser Treppenstein, das sind unsere Pflastersteine! Los, geh ...«

Während Bertha redete, kniete ich auf einem Bein vor Alexander und wollte schnell meinen Geburtstagsgruß loswerden: »Alexander – hier, der Papa hat dir einen kleinen ganz kuscheligen Löwen gekauft, der passt auf dich auf, wenn du ...«

»Los! *Runta da!* Das ist unser Treppenstein, der gehört dir nicht. Du hast hier Hausverbot. Und du hast hier Grundstücksverbot, das gehört alles uns! *Du gehst jetzt! Sofort!*«

Wieder stehend: »*Ich will ihn doch nur eben als Vater in den Arm nehmen und ihm was Nettes sagen. Das muss doch drin sein!*«

War dies Kindergarten oder Affentheater? Oder war es nur eine dumme und billige Provokation? Jeder normale Mensch würde so ein Verhalten einer sechzigjährigen Frau nicht ernst nehmen!

Aber ich war kein normaler Mensch mehr.

Ich war ein seelisches Wrack. Kurz vor dem K.O.!

Caro stand vor der Tür und hielt sich am Türgriff fest. Mal lächelte sie verlegen, einmal sagte sie zaghaft und ängstlich: »*Nun hört doch auf.*« Jan schlich eingeschüchtert über den Hof.

»So, Alexander – komm schnell. Alles Gute zum ...«

»*Verschwinde hier!*«

»... der Papa ...«

»*Du sollst abhauen, hab' ich dir gesagt!*«

»... der Papa wünscht dir ...«

»Das ist unser Treppenstein, das ist unser Haus! Und das Haus in Oberhof gehört uns auch! *Das haben wir alles bezahlt. Das gehört alles uns.*«

Mit einem Stoß gegen die Schulter schubste Bertha mich vom Treppenstein. Ich stützte mich mit einer Hand auf dem Boden ab und sprang sofort wieder auf. Wir standen uns gegenüber. Sie stand auf ihrem Steinsockel mit den Stöckelschuhen. Wir waren auf Augenhöhe.

»*Pack mich nicht an*«, kommentierte ich ihre Handlung, jede Silbe scharf betonend.

»Schlag mich doch, schlag mich doch!«,

grinste sie mich mit weit aufgerissenen Augen an. Es war das schäbigste Grinsen, das ich in meinem Leben gesehen hatte, welches aber zahlreiche schlaflose Nächte nicht verbergen konnte. Ein Monster stand vor mir.

Wo war sie hin?

Die attraktive Dame von damals?

Zu der ich respektvoll aufgeschaut hatte.

»Da mach' dir mal keine Sorgen, das wird schon nicht passieren.« Ich schaute tief und beherrscht in ihre Augen. Sie wich meinem Blick aus.

»Schlag mich hierhin.«

Mit dem Zeigefinger am Kieferknochen wiederholte sie noch mal:
»Hierhin sollst du mich schlagen – los, nun mach schon!«

Wie konnte eine Frau in ihrem Alter das Niveau so tief runterschrauben? Waren wir in einer verkommenen Bahnhofsnebengasse? Waren wir unter einer nach Urin stinkenden Brücke? Was für ein verkommenes Subjekt!

Wie ein kleiner schmieriger Zuhälter im Feinripp mit angeklatschten Haaren und Goldkettchen stand sie da. »Worauf wartest du?«

»Unsere Bertha! Die habe ich mal so verdroschen, dass sie zwei Tage nicht in die Schule gehen konnte«, war Hermanns Lieblingsstory aus der Kindheit.

Das wäre das erste Mal in meinem Leben gewesen, dass ich eine Frau geschlagen hätte. Aber warum sollte ich ausgerechnet in den Minuten anfangen?

Sie »schlug« um:

»Wag es bloß nicht! Wenn du das machst, dann ...«

Ihr gingen die Argumente aus. Ihr fehlten doch tatsächlich die Worte. Ich sagte auch nichts. Wir standen uns gegenüber.

Stille. Absolute Stille! Nur die Schwalben auf Mückensuche über uns hörte man hier und da fiepen. Es roch nach Heu. Es war ein warmer Hochsommertag mit ansteigender Gewittergefahr. In der Ferne hörte man einen Traktor fahren. Ich schaute sie an. Mit einem tiefen Blick schaute ich sie an.

»Der sagt nichts.
Der regt sich nicht auf.
Der sollte doch austicken.

Der sollte doch ersticken!«

›Nun dreh dich um und fahr wieder.‹

Wo sollte ich hinfahren? Meine Lieben standen wenige Meter neben mir. Meine Beine waren träge, wie in Beton gegossen. Meine Kinder schauten mich an. Meine Knochen waren wie zusammengewachsen. Mein Körper bestand nur noch aus einem starren Knochen.

Die Natursteinplatten schienen weich wie Wachs, meine Füße darin einsinkend.

Ich wusste weder vor noch zurück. Es schien alles so sinnlos!

Mein armseliges Dasein stand wie eingefroren mitten in einer gewaltigen Unwetterfront.

»Michael, du bist krank! Du musst dich behandeln lassen!«,

begann sie leise zu reden. Caro hatte die Kinder an die Hand genommen. Jan begann zu weinen. Alexander schaute mit großen Augen auf Bertha und mich.

»Du bist krank, Michael.

Du hast dich an deinen Kindern versündigt.

Was hast du denen bloß angetan? Du musst eingewiesen werden! Du bist nicht gesellschaftsfähig. Du bist ein nicht zumutbarer ...«

Wie feige und unfair das war. Einem die Kinder entreißen und dann solche Sprüche vortragen.

Sie hörte nicht auf! Sie plapperte und plapperte. In mir stieg eine enorme Wut hoch!

»Du hast dich an deinen Kindern versündigt« brannte sich in meine Seele. Sie wurden mir lieblos entrissen. Ich vermisste sie sehr! Und dann: »Du hast dich an deinen Kindern versündigt! Was hast du denen bloß angetan?«

Kein Vater hält so einen *Tsychoterror* aus!

Das hält selbst der härteste Mann nicht aus!

Wie ein plötzlicher, nicht aufhaltbarer Brechreiz stieg in mir die angestaute Wut und Enttäuschung bereits bis hoch in den Rachen. Zunächst konnte ich mich noch beherrschen, aber Berthas dreckiges, breites, falsches Grinsen trieb mich zur Weißglut! Schon mehrmals hatte mein Vater mir einen Satz vorgeschlagen, den ich dieser herzlos gewordenen Frau sagen sollte. Mit unvorstellbarer Kraft suchte mein Kopf diese Worte zusammen. Schwerfällig und schmerzend kam es mir über die Lippen:

»Dass du deinen Sohn verloren hast, tut mir ja unendlich leid, aber wenn du so weitermachst, verlierst du auch noch einen Schwiegersohn und deine Enkelsöhne.«

»Was? Was redest du da?

Du bist ja tatsächlich krank!«

Nun war kein Halten mehr!

Ich schrie meine Wut aus mir raus! Den ganzen Druck der letzten Wochen! Nein! Der letzten Monate! Ich wurde sehr laut. Im ganzen Dorf wird man meinen Ausbruch gehört haben. Auf alle Fälle Werner, der ja noch am Plattenlegen war.

»Wie kann man nur so ein schlechter Mensch sein? Wie kann man vor seinen eigenen Enkelkindern nur so auftreten? ...«

Jan weinte bitterlich. Er wollte zu mir, aber Caro hielt ihn fest. Alexander nahm das Ganze erstaunlich gelassen, verfolgte die Handlung aufmerksam. Caro ging mit den Kindern vom Hof Richtung Spielplatz.

»Du bist doch eine falsche Schlange! So was Linkes und Hinterhältiges wie du ist mir noch nicht begegnet!«

»Ja, schrei ruhig weiter! Du bist krank! Ich hab' alles aufgenommen!«

Diese Provokationssteigerung nahm ich schon gar nicht mehr wahr. Ich polterte weiter vor mich hin. Es tat gut, Dampf abzulassen! Falsche Schlange, das war das einzig saloppe Wort, welches ich benutzte. Meine Standpauke ging drei Minuten. Ich gebrauchte keine beleidigen Ausdrücke oder Schimpfwörter. Ich teilte aus: laut, sachlich, wild gestikulierend.

»Ich steige nun in meinen Firmenwagen ...«

Sie fiel ins Wort:

»Das ist unser Firmenwagen, das ist unsere Firma! Das gehört alles ...«

Ich fiel ins Wort:

»Nein, das ist mein Firmenwagen. Und ich fahre jetzt mit dem Firmenwagen in die Firma, in der ich Geschäftsführer bin.«

Ich stieg in den Wagen. Ruhe, absolute Ruhe!

Meine Hand drehte den Zündschlüssel um. ›Fahr mit Schwung in die Haustür. Fahr in das Haus. Ramm den Wagen so lange in diesen Schlangenhorst, bis er in sich zusammenstürzt! Fahr nach Hause und schlag alles kurz und klein! Nimm einen dicken Hammer und schlag alles kaputt!‹

Ich konnte nicht mehr!

Der Wagen sprang an. Er fuhr gemächlich rückwärts vom Vorplatz.

Auf dem Weg nach Neukirchen hauten meine Hände auf das Sportlenkrad. »Mist, Mist, Mist! Du wolltest doch nicht ausflippen!«

Im gleichen Moment atmete ich einmal tief aus. »Aber es tat unheimlich gut, der Alten mal die Zähne zu feilen. Das wollte ich dem Vieh schon seit Wochen sagen! Na ja, vielleicht war das ja der richtige Augenblick.« Dann wieder:

»Ach, der arme Alexander!

Ach, der arme Jan!

Die armen Kinder!

Was mussten die gerade mitmachen?«

Das erstickte mich!

Sie wurden gequält!

Und ich stand wenige Millimeter daneben!

Ich fuhr wieder nach Neukirchen. Auf der langen Geraden hinter Münchhausen schrie ich laut:

»ICH KANN NICHT MEHR!«

Mein Fuß drückte das Gaspedal nach unten. »Ich will nicht mehr!« Meine Hände verkrampfen sich am Lenkrad. Mein Oberkörper richtete sich nach vorne. »Mach es einfach! Dann hat dieses Elend ein Ende!« In der langen Linkskurve vor Neukirchen drohte der Wagen außer Kontrolle zu geraten. Der Fuß blieb am Gas. »Lass es einfach geschehen!«

Ende